CW01507906

La folle aventure d'un Renoir

C'est un tableau que tout le monde connaît. Une de ces œuvres phares de l'histoire de la peinture, tellement vues, revues et reproduites qu'elles font partie du paysage et ont l'air d'avoir toujours été là. Comme l'*Olympia* de Manet, les *Danseuses à la barre* de Degas, les *Tournesols* de Van Gogh ou le *Berceau* de Berthe Morisot – pour ne citer que des œuvres qui lui sont contemporaines –, il appartient à tous, sans aucun barrage géographique ou culturel. A force d'être à l'affiche, il est devenu intime, presque banal. C'est à lui seul une légende : une image idéale de la vie heureuse. De Tokyo à Manhattan, en passant par les fins fonds de la Corrèze ou de la Creuse, tout le monde a reçu un jour une carte de vœux ou une boîte de bonbons apportant le message radieux de ces deux jeunes filles – deux sœurs –, l'une en robe blanche, l'autre en robe rouge. Renoir l'a baptisé « Yvonne et Christine Lerolle au piano ». Il aurait pu tout aussi bien l'appeler « Le bonheur ».

Les visiteurs se pressent aujourd'hui pour le voir, à Paris, au musée de l'Orangerie, dont il est une des attractions permanentes, au milieu d'autres joyaux de la collection Walter-Guillaume moins courus du grand public. C'est à Malraux qu'il doit d'être là, dans cette vaste et froide galerie souterraine, semblable à un bunker, où éclatent ses couleurs franches – surtout le rouge de la robe de Christine. Ce qui m'a intriguée, c'est que ces deux sœurs dont le portrait nous est si familier restent des inconnues. Leur nom ne parle qu'aux amateurs et aux érudits. Elles semblent immobilisées pour l'éternité dans la douceur d'un ancien temps. Qui sont-elles, ces sœurs Lerolle ? Qu'ont-elles fait ? Ont-elles été heureuses ou malheureuses ? Ont-elles eu des enfants ? des amants ? Que sont-elles devenues, après ce tableau qui les représente dans l'adolescence ?

Je ne pensais pas, en essayant de répondre à ces questions simples, qu'elles allaient m'entraîner dans le tourbillon de leurs vies – des vies étonnantes. Je les avais croisées, sans vraiment les voir, dans de précédents livres : elles sont dans le sillage de Berthe Morisot et de Camille Claudel. Je ne soupçonnais pas que leur histoire me passionnerait.

Signe distinctif de ces deux sœurs : elles ont épousé deux frères – les frères Rouart. Leur père, Henry Lerolle, était peintre et collectionneur d'art. Leur beau-père, Henri Rouart, l'était aussi. Leur belle-sœur, Julie Manet – la fille de Berthe Morisot et d'Eugène Manet –, qui a épousé un frère de leurs maris, était leur meilleure amie. Tous les gens qu'elles fréquentaient étaient peintres, poètes ou musiciens : elles ont vécu, avec un parfait naturel et sans aucun snobisme, dans un bouillon artistique où les génies se

DEUX SŒURS

Yvonne et Christine Rouart,
les muses de l'Impressionnisme

Née à Perpignan en 1953, Dominique Bona est journaliste et écrivain. Elle est l'auteur de plusieurs biographies remarquées dont *Camille et Paul, Berthe Morisot* ou encore *Romain Gary* (Grand Prix de la biographie de l'Académie française 1987). Ses romans, parmi lesquels *Malika* (Prix Interallié 1992) et *Le Manuscrit de Port Ébène* (Prix Renaudot 1998), rencontrent également le succès auprès de la critique et des lecteurs.

Paru dans Le Livre de Poche :

BERTHE MORISOT

CAMILLE ET PAUL

CLARA MALRAUX

DOMINIQUE BONA
de l'Académie française

Deux sœurs

Yvonne et Christine Rouart,
les muses de l'Impressionnisme

GRASSET

© Éditions Grasset & Fasquelle, 2012.
ISBN : 978-2-253-17353-3 – 1re publication LGF

À Camille et à Juliette

« Est-ce que vous voudriez me faire l'amitié de venir dîner chez moi Mardi prochain avec quelques amis ? Il y aura Degas, Renoir, Debussy, et quelques autres. »

Lettre d'Henry Lerolle à Pierre Louÿs

bousculaient. C'étaient leurs proches, voilà tout – le mariage n'a fait qu'agrandir le cercle. Du berceau au tombeau, l'art est l'air qu'elles ont respiré, comme d'autres le vent de la mer. Au musée de l'Orangerie ou même dans les ouvrages spécialisés sur Renoir, on n'apprend que des bribes de leurs existences passionnées. Je me suis invitée chez elles. Je suis entrée dans leur sphère pour partager leur vie de famille. C'est alors que j'ai pu mesurer l'ampleur de cet horizon qui a été le leur, pourtant en plein Paris, dans un milieu franco-français peu propice aux vagabondages. L'art a été leur dimension et leur structure. Leur air du large. Leur aventure. Mais il a peut-être aussi – ce qui est un paradoxe supplémentaire – contribué à leur malheur.

Au départ, le tableau m'a intéressée pour l'anecdote : je voulais savoir qui étaient les sœurs Lerolle. Renoir ne livrait le nom de famille de ses modèles que lorsqu'il s'agissait de personnalités ayant pignon sur rue – Lerolle, ce nom si peu connu du grand public d'aujourd'hui, fut ma première piste.

J'ai très vite été fascinée par le milieu dans lequel le tableau a été peint : cette espèce de condensé d'artistes autour des deux sœurs, comme une ronde enchantée, dans les dernières années du XIXe siècle. Jean d'Ormesson, en prononçant un discours devant une fresque d'Henry Lerolle, s'exclamera : « Quel tapioca familial ! » C'est tout un monde qu'on voit revivre grâce à elles, mais un monde qui va disparaître : une Atlantide condamnée par le mouvement de l'histoire.

S'il y a du bonheur dans le tableau de Renoir – un

bonheur extatique –, c'est pourtant un destin tragique qui attend les deux sœurs. Nul n'aurait pu le prévoir.

Tableau trompeur, alors qu'il irradie la fameuse – trop fameuse – lumière des impressionnistes, il dissimule des ombres et des drames. Loin du climat tranquille, plutôt conventionnel, qu'il laisse entrevoir, c'est son mystère qui m'a captivée. D'autant que, par une sorte de logique de la malédiction qui lui est propre, il a été mêlé, autour d'un héritage, à un complot machiavélique qui devait conduire à un crime.

Il en a peint beaucoup, Renoir, de ces scènes de famille, à l'intention des bourgeois fortunés qui les lui commandaient : Mme Charpentier et ses enfants, dans leur salon de la rue de Grenelle, les demoiselles Cahen d'Anvers, plaine Monceau, ou les trois filles de Paul Bérard, dans leur château de Wargemont en Normandie. Tous ces tableaux sont longtemps restés chez leurs commanditaires, fièrement exposés au-dessus d'une commode Boulle ou d'une bergère Louis XV, dans l'intimité de leurs élégants intérieurs. Les hôtes de la maison et leurs enfants pouvaient s'y contempler comme dans des miroirs flatteurs. Quand il peint les sœurs Lerolle, en 1897, Renoir se déplace chez leur père et, selon son habitude, campe son décor au cœur de l'hôtel particulier familial, ici dans le VIIᵉ arrondissement. Il tient à reproduire fidèlement le cadre de vie, sa tranquillité, son harmonie. C'est une des contraintes du genre : les familles aiment bien se reconnaître sous le pinceau des peintres, surtout lorsqu'ils savent « enjoliver » comme Renoir, dont c'est la recette. Le portrait aurait dû demeurer au milieu des chefs-d'œuvre que collectionnait le maître de maison. Il aurait été à sa juste place parmi les Degas, les Morisot, les Gauguin ou les Monet, les Fantin-Latour et les Puvis de Chavannes qui ornaient déjà les murs – le propriétaire entretenait des liens étroits avec la famille impressionniste, au sens large. Or il n'a jamais été accroché là. Détourné de sa vocation, ce tableau de famille, sitôt achevé, est retourné dans l'atelier du peintre, qui n'a jamais voulu s'en séparer. Renoir l'a emporté dans ses déménagements et l'a gardé jusqu'à sa mort. C'est un de ses tableaux auxquels il tenait. Un de ses trésors.

Renonçant à en tirer un quelconque bénéfice, alors que les portraits bourgeois sont d'habitude pour lui un travail lucratif – il a besoin de gagner de l'argent –, il a fait exception pour celui-là. Soit que Lerolle, pour quelque mystérieuse raison, n'ait pas souhaité l'acheter, soit que Renoir, qui n'en était d'ailleurs plus à cette date à tirer le diable par la queue, lui ait été trop attaché pour le vendre, on en est réduit à des hypothèses. Il est possible que cette calme peinture, avec son bonheur familial sans nuages, Renoir ait aimé en réjouir ses yeux. A moins que les visages des jeunes filles, et plus particulièrement celui de l'une d'elles, couleur pétale de rose, ne lui aient rappelé des moments impérissables.

Quoi qu'il en soit, il a gardé le tableau.

De sorte que cette œuvre, à l'atmosphère si bourgeoise et cossue, n'a d'abord eu pour écrin qu'un atelier de la bohème. C'est très rustique chez Renoir : on rompt le pain et on mange de la bonne soupe,

préparée par Mme Renoir, au milieu des solides
filles, aux mains rougies et à la plantureuse poitrine,
qui aident au ménage et posent pour le peintre. Et
dînent à sa table, en famille. Une famille bien diffé-
rente de celle des deux jeunes filles qu'il a représentées avec leurs corsages prudes et le raffinement
bourgeois qui les entoure. Elles sont aussi surpre-
nantes chez lui, au milieu de ses baigneuses, de ses
lavandières ou de ses couples en goguette au Moulin
de la Galette, que le serait la présence d'un maître
d'hôtel pour le servir à table. Pourquoi Renoir n'a-t-il
jamais voulu se séparer de ce tableau, qui fixe un
instant de grâce ? Attachement affectif ? Nostalgie
d'un monde préservé ? Ou sagesse d'un art domesti-
qué – le piano –, pratiqué par des jeunes filles en
fleurs, loin de ses poisons ? Leurs clairs visages, leurs
sourires très doux lui ont tenu compagnie jusqu'à la
fin. Jusqu'à ce que la lumière s'éteigne définitivement
pour lui.

Le sort posthume du tableau ajoute encore au
décalage et au mystère. Alors qu'il semblait promis à
rejoindre un foyer aussi paisible et harmonieux en
apparence que celui qui l'a inspiré, c'est un tout autre
monde qui va l'accueillir. Son histoire est chahutée,
pleine de ressacs. Il va en effet se retrouver entre les
mains d'une femme dont le destin est fait d'intrigues,
d'ambitions, de manœuvres. Certains n'hésiteront
pas à la décrire comme « une diabolique », abonnée
à toutes les turpitudes.

Quel étrange personnage, cette Mme Walter !
Peinte par Derain dans le plein éclat de sa beauté,

qu'elle gardera longtemps, c'est son allure qui la signale : dès qu'elle apparaît, on ne voit plus qu'elle. Son port de tête, son regard dédaigneux traduisent une personnalité d'un genre indomptable. Très mince, avec de longues jambes, sa silhouette met en valeur les toilettes, pourtant ce sont ses yeux qui retiennent : Derain les a peints brun-vert, couleur d'eau trouble, comme ceux des sorcières ou des sirènes.

Les origines de Mme Walter sont aussi troubles que ses yeux. Née à Millau, sous le nom de Juliette Lacaze, elle s'est appliquée à effacer les traces d'un passé qui ne devait pas lui convenir. Elle monte à Paris aux lendemains de la Grande Guerre, trouve un emploi au Viking, une boîte de nuit de Montparnasse, où elle tient le vestiaire. Ce sera son marche-pied. Elle attend la bonne occasion, qui ne va pas tarder. Elle jette son dévolu sur un jeune marchand, collectionneur de tableaux, qui n'est pas encore riche à millions mais dont l'avenir promet : Paul Guillaume. Fluet, les cheveux drus, la moustache effilée, son visage d'Oriental aux yeux en amande a frappé Modigliani dans le portrait qu'il a peint de lui, en 1915. Cultivant une élégance de dandy, il arbore canne à pommeau, gants beurre-frais et, le soir, l'habit et le gibus, ce qui a dû plaire à Juliette. Quelques mois à peine après leur rencontre, il l'épouse très bourgeoisement, en 1921, à l'église Saint-Charles-de-Monceau. Elle a vingt-trois ans. Lui trente. D'origine modeste – il a travaillé comme employé dans un garage –, il est déjà lancé dans la vie lorsqu'elle allie son sort au sien. Connu pour sa compétence en « art

nègre » qu'on n'appelle pas encore « art premier »,
il a ouvert une galerie, rue de Miromesnil, qu'il
déménagera rue du Faubourg-Saint-Honoré puis
rue La Boétie, en prenant de l'importance. Outre ses
sombres sculptures qui n'intéressent encore qu'un
petit cercle d'amateurs, il y expose des tableaux
d'artistes contemporains qui n'ont pas la cote ou
dont personne ne veut, comme Modigliani. Ou Soutine. Il les soutient et croit en leur génie, quand tout
le monde – ou presque – se moque d'eux. Il a exposé
Derain en 1916. Matisse et Picasso associés, ce qui ne
se reverra pas de sitôt, en 1918. Puis Van Dongen –
la grande époque –, qui sera suivi d'une formidable
présentation de groupe, cette même année 1918 :
Matisse et Picasso, encore eux, cette fois réunis à
Derain, de Chirico, Vlaminck, La Fresnaye, Modigliani, Utrillo. Quand il épouse Juliette Lacaze, Paul
Guillaume a déjà rassemblé une collection époustouflante.

Modigliani lui a trouvé un surnom : « Novo
Pilota ». Il a écrit ces mots italiens en légende de son
portrait de 1915. Guillaume « pilote » bel et bien une
écurie de jeunes artistes. A la fois collectionneur et
marchand, il repère les talents neufs, achète leurs
tableaux pour les revendre ou, ce qui lui plaît davantage, les conserve pour lui-même. Il a créé une revue,
Les Arts à Paris, qui lui sert de tribune pour les
défendre. Le cercle parisien où il évolue regroupe
non seulement ses amis peintres, mais des écrivains,
des sculpteurs, des musiciens et des journalistes littéraires, tous convaincus qu'ils sont une avant-garde.
De Max Jacob à Erik Satie, Paul Guillaume ne fré-

quente que les figures de proue de l'art le plus novateur. Il y a été initié par Apollinaire, qui a été pour
lui non seulement un ami mais un maître dans ce
domaine, et qui l'a introduit dans son cénacle. Ce
poète, thuriféraire des arts premiers, est un des
connaisseurs les plus éclairés de la peinture de son
temps : Paul Guillaume lui doit l'éveil de sa sensibilité aux cubistes et aux fauves, qui marquent ces
années-là. Le poète d'*Alcools*, blessé d'un éclat
d'obus à la tête, vient tout juste de mourir, en 1918.
La jeune Mme Paul Guillaume ne l'a pas connu. Au-
delà de ses dons pour la poésie et pour l'art, elle
aurait sûrement été captivée par un homme capable
d'écrire de si belles lettres d'amour. Plus que la poésie, plus que l'art, séduire aura été la grande affaire
de sa vie.

Paul Guillaume rebaptise Juliette Domenica. Son
prénom d'état civil devait lui paraître trop simple.
Domenica, qui vient du latin *domina*, l'habille mieux.
Quand il n'appelle pas son épouse Domenica, Paul
Guillaume lui dit « ma reine ». Elle en a la superbe,
l'orgueil et l'appétit. Un appétit qui la porte moins
aux gourmandises de la table – elle surveille sa ligne –
qu'à celles du lit ou de la fortune. Ou des deux à la
fois. C'est une sensuelle. Une séductrice. Elle aime
conquérir et probablement aussi – prénom oblige –
dominer. Les hommes doivent l'admirer, satisfaire
tous ses plaisirs et se soumettre à ses quatre volontés.
Le regard peint par Derain ne trompe pas : Domenica est une prédatrice. L'éclat vert de ses yeux fascine à la manière d'un piège.

Paul Guillaume ne lui donne pas seulement un

prénom. Il lui offre quelque chose qu'elle était loin de soupçonner à Millau ou devant ses tickets de vestiaire, au Viking : le goût de l'art. Cette femme inculte, qui n'a fait aucune étude mais qui apprend vite, partage bientôt la passion de son mari. Elle devient férue de peinture en observant les toiles qui s'accumulent chez elle, et en étant le témoin des choix, parfois déroutants, de son mari. Elle est plus conservatrice, par nature. Plus classique, par goût. Et plus prudente : elle préfère les valeurs sûres. Lui a l'audace des joueurs. La folie du risque. Il mise sur des peintres très décriés par la critique et méprisés par la plupart des marchands. Domenica est souvent rebutée par les dessins torturés : faciès difformes, corps déstructurés, peints dans des couleurs violentes. Dans leur couple, où l'art tient une si grande place, elle apparaît comme une bourgeoise de fraîche date que seul son mariage a conduite vers les arcanes de la création. Elle reste à la lisière, confrontée à un monde dont les règles lui échappent. Elle aime. Elle n'aime pas. Mais lui sait. Il a approché de très près ce mystère. Près d'Apollinaire, qui lui a ouvert les portes d'un univers qu'il ne soupçonnait pas, Guillaume a été contaminé par la folie de l'art. Il comprend les vertiges, les poisons. Tout ce qui peut perdre un homme – et d'ailleurs aussi une femme – quand il s'empare d'un pinceau et de tubes de peinture. C'est un passionné, qui vit sa passion par procuration. Max Jacob disait que « les tableaux et les statues lui parlaient à l'oreille ». En achetant ces toiles, choisies avec un soin fiévreux, obsessionnel, il communie avec leur création. Il crée à sa manière. Il possède moins sa collection qu'il n'est possédé par elle. C'est un homme habité. Une sorte d'illuminé de la peinture. A côté de lui, Domenica, créature plus banalement ambitieuse, éprise de choses concrètes, comme les belles robes ou les hommes athlétiques, apparaît bien terre à terre. Elle surveille les comptes. Elle a toujours peur de manquer. Guillaume, lui, dépense sans compter. Plus il enrichit sa galerie de chefs-d'œuvre, plus il a de soucis avec les banquiers. Il vit très endetté. Car comme tout collectionneur, il répugne de plus en plus à tirer un profit de ses tableaux. Or il n'a pas d'autres revenus que ceux qui découlent de leur vente. Ce paradoxe fait son malheur : pour assurer à Domenica le train de vie qui convient à une reine, c'est la course en avant.

Aux débuts de leur mariage, le couple a habité un deux-pièces cuisine, au cinquième étage sans ascenseur, mais très vite Paul Guillaume installe sa « reine » dans un décor qui lui convient mieux : un hôtel particulier avenue de Messine, puis, dans les années 1930, un appartement de six cents mètres carrés, 22 avenue Foch – alors avenue du Bois. Il engage des domestiques : femme de chambre, cuisinière, maître d'hôtel, chauffeur. Le « mécanicien », car on ne l'appelle pas autrement, est chargé de conduire l'Hispano-Suiza et de déposer Monsieur à Drouot et Madame chez Lanvin ou chez Madeleine Vionnet. Domenica ne voudra plus jamais rien connaître que cette vie de rêve : dorée, facile, luxueuse. Et aussi très libre. Un soir, les Guillaume organisent une fête « nègre » dans les salons du Théâtre des Champs-Elysées : on y danse en pagne et les cheveux crêpés à la Joséphine Baker ! Domenica voyage : elle accompagne plusieurs fois Paul Guillaume aux Etats-Unis, à New York ou à Philadelphie, mais elle s'y rend parfois seule. Le voyage transatlantique est un de ses luxes de prédilection. Embarquée avec ses malles pleines à craquer de robes de haute couture, elle passe là, toute à s'occuper d'elle, ses meilleurs moments. C'est au cours d'un de ses voyages de retour d'Amérique, en 1932, qu'elle rencontre Jean Walter. Un architecte renommé. Très bel homme, grand, mince, avec de la prestance et, est-ce la peine de le préciser, de la fortune. Il devient son amant. En quelques mois, elle l'impose dans son couple : comme pour lui faire plaisir, Jean Walter et Paul Guillaume se lient d'amitié. Domenica devient une reine bigame. Vie conjugale à trois, avenue du Maréchal-Maunoury, dans l'appartement de Jean Walter, qui n'est pas moins spacieux ni moins somptueux que celui des Guillaume. Jusqu'à la mort de Paul Guillaume, survenue brutalement à l'âge de quarante-quatre ans, l'appartement de l'avenue du Bois, vidé de ses occupants, ne sera plus qu'une somptueuse vitrine pour la collection. Les jeunes filles peintes par Renoir en 1897 n'y figurent pas encore. Elles n'y entreront que beaucoup plus tard, à la suite de nombreuses péripéties.

Quand elle épouse en secondes noces Jean Walter, Domenica laisse libre cours à ses goûts, à ses choix. Elle règne sur un mari tout aussi épris et ébloui que le précédent, sur une famille recomposée, sur un réseau de relations qui flatte sa vanité, sur de nombreux amants qui rivalisent pour la satisfaire, et sur une collection somptueuse qui, avec Paul Guillaume, a perdu son inspirateur, mais non pas sa bénéficiaire. Elle en est l'entière héritière. Car le couple n'a pas eu d'enfants. Du moins pas que l'on sache alors... Jean Walter va disparaître lui aussi prématurément, lors d'un mystérieux accident de la route, qui vaudra à sa veuve et à son jeune amant un procès retentissant.

C'est du temps de Jean Walter, en 1947, que Domenica achète le tableau de Renoir représentant les sœurs Lerolle au piano. Renoir est son peintre préféré et, comme pour Cézanne, elle achète ses toiles par brassées. Mais ce tableau-là, avec ces deux adolescentes, fraîches et délicates comme des fleurs, qui semblent sourire à un avenir radieux, elle lui porte un sentiment particulier. Cette femme si peu tendre, si peu sentimentale, rompue aux coups les plus retors, lui est étonnamment attachée. Et étonnamment fidèle. Comme Renoir, qui l'aimait tant et ne s'en était jamais séparé, elle avait besoin de laisser son regard le caresser. Peut-être l'innocence des deux jeunes filles lui inspirait-elle, à elle aussi, dans le tourbillon d'une vie de veuve redoutable et fastueuse, de la nostalgie ?

Deux sœurs dans le tourbillon de l'art

Quand elles posent pour Renoir en 1897, les deux jeunes filles ont l'une vingt ans et l'autre dix-huit ans. L'aînée, assise au piano en robe blanche, c'est Yvonne. La cadette, à ses côtés en robe rouge, qui tourne les pages de la partition, c'est Christine. Brunes toutes les deux, avec des nuances plus claires dans les lourds cheveux d'Yvonne, elles ont le regard chaud et les joues encore rebondies de l'adolescence. L'aînée a un air réfléchi, concentré : elle est tout entière dans la musique. La cadette a une expression ingénue et sensuelle, peut-être à cause des lueurs roses sur ses pommettes, ou de sa bouche pulpeuse, que Renoir a pris plaisir à colorer d'un jus de framboise. Dans le monde, ce sont les sœurs Lerolle : les filles du peintre Henry Lerolle. Connu pour ses paysages et ses scènes religieuses ou mythologiques, Lerolle a pignon sur rue : l'État et l'Église lui passent des commandes, il expose aux Salons officiels, ce n'est pas un artiste maudit.

Yvonne et Christine habitent en famille dans un hôtel particulier du VIIe arrondissement, au 20 ave-

nue Duquesne, à l'angle de l'avenue de Ségur. Leur
père y a son atelier. Loin de la bohème, qui se préfère
alors à Montmartre – où habite Renoir – et aux Batignolles, l'adresse a quelque chose de provincial : on
y vit tranquillement, sans faste ni tapage, au son des
cloches de l'église Saint-François-Xavier, toute
proche. Il y a encore peu d'immeubles et les rues
gardent un parfum de campagne. Des terrains où
courent des herbes folles et des poules dans les cours,
des canards qui quelquefois déboulent sur la chaussée rappellent à ces grands bourgeois de lointaines
ascendances provinciales que plusieurs générations
de Lerolle nés à Paris leur ont fait perdre de vue. Le
faubourg Saint-Germain mitoyen – on peut s'y
rendre à pied – appartient à une autre galaxie : aris-
tocratique, snob, fermée, avec ses duchesses de
Guermantes. Ici, c'est la province à Paris : une
atmosphère gentille et bon enfant, sans folies, sans
chichis. On vit bien. On ne manque de rien. On
reçoit beaucoup : rien que des amis. Il y a une cuisinière et des bonnes qui facilitent tout. Leur père fait
monter des modèles dans son atelier. On rit, on
chante, on fait de la musique. La vie est gaie et légère.
Les sœurs Lerolle ont reçu le bonheur en cadeau
dans leur berceau.

Deux frères plus jeunes, Jacques et Guillaume, nés
en 1880 et 1884, mènent leurs vies de garçons sans
oser troubler leurs sœurs, ces inséparables, qu'ils
aiment tendrement. Leurs jeux, leurs cris résonnent
dans la maison, on ne les gronde pas souvent. Chacun ici doit pouvoir savourer l'existence. Mais ils
n'entament pas le couple, d'une douce et lisse

complicité, que forment leurs sœurs. Quant à Mme Henry Lerolle, née Madeleine Escudier, « maman », une grande et belle femme à la poitrine avantageuse, elle règne sur son petit monde avec une autorité sereine que chacun trouve toute naturelle, y compris son mari qu'elle mène non à la baguette mais au charme. Elle chante tout le jour et récite par cœur des poèmes, d'une voix à la pureté cristalline qu'elle a transmise à ses filles et qui est l'apanage de toutes les femmes du clan Lerolle-Escudier.

Atmosphère familiale paisible et esthétique. Au 20 de l'avenue Duquesne, parents et enfants sont heureux ensemble et s'entendent merveilleusement. Les Lerolle forment un foyer uni, sans histoires, qui n'aurait pas intéressé Feydeau, cet obsédé de l'adultère et des tracas de famille.

Ce n'est pas pour leur donner une attitude que Renoir a fait poser les deux sœurs devant un piano – leur piano –, une scène plutôt banale de la vie bourgeoise ordinaire. Elles baignent dans la musique. Yvonne, l'aînée, est la plus douée des deux. Elle interprète avec talent les airs les plus difficiles, de Bach à Schumann. Sur le tableau de Renoir, Christine, qui est pourtant très bonne pianiste elle aussi, se contente de suivre les notes des yeux. Claude Debussy, Vincent d'Indy ou Albéniz, qui sont des amis de leur père et des hôtes réguliers de la maison, et Ernest Chausson, leur oncle, ont l'habitude de venir jouer sur ce même instrument. Elles s'assoient alors tout près d'eux, dans des bergères recouvertes de velours prune, pour les entendre interpréter la musique si neuve, et si contestée ailleurs, qu'ils composent. Debussy leur propose souvent de jouer avec lui à quatre mains – Debussy et Yvonne ou Debussy et Christine –, elles l'adorent. C'est chez leur père, avenue Duquesne, que le compositeur a joué pour la première fois des morceaux de *Pelléas et Mélisande*, en cours de création, notamment la mort de Pelléas, qui a soulevé une formidable émotion. Sur ce même piano, certains soirs, les doigts de Cortot font revivre Beethoven ou Chopin. Et Vincent d'Indy ou Ernest Chausson les ensorcellent avec leurs mélodies d'avant-garde. C'est peu dire que les deux jeunes filles ont été à la meilleure école. Ce sont des musiciennes de haut niveau – Yvonne aurait même pu prétendre à une carrière professionnelle, si la vie et son milieu n'en avaient décidé autrement.

Henry Lerolle a entretenu autour d'elles une atmosphère doublement artistique puisque, peintre de vocation et de métier, il est lui-même un musicien accompli. Il joue du violon. Elève de Colonne, il aurait pu choisir la voie musicale. Il est resté un violoniste amateur, préférant entendre Eugène Ysaïe, un autre de ses amis, jouer pour lui et sa famille des sonates pour violon, avec une virtuosité qu'il ne peut pas songer à égaler mais qui le ravit. Passionnément épris de musique, il ne manque aucun concert, de la salle Pleyel au festival de Bayreuth, en passant par l'église Saint-Gervais ou la Schola Cantorum, et à en croire ses amis, ces soirées consacrées à la musique sont parmi les moments les plus heureux de sa vie. Son épouse, la belle Madeleine, est elle-même une excellente musicienne : elle sait déchiffrer et interpré-ter les partitions les plus ardues, chante et joue du piano avec talent, et ne craint pas plus qu'Henry d'être étonnée par la nouveauté. Elle est la première à applaudir Debussy ou Chausson – ces compositeurs audacieux parlent à son oreille et à son cœur, alors qu'ils ont encore tant de mal à convaincre le public des amateurs de concerts. La musique est un des ciments du couple, solide et sans orages, qui a su faire partager à ses enfants sa passion artistique.

Elevées en externes au pensionnat du Sacré-Cœur, boulevard des Invalides, Yvonne et Christine se sont formées intellectuellement dans la fréquentation des amis de leurs parents. Les Lerolle ne sont pas seulement liés à des musiciens, ils ont beaucoup d'amis écrivains. De Paul Valéry à Francis Jammes en passant par Louÿs et Claudel, ils les connaissent depuis leurs débuts, bien avant qu'ils soient devenus célèbres. Comme on permet aux enfants de dîner avec les grandes personnes et même de rester en leur compagnie jusqu'assez tard le soir, Yvonne et Christine assistent depuis qu'elles ont quinze ans à des discussions animées, souvent éblouissantes. Elles se cultivent et affinent leur intelligence sans y penser, rien qu'en écoutant parler les invités de leur père. Elles peuvent aussi puiser dans la bibliothèque de la maison, où tous ces auteurs ont leurs livres parmi les générations d'écrivains qui les ont précédés, de Racine à Chateaubriand en passant par Mme de La Fayette. Elles ont très tôt abandonné la comtesse de Ségur, ses petites filles modèles et son bon petit diable, pour les envoûtements et les déchirements amoureux de *Paul et Virginie* ou de *La Princesse de Clèves*. Christine est des deux sœurs la plus littéraire.

Elle dévore romans et poèmes – pas de ceux qu'on réserve habituellement à leur époque à des créatures vertueuses, et destinées surtout à le rester. Verlaine et Baudelaire n'ont pas de secrets pour elle, qui verse des larmes et se sent pousser des ailes en lisant la *Chanson d'automne* ou les *Fleurs du mal*. Les parents n'interdisent rien – surtout pas les livres. Ils font pleinement confiance à l'art et aux artistes, si sulfureux soient-ils, ou interdits par la censure qui pèse sur tant d'autres familles bourgeoises.

Ces ardents catholiques ne ratent pas une messe, mais sont pourtant des libéraux. Ils ne peuvent pas plus concevoir de barrières dans l'art que dans le cœur ou l'élan de la foi. Le frère aîné d'Henry, Paul Lerolle, vient lui aussi dîner à la maison, en voisin, avec son épouse. Il amène souvent ses fils – les cousins germains d'Yvonne et de Christine –, qu'elles tiennent pour des frères de substitution. Les Paul-Lerolle habitent à trois minutes de chez eux, derrière l'église Saint-François-Xavier, au 10 avenue de Villars, un immeuble qui ouvre de l'autre côté sur l'avenue de Breteuil. Si Henry Lerolle est un artiste, Paul Lerolle, lui, a la tête politique. Conseiller municipal du VIIe arrondissement et député de la Seine, du parti de l'Action libérale, il soutient à l'Assemblée nationale des idées sociales avancées, comme le jour férié, déjà les congés payés, le droit de grève et celui d'association, pour lesquelles ce grand bourgeois se bat comme un lion. Ce qui ne l'empêche pas de rester un fervent catholique. Bien au contraire, puisque toutes ces idées de charité et de partage lui sont dictées au plus profond par le message du Christ. Il don-

nera un jour la réplique à René Viviani, futur ministre
du Travail, grand laïc devant l'Eternel, lorsqu'il se
vantera à la Chambre « d'avoir ensemble et d'un
geste magnifique éteint des lumières au Ciel », pour
défendre haut et fort son idéal et sa foi de chrétien.
Et rappeler dans l'hémicycle que ces étoiles que
Viviani méprise, en anticlérical fanatique, éclairent
non seulement sa propre vie, mais celle de tous ceux
qui ont besoin d'espérance. En ces temps de guerre
civile entre l'Eglise et l'Etat, les frères Lerolle partagent les mêmes convictions, tant sociales que religieuses.

La politique peut d'autant mieux s'immiscer dans
les dîners de famille que l'autre oncle des jeunes filles
du côté maternel, Paul Escudier, le frère cadet de
leur mère, est lui-même député de la Seine et
conseiller municipal du IVᵉ arrondissement. Lui aussi
du parti de l'Action libérale, catholique et progressiste, et bientôt – comme tout le clan Escudier-
Lerolle – partisan de Dreyfus, dont le procès vient
d'avoir lieu. La famille s'accorde. Il n'y aura pas de
pugilat chez les Lerolle. Il ne peut pas y en avoir :
parents et enfants, oncles et tantes, cousins et cousines s'accordent sur tout, avec une bonne humeur
confondante. Sans que personne ait à se contraindre
ou à jouer les hypocrites : l'accord entre eux est naturel. Le « Famille, je vous hais ! » de Gide – encore un
ami de l'avenue Duquesne – ne sera pas écrit pour
eux. Non seulement les Lerolle cultivent la vie de
famille, mais ils réussissent à la faire aimer autour
d'eux.

Il faut dire que les deux jeunes sœurs de Madeleine Escudier, mère d'Yvonne et de Christine, apportent leur charme velouté à ces soirées qui pour la plupart se passent quand même entre hommes. Jeanne Escudier a une beauté lumineuse – c'est à sa tante Jeanne qu'Yvonne ressemble, plus qu'à sa propre mère. Pianiste exceptionnelle, que les grands musiciens tiennent en haute estime, cette tante Jeanne partage avec Yvonne son talent de musicienne : les deux femmes ont la même finesse et la même fièvre délicieuse au clavier. Quant à leur tante Marie, la plus jolie voix et le plus joli minois des trois sœurs Escudier, née malicieuse et primesautière, elle a transmis à son autre nièce sa tournure d'esprit et son piquant. Christine est une moqueuse et une rieuse née, comme sa tante préférée. En 1897, Jeanne Escudier, mariée depuis plus de dix ans, est l'épouse du compositeur Ernest Chausson. Marie Escudier, celle d'un haut fonctionnaire, Arthur Fontaine. Chausson écrit à Lerolle, en 1892 : « Plus je vois de femmes charmantes, et j'en ai vu beaucoup cet an-ci, plus je trouve qu'il n'y en a aucune d'aussi charmante que nos femmes. Elles ont un petit quelque chose que je ne rencontre chez aucune autre et qui est délicieux. Je crois que nous ne sommes pas les seuls à nous en apercevoir. »

Il y a beaucoup d'amour dans cette famille. Et beaucoup de tendresse. Yvonne et Christine n'en ont jamais manqué.

Elles sortent peu dans le monde, si l'on entend par « le monde » le faubourg Saint-Germain, la haute aristocratie et la haute finance. En revanche, elles

sont liées à d'autres jeunes filles qui ont des origines et des intérêts similaires aux leurs, comme Julie
Manet (la fille de Berthe Morisot et d'Eugène Manet),
Paule et Jeannie Gobillard (les nièces de Berthe Morisot), Jeanne Baudot (une élève de Renoir), ou Geneviève Mallarmé (la fille du poète). Elles ont toutes le
même âge, à quelques mois près – Renoir a caressé
l'idée de les peindre en groupe, mais a finalement
renoncé à ce projet. Ensemble, chaperonnées par
leurs mères, tantes ou parentes, elles vont au théâtre,
à l'opéra, aux concerts. Elles fréquentent les expositions et les musées. Leurs sorties les plus audacieuses
ne les mènent jamais plus loin que le palais Garnier
ou le Louvre, la salle Pleyel ou la Comédie-Française.

Le nid douillet et protégé de l'avenue Duquesne,
où l'on ne pénètre que sur des critères familiaux ou
artistiques, est aux dimensions de leur univers : resserré sur la famille et ouvert sur les arts. Quand elles
partent en vacances, le cercle se déplace mais trans-
porte ses habitudes, sans rien changer à son rythme
de vie ni à ses fréquentations. Elles retrouvent dans
ces villégiatures les mêmes vastes salons et salles à
manger animés de conversations, mais aussi leur cher
piano. Henry Lerolle ne passe pas une journée loin
de lui : son piano est presque une personne, un
membre à part entière de la famille. Parmi les
charmes du château de Luzancy, qu'il a loué pour
l'été au comte de Bonnières, dans la vallée de la
Marne, afin d'y rassembler les siens – les Chausson
compris –, il n'y a pas seulement son épouse et ses
belles-sœurs, leurs enfants, leurs amis, il y a là cinq
pianos, pas moins ! Ce chiffre, loin d'être un record,

lui paraît raisonnable puisque dans cette famille nombreuse, tout le monde joue et ne peut se passer un seul instant de musique.

On s'amuse bien entre soi. On ne s'ennuie jamais. A une exception près : quand Henry Lerolle se rend chez ses beaux-parents Escudier, à Civray, dans la Vienne, près de Montmorillon. Il faut bien une fausse note quelque part. L'unique piano est un vieil Erard, mal accordé. L'église romane et les ruines du château féodal voisin ne l'en consolent pas ! Surtout, la compagnie de M. Escudier – « grand-père » pour les enfants – est assez rabat-joie : est-ce pour irriter son gendre, mais il n'aime ni la musique, ni la peinture, ni la campagne, et au lieu de canoter en famille sur la Charente qui coule en bas du jardin, il préfère s'en aller tout seul pêcher à la ligne ! Ernest Chausson lui-même, venu avec Jeanne, en devient « grincheux » – c'est son expression : « j'ai la grinche ! ». Il se plaint à Lerolle, qui ne connaît que trop bien l'endroit : « Nous ne sommes là que depuis deux jours et déjà nous pensons à fuir. » Il faut préserver l'harmonie.

Savoie, Auvergne, Pyrénées, vallée de la Marne ou de la Seine, côte normande, pays picard : quand elles voyagent, les deux sœurs emportent leurs partitions et leurs livres, Henry Lerolle ses boîtes à couleurs, ses brosses et ses pinceaux, ses cahiers de dessins, son chevalet et aussi son violon. Un vrai déménagement. Les lieux huppés à la mode comme Deauville ou Biarritz plaisent moins aux parents Lerolle que La Tranche-sur-Mer, Salies-de-Béarn ou Veules-les-Roses. On les trouve assez souvent à Lourdes, pour le pèlerinage du 15 août. Entre peinture et piano ou

violon, on fait des parties de croquet, on joue au ballon, on se promène en barque. Les deux garçons,
Jacques et Guillaume, s'entraînent sur leurs premiers
vélos. On applaudit Henry Lerolle et l'oncle Ernest
Chausson, quand ils s'y essaient : eux aussi ont des
bicyclettes toutes neuves. Guillaume Lerolle s'en
souviendra longtemps : « C'est là [à Civray, chez son
grand-père maternel], que je vis pour la première fois
mon oncle Ernest et mon père faire leurs débuts de
cyclistes. Ils avaient tous deux l'accoutrement de
l'époque : maillot, petite casquette et culotte col-
lante. Je les voyais souvent faire des chutes et j'étais
témoin de leur difficulté à descendre de machine. »
Ils sont beaucoup plus agiles au billard.

Parfois, les deux sœurs se déguisent. En Orientales, par exemple, ou en danseuses. Tantôt elles imi-
tent les femmes dans un harem – une photographie
des années 1890 les montre voilées, fumant et prenant des poses lascives. Ces jeunes filles sérieuses ont
des fantasmes qui le sont moins. L'une des amies de
leur père, venue poser dans son atelier, les fait particulièrement rêver : la Loïe Fuller. Cette artiste amé-
ricaine, qui a révolutionné la danse en évoluant
pieds nus et presque nue sur les scènes du Châtelet
et des Folies-Bergère, a tenu à avoir son portrait par
Lerolle. Elle lui a laissé ses voiles en souvenir, ceux
avec lesquels elle a produit les plus grands frissons.
Des voiles transparents, vaporeux, parfumés avec
lesquels elle a notamment dansé, au Théâtre des
Champs-Elysées sur des *Nocturnes* de Debussy.
Christine et Yvonne s'en sont emparées. Elles ne se
lassent pas depuis de s'en draper pour danser à leur

tour dans des ballets improvisés – strictement familiaux, bien sûr. Sur une autre photo de famille, on
les voit s'en servir à tour de rôle comme d'une paire
d'ailes pour s'envoler telle la Loïe Fuller dans sa
fameuse Danse du Papillon. Leur père applaudit à
tout rompre, leur mère est attendrie, leurs frères
rient, les oncles, les tantes, les cousins sont ravis.
C'est l'enchantement de la vie. Beauté, douceur,
légèreté, amitié, fantaisie. Les fées qui semblent les
combler leur ont offert tous les dons. Comment les
deux sœurs pourraient-elles imaginer, dans cette
atmosphère radieuse, que le destin parfois bascule ?

Il reste de cette époque heureuse un tableau qui
représente Henry et Madeleine Lerolle avec leurs
quatre enfants. C'est un de leurs amis qui l'a peint,
en 1892 : Eugène Carrière. Catholique et dreyfusard,
ce qui n'est évidemment pas pour déplaire avenue
Duquesne, sa fibre socialiste met un peu de piment
dans les relations mondaines. Ce peintre inclassable,
qui n'est ni académique, ni impressionniste, ni vraiment symboliste, mais peut-être tout cela à la fois,
remporte des succès aux Salons avec ses natures
mortes, dans le genre « Tasse et poire » (1885), et ses
portraits de contemporains. Degas, qui a la dent
dure, a surnommé ce confrère qu'il n'aime pas « le
Watteau à vapeur ». Carrière peint en effet dans un
style embrumé, nuageux et flou, avec des couleurs
plus sombres encore, surtout plus troubles que celles
de Lerolle – des bruns délayés, des marrons un peu
jaunes –, pas très gaies, on peut le constater. Pour
cette immense toile de 1,585 m sur 2,215 m précisé-

ment, il est venu travailler avenue Duquesne où la famille a posé. On a l'impression, à cause du dégradé de lumière, que Carrière les a fait poser devant un feu de cheminée en demi-cercle : les uns sont plus éclairés que les autres. Mais ce n'est qu'une supposition : aucune cheminée n'apparaît dans le tableau. Henry est assis à droite, sa barbe se noie dans le fond marron de la toile. Yvonne Lerolle est la haute et mince silhouette debout au premier plan. Christine est à gauche, avec Guillaume : on les distingue à peine, Guillaume n'a pas de visage – enfin, son visage est brouillé, comme passé au chiffon. Au centre, Madeleine, la mère, attire le regard avec sa robe claire. Un de ses bras tombe sur le bras du fauteuil. De l'autre, elle tient le petit Jacques, en costume à col marin (mais il faut une loupe pour le remarquer). On ne peut pas dire que les traits des personnages se fixent dans la mémoire. L'ensemble est trop évanescent. Mais c'est quand même un portrait intéressant : la famille, serrée dans une atmosphère de brou de noix, forme un tout compact, indissociable. Les individus n'ont pas compté sous le pinceau de Carrière. C'est le groupe qui l'a intéressé. Il en a capté la particularité : une famille unie où chacun est proche. Une seule faute, de la part du peintre, nous semble-t-il : il a fait disparaître le piano ! Quand on connaît cette famille, on en ressent l'absence. Comme le deuil ou l'oubli d'un parent.

Le bonheur aussi semble lui avoir échappé, ce qui est encore plus curieux. La couleur de prédilection de Carrière, ce marron qui tourne au jaune, n'inspire pas l'optimisme. Mais enfin tous ces visages sont fermés. Personne ne sourit. Il y a un air de souffrance sur la figure d'Yvonne. Alors qu'en fait, à cette époque, la vie des deux sœurs Lerolle est encore si joyeuse et légère. Elles semblent même n'avoir que des privilèges. Mais l'art qui les entoure, l'art où elles respirent chaque jour, a aussi ses poisons. Il est possible que le peintre Carrière en ait deviné l'obscur et lent cheminement. Les prochains ravages.

Le peintre enivré de musique

Héritier d'une entreprise prospère de bronziers d'art, Henry Lerolle pourrait se contenter de fumer le cigare ou de voyager, en vivant de ses rentes. Mais il a choisi d'être peintre et peindre n'est pas du tout pour lui une occupation de dilettante, un passe-temps d'oisif, mais un véritable métier et une passion là encore, aussi ancrée en lui que la musique.

Grand, mince, le visage allongé, la barbe en pointe, il affiche l'allure d'un grand bourgeois. Mais c'est un authentique artiste. S'il vit loin de la bohème, il n'en est pas moins tourmenté par le démon de la peinture. Il doute souvent de son talent. Quand Renoir vient peindre le portrait de ses filles, il est en proie à une grave crise intérieure et s'interroge sur son art, au point qu'un jour il cessera de peindre. Reconnu depuis 1875 environ parmi les peintres officiels de son époque, cet inquiet, ce modeste, jouit d'une solide notoriété. Car il expose au Salon sans interruption depuis qu'il a vingt ans. En 1868, son premier sujet y fut remarqué : une nature morte inaugurait sa carrière, un chevreuil ! Le Salon, qui a si souvent et si obstinément fermé sa porte à tant de peintres qui sont ses amis, n'a pas cessé de l'honorer, lui, en le gratifiant de plusieurs médailles qui lui ont valu des articles enthousiastes des meilleurs critiques de son temps. Henry Lerolle est même décoré de la Légion d'honneur. Ses doutes, ses angoisses, qui le taraudent, étonneraient ses admirateurs s'il les leur confiait. Il n'a pas connu les humiliations ni les échecs répétés de ses amis impressionnistes, cruellement moqués et refusés. Son parcours professionnel ressemble à une voie royale. Un jour, pourtant, il renoncera à ses pinceaux officiels. Il continuera à peindre pour lui-même, des dessins, des toiles intimes, qu'il se refusera à montrer hors du cercle de sa famille et de quelques amis. Ce qui lui fera dire : « Assurément ma vie doit paraître comme celle d'un raté – mais pour moi elle ne l'est pas puisque j'ai su me retrouver moi-même (…), pour ne plus vivre qu'avec mon cœur. » La sincérité est chez lui aussi forte que l'ardeur.

Lerolle déteste l'académisme. Ce peintre officiel a pris en grippe les Beaux-Arts. Il n'a jamais voulu y étudier, malgré l'avis de son père, préférant l'enseignement plus libéral de l'Académie suisse, ou les conseils naïfs d'un premier professeur, Lucien Lamothe – artiste qui devait mourir de faim et de misère et qui se révéla avoir été aussi le premier professeur de Degas. Maurice Denis, un de ses amis intimes, parlera de sa « tournure d'esprit anti-académique, anti-officielle, qui (comme chez Degas) allait parfois jusqu'au parti pris », observant au passage que c'était « une chose assez curieuse dans un milieu bourgeois ». Lerolle est un homme libre. Un irréductible, avec un sourire d'ange. Toute sa jeunesse, il a travaillé au Louvre, copiant sans relâche les chefs-d'œuvre des peintres pour lesquels il éprouve une véritable dévotion : Rubens, Poussin, Véronèse. Il croit à la modestie de l'apprentissage et à la supériorité absolue de quelques génies. Sans prétention pour lui-même, il œuvre en artisan. Comme son père et son grand-père avant lui : les artistes bronziers. C'est au Louvre qu'il s'est lié d'amitié avec des peintres qu'il a mis longtemps à oser aborder, mais qui sont très vite devenus des proches comme Fantin-Latour. Son cercle, grâce à eux, s'est élargi d'un nombre étonnant d'artistes qu'il fréquente régulièrement, et qu'il semble avoir tous choisis pour leur talent, d'Albert Besnard à Puvis de Chavannes, en passant par Forain et Manet, entre autres. Il préfère leur compagnie à celle des banquiers, des hommes d'affaires ou des rentiers oisifs qui auraient pu tout aussi bien l'accompagner, sur une autre route et pour un autre destin.

Sa famille étant liée depuis des générations à l'art, par l'artisanat, on retrouve chez lui ce goût inné qu'il doit tenir en partie de ses gènes. Son père, Timothée Lerolle, se définissait en effet comme « artiste bronzier ». Dans son atelier – on appelait ainsi la fabrique –, Henry pouvait regarder, enfant, les ouvriers donner forme à un cheval et à son cavalier ; il avait le droit de mouler de petits objets, qui étaient ensuite coulés dans le bronze, comme ceux des sculpteurs de métier. Plus tard, à dix ou douze ans, il réalisa un encrier qui resta jusqu'à sa mort sur sa table à écrire.

Souvenir d'une enfance heureuse, mais tout autant de sa jeunesse passée avec des artistes-artisans, ce modeste objet était pour lui une fierté. Et une fidélité.

Henry Lerolle est un homme pacifique. Conciliant et doux, il aime que règne autour de lui une bonne entente. Aussi fait-il en sorte que chacun soit heureux, sa femme, ses enfants et ses amis entre eux. Profondément catholique, ponctuel à la messe et confiant dans le Seigneur, il garde une entière sérénité dans une époque plus que tumultueuse, où les querelles les plus violentes harcèlent les familles. Il répond avec une égale courtoisie aux commandes de l'Etat comme à celles de l'archevêché, et peint avec la même flamme ses sujets religieux ou ceux qu'inspire une haute morale laïque. Ses toiles décorent aussi bien les églises que les monuments publics. Ainsi a-t-il peint des fresques pour la salle des fêtes de l'Hôtel de Ville : *La Science et la Vérité instruisant la Jeunesse*. A la Sorbonne, son *Albert le Grand* et son *Saint Jacques* ont été conçus dans le même esprit d'élévation et d'exemplarité – Albert le Grand, théologien et philosophe allemand, de l'ordre des Dominicains, maître de saint Thomas d'Aquin et saint Jacques, apôtre et premier évêque de Jérusalem, martyr de la première ère chrétienne. Lerolle s'est fait une spécialité de ces nobles sujets, sur fond d'histoire et de religion mêlées. Ce sont tous de très grands tableaux, qui par leurs dimensions trouveraient difficilement leur place dans un appartement ordinaire. Il leur faut de hauts plafonds et un vaste espace, pour qu'ils puissent déployer leurs perspectives. Comme l'Hôtel de Ville et la Sorbonne, les églises répondent à ces deux critères : *Le Baptême de saint Agard et de saint Aglebert*, à Créteil, et à Paris, *La Communion des apôtres* ou *La Fuite en Egypte*, l'un à la chapelle des Dominicains, l'autre à celle des Capucins, ont été peints avec des escabeaux et des échelles. Sans parler des échafaudages de l'Hôtel de Ville, qu'il escaladait avec souplesse – c'est un homme fin, léger. Il y a travaillé aux côtés de deux de ses grands amis : Albert Besnard, chargé des plafonds, et Eugène Carrière, chargé, lui, des écoinçons (les « coins », de forme triangulaire, entre deux arcs tangents, dans un langage moins technique).

Des calvaires, des fils prodigues et des béatitudes : la religion tient la plus grande place dans l'œuvre de Lerolle. On peut en retrouver la trace dans des chapelles, des sacristies et des églises, à Caen, à Carcassonne, à Pau, à Dijon, à Semur-en-Auxois. A Paris, l'église Saint-François-Xavier, qui est sa paroisse, lui a commandé *La Communion des apôtres*, installée dans une chapelle à droite de la nef, et un diptyque intitulé *La Communion*, malheureusement relégué aujourd'hui dans la sacristie des mariages – il faut demander la clef pour aller le voir. Un groupe de femmes, vêtues de longues robes noires et tenant à la main un missel, dirigent leur regard vers l'autel où un prêtre donne la communion à un personnage agenouillé. Quelques religieuses à cornette, dans le fond. Un enfant de chœur. Le tableau est assez dépouillé, il donne même un sentiment de vide. Ce qui frappe, dans ce vide que sou-

ligne une lumière blanche, c'est la profondeur du
noir des costumes : un noir mat, qui n'est pas sans
rappeler la qualité des noirs de Manet. Une impression de douceur et de paix émane de ce tableau
immense. Encore que décalée dans le temps, démo-
dée par ses costumes et son apparat, la scène est
vivante : on y ressent la ferveur, dans cet instant de
la prière communautaire. Le silence en est presque
palpable. Yvonne et Christine, qui vont à la messe
dans cette église, ont pu y admirer et y reconnaître
les traits des trois visages, au premier plan à gauche :
ce sont leur mère et leurs tantes (Madeleine, Jeanne
et Marie Escudier). Henry Lerolle les prenait souvent
pour modèles, parce qu'elles étaient jolies et qu'il les
avait toutes les trois sous la main. Ses tableaux, où
passent des vierges ailées parmi des saintes en prière,
font une grande place à la femme, toujours rêveuse,
élégante et chaste, parmi les penseurs, les théolo-
giens, les professeurs de cette République en gibus
qui n'a pas encore décidé la séparation de l'Eglise et
de l'Etat. Pour les personnages masculins, il demande
souvent à son entourage de poser : son frère et ses
neveux lui ont prêté leurs visages et leurs silhouettes
pour ses panneaux de l'Hôtel de Ville.

Son tableau le plus connu, *A l'Orgue*, peint à
Saint-François-Xavier, est aujourd'hui au Metropolitan Museum, à New York. La plus jeune sœur de sa
femme, « tante Marie » pour Yvonne et Christine, y
tient le rôle de la soprano, debout au premier plan.
Il s'y est représenté lui-même, au fond, parmi les cho-
ristes, en compagnie de Madeleine, assise, et d'Ernest
Chausson (« Oncle Ernest »), de profil. Mais c'est

tante Marie qui attire toute la lumière. Puvis de Chavannes, découvrant un jour cette toile à l'atelier de
Lerolle, envoie un baiser à l'adorable silhouette de la
chanteuse : « Mademoiselle, vous êtes charmante ! »
lui dit-il. Henry Lerolle rapporte cette anecdote au fil
de la plume, dans des souvenirs inédits.

A propos de *A l'Orgue*, il raconte aussi avec humour
une autre aventure qui lui est arrivée. Au Salon de
1894, le tableau eut du succès, mais ne lui fut pas
acheté. La seule proposition lui vint d'un certain
Bulka, « un commissionnaire qui m'achetait quantité
de tableaux pour l'Amérique ».

« Il le trouvait trop grand :

« — Ne pourriez-vous pas couper toute cette partie où il n'y a rien ? (Toute la partie droite est en effet
une architecture vide, d'un blanc crémeux.)

« — Je lui répondis : j'aimerais mieux couper la
partie où il y a quelque chose, parce que c'est là où
il n'y a rien qu'est mon tableau.

« Naturellement, il a cru que je me moquais de lui
et il n'en a plus été question. Le fait est que toute
cette partie vide, c'est l'église où j'ai tenté de faire
vibrer la voix de ma chanteuse. »

Henry Lerolle ne se cantonne pas dans les tableaux
de commande. Son œuvre intime est tout aussi abondante et, peut-être, plus attachante. Il peint des paysages de mer ou de campagne, selon l'endroit où il se
trouve en vacances – il a toujours un cahier de dessins et des crayons, des pinceaux, sous la main. Des
grèves mauves, des flots bleus doux, des meules et
des moutons : quand il ne travaille pas à ses grandes

fresques officielles, le peintre s'abandonne à son penchant bucolique. Il aime beaucoup peindre les arbres qui, sous son pinceau délicat, perdent souvent leurs feuilles, s'émacient et se fanent. Les bergères le font rêver : l'une d'elles, peinte pour le Sénat et intitulée sobrement *Dans la campagne*, a dû inspirer bien des sénateurs, amateurs de beaux corsages et de minois langoureux. La bergère de Lerolle a l'air au bord de la pâmoison en gardant ses moutons. Ce peintre catholique, dont la morale irréprochable n'est pourtant pas austère, ne néglige pas le nu : ses odalisques, en clair-obscur, ont une lascivité qu'il préfère garder au secret de son atelier. Comme ses *Jambes* (aujourd'hui au musée d'Orsay) : le motif d'un tableau entièrement dédié au dessin de longues jambes nues, à demi allongées, appartenant à une mystérieuse et très belle femme déshabillée. Il fait alors appel à des modèles, qui répondent à ses critères d'érotisme et de grâce. Ce sont les rares tableaux pour lesquels il ne demande pas aux femmes de la famille de poser pour lui. Encore qu'on n'en soit pas absolument certain.

D'un tempérament réservé et pudique, Henry Lerolle n'élève jamais la voix en famille. Remarquable par sa capacité de compréhension, par sa manière attentive de savoir écouter les autres, il parle rarement de lui et, par petites touches, de ce travail qui pourtant est une grande part de sa vie. Sujet à la mélancolie, sans pour autant tomber dans la dépression amère, il n'a pas confiance en lui. Il doute de ses dons d'artiste, ce qui le rend souvent préoccupé et triste. Il le dira un jour à Maurice Denis, quand celui-ci lui exprimera ses propres angoisses de peintre : « Il n'y a que Bouguereau ou Rembrandt pour ne pas douter. » Ses teintes préférées, en peinture, traduisent sa personnalité toute en nuances et en finesse. En dehors du noir qu'il affectionne dans ses fresques et dans ses panneaux, il peint surtout dans les bruns – brun-ocre ou brun-gris, plus techniquement de la terre de Sienne rabattue de blanc. Cela lui a valu de la part de Willy – le mari de Colette –, critique redouté de *Art et Critique*, le surnom de « peintre au café au lait ». Ses « grisailles », dans la tradition des maîtres de la Renaissance, où le gris chez lui hésite à dominer le brun, atteignent des sommets dans l'art de la non-couleur. Il n'y a pas plus opposé à Renoir par la tonalité.

Autant Renoir est un coloriste flamboyant, amoureux de tous les éclats de la palette, autant Lerolle reste fidèle aux demi-teintes, toujours mêlées de blanc ou de cette pointe de noir qui en diluent les effets. Même le blanc ou le noir purs, que d'autres peintres contemporains traitent avec panache et même avec fureur, comme Manet qui rend le noir joyeux, ou comme Berthe Morisot qui donne au blanc son évanescence de cygne sur l'eau d'un lac, il les atténue, il les patine. Il les dilue quand il en use. Il veut les adoucir. Il a beau aimer la lumière – tous ses tableaux en témoignent –, il en fige souvent les reflets. C'est un sobre. Ses traits précis, qui prouvent un métier acquis auprès des plus grands maîtres du dessin, refusent l'emphase. Le torrent de couleurs des impressionnistes le gêne pour lui-même, comme une impudeur. Ce qui ne l'empêche pas d'admirer ces peintres qui ne lui ressemblent pas – il sera l'un des premiers défenseurs de Gauguin. Et l'un de ses tout premiers collectionneurs. En 1898, il achètera une *Tête de Canaque coupée*. Ce qui lui vaudra ce commentaire de Gauguin, écrivant de Tahiti à son ami le peintre Daniel de Monfreid : « Lerolle qui est artiste et très riche paie peu mais qu'y faire ? Chez lui, le tableau est très bien placé en ce sens qu'il y vient beaucoup de monde et, la preuve que mon tableau a de la valeur, c'est qu'un artiste officiel ou non l'achète. » Dans cette toile, le rouge flamboie : rouge du sang, rouge de la montagne. Lerolle aime la couleur chez les autres.

En art, Rembrandt reste son dieu. Parmi ses contemporains, il est plus proche d'Eugène Carrière ou de Puvis de Chavannes que de Renoir ou de Gauguin. Son réalisme inspiré et mystique s'accorde à la délicatesse des symbolistes, à leurs halos, à leurs nuages. Mais il se tient à l'écart des groupes. Il se méfie des étiquettes. Les seuls cercles qu'il revendique sont ceux de la famille et de l'amitié. Pour les siens, femme, enfants, frère, belles-sœurs et beaux-frères, et ses nombreux amis, Lerolle demeure un roc. Ses sentiments sont calmes et stables. Incapable de se brouiller, il ne retire jamais son affection. Sa femme et ses quatre enfants forment le premier cercle. Mais les musiciens, les peintres, les sculpteurs, les poètes et les écrivains qui l'entourent, et qu'il a choisis en fonction d'affinités tant humaines qu'artistiques, lui sont également chers. Leur compagnie agrandit la famille. Lerolle tient chez lui table ouverte. Les amis se retrouvent avenue Duquesne, souvent à l'improviste. On dîne, puis l'un ou l'autre se met au piano, pour un concert improvisé. On récite des vers, on parle formes et couleurs, les esprits se délient. Valéry, Claudel, Mallarmé, Pierre Louÿs, Henri de Régnier, Francis Jammes rejoignent les musiciens et les peintres. Paul Claudel amène plusieurs fois sa sœur Camille chez les Lerolle. C'est là que Valéry remarque « les beaux bras nus » de Camille Claudel et qu'elle tourne la tête à Debussy – un flirt sans lendemain.

Henry Lerolle est un des premiers à acheter les œuvres de cette artiste qu'il admire et dont il est un des rares collectionneurs. En 1897 – date du portrait de ses filles par Renoir –, il possède déjà trois sculptures de Camille Claudel : un *Torse de femme*, une *Tête de jeune fille avec un chignon* et un *Vieil aveugle chantant*. Il en acquerra une quatrième, plus tard : un buste de son ami Paul, à l'âge de trente-sept ans. Les sculptures de Camille, quelques-unes aussi de Rodin, dont une version en bronze de *Ugolin*, d'autres d'Alfred Lenoir (qui a réalisé le christ sur le maître-autel de Saint-François-Xavier), sont posées sur les commodes, les manteaux de cheminée ou le piano à queue. Lerolle découvre, soutient, encourage des créateurs qui trouvent en lui non seulement un mécène mais un ami. Et en tout cas un homme dépourvu de préjugés. Voici ce qu'il dit par exemple de Verlaine, rencontré par hasard, alors que le poète sortait de chez Eugène Carrière, avenue de Ségur, où il venait de poser pour son portrait, et que lui-même y entrait avec son épouse pour prendre des nouvelles de celui que Carrière leur avait promis : « Il est aussi

bizarre au physique qu'au moral. Il est bien dégoû-
tant et tous les chiffonniers de l'avenue de Clichy ont
l'air aussi poète que lui. Je suis content de l'avoir vu.
Et quand on voit ce qui sort d'un homme pareil, on
doit se demander ce qu'il y a dans tous les hommes
dont on ne connaît que l'extérieur ; et que ceux dont
on n'a rien vu sortir ont peut-être aussi au fond de
belles lettres et de belles ardeurs. Ce que je crois du
reste, la plupart du temps. » Verlaine qu'il admire.
Verlaine, qu'il donne à lire à ses filles et dont elles
savent par cœur les poèmes.

Les soirées qui lui permettent d'accueillir ses amis
chez lui n'ont rien de formel ni de convenu. Dépour-
vues de snobisme, elles ne procèdent d'aucun proto-
cole ni d'aucun esprit de compétition. On y chante,
on y plaisante, on y bavarde agréablement dans une
atmosphère détendue et on n'y tient pas de discours.
Voici le genre de billet que Lerolle envoie pour
convier l'un de ses amis chez lui – ici, en l'occurrence, le 11 juin 1896, Pierre Louÿs : « Mon cher
ami, est-ce que vous voudriez me faire l'amitié de
venir dîner chez moi Mardi prochain, avec quelques
amis ? Il y aura Degas, Renoir, Debussy et quelques
autres. »

Ce à quoi Louÿs répond : « J'aurai grand plaisir à
me rendre à votre invitation si aimable, surtout si
vous voulez bien, dans la soirée, me conduire à votre
atelier et me montrer de nouvelles toiles exquises. »

Lerolle, en s'entourant d'amis, souhaite établir
chez lui l'union des cœurs et des âmes, autour d'une
musique supérieure qui participe pour lui de l'Eternel. La musique peut provenir d'un piano, d'un vio-

lon, d'une voix, mais tout autant d'un livre, d'une sculpture, d'un tableau – ou de la simple prière. Ce fervent catholique, croyant et pratiquant, craint toujours de peindre « dans le cliché ». Il veut vivre dans l'authenticité : celle des sentiments, des talents et de la foi.

Henry Lerolle se dit un homme heureux : « Tous ceux que j'ai aimés dans la vie me l'ont rendu, c'est ce qui fait que j'ai toujours été si heureux. »

Lorsque Renoir entre pour la première fois au 20 avenue Duquesne, il est comme tous les visiteurs frappé par le nombre et, plus encore, par la qualité des tableaux aux murs. Henry Lerolle n'en a pas hérité. Il les a choisis ct acquis un à un, avec autant d'intelligence et de prescience que ses amis. Il y a là de très beaux Corot, des Fantin-Latour, des Eugène Carrière et des Puvis de Chavannes, des Berthe Morisot, des Monet, des Maurice Denis. Bientôt deux beaux Gauguin. Mais il y a surtout des Degas, huiles, dessins et pastels, qui forment à eux seuls une très belle collection. Elle a commencé en 1881 – c'est Lerolle lui-même qui donne la date –, lors de sa toute première visite à l'atelier de Degas, qui se trouvait alors rue Victor-Massé : « J'admirais tout ce que je voyais, ce qu'il était en train de faire, ce qui traînait sur les meubles, par terre, partout. Et après un moment d'hésitation, je lui dis timidement : "Dites donc, Degas, est-ce qu'il n'y aurait pas moyen d'avoir quelque chose de vous ?" Alors, sans me répondre, il alla dans un coin où étaient rangés quelques tableaux les uns sur les autres, il en tira un représentant trois femmes en chemise se coiffant. Il me le montra et me dit d'un air bourru : "Voulez-vous ça ?" Moi, émerveillé, je réponds : "Je crois bien que je veux ça ! Mais, combien ? – Trois cents francs", dit-il, toujours du même air bourru. "Oh !!!" Je lui donnai trois cents francs et j'emportai mon tableau en le remerciant. C'est ainsi que j'eus mon premier Degas. » – Les *Femmes peignant leurs cheveux* sont aujourd'hui à la Phillips Collection, à Washington.

On connaît les circonstances de son deuxième achat, « très peu de temps après ». La scène ne se passe pas cette fois dans l'atelier du peintre mais chez son marchand, Durand-Ruel, dont la « boutique » (le mot est de Lerolle) se trouvait à cette date rue de la Paix. « Je passais un soir avec Madeleine devant la boutique de Durand-Ruel, rue de la Paix. Nous voyons exposé un petit tableau de courses de Degas. Il m'a paru si joli qu'après l'avoir regardé, tous les deux avec envie, je dis à Madeleine : "Si nous l'achetions !" Elle me répondit : "Si tu veux." Alors nous sommes entrés. Seulement, c'était un prix ! Trois mille francs !! mais c'était si joli ! Nous nous sommes décidés… et nous ne le regrettons pas. C'est mon second Degas. » – *Avant la course*, qui représente cinq jockeys au départ, fait aujourd'hui partie de la collection Clark, à Williamstown.

Renoir pourrait être jaloux, s'il était porté à l'être, de cet engouement de Lerolle pour Degas. Alors que son ami et compagnon de route impressionniste, auquel il est lié malgré son mauvais caractère, est fortement présent avenue Duquesne, lui-même n'est encore que très peu représenté dans ce temple très privé de la peinture contemporaine. Lerolle lui a acheté, en 1889, une *Baigneuse s'essuyant* merveilleusement sensuelle. Ses chairs roses et généreuses ont séduit le chantre de *La Communion des apôtres*, qu'on aurait tort de prendre pour un pudibond. Mais il s'est arrêté là. Renoir doit se sentir déçu qu'un mécène, si curieux de l'art de son temps et artiste lui-même, incontestable découvreur de talents, puisse passer à côté du sien. D'autant que Lerolle, esprit curieux et ouvert, porte grande attention à ses contemporains : « J'ai toujours aimé la peinture des autres plus que la mienne », dit-il sans fausse modestie. « Je faisais la mienne le mieux que je pouvais mais, une fois faite, je n'en voyais que les défauts et, en la comparant avec tout ce que j'aimais tant chez les autres, je ne savais plus qu'en penser. » Renoir n'a pas pu rester indifférent au message que ces toiles choisies avec tant d'amour induisent : il est clair que de tous ces « autres » peintres qu'il fréquente et qui ornent son cercle privé, Lerolle préfère Degas. Peut-être est-ce même une des raisons pour lesquelles Renoir lui a proposé de peindre le portrait de ses filles. L'idée vient de lui. Non de Lerolle. De la part de Renoir, c'est une manière habile de se pousser dans ce cénacle. Conscient de l'importance qu'y occupe la musique, il décide de faire asseoir les deux jeunes filles de la maison à leur piano – ce piano noir, un Pleyel, qui est le cœur du foyer Lerolle. Mais ce n'est pas la seule raison de son choix. Il s'est arrangé pour que l'angle de vue auquel il va travailler englobe les deux tableaux au mur, juste derrière le piano : accrochés là, on s'en doute, à la meilleure place. Ce sont deux pièces maîtresses de la collection de Lerolle, deux Degas, une huile et un pastel, auxquels le maître de maison voue une affection particulière : à gauche, le tableau des jockeys en casaques multicolores, *Avant la course*, qu'il a acquis chez Durand-Ruel (son second Degas, dans l'ordre de ses achats), à droite des danseuses en tutu rose – un bout du pastel qu'on ne voit pas en entier, vraisemblablement *Danseuses sous un arbre* (aujourd'hui au Norton Simon Museum, à Pasadena). Renoir va consciencieusement les reproduire l'un et l'autre, mais en les estompant, en y mettant un peu de flou, pour mieux faire ressortir au premier plan ses propres couleurs : la joie, la sensualité.

Les jeunes filles assistent depuis qu'elles ont quinze ans à toutes les soirées de leurs parents et en sont sans doute un des charmes. Elles en oublieraient presque que tous ces messieurs qui viennent en veston – l'habit serait trop cérémonieux, trop faubourg Saint-Germain – sont des artistes d'exception. Pour elles, ce sont des amis de leur père, elles les appellent « monsieur ».

Monsieur Degas, Monsieur Renoir, Monsieur Debussy donnent du « mon cher Lerolle » au maître de maison et s'adressent à elles en disant « mademoiselle Yvonne » ou « mademoiselle Christine ».

Elles connaissent leurs goûts, leurs habitudes, leurs petites manies. Quand Degas vient – il s'annonce toujours –, elles enlèvent vite les fleurs des vases, elles enferment leur chien dans l'office et elles se gardent de babiller : capable de repartir aussitôt si on contra-

rie ses phobies, cet invité difficile et exigeant ne supporte ni fleurs, ni chiens, ni enfants autour de lui.
Tous ces amis de leur père sont pour elles des parrains, des oncles par procuration, de gentils compagnons. Quand le soir tombe, la maison s'anime de
leurs conversations et de leurs rires. Leur mère
chante. Dans la fumée des cigares, Debussy va se
mettre au piano.

Le piano du scandale

Avec sa barbe de faune, son sourire sensuel et ses yeux qui jettent du feu, Achille-Claude Debussy captive les jeunes filles Lerolle. Il est l'un des plus séduisants amis de leur père : à la fois fougueux et enivrant par les ensorcellements de sa musique. Lorsqu'il arrive pour la première fois avenue Duquesne, introduit par l'oncle Ernest Chausson au début des années 1890 – il n'a pas trente ans –, il est déjà auréolé d'une légende, à ne pas confondre avec un halo de saint, un de ces saints qu'Henry Lerolle a l'habitude de représenter dans sa peinture religieuse.

Son père, Manuel Debussy, qui fut marchand de faïences et d'estampes, a fait de la prison comme communard.

Son premier professeur, enfant, fut Mme Mauté de Fleurville : la belle-mère de Verlaine (la mère de la malheureuse épouse du poète, Mathilde). Cette Mme Mauté, sa première admiratrice, était une élève de Chopin ! Chez elle, il a rencontré Rimbaud.

Il fréquente le Chat-Noir, à Montmartre, et d'autres cabarets où se retrouvent zutistes et hydropathes, dont le genre contestataire a de quoi ébouriffer les bourgeois chez lesquels il a donné des leçons ou servi de pianiste d'accompagnement à ses débuts.

Prix de Rome en 1884, il s'est enfui de la Villa Médicis, où il avait l'impression de dépérir, pour les beaux yeux de Marie-Blanche Vasnier, épouse d'un célèbre architecte, à laquelle il a dédié cinq mélodies de ses *Fêtes galantes* – elle chantait à ravir. Mais surtout pour retrouver Paris, « la peinture de Manet et les airs d'Offenbach ». Il a beau habiter une mansarde, c'est là qu'il est heureux. Avec ses amis, avec ses maîtresses.

De retour d'Italie, il rencontre une jeune femme, Gabrielle Dupont – « Gaby » –, avec laquelle il se met en ménage. Les deux sœurs Lerolle ont entendu dire que Gaby a les yeux verts. Un regard de sirène. Un compatriote normand a écrit à son propos dans un journal local (*Le Pays d'Auge*), que cette belle blonde née à Lisieux et fille d'une couturière « aurait pu sortir d'une œuvre de Toulouse-Lautrec ». Elle est très libre, fume, a des amants et fréquente les cafés – c'est dans l'un d'eux que Debussy l'a rencontrée, devant une chope de bière. Ce n'est pas précisément le genre de compagne qu'on présente dans les salons, à cette époque. Bien que les Lerolle soient au courant de sa liaison, Debussy garde Gaby au secret. Il ne l'emmène pas dans le monde.

Chez Lerolle, il retrouve son meilleur ami, le poète Pierre Louÿs – « Tu es celui de mes amis que j'ai le plus aimé ». Ils fréquentent ensemble d'autres cercles : le salon des Heredia, rue Balzac, où l'on rencontre beaucoup d'académiciens et où trois jeunes filles concurrentes – les filles de José Maria de Heredia – exercent leur pouvoir d'attraction sur tous les artistes amis de leur père, et celui de Stéphane Mallarmé, rue de Rome, où la jeune fille de la maison, Geneviève Mallarmé, est une ombre bien pâlotte sous le soleil paternel. Rendez-vous incontournables des jeunes artistes ambitieux, c'est là que s'établissent les réputations. Chacun y lit ses poèmes à voix haute ou écoute les jugements du maître, énoncés d'une voix suave, près du poêle en faïence bleue. Réputé comme un des plus fins versificateurs de son temps, Louÿs ne manque pas un mardi de Mallarmé : sa poésie comme sa conversation sont très appréciées, rue de Rome, par le poète de *L'Azur* – « L'Azur, l'Azur, l'Azur, l'Azur ! » – auquel il est un des rares à pouvoir donner la repartie, au cours de dialogues sibyllins. Chez Lerolle, l'atmosphère est bon enfant : on n'y est gêné ni par le cérémonial qui préside aux réunions mallarméennes – cet étouffant silence où résonnent des mots si souvent incompréhensibles –, ni par les énormes nuages des havanes que Heredia fait venir de Cuba, sa patrie d'origine, et dont les effluves se mêlent aux parfums des enfants fleurs dans un débordement tropical. Les soirées les plus animées de l'avenue Duquesne demeurent assorties à l'humeur du maître de maison : douces et calmes. On n'en est pas moins ouvert à l'esprit de fantaisie et les artistes, quand ils ont du talent, sont toujours les bienvenus, sans qu'on les soumette pour autant à un examen de passage. La vie privée des musiciens et des poètes, si agitée ou scandaleuse soit-elle hors du cercle, ne constitue pas même un obstacle dans ce milieu pourtant catholique et bourgeois. Les Lerolle ne sont ni prudes ni sévères. Tout au contraire, il règne avenue Duquesne une cordialité de bon aloi. On ne s'offusque de rien, ou presque. On est curieux des gens, on vit complètement dans la tolérance. Louÿs, qui flirte avec Marie de Heredia sans que son père le sache, n'a pas plus que Debussy la réputation d'un saint. Et il est pourtant là, avenue Duquesne, pour le bonheur de tous. Il est peu probable que ses *Chansons de Bilitis* et son *Aphrodite* aient été feuilletées, encore moins récitées, par les jeunes filles Lerolle. Il ne faut pas exagérer. Mais Lerolle ne peut pas ignorer, même s'il n'entre pas dans les détails, les frasques de Pierre Louÿs dont le style de vie est des moins exemplaires : impossible de le donner en exemple à des jeunes filles destinées à devenir d'honnêtes mères de famille. Henry Lerolle ne s'en inquiète pas outre mesure, sans doute à cause du brio, du talent, de la sympathie – tous ces dons éblouissants de Louÿs. Le poète aux yeux bleus est le concurrent direct de Debussy dans le cœur d'Yvonne et de Christine.

Comme son meilleur ami, Louÿs a pourtant lui aussi une compagne inavouable, qu'il se garderait bien de conduire même chez les Heredia, qui ont pourtant des origines exotiques comparables aux siennes, au moins par la température. Il vient tout juste en effet de la ramener d'Algérie. En 1897 – l'année des deux sœurs au piano –, Zohra bent Brahim est célèbre dans tout Paris. L'une de ses premières sorties à l'Opéra, au bras de Louÿs, a fait jaser : elle était complètement nue sous ses voiles de mousmé. Les amis, en se moquant, l'ont rebaptisée Zohra bent Louÿs mais ils aiment bien « Zo », son petit nom dans l'intimité. Cette brune égérie, avec son extravagante toison que les photographies prises par Louÿs ne laissent pas ignorer, est une maîtresse de maison festive dans la garçonnière de l'avenue Malesherbes. Elle chante, elle danse, en tenue d'Eve. Louÿs dit qu'elle se prête à « tous » les jeux devant son Kodak – un appareil neuf, acheté pour le voyage en Algérie. Même Paul Valéry est conquis. Il trouve Zo « fort énervante », elle l'émoustille. L'une des photographies de Louÿs, prise dans sa garçonnière, montre Zohra en djellaba, à cheval sur Debussy, fringant, à quatre pattes ! D'autres clichés révèlent le couple surprenant que forment Gaby et Debussy. Gaby a également posé seule, drapée dans des voiles aussi peu décents que ceux de Zohra. De tous les modèles de Louÿs figés par le Kodak, c'est la seule blonde – le poète n'aimait que les brunes, très brunes. La compagne de Debussy fait exception.

Lerolle, qui compte Louÿs au nombre de ses amis, a-t-il connu Zohra ? C'est peu probable. Les parties fines du boulevard Malesherbes se déroulent sans lui. En revanche, il a connu Gabrielle Dupont chez Debussy, en se rendant à son humble domicile pour des discussions entre hommes autour de la musique. On peut regretter qu'Henry Lerolle, qui sait apprécier les beaux corps de femmes, collectionne les nus de Degas, en achète à Renoir, à Gauguin, et en peint lui-même de très langoureux, n'ait pas eu accès à la vision de la « Mauresque très jolie », selon Paul Valéry.

Quant à ses filles, que Renoir va maintenant peindre au piano, elles ne peuvent avoir aucune idée de cette vie de bohème, ni des amours secrètes, ni des maîtresses qu'on cache. Elles vivent dans un cocon. Elles admirent le talent de ces messieurs qui écrivent de beaux poèmes et de la belle musique, mais comment soupçonneraient-elles, dans leur candeur, que les fiancées de Louÿs, de Marie de Heredia à l'inénarrable Zo, ont toutes en commun la même manie : sous l'œil bleu de ce photographe amateur, qui est un érotomane notoire, elles aiment poser nues sur le piano. A dire vrai un Mustel, qui tient beaucoup de l'harmonium. Debussy vient jouer là aussi, sur ce piano porno, les airs qu'il compose et dont les accords doivent avoir une volupté particulière.

Dans les années 1890, le compositeur a déjà une œuvre derrière lui. Très lié aux écrivains, ses premières mélodies lui ont été inspirées par Verlaine, mais aussi par Musset, Théodore de Banville ou Paul Bourget. Le *Prélude à l'après-midi d'un faune*, joué pour la première fois en 1894, salle d'Harcourt, rue Rochechouart, sous la baguette d'un jeune chef d'orchestre suisse, Gustave Doret, fut un triomphe. « Ton *Prélude* est admirable, lui écrivit Louÿs. Je veux te le dire tout de suite en rentrant. Il n'était pas possible de faire une paraphrase plus délicieuse aux vers que nous aimons tous deux. C'est tout le temps le vent dans les feuilles, et si varié, si changeant ! » Donné à la fin d'un programme copieux, il emporta l'enthousiasme du public, malgré « des cors épouvantables et le reste de l'orchestre guère meilleur », selon

Louÿs. Il laissait le public sur une impression étrange d'inachèvement et le souffle du vent dans les feuilles. Son langage subtil, fait d'harmonies et d'arabesques, c'est à Mallarmé, au poète de l'absolu mystère qu'il le doit, à celui qui voulait donner « un sens plus pur aux mots de la tribu ». Debussy a cherché à évoquer « les fonds successifs sur lesquels se meuvent les dessins et les rêves d'un faune » – un rôle que Nijinski dansera, sous la direction de Diaghilev, portant le faune jusqu'aux étoiles dans des bonds prodigieux. Depuis ce *Prélude* et ses prolongements au théâtre, Claude Debussy a la réputation d'être un musicien brillant et d'avenir, mais il est aussi très contesté par les tenants de la tradition, que rebutent ses sonorités. Les Lerolle, eux, sont ravis : la nouveauté dans l'art ne leur fait pas peur. Au contraire, ils la recherchent. Ils aiment être étonnés, choqués, emportés au-delà d'eux-mêmes par des créateurs intrépides. Un soir, avenue Duquesne, Debussy raconte qu'il vient d'applaudir aux côtés de Mallarmé, au théâtre des Bouffes-Parisiens, une pièce qui depuis le hante et l'obsède : *Pelléas et Mélisande* de Maurice Maeterlinck. Il rêve de la mettre en musique. Bien qu'elle soit encore à l'état de projet, il y travaille : il en a déjà joué les premières notes chez Pierre Louÿs, à l'harmonica ! On devine devant quel auditoire.

Henry Lerolle, son aîné de treize ans, est un des premiers admirateurs et défenseurs du musicien, qu'il soutient dans les querelles et les cabales, mais il est plus encore : un ami, un frère, en lequel Debussy a toute confiance. « Je pense à vous comme à un grand frère qu'on aime, même quand il gronde, parce

que l'on sait qu'il y met toujours de son cœur »
(28 août 1894). Le peintre et le compositeur ont
engagé ensemble un dialogue qui les lie au plus haut
niveau artistique. C'est ainsi que Lerolle assiste et
participe à la longue et douloureuse création de *Pelléas et Mélisande*. Debussy, soucieux de connaître
son avis, lui en réserve la primeur, scène après scène.
Il s'impatiente de le savoir en vacances et le prie de
rentrer au plus vite : « Il y a une petite cuisine qui
peut nous intéresser tous deux, mais qui, comme
toutes les choses de laboratoire, ne se fait pas en
public. » Il lui arrive d'envoyer quelques notes par
pneumatique, pour lui demander ce qu'il en pense –
« Et voici l'âme de Mélisande… » –, et c'est toujours
dans l'urgence qu'il l'invite à venir à son domicile
afin de lui jouer le morceau qu'il vient de composer.
Il le consultera jusqu'au finale.

« Tu ne devineras jamais où je suis pour t'écrire…
Chez Debussy ! » – lequel habite encore rue de
Londres à cette date. Lerolle vit des moments
d'enthousiasme qu'il tient à partager avec Ernest
Chausson : « Debussy vient de me jouer une scène de
Pelléas et Mélisande… Ça c'est étonnant… Je trouve
ça très-très… Et puis ça fait froid dans le dos… Enfin
c'est très bien. (…) Je suis très heureux. Décidément
la musique, la bonne, celle que j'aime, est une bonne
chose dont je peux de moins en moins me passer. »

Pour ce peintre, qui aime tous les arts depuis
l'enfance, la musique reste « ce qu'il y a de meilleur
au monde ». C'est au plus mélomane des peintres
que Debussy s'adresse et se confie. Lerolle, avec son
habituelle modestie, se contente de l'écouter jouer,

puis il échange avec lui des observations prononcées d'une voix douce qui sont moins des conseils que des encouragements. Il devient l'auditeur privilégié, le confident des doutes et des peurs. Il assiste aux brouillons, aux ratages mais aussi, dans une magistrale envolée, à la naissance de l'œuvre. Il est sûr que Debussy a trouvé dans le peintre de *La Communion* non seulement une oreille sensible et attentive, également experte sur le plan musical, mais un cœur d'artiste, dont l'écoute est exceptionnelle. « Il me montre une si jolie tendresse pour *Pelléas* que je lui en ai une reconnaissance infinie », écrit le musicien. Peut-être Lerolle retrouve-t-il dans cet opéra un paysage et des personnages, des thèmes aussi qui lui sont proches : une forêt profonde, un vieux prince amoureux, un éternel jeune rêveur « fou d'ailleurs », une jeune fille innocente, pour évoquer dans des couleurs qu'il admire l'élégance et la faute, la pureté et le crime, la malédiction, l'aspiration au bonheur. Au point qu'il tire de son dialogue avec Debussy sur la musique, autour de *Pelléas*, « un grand bien pour [sa] peinture », ainsi qu'il l'explique à Chausson. Des correspondances de tons, de couleurs s'établissent très naturellement dans l'œuvre de ces deux artistes unis par une profonde complicité. « Le piano de la rue Gustave-Doré s'ennuie de son meilleur ami », écrit Debussy à Lerolle, un jour qu'il attend à sa nouvelle adresse la visite de ce « grand frère qu'on aime même quand il gronde ».

L'écriture de Debussy fascine au premier chef Lerolle, qui observe en connaisseur tout ce qu'elle a de délicat, de puissant, de neuf. Il flaire le génie.

Comme pour Degas, il en a très tôt la certitude : Debussy ne se contente pas d'avoir du talent. Si le talent lui suffit personnellement, avec le bonheur de peindre, Lerolle sait reconnaître le génie chez les autres, sans jalousie. Ce grand bourgeois sait choisir ses amis. En musique comme en peinture et en sculpture, mais aussi dans le domaine littéraire, il fait preuve de la même perspicacité. Il ne fréquente que des poètes d'exception. La plupart sont des amis de Debussy : Pierre Louÿs vient souvent dîner avenue Duquesne (sans son escorte féminine, on l'a compris), ainsi que Paul Valéry qui a encore l'accent de Sète et a assez peu écrit. Il y a aussi, parmi les familiers de la maison, André Gide, auquel Debussy, écrivant à Lerolle, trouve « un peu l'air d'une vieille demoiselle timidement gracieuse et polie à l'anglaise ». Henri de Régnier, avec son monocle vissé à l'œil gauche et sa longue moustache : ses *Poèmes anciens et romanesques* ont inspiré à Debussy quelques *Nocturnes* et des *Scènes au crépuscule*. Ou Stéphane Mallarmé, accompagné de son épouse et de sa fille, Geneviève, qui est une amie d'Yvonne autant que de Christine et tient avec elles de longs conciliabules, dans le dos de tous ces messieurs. C'est chez Lerolle, autour du piano, que se soude le cercle des amis : peintres et écrivains réunis en famille écoutent Debussy interpréter des extraits encore inédits des mélodies qu'il compose. « Je crois que la scène devant la grotte vous plaira, écrit-il à son hôte. Ça essaie d'être tout le mystérieux de la nuit où, parmi tant de silence, un brin d'herbe dérangé de son sommeil fait un bruit tout à fait inquiétant ; puis c'est la mer prochaine qui raconte ses doléances à la lune, et c'est Pelléas et Mélisande qui ont un peu peur de parler devant tant de mystère » (17 août 1895).

La première de son drame musical, en cinq actes et treize tableaux, n'aura lieu qu'en 1902, à l'Opéra-Comique, sous la direction d'André Messager. Ce sera « l'un des événements du siècle » pour tous les mélomanes de l'hexagone et au-delà. Dans le climat de wagnéromanie qui domine le ciel musical à cette époque, *Pelléas et Mélisande* déclenchera une rude polémique et sera abondamment sifflé. Pro- et anti-debussystes se querelleront autour des récitatifs dia-logués, de l'absence d'ensembles vocaux ou de l'usage de la gamme par tons qui, par leur rupture avec le phrasé de Wagner, choqueront la plupart des amateurs d'art lyrique. Debussy écrit à Lerolle : « Je me suis servi, tout spontanément d'ailleurs, d'un moyen qui me paraît assez rare, c'est-à-dire du silence (ne riez pas), comme d'un agent d'expression et peut-être la seule façon de faire valoir l'émotion d'une phrase. » Peu de gens en comprendront la nouveauté. Moins encore seront subjugués par la beauté fluide et légère de cette œuvre à contre-courant. Le pire ennemi du compositeur se révélera être l'auteur du livret lui-même : Maurice Maeterlinck. Furieux, le poète écrira une lettre ouverte à Debussy pour vouer son opéra – leur opéra – à « l'échec » ! Il menacera le musicien d'une « raclée » et le provoquera même en duel – lequel, heureuse-ment pour l'un et l'autre, n'eut pas lieu. Maeterlinck, en s'entraînant au tir au pistolet dans son jardin, se contentera d'abattre son chat ! Sa rage tenait à une incompréhension, proche de l'allergie, du talent de Debussy, pour lequel, « au point de vue musique, Maeterlinck va comme un aveugle dans un musée ». Mais il s'y ajoutait une rancune plus personnelle : Debussy avait en effet évincé au dernier moment Georgette Leblanc, la blonde cantatrice qui devait interpréter Mélisande, et qui se trouve être la maîtresse de Maeterlinck, pour lui substituer une chanteuse de son propre choix, Mary Garden, dont le nom est infiniment debussien.

Le langage de Debussy va droit au cœur de Lerolle. Il en comprend jusqu'aux silences. Il en aime la subtilité, la sensualité, et sans doute aussi le mystère, lui qui pouvait dire à propos d'un tableau : « il se mêle à notre vie avec toute son âme ». La musique en fait elle aussi partie, avec sa dimension spirituelle. « Debussy m'a dit qu'il n'y a qu'un peintre qui s'y connaisse en musique et que c'était moi », écrit-il au fidèle Chausson.

Dans cette relation privilégiée, duo en tous points mélodieux, Ernest Chausson, le beau-frère de Lerolle, qui les a pourtant présentés l'un à l'autre, introduit une perturbation qu'on n'attendait pas. Au départ, le ciel est de ce bleu azuréen cher à Mallarmé. Chausson et Debussy, loin de se considérer comme des rivaux, s'entendent et s'estiment. Chausson a écrit un *Poème de l'amour et de la mer* dont l'harmonie raffinée et les accords impressionnistes ont séduit chez Debussy le compositeur de *La Mer*. D'un commun accord, ils préfèrent la musique russe à celle de Wagner – encore que Debussy chante avec flamme

Parsifal ou *Tristan et Ysolde*. Tous deux aiment Moussorgski, qu'ils placent au plus haut. Ils ont enfin une même sensibilité au piano : un toucher fluide, plus délicat sous les doigts de Chausson et que la personnalité de Debussy transforme en océan de sensualité.

Tandis que Lerolle, avec ses treize ans de plus, est un complice et un camarade autant qu'un frère, comme si le fait d'exercer deux arts différents (la peinture et la musique) rendait leur amitié plus facile, Debussy entretient avec Chausson, qui est lui aussi son aîné – mais de sept ans –, une amitié lumineuse, mais plus compliquée. Pour Debussy, jeune musicien promis à tous les succès, et également très contesté, Ernest Chausson est un prestigieux aîné dans la voie qu'il a choisie. S'il admire le compositeur, il garde une certaine réserve de jugement – un jour, il la lui exprimera. Mais il lui est redevable comme protecteur et comme mécène. Chausson, depuis 1888 secrétaire général de la Société nationale de musique et qui conservera ce rôle clef jusqu'à sa mort, est très attentif à l'égard des jeunes compositeurs. Debussy est un de ceux qu'il préfère – il le soutient avec énergie et conviction. Il finance à titre privé la publication de ses œuvres à la Librairie de l'Art indépendant et éponge plus d'une fois ses dettes. Il s'arrange pour lui rémunérer largement les concerts qu'il donne chez lui, dans son hôtel du XVIIe arrondissement, ou pour le faire inviter à des fins lucratives dans les salons du faubourg Saint-Germain, chez la comtesse Zamoïska ou chez Mme de Saint-Marceaux, qui sont ses amies et celles de son épouse. Lerolle lui-même

paiera mille francs à Debussy une soirée exceptionnelle au piano, somme importante digne d'un mécé-
nat, puisqu'il n'a offert que trois cents francs à Degas
pour un de ses tableaux. Ce sont Chausson et
Lerolle, aussi préoccupés l'un que l'autre des conditions matérielles où travaille Debussy, qui contri-
buent financièrement à l'installation du musicien et
de sa compagne au 10 rue Gustave-Doré, dans un
appartement un peu moins étriqué que ses habituelles mansardes.

Chausson invite Debussy à passer des vacances
chez lui, en Seine-et-Marne, où, tandis que Lerolle
peint dans la campagne, les deux musiciens travaillent « chacun de son côté », selon le souhait de
Chausson, à des pianos installés dans deux salons
séparés. Une intimité se noue au cours de parties
de canotage ou de ballon, et lors des conversations
d'après-déjeuner sous les lilas de sa maison de campagne. Mais Debussy se montre exigeant dans
l'amitié et Chausson, qui a besoin de temps pour
poursuivre son œuvre personnelle, met un peu de
distance – trop au goût de Debussy – pour tenter
de préserver sa solitude. Il passe de longs mois, seul,
loin de Paris. Debussy lui reproche de ne pas être
assez disponible : « Que vous êtes ennuyeux de
n'être plus là ! » Chausson, que sa propre création
tourmente, s'éloigne de plus en plus. Debussy, qui
avoue avoir « peur de travailler dans le vide »,
s'aigrit. L'exigence de leur œuvre nuit à une amitié
qui ne peut durer que deux ans.

Debussy, susceptible, se vexe quand Chausson,
venu assister à la première audition de son *Quatuor*

en sol mineur par le quatuor Ysaÿe, à la Société nationale de musique, le 29 décembre 1893, ne lui manifeste pas l'enthousiasme qu'il attendait. Les réserves qu'il émet agacent le jeune compositeur : « J'ai eu quelques jours de vraie peine sur ce que vous m'avez dit de mon quatuor, car j'ai senti qu'après tout il ne vous avait fait qu'aimer davantage *certaines choses*, alors que j'aurais voulu qu'il vous les fasse oublier. » Sachant la délicatesse de Chausson, il est possible qu'il ait blessé Debussy en marquant ne serait-ce que l'ombre d'une réticence. De son côté, Debussy ne se gêne pas pour critiquer trop de retenue, trop de frein dans l'œuvre de Chausson : « Vous ne vous laissez pas assez faire », lui écrit-il à propos du *Roi Arthus*, alors que son génie s'exprime dans l'élan et le jaillissement. Leur amitié, ouverte au dialogue et à l'échange, se heurte à une disparité d'esthétiques et de tempéraments.

Leur brouille tient cependant à un autre différend : leur conception de l'amour. Chausson, fervent catholique, est convaincu que la fidélité va de pair avec le sentiment amoureux. Debussy serait plutôt convaincu du contraire. Un soir chez les Chausson, le musicien éprouve un coup de foudre pour la fille d'un de leurs amis, qui est non seulement ravissante mais chante et joue du piano : Thérèse Roger. Elève de Fauré, cette jeune artiste a créé les *Serres chaudes* de Chausson en 1890 et chanté *La Damoiselle élue* de Debussy, à ses premières auditions à Paris et à Bruxelles. Debussy, sujet à ce genre d'emballements, se met en tête de l'épouser. Il est amoureux fou. Mais la famille de Thérèse s'oppose à son projet : ce compositeur sans le sou, qui mène une vie de bohème, établi en ménage avec une fille légère (Gaby Dupont), ne lui paraît pas un assez bon parti. Même si leur fille est une musicienne confrontée aux tourbillons de la scène, ils veillent sur sa réputation et souhaitent pour elle un avenir convenable – ce que l'auteur de *L'Après-midi d'un Faune* ne pourra pas lui offrir. Debussy ayant conquis le cœur de la jeune fille, les parents finissent par s'incliner. Malgré le chantage au suicide de Gaby Dupont, il obtient la main de Thérèse et se fiance officiellement. Pour rassurer sa future belle-famille, il souhaite rembourser une partie de ses dettes avant de se marier : Chausson, généreux, lui consent un prêt. S'il ne se fait pas d'illusions sur ses chances d'être un jour remboursé, il est sûr en revanche que Debussy tiendra sa promesse de rompre avec sa maîtresse. Une promesse en l'air, en vérité. Car Debussy ment à tout le monde dans cette histoire : on finit par s'apercevoir qu'il n'est toujours pas délié de ses chaînes. Les Roger exigent alors la rupture des fiançailles. Et le scandale éclate. Louÿs est obligé de « défendre son ami contre vingt-cinq personnes » et de « prétendre pendant deux mois qu'il est parfaitement pur » ! Chacun s'en mêle, en famille on ne parle plus que des mensonges de Debussy. A la fin, Gaby gagne la partie. Exit Thérèse Roger. Au printemps 1894, Debussy retrouve la rue Gustave-Doré et ses vieilles habitudes, auxquelles il n'a jamais renoncé. Pour Chausson, c'en est trop : « Vraiment, plus je suis au courant, moins je comprends, écrit-il à Lerolle. Je puis m'expliquer à la rigueur des mensonges, palliatifs, subterfuges, bêtes

et toujours inutiles, mais mentir en face, avec protestation et indignation et sur des choses d'une telle
gravité, ça me passe. » Debussy le déçoit. Il préfère
couper et ne plus le voir. Alors que Lerolle, plus
indulgent, lui garde une amitié sans restriction.
Quand Chausson dîne chez son beau-frère, Debussy
ne vient pas. Ou vice versa. Les deux hommes ne se
reverront plus. Ce qui complique un peu la vie de
famille.

Yvonne et Christine prêtent une oreille émoustillée
aux commentaires de leurs parents et amis sur ce
feuilleton palpitant. Bien qu'on tente de les éloigner
du parfum du scandale, il leur parvient, un peu édul-
coré peut-être, mais elles n'en perdent rien : Debussy
finira par quitter Gaby. En 1899 – l'année du
mariage de Pierre Louÿs avec Louise de Heredia –, il
épousera Rosalie Texier – dite Lilly –, qui exerce la
profession de mannequin chez les sœurs Callot. Il
l'abandonnera assez vite, malgré une tentative de suicide, et divorcera pour épouser la mère d'un de ses
élèves, Emma Bardac, avec laquelle il aura une fille,
en 1905 – la Chouchou du *Children's Corner*. Ce
musicien qui choisit pour compagnes des femmes
libres, divorcées ou veuves, souvent plus âgées que
lui, reste attiré par les jeunes filles, de préférence de
bonne famille.

Avant Thérèse Roger, Debussy s'est épris de Catherine Stevens, la fille d'Alfred Stevens – le peintre
belge des scènes d'intimité familiale, des vacances au
bord de la mer et des portraits de femmes. Edmond
de Goncourt trouve que sa peinture a « le coulant

d'un fromage de Brie, étendu avec un couteau à palette » ! C'est un ami de Manet et de Degas – ce dernier est d'ailleurs le parrain de Catherine. Stevens, très lié aux Lerolle, se montre assidu à toutes leurs invitations : la mort récente de sa femme lui fait ressentir une solitude qu'il fuit dans l'amitié et la mondanité. Gracieuse, fraîche et pure, le stéréotype même de la vraie jeune fille comme Debussy les aime, Catherine Stevens tombe amoureuse du musicien, qui l'a demandée en mariage. Mais Stevens, impérial, a refusé la main de sa fille au musicien et exigé qu'il cesse de la courtiser. Elle épousera un médecin, Henri Vivier, un grand gaillard à la barbe blonde qui mourra très jeune d'une tuberculose.

Puis, toujours avenue Duquesne, Debussy s'est laissé prendre au piège des yeux violets, « couleur de raisins mûrs », de Camille Claudel. La jeune artiste, indomptable et sauvage, est déjà la maîtresse de Rodin. Mais Camille, qui avoue une sainte horreur de la musique, fait une exception pour Debussy, qu'elle écoute religieusement, chez Lerolle, la tête appuyée sur les mains. Et Debussy, à en croire l'un de ses amis, Robert Godet, vénère son talent et semble très épris de sa belle personne. Il gardera toute sa vie sur son piano le couple enlacé des danseurs de *La Valse*, qu'il admirait et qu'elle lui avait donné (une version en terre patinée qui a disparu depuis). *La Valse*, l'image idéale de l'union dans l'amour. De Camille, il possède aussi une *Petite Châtelaine* dont il ne se séparera pas davantage et qui le suivra jusqu'au tombeau : cette tête d'enfant soucieuse, aux cheveux nattés, il y tient comme à un rêve impossible. L'amour, l'innocence.

Chez Lerolle, où les habitués de la maison emmènent leurs épouses, mais aussi leurs enfants, dès qu'ils sont dans l'adolescence, le Faune – le surnom que Louÿs donne à Debussy – est soumis à la tentation. Les filles d'Henry Lerolle font partie du charme de la maison, comme si elles étaient elles-mêmes des notes de musique ou de fraîches couleurs apparues soudain sur les toiles de leur père. Elles aussi sont de pures jeunes filles. Et de plus, musiciennes. Elles ne jouent pas du piano comme ces bourgeoises bien élevées mais maladroites, qui massacrent les mélodies les plus simples et le font fuir dès les premières notes insipides de la *Truite* de Schubert, morceau obligé de tous les débutants. Elles ont une sensibilité d'artistes et interprètent avec sentiment les mélodies les plus difficiles, dont les siennes. Yvonne surtout le captive. L'air d'être ailleurs, perdue dans un songe, il trouve qu'elle ressemble à Mélisande, la princesse lointaine du conte. Au clavier, elle est irrésistible. Il aime s'asseoir à côté d'elle, laisser leurs doigts courir ensemble sur les touches, à la même vitesse, avec la même souplesse, dans une harmonie si parfaite qu'elle promet le plus sensuel des bonheurs. Il voudrait bien faire d'Yvonne sa « Damoiselle élue » et ne sait qu'inventer pour lui plaire. Il lui dédie, mélancolique, un *Jardin sous la pluie*. Il lui offre le manuscrit de ses trois *Images* pour piano, avec cet envoi : « Que ces *Images* soient agréées de Mlle Yvonne Lerolle avec un peu de la joie que j'ai de les lui dédier. Ces morceaux craindraient beaucoup les salons brillamment illuminés où se réunissent habituellement les personnes qui n'aiment pas la musique. Ce sont plutôt "Conversations" entre le Piano et Soi, il n'est pas défendu d'ailleurs d'y mettre sa petite sensibilité des bons jours de pluie. » Surtout, il copie à son intention, sur un éventail de papier qu'il a décoré de feuillages et d'oiseaux, deux fragments de *Pelléas* : l'apparition de Mélisande sur la terrasse au bord de la mer, les bras chargés de fleurs. Il y a écrit ces mots pleins de sens : « A Mlle Yvonne Lerolle, en souvenir de sa petite sœur Mélisande. » On le devine charmé. Mais Henry Lerolle a beau être le plus sûr et le plus confiant des amis, il ne voudrait quand même pas de Debussy pour gendre. L'artiste le plus génial ne fait pas forcément un bon mari. Lerolle veille donc au grain, sans pour autant interdire à sa fille aînée ces flirts au piano, dans le rêve caressant de la musique de Debussy. Comme l'a écrit Willy dans l'une de ses gazettes, au lendemain du *Prélude*, « Faune y soit qui mal y pense ».

Une note de mélancolie

Tout n'est pas forcément gai dans la famille des jeunes filles au piano. Il y a un tempérament plus sombre que les autres : l'oncle Ernest a beau leur témoigner son affection et leur parler avec douceur, il ne peut pas dissimuler qu'il est un taciturne. Il vit la musique comme un calvaire.

Très marqué par la tragédie d'un frère mort avant sa naissance, dont il porte le prénom funeste, il a l'impression d'avoir hérité de la mémoire de ce jeune fantôme et de vivre en portant sur ses épaules une âme défunte. Son autre frère aîné est mort à vingt-deux ans : la perte de deux enfants, frappés en pleine jeunesse, a beaucoup assombri le foyer des Chausson, où il a grandi en fils unique dans une atmosphère de deuil. De surcroît, à l'adolescence, il a été choqué de découvrir dans sa paume une ligne de vie lui prédisant une mort précoce. Aussi vit-il dans l'urgence, persuadé que le temps lui est compté et qu'il ne pourra pas donner la mesure de l'œuvre qu'il porte en lui. Venu tard à la musique – pour obéir à son père, il a suivi des études de droit –, il travaille beaucoup et avec peine, tardant à mettre au jour les mélodies qui occupent ses pensées ou, pour mieux dire, son cœur. Car il rêve de signer « une œuvre qui parle au cœur ». Pianiste virtuose – il joue Bach, Beethoven, passionnément, chaque jour –, il est un compositeur douloureux, « ravagé d'incertitudes, de tâtonnements et d'inquiétudes », ainsi qu'il l'écrit à Debussy. A vingt ans, tenté par l'écriture, il a écrit un roman resté inédit, *Jacques*, où l'on peut lire cette phrase qui résume son tourment de créateur : « Pourquoi vouloir ajouter des vers à l'*Iliade* ? » Demeuré un littéraire, il s'inspire lui aussi des œuvres des poètes et vit au milieu des livres, aussi présents chez lui que la musique. Près de trois mille volumes dans sa bibliothèque, constituée pour la plupart d'ouvrages publiés entre 1850 et 1895, tous lus et annotés de sa main : éditions rares de Baudelaire ou tirées à quarante exemplaires de Maeterlinck.

De taille moyenne, trapu, avec une tête au large front que prolonge un crâne très tôt dégarni, Ernest Chausson porte sur la vie un regard qui semble ne vouloir saisir que le beau, le pur. C'est un homme de loyauté et de miséricorde. Un mystique sous ses airs de bon père de famille. Fervent catholique, il applique sans efforts, étant donné son caractère, les leçons de l'Evangile. Mais son entourage ne peut pas ignorer les ombres qui souvent l'accablent.

Avec tante Jeanne – son épouse depuis 1883 – il forme un couple harmonieux et très aimant. Cette musicienne accomplie, jeune femme délicate et spirituelle, est pour lui la compagne idéale. Elle aime et comprend sa musique, en mesure les difficultés, les tourments. Au moment de leurs fiançailles, il lui a dédié son poème symphonique opus 5, *Viviane*. Du nom de la fée protectrice. Jeanne soutient ses efforts et lui donne toute sa confiance. Elle est d'une beauté si parfaite qu'elle en devient irréelle : son corps, son visage, ses yeux pers, tout est ravissant chez elle, dont ces longues et fines mains blanches qui sont celles de toutes les femmes de la famille et font merveille au piano. Elle a su patiemment cohabiter au début de leur mariage avec les parents Chausson, au 22 boulevard de Courcelles – l'hôtel particulier construit par son beau-père dans le XVIIe arrondissement. Ils l'occupent désormais avec leurs cinq enfants : trois filles et deux garçons (Denise-Etiennette, Annie, Jean-Michel-Sébastien, Marianne et Laurent), qui apportent leurs cris et leurs chamailleries dans ce foyer de musicien. Mais aussi leur part de soucis : leur seconde fille, Annie, est poitrinaire (ce qui ne l'empêchera pas de vivre jusqu'à quatre-vingt-dix ans). Quand Chausson joue du piano chez lui, elle reste à ses côtés, allongée sur un lit de malade. En vacances et pendant les longs séjours de Chausson à la campagne, toute la famille se déplace, emmenant avec elle la gouvernante et deux ou trois domestiques chargés de la cuisine, du linge et du ménage : sept à table, au quotidien. Chiffre qui s'accroît régulièrement des amis ou des autres membres de la tribu en visite.

« Vous semblez porter le poids de votre bonheur », lui écrit Maurice Denis, finement. De *La Chanson bien douce* au *Cantique à l'épouse*, en passant par le duo de *La Nuit*, son œuvre, par ailleurs tourmentée et sensible aux déchirements de la vie, chante la mélodie d'un bonheur qui, pour le mélancolique Chausson, est une découverte et un émerveillement. Une lettre à Jeanne, datée du 7 juin 1897, exprime ce sentiment intime : « Je sens bien que tout mon bonheur est en toi, mon amour chéri. Sans toi, les meilleures choses qui m'entourent perdraient aussitôt leur valeur. Je n'ai pas été complètement heureux jusqu'au jour où je t'ai connue et, depuis, ta chère tendresse a été à chaque instant une source de bonheur. (…) Mon amour, je t'embrasse de toute mon âme. Embrasse les petits de ma part. » Et il signe « Ton Ernest Chausson ». Très heureux en ménage, attentif aux siens, il cherche cependant à s'isoler le plus possible pour pouvoir se livrer sans contraintes à la création. Ses lettres sont le long lamento d'un homme en proie aux affres de la composition. Son œuvre majeure, *Le Roi Arthus*, qui lui a pris près de dix ans (1885-1895), s'est construite dans le désespoir, à travers doutes et déceptions. Il a peiné à l'écrire et sans cesse repris et corrigé furieusement chaque acte, chaque scène, possédé par la peur de ne pas parvenir à ses fins. La perfection l'obsède. « Il semblerait que j'aurais dû travailler à merveille, écrit-il à Pierre de Bréville, un autre de ses amis compositeurs. Vous savez que j'avais commencé avec une facilité tout à fait insolite pour moi. Au beau milieu de mon ardeur, voilà que je m'aperçois d'un énorme changement à faire à mon troisième acte. Cela m'a cassé bras et jambes. D'autant plus que si je voyais ce qu'il ne fallait pas laisser, je ne voyais pas du tout ce qu'il fallait mettre. » Par la suite, toujours au même interlocuteur, il livre l'état malheureux du chantier : « Il me reste deux scènes si difficiles à écrire que je n'ai pas le courage de m'y mettre. Il va falloir pourtant me décider, car j'ai employé mon temps, tant bien que mal, à refaire en entier le premier acte et je viens de le terminer. Je doute que ça soit encore la version définitive. Pour le moment je m'y tiens, mais je pense déjà à de futurs changements. » Et il conclut de lui-même sur ce constat d'une création si pénible qu'elle lui a gâché la vie : « J'ai donc passé un assez triste été. » Les décors les plus séduisants ne peuvent pas toujours égayer les idées noires de ce compositeur que paralyse et que tourmente, jusqu'au désespoir, un idéal de perfection. Chausson a toujours l'impression de poursuivre la chimère de son génie musical. Trop modeste et trop orgueilleux à la fois, il offre à ses proches le spectacle d'un écorché vif.

Son angoisse l'entraîne dans des crises de découragement. « Je suis en plein noir, écrit-il à Henry Lerolle en janvier 1894, et dans l'état d'Arthus au troisième acte. Je ne crois plus à l'espérance, à la volonté ni à l'effort. Et pourtant, avec un entêtement d'âne, je ne lâche pas prise. Et voilà près de dix ans que je mène cette vie-là. En dix ans, ai-je eu plus de dix jours de travail facile ? Pas plus, en tout cas. Il y a des moments où je me sens las et désespéré jusqu'au fond de moi-même. »

Cet artiste neurasthénique ne trouve de réconfort, en dehors de Jeanne, que dans les encouragements de ses amis, qui sont heureusement nombreux, comme Raymond Bonheur, compositeur, grand ami de

Debussy, ou comme Paul Poujaud, avocat, amateur d'art, musicologue réputé, auquel il confie : « Mes projets sont toujours admirables, c'est la réalisation qui me donne tort. J'ai beaucoup ragé, rogné et grinché. Cela va un peu mieux maintenant. Peut-être pourrai-je arriver à tirer quelque chose de ma sale cervelle. Au moins on ne pourra pas m'accuser d'avoir trop de facilité. »

Le cœur le plus proche du sien, dans le domaine artistique comme dans la vie, c'est celui d'Henry Lerolle. Les deux hommes ont noué des relations qui vont bien au-delà de leur parenté familiale. Ils sont plus que des beaux-frères, plus que des amis. Ils s'aiment fraternellement. Chacun, en proie au doute dans son art, a besoin de l'autre pour se convaincre de poursuivre l'œuvre entreprise. En témoignent cent soixante-dix lettres que Jean Gallois, le fervent biographe d'Ernest Chausson, a mises au jour.

Si Lerolle et Debussy cultivent des liens de camaraderie et une indéniable complicité de peintre à musicien, Lerolle et Chausson sont dans une relation de communion des cœurs. Relation réciproque : Chausson cherche près de Lerolle une force, un soutien moral. De son côté, Lerolle, qui partage ses angoisses de créateur, trouve en lui un témoin des plus sensibles à sa peinture. Ainsi, séparé de lui, au printemps 1894, Henry Lerolle lui envoie-t-il ces mots : « Comme tu me manques, mon vieux. Je n'ai plus personne. Ni toi, ni Lenoir, ni Besnard [deux grands amis là aussi, l'un sculpteur, l'autre peintre, tous deux célèbres en leur temps] – et j'ai tant d'hésitations sur ma peinture. J'aime bien faire ce que je veux, mais j'aime aussi savoir ce qu'en pensent certains. Et plus personne. Je ne vois plus que Debussy, et quelquefois Bonheur. Et quoique les idées artistiques des musiciens soient celles que j'aime le mieux, ils ne me paraissent pas tout à fait assez peintres pour que j'aie entière confiance en eux. » C'est qu'il n'inclut pas Chausson parmi les musiciens qui ne lui paraissent pas « tout à fait assez peintres ». Le dialogue s'établit naturellement entre eux : musique et peinture trouvent dans leur duo un accord parfait.

Des deux artistes, Lerolle paraît le plus calme et le moins tourmenté. C'est lui qui la plupart du temps doit réconforter Chausson, dévasté par la difficulté de créer. En janvier 1894, alors que le compositeur passe l'hiver à Arcachon, il lui adresse une de ses nombreuses lettres destinées à le rassurer : « Mon cher ami, ce qui me désole, c'est qu'il paraît que tu n'es pas content de toi. Ta dernière lettre était noire, mais j'espérais que c'était fini et que le soleil avait reparu dans ton esprit et éclairait Arthus d'un bon rayon vivifiant. Si j'étais près de toi, je suis sûr que je te montrerais que tu te trompes et que ça va. Car il n'est pas possible que ça n'aille pas. Et ce doit être une mauvaise disposition qui te fait trouver mal tout ce que tu fais. » Une autre fois, il lui écrit, s'adressant à lui avec la même affection roborative : « Adieu, mon vieux ! Travaille, pense et produis le plus possible. Vas-tu te promener la nuit, pour nous rappeler encore une belle Nuit ? » Il lui prodigue fidèlement son soutien.

Ernest Chausson n'est pas comme Debussy un

musicien sans le sou. Il ne connaît pas les affres d'avoir à gagner son pain. Son père, Prosper Chausson, entrepreneur de travaux publics, a fait fortune grâce au baron Haussmann et a légué de solides rentes à son unique héritier. S'il habite dans la plaine Monceau un bel hôtel particulier, plus vaste et plus cossu que celui de Lerolle, à la campagne il loue des châteaux. Et outre qu'il subventionne certains de ses amis – comme Debussy –, il a contracté auprès d'Henry la passion de collectionner la peinture. Une passion devenue elle aussi dévorante. Il a une dévotion pour Degas, qu'il a rencontré chez Lerolle, et se trouve souvent en concurrence avec lui dans les surenchères. C'est devenu un jeu entre les deux beaux-frères, cette course aux Degas. A l'automne 1892, alors que Durand-Ruel expose dans sa galerie une série de paysages peints sur monotype, qui font exception dans l'œuvre du peintre (Degas y approche l'abstraction), Lerolle invite Chausson à aller la voir : « J'en viens. C'est tout à fait joli. On est très surpris et pourtant c'est du Degas pur – des impressions de paysage, sans intention autre que faire la nature et pourtant la voyant comme personne. (…). Je voudrais bien en avoir un – mais Durand-Ruel en veut 2 000 francs. Il y en a un dont j'ai offert 1 500. Mais il ne veut pas. Peut-être y arrivera-t-il ? Tu devrais bien en avoir un. »

Chausson, qui est à la campagne, se dit « ennuyé de manquer ça – Paris a du bon tout de même, à petites doses. Au moins, on y remue physiquement et intellectuellement ».

Est-ce à cause du prix ? C'est le prince Poniatowski, autre mécène de Debussy, qui acquiert un des plus beaux paysages exposés (une falaise, un corps de femme nue, à peine esquissé). Lerolle en sera désolé.

Chausson, chez Degas, préfère les dessins – il en possède déjà une bonne dizaine. Il n'a encore acheté qu'une seule toile (sur bois), de petite dimension : un portrait du peintre lyonnais Bellet-Dupoisat. Degas, qui nomme Chausson « mon musicien » et lui porte de l'affection, est depuis les années 1880 – date des débuts de la collection de Chausson – un hôte régulier du boulevard de Courcelles. Il se réjouit tout particulièrement quand Chausson interprète Gluck, son compositeur de prédilection. La collection de l'oncle Ernest compte des œuvres de peintres que Degas apprécie, des Corot, des Delacroix en nombre impressionnant, des Puvis de Chavannes, deux Gauguin peints à la Martinique, une marine de Manet, un très beau Berthe Morisot (*Sous la vérandah*) et au moins trois Renoir : *Le Chapeau de paille*, une *Tête de fillette* et le *Portrait de Coco* (Claude, le plus jeune fils de Renoir). Il ne vient jamais dîner sans les passer tous en revue.

Chausson a par ailleurs rassemblé une importante collection d'estampes japonaises. Elles sont alors très à la mode depuis l'exposition qui leur a été consacrée, l'été 1890, à l'Ecole des beaux-arts. Tous les amateurs d'art en raffolent : Degas en a acquis plusieurs, Monet en couvre les murs de Giverny et Manet les représente en fond de son grand portrait de Zola. Mais l'oncle Ernest en a été envoûté au point de constituer un ensemble de premier ordre. Les Hokusai, les Utamaro, les Harunobu, les

Kiyonaga, les Hiroshige se comptent chez lui par
dizaines, et le tout par centaine, de la meilleure
qualité. Des paysages du Japon, des geishas, des
chevaux d'Asie, des bateaux, des maisons de thé,
des bonzes au bord de la mer et des pluies d'orage,
des perruches perchées sur la branche d'un pin ou
des serpents géants qui avalent le blaireau
magique : sur les murs laqués de blanc de son salon,
boulevard de Courcelles, c'est une époustouflante
symphonie qui brasse ces délicats motifs japonais
avec les couleurs des impressionnistes, celles non
moins lumineuses de Millet ou de Corot, ou les évanescences de Puvis de Chavannes avec les éclairs de
feu de Gauguin.

Odilon Redon – ami de Chausson depuis leur jeunesse – est un des autres phares de la collection. Ce
peintre, excellent violoniste amateur qui prétend
être né « sur une onde sonore » et pour lequel le
mérite de la musique est d'« être universelle et de
franchir les frontières », poursuit une œuvre en marge,
sensible et onirique. Mallarmé, lui aussi son ami, lui
écrit qu'« il agite dans nos silences le plumage du
rêve et de la nuit ». Redon va d'ailleurs illustrer l'édition originale de son ultime poème *Un coup de dés
jamais n'abolira le hasard*. Plusieurs de ses tableaux
cohabitent chez Chausson avec les Degas, dont le
trait précis jusqu'à la cruauté fait un saisissant
contraste avec sa peinture nuageuse. Lerolle, de son
côté, qui pratique lui aussi excellemment le violon et
place la musique très haut dans l'échelle des arts,
apprécie beaucoup Redon : ils ont brossé ensemble
– à quatre mains pour ainsi dire – cinq paravents

pour le petit salon de musique de Mme Chausson, dont pour Redon *La Vierge d'aurore* et *L'Ange déchu*.

Les deux beaux-frères et leurs familles évoluent dans le même univers, au milieu des mêmes tableaux, tandis que résonne autour d'eux la même musique. Ils ont en commun les Degas et bien des tableaux de peintres qui resteront au premier rang dans la postérité, tels Renoir, Morisot ou Gauguin, parmi tous ceux déjà cités : ils ne les choisissent pas pour miser sur l'avenir, dans un esprit de spéculation, mais simplement parce qu'ils les admirent et qu'ils les aiment. Ces peintres sont de surcroît leurs amis, ou le deviennent, de sorte qu'ils vivent côte à côte, dans des atmosphères où l'art, la famille et l'amitié forment un tout indissociable. Un détail amusant : Maurice Denis peint leurs plafonds ! Chez Lerolle comme chez Chausson, quand on lève les yeux, on voit les mêmes couleurs, sous le même tracé très doux. Les sujets ont beau être différents, on a au-dessus de la tête une fresque qui semble poursuivre son histoire de l'avenue Duquesne au boulevard de Courcelles, au point qu'on ne sait plus où l'on est chez soi. On vit indistinctement ensemble.

Mallarmé, qui fréquente les deux maisons et entretient des liens d'amitié avec Chausson comme avec Lerolle, exerce auprès du compositeur une fonction privilégiée : pour améliorer son maigre salaire de professeur, il lui donne des leçons d'anglais ! Quand il écrit à son élève, il rédige l'adresse à sa façon alambiquée :

« Arrête-toi, porteur, au son
gémi par les violoncelles.
C'est chez Monsieur Ernest Chausson
au 22 boulevard de Courcelles. »

Quand Eugène Carrière peint la famille Lerolle,
parents et enfants réunis, il propose ensuite, par
souci d'égalité, de peindre la famille Chausson. La
toile est aujourd'hui au musée de Lyon. Il peint dans
la foulée un portrait d'Ernest Chausson, seul, et un
autre représentant le couple de « Monsieur et
Madame Ernest Chausson ». On fréquente en famille
les mêmes artistes. On pose pour les mêmes. Et l'on
reçoit sous les mêmes plafonds, peints par le même
peintre, un même cercle indifférencié d'artistes et
d'amis, qui sont plus souvent des amis artistes.
Jeanne Chausson et Madeleine Lerolle y exercent un
rôle de premier plan : elles ne se contentent pas du
rôle de maîtresses de maison qui leur est traditionnellement dévolu, elles participent à la conversation en
faisant preuve de culture, de finesse et, ce qui n'est
pas pour déplaire dans ce cercle où l'on rit beaucoup,
d'humour.

Toute la musique contemporaine est là, chez l'un
ou chez l'autre : Debussy, d'Indy, Duparc, Chabrier,
Bonheur, Albeniz – j'en oublie. On vit non seulement
ensemble, mais au diapason. Les deux familles sont
si liées que, lorsque Lerolle ne reçoit pas, il dîne chez
Chausson, et vice versa, avec femme et enfants, sans
compter les apparentés : oncles, tantes et cousins
Escudier ou Lerolle (Chausson n'a plus de famille de

son côté). Debussy occupe une place à part dans cet aréopage. Lié à Lerolle autant qu'à Chausson, qui a beaucoup contribué lui aussi à sa carrière naissante et qui le soutient moralement et financièrement avec une générosité qui ne sera jamais prise en défaut, on sent venir entre ces deux musiciens d'exception l'amorce d'un désaccord. Non à cause d'une rivalité ni même d'une compétition entre eux, mais d'une divergence musicale trop profonde. Debussy, c'est le génie libre, hors de l'enrégimentement des écoles. C'est aussi la sensualité sans entraves. L'art jaillissant, impétueux. Chausson, quoique sensible et original, est cependant plus assujetti aux règles et aux rigides principes de son maître, César Franck – Debussy, qui n'aime pas Franck, ne l'appelle jamais que « le Flamand ». Encore en 1913, bien après la mort de Chausson, Debussy déplorera l'influence néfaste de son enseignement sur le compositeur du *Roi Arthus*, « dans ce sens qu'à ses dons naturels d'élégance et de clarté, elle opposait cette rigueur sentimentale qui est la base de l'esthétique franckiste ».

Il n'a pas cessé de mettre Chausson en garde : « Vous exercez sur vos idées une pression tellement forte qu'elles n'osent plus se présenter devant vous, tellement elles ont peur de n'être pas vêtues comme il conviendrait. Vous ne vous laissez pas assez faire, et surtout vous ne paraissez pas laisser assez agir à sa fantaisie cette chose mystérieuse qui nous fait trouver l'impression juste d'un sentiment alors que certainement une recherche obstinée et assidue ne fait que l'affaiblir. »

Ce dont Chausson a parfaitement conscience. Avec

une modestie et une lucidité qui font aussi partie de son style, il lui répond qu'il doit sans doute à son travail au sein de la Société nationale de musique cette préoccupation : « Les concerts y ressemblent parfois à une sorte d'examen de doctorat. Il faut prouver que l'on sait son métier. C'est une grande erreur. »

Les deux compositeurs ont des inspirations poétiques qui ne s'accordent pas davantage. Si Debussy est un inconditionnel de Mallarmé, Chausson, quoique lié lui aussi au maître de la poésie pure, qu'il reçoit chez lui et auquel il rend visite rue de Rome, n'a jamais mis en musique aucun de ses poèmes. Il trouve que ses vers contiennent « trop de topazes ».

Au fur et à mesure que les relations entre Chausson et Debussy vont se refroidir, Lerolle, qui a participé avec enthousiasme à la naissance de *Pelléas et Mélisande*, va se rapprocher de Debussy. Sans que cela entame en quoi que ce soit son attachement fidèle à Chausson. Mais son amitié remplacera peu à peu auprès de Debussy celle que Chausson va peu à peu retirer, prenant prétexte du scandale des fiançailles du compositeur avec Thérèse Roger et du faux suicide de sa maîtresse pour rompre définitivement. Ce que Debussy ne lui pardonnera pas.

Quand Renoir peint les deux sœurs Lerolle au piano, en 1897, Chausson vient d'achever l'écriture du *Poème* opus 25, né presque sans efforts sous ses doigts. Jean Gallois, son biographe, écrira à ce propos que « les angoisses passées, surmontées, se sont changées en puissance créatrice ». D'une intensité musicale qui a frappé même Debussy, ce *Chant de l'Amour triomphant* dont Chausson a toujours rêvé, il vient de le porter au statut de chef-d'œuvre. Le violon et l'orchestre, dans un accord lyrique, font entendre jusqu'à la dernière note enfiévrée ce que Jean Gallois, en musicologue averti, définit comme « un chant d'amour à la fois viscéral et spirituel ».

A quarante-deux ans, Chausson est au sommet de son art. Dans sa vie familiale, la naissance d'un cinquième enfant, Laurent, en juillet 1896, consacre un bonheur sans nuages. Jamais il n'a été si serein face aux critiques, toujours sévères, qui accueillent toutes ses nouvelles compositions. En cette même année, Maurice Denis vient peindre dans des couleurs pastel ses plafonds du boulevard de Courcelles : *Le Printemps* et *La Terrasse à Fiesole* lui rappellent le souvenir de vacances passées ensemble, en Italie, sans les Lerolle pour une fois, mais avec le couple également harmonieux et soudé que forment Maurice, « le Nabi aux belles icônes » et sa femme, Marthe. Tous réunis dans la maison, ou plutôt le palais entouré de roses, qu'ils y ont loué sur les collines de Toscane – la villa Papiniano.

A l'automne 1896, à l'occasion d'un concert en Espagne au cours duquel est joué pour la première fois le *Poème*, avec Eugène Ysaïe au violon et l'orchestre de la Société catalane de Barcelone dirigé par Mathieu Crickboom, il emmène Jeanne en voyage pour une fois sans les enfants, en amoureux. Il écrit à Lerolle des lettres heureuses. Pourtant, dans ce contexte où tout va bien, il éprouve curieusement le désir de rédiger son testament, pour spécifier qu'il lègue tout à

son épouse. De la gare de La Roche, il envoie le texte
à sa belle-mère, Mme Escudier (la mère de Jeanne),
à laquelle il est lié par un sentiment filial, avec ces
mots : « Ce n'est peut-être pas bien solennel et
l'endroit ne se prête pas aux effusions. Mais je crois
que ce sera valable tout de même. Et puis, vous
savez, je n'ai aucune intention de me casser la tête.
Si cela m'arrive, ce sera tout à fait involontaire. En
attendant, je vous embrasse tendrement. Votre fils,
Ernest Chausson. »

Terrible prémonition.

Le bourreau de travail

C'est l'homme des réalités. Au milieu de tous ces artistes, ces doux rêveurs, il apparaît comme le mouton noir de la famille. Une figure austère de premier de la classe, qui regarde la vie comme un éternel concours. Ce polytechnicien sorti dans la botte (2ᵉ sur 205), diplômé de la prestigieuse Ecole des mines, porte sur toutes choses et sur les gens autour de lui un œil exercé à cet exigeant critère : l'excellence. Il a toujours placé la barre très haut pour lui-même et entend garder le cap sur ces sommets où ne parviennent que les meilleurs. Acharné au travail, au point que ses journées semblent ne pas compter assez d'heures, c'est un individu volontaire, qu'anime une vaste ambition. Dans la famille, on le cite volontiers en exemple, comme un phénomène : ses tâches éminentes et ses responsabilités de haut fonctionnaire lui donnent un statut particulier dans l'univers entièrement dévolu à l'art de Lerolle et de Chausson, ses deux beaux-frères. Car il a épousé Marie, la plus jeune du trio Escudier : la sœur cadette de Madeleine Lerolle et de Jeanne Chausson.

De taille moyenne (1,69 m), avec des cheveux châtains, une moustache blonde et des yeux gris-bleu, il a de la distinction. Il parle peu et pense beaucoup. Est-ce parce qu'il applique dans la vie privée son devoir de réserve, inhérent à ses fonctions de grand commis de l'Etat, il évite de donner une opinion qui ne serait pas fondée sur de bons arguments et se garde de tout jugement intempestif. C'est un esprit mesuré et prudent. Dans son travail comme au milieu des siens, il s'entremet souvent pour réconcilier et faire en sorte que l'harmonie règne. Il n'aime rien tant que favoriser ce climat de paix générale, que ce soit au niveau de l'Etat ou à celui de la famille. Il aurait pu être un diplomate brillant, à la manière d'un Philippe Berthelot. Il navigue admirablement sur les mers les plus déchaînées et garde son sang-froid jusque sous les vents de force quatre. Rien ne paraît pouvoir l'ébranler, car il est arrimé à de solides certitudes : sa foi catholique et sa foi dans la République. A l'heure où toute la France débat de la séparation de l'Eglise et de l'Etat, il vit ses deux engagements, au service de l'une et de l'autre, avec une flamme de missionnaire. Cet ancien élève des jésuites du collège Stanislas déploie une énergie considérable pour s'acquitter de ses devoirs envers les deux croyances. Il leur rend un même culte et leur a si totalement consacré ses forces qu'il peut envisager leur séparation avec sérénité : elle ne l'empêchera pas de continuer à servir et l'Eglise et l'Etat, au-delà des clivages, avec le même dévouement.

Cette rigueur morale éclaire évidemment le personnage, comme un halo. S'il y a quelqu'un qui mérite la Légion d'honneur, qui orne en toutes circonstances sa boutonnière – de mauvais esprits prétendent qu'il ne l'enlève que pour dormir –, c'est bien lui. Officier de la Légion d'honneur à trente-quatre ans, il en franchit très vite les échelons et finira commandeur en 1906.

Ingénieur de formation, longtemps en poste à Arras, dans le Pas-de-Calais, dont son épouse, Marie, garde un souvenir sinistre, il est entré dans la fonction publique comme d'autres au séminaire. Ses ministères de tutelle seront jusqu'à la fin de ses jours ceux du Commerce et des Travaux publics : on est très loin ici du monde chatoyant, coloré et musical de Lerolle et de Chausson, où Pierre Louÿs et Debussy apportent leur poésie et Renoir, pour n'évoquer que lui, sa chaleur populaire. Il passe la plupart de son temps dans l'atmosphère renfermée de bureaux mal éclairés par des lampes à huile, mal meublés et peu confortables. La pièce qu'il occupe en tant que directeur du Travail ne bénéficie d'aucun apparat : ni dorures, ni tapisserie des Gobelins. Pour améliorer la vie de ses employés, gratte-papier en lustrine mal payés, il a offert de ses propres deniers une belle horloge sur pied pour le hall d'entrée de son ministère. A moins que ce ne soit pour y rappeler la ponctualité... Lui-même n'épargne pas sa peine : homme de discipline, il arrivera toute sa vie au bureau à huit heures, voire à sept. Il en repart pour aller déjeuner chez lui : une brève récréation qui ne dure pas plus de deux heures, trajets compris. Puis il retourne à sa tâche au ministère jusqu'à sept heures du soir, parfois davantage, jusqu'à la nuit tombée – cela lui arrive quand une question le taraude. C'est un homme de dossiers, chargé d'émettre avis et recommandations sur le sujet dont il est en France l'un des grands spécialistes : le travail. Il consulte pour ce faire toutes sortes de documents qui concernent la société civile, des textes juridiques, des rapports administratifs, des études spécialisées sur les sujets les plus pointus, comme « l'hygiène dans les ateliers de confection » ou « les accidents du travail dans les usines » de tel ou tel département français. Ou des pays limitrophes, l'Allemagne, la Suisse ou l'Angleterre, dont il aime s'inspirer : comparer pour mieux comprendre. C'est un maniaque de la statistique : un précurseur dans ce domaine, sur lequel il donnera d'ailleurs des conférences, « Statistiques et enquêtes », par exemple, au sein des diverses sociétés de réflexion auxquelles il participe. Il a sans cesse recours à des calculs de pourcentage, qui ont fini par devenir son dada. Il croit au pouvoir et à la vérité des chiffres, qu'il utilise pour appuyer ses idées. Ce concret, ce pragmatique, est un moderne. Pas seulement par sa méthode, très en avance sur son temps, pas seulement par sa technique de réflexion – comparaisons internationales et statistiques –, mais par ses idées.

C'est un homme d'union et de progrès social. A une époque où les ouvriers ne connaissent ni limitation de leur temps de travail, ni congé dominical, ni congé annuel et sont corvéables sept jours sur sept, alors qu'ils ne peuvent compter sur aucune aide en dehors des initiatives privées exception-

nelles d'un patronat livré pour sa majorité à un libéralisme sans frein ni contrôle, Arthur Fontaine se
bat pour l'amélioration de leurs conditions de travail. Et pour limiter « tout ce qui porte atteinte au
droit primordial de la vie » – pour lui, en l'occurrence, les excès d'un capitalisme avide. Il n'aura de
cesse de lutter, tout au long de son existence, entièrement dévouée à la question ouvrière, pour que
l'Etat intervienne et légifère sur ces sujets qui lui
tiennent à cœur : la protection de l'enfant, de la
jeune fille, de la femme, trop souvent exploités, victimes au nom de la rentabilité ; le développement de
l'apprentissage, de l'hygiène et de la sécurité dans
les ateliers ; l'indemnisation des accidents du travail ; et l'instauration d'un repos dominical obligatoire. Il est même favorable au droit de grève. Ce
programme courageux, novateur, conçu selon sa
propre expression pour « protéger les faibles », en
agace plus d'un dans les rangs de l'Assemblée nationale et ne lui vaut pas que des amis. Ses thèmes de
prédilection, en particulier la bataille pour le repos
du dimanche, le rapprochent des membres de la
famille de sa femme : Paul Lerolle (frère d'Henry
Lerolle) et Paul Escudier (frère de Madeleine Lerolle),
tous deux députés et maires d'arrondissements parisiens, y sont eux aussi engagés. Quand sont votées
au Parlement, après des années de discussions, de
rapports et d'amendements, la loi sur la journée de
dix heures – en 1901 – et la loi sur le repos hebdomadaire obligatoire – en 1906 –, obtenue à l'arraché
par Paul Lerolle, elles sont l'une et l'autre le fruit
des efforts de Fontaine.

« Le repos hebdomadaire m'apparaît comme l'un des besoins les plus profonds et les plus naturels de l'ouvrier. Il est indispensable que l'ouvrier puisse reprendre des forces après le travail de la semaine, il est plus indispensable encore qu'il trouve dans le loisir de chaque semaine le temps d'être père de famille, le temps d'être citoyen, le temps de se distraire intellectuellement, ce qui donne toute valeur à la vie. Il faut être un homme, et non pas un outil, qu'on vive sa vie pour soi, en même temps qu'on la vit pour la Société. »

Ce sont des idées avancées que ce haut fonctionnaire défend. Elles lui sont dictées par ses convictions chrétiennes. Profondément catholique, tout autant que les Lerolle et les Chausson et que sa propre famille – une de ses sœurs est religieuse, dans l'ordre des Sœurs de la Charité de Saint-Vincent-de-Paul –, sa foi donne un sens à tout ce qu'il entreprend. Il essaie d'appliquer à la lettre le message de l'Evangile, et c'est en soldat du Christ qu'il aborde les problèmes au ministère. Ce grand bourgeois jouit d'une solide fortune. Héritier d'une entreprise familiale prospère, spécialisée dans les matériaux pour le bâtiment, en particulier les objets moulés et la serrurerie d'art, il est propriétaire en indivision avec ses frères du bel immeuble, où la société a établi son siège, au 181 rue Saint-Honoré. Près de la paroisse Saint-Roch. Il possède aussi des immeubles de rapport et un bon matelas de titres en banque, en actions et en obligations. Il aurait pu se contenter de vivre de ses rentes et ne se soucier que de son confort. Ses frères aînés, Henri et Emile, dirigent l'entreprise, si connue et respectée dans son domaine qu'elle a participé, avec ses moulages, à la rénovation des châteaux de Saint-Germain-en-Laye et de Chambord et à la reconstruction de l'Hôtel de Ville de Paris (où Henry Lerolle a peint des fresques). Lui-même n'y exerce aucune fonction, bien qu'il en touche des revenus à travers le loyer qu'il perçoit pour l'immeuble de la rue Saint-Honoré, mais ne se satisfait pas d'être un tranquille rentier. Est-ce parce qu'il a été orphelin de père à sept ans et qu'il a eu à cœur de pouvoir soutenir une mère qu'il adorait et des frères auxquels il est affectueusement lié, en cas d'adversité ? ou parce qu'il est animé par la flamme chrétienne ? Il a toujours eu le sens de l'effort et pour optique le Devoir et la Justice. Privilégié par le destin qui l'a fait naître riche, il considère qu'il doit aider ceux qui ont eu moins de chance, les démunis, les faibles. Ses frères appliquent dans l'entreprise familiale ces mêmes généreux principes : la maison Fontaine a organisé une caisse de secours de type mutualiste pour subvenir aux besoins de ses salariés, en cas de maladie ou de départ à la retraite, avec une extension pour les veuves, qui doivent entretenir une famille avec leur seul salaire. Elle est alimentée à la fois par les cotisations des salariés et, pour la plus grande part, des propriétaires associés. Les frères Fontaine – ils sont quatre –, parmi lesquels Arthur Fontaine joue le rôle de dynamiseur intellectuel, ont les mêmes conceptions humanistes, réformatrices, et elles vont bien au-delà de l'esprit de patronage. On pourrait les définir comme des centristes de gauche, encore que cette expression soit anachronique. « A gauche de Poincaré, à droite de

Jaurès », comme l'écrit judicieusement le biographe d'Arthur Fontaine, Michel Cointepas, dans une étude exhaustive, ils ne sont pas affiliés aux radicaux-socialistes, sont résolument anticollectivistes, mais s'opposent à la vision d'un libéralisme triomphant. Le benjamin des quatre, Lucien, a organisé l'expansion de l'entreprise vers l'Extrême-Orient – il a créé un comptoir au Tonkin. Le plus proche d'Arthur, qui l'a associé à ses combats en faveur de la classe ouvrière, il participe à ses côtés à diverses sociétés philanthropiques, où l'on débat du progrès social.

Marcel Proust, qui est surtout lié à Lucien, s'est en partie inspiré d'Arthur Fontaine pour créer le personnage de Legrandin dans *Du côté de chez Swann*. Malgré les traits qu'il y a associés du vieil ami de son père, Henri Cazalis, un poète symboliste, on reconnaît l'élégante et fiévreuse silhouette de Fontaine dans certaines pages d'*A la recherche du temps perdu*. « En rentrant de la messe, nous rencontrions souvent Legrandin qui, retenu à Paris par sa profession d'ingénieur, ne pouvait, en dehors des grandes vacances, venir à sa propriété de Combray que du samedi soir au lundi matin. (…) Grand, avec une belle tournure, un visage pensif et fin aux longues moustaches blondes, au regard bleu et désenchanté, d'une politesse affinée (…), il était aux yeux de ma famille qui le citait toujours en exemple, le type de l'homme d'élite, prenant la vie de la façon la plus noble et la plus délicate. Ma grand-mère lui reprochait seulement de parler un peu trop bien, un peu trop comme un livre. »

Directeur du Bureau du travail, à la création

duquel il a participé, et dont il a d'abord été sous-directeur, connu pour ses articles de fond dans la *Revue de Paris*, *La Réforme sociale*, la *Revue d'économie politique*, la *Revue politique et parlementaire* et le *Bulletin de l'Union pour l'action morale*, il est membre du Musée social, de la Société statistique de Paris, de la rédaction de la *Revue politique et parlementaire*, proche de l'Union républicaine de Waldeck-Rousseau, et du Collège libre de sciences sociales, qui vient tout juste d'être fondé, en 1895. Ces cercles fermés, réservés aux élites – parlementaires, hauts fonctionnaires, membres des corps savants –, constituent un réseau influent sur lequel il s'appuie. Jusqu'à son mariage avec Marie Escudier, qui va lui faire découvrir un tout autre monde, l'oncle Arthur n'a eu pour relations, sinon pour amis, que des ingénieurs des Ponts et des Mines, des notables de la République et quelques patrons du Comité des forges, préoccupés comme lui de plus de justice. Pour la plupart inconnus du grand public, ils exercent leur puissance dans l'ombre et œuvrent avec une efficacité d'éminences grises à la construction du grand édifice dont ils rêvent tous : la société de l'avenir. Si l'on ne devait citer que quelques noms, disons qu'avant d'entrer par son mariage dans la famille Lerolle-Escudier-Chausson, et bien avant de se mettre à son tour à fréquenter assidûment tous les artistes du cercle, les gens qu'il voyait le plus souvent et avec lesquels il continuera d'ailleurs d'avoir des relations suivies et parfois presque fraternelles, tant les unit la flamme de la réforme sociale, se nomment Paul de Rousiers (enquêteur social dont les travaux sont régulièrement publiés dans les revues du Travail), Léon de Seilhac (futur secrétaire général du Comité central des armateurs) ou Robert Pinot (entrepreneur très actif au Comité des forges et premier directeur du Musée social).

S'il a beaucoup de relations, compétentes et haut placées, Arthur Fontaine n'a cependant jusqu'à son mariage qu'un seul ami, Paul Desjardins, futur fondateur des célèbres décades de Pontigny (en 1922). « Une tête de Socrate, écrit de lui l'abbé Mugnier, mais il pontifie trop. » Professeur de lettres au collège Stanislas, ce normalien de la promotion de Bergson et de Jaurès écrit à la *Revue bleue*, au *Temps* et au *Figaro* des articles d'une haute tenue spirituelle. C'est une belle plume au service des valeurs que respecte Fontaine : la justice, le droit, le bien, l'amour du prochain. Il a publié en 1891, l'année de leur rencontre, un recueil de ses chroniques dans *Le Journal des débats* : *Le Devoir présent*. Ce jeune bourgeois catholique, du même milieu social que Fontaine, y prône la suprématie de la morale, qui doit s'étendre à tous les domaines, de la famille à l'entreprise et de la politique à la religion. Au moment où Léon XIII publie deux encycliques, *Rerum novarum* et *Au milieu des sollicitudes* (1891 et 1892), il en appelle à l'élan moral et à l'approfondissement spirituel. Comment ne se serait-il pas entendu avec Arthur Fontaine, cette figure de l'intégrité, qui croit au sacrifice de soi pour aider les faibles et place la foi en un monde meilleur au cœur de sa propre vie ? Leur amitié va prendre la forme d'une fraternité fervente. Ils vont se voir régulièrement, s'écrire, échanger des points de vue qui sont plutôt des convictions qu'ils partagent, dans un esprit de communion mystique. Ils vont suivre épaule contre épaule, pour ainsi dire, le même trajet spirituel. Leur échange, d'une hauteur de vues qui en impose, peut se résumer à cette phrase de Paul Desjardins dans l'une de ses lettres : « Quoique certaines choses changent en moi, ou plutôt croissent, je continue à vous aimer de même, comme le plus harmonieusement différent de moi parmi mes amis, et comme le meilleur. »

Des liens familiaux scellent leur amitié. Lucien, le benjamin des frères Fontaine, a en effet épousé Louise Desjardins, la sœur cadette de Paul. Elle mourra tragiquement d'une typhoïde, contractée lors d'un voyage au Tonkin.

C'est par Abel Desjardins, le plus jeune frère de Paul, condisciple de Robert Proust, le frère cadet de l'écrivain, à la faculté de médecine, que Marcel Proust a pu connaître la famille Desjardins, puis tout naturellement la famille Fontaine et par là construire son personnage de Legrandin. En bref, en dehors de leurs tête-à-tête consacrés aux débats intellectuels et religieux, Arthur Fontaine et Paul Desjardins croisent et entrecroisent leurs liens.

Le moteur de leur relation, ces années-là, est la création d'une société qui pourra consolider et répandre les idées dont ils se veulent le fer de lance. Elle porte un nom qui résume son programme : l'Union pour l'action morale. Le philosophe Jules Lagneau en est un des fondateurs et théoriciens, avec d'autres intellectuels éclairés, comme le capitaine

Lyautey, futur maréchal, auteur du *Rôle social de l'officier*, ou le pasteur Charles Wagner, auteur de *Jeunesse*, qui fondera l'Eglise protestante libérale. C'est Lagneau qui définit le mieux l'intention spiritualiste de ce petit groupe militant, animé par la foi réformiste : tous veulent « ressusciter l'âme ». Contre les progrès des valeurs matérialistes dans la société du XIXe siècle finissant, contre le positivisme et le collectivisme, mais aussi contre le doute et le désarroi où leur semblent plonger les élites dirigeantes, ils vont tenter de rassembler les forces vives qui espèrent et qui croient à un monde plus juste, où régneront l'harmonie, la paix et le respect d'autrui. Un tiers ordre laïque, en quelque sorte, au sein d'une République qui serait éclairée par la lumière de la foi.

L'Union pour l'action morale se réunit tous les quinze jours au siège que lui octroie gracieusement la maison Fontaine, rue Saint-Honoré. Elle se déplacera par la suite, quand ses adhérents seront devenus trop nombreux pour ce premier local, impasse Ronsin, dans le XVe arrondissement. Lucien Fontaine est le gérant et le trésorier de l'Union. Arthur, lui, est membre du conseil d'administration et du comité de rédaction du *Bulletin pour l'action morale*.

L'affaire Dreyfus, commencée en 1894, va prendre de l'ampleur dans ces années où les membres de l'Union, ces « frères prêcheurs », pour reprendre un terme de Proust dans la *Recherche*, préparent un avenir de paix. Elle va leur tenir lieu d'épreuve et, à l'image de la France entière, impliquée dans la violence du débat, les entraîner dans des affrontements au cours de séances houleuses et belliqueues, où la plupart se brouilleront. L'amitié de Fontaine et de Desjardins sortira saine et sauve de cette guerre civile. L'un et l'autre sont révisionnistes – Fontaine l'a été dès la condamnation de Dreyfus. Quand Zola publie son « J'accuse ! », en janvier 1898, il est déjà sûr de ses convictions, et Desjardins l'a rejoint.

Dreyfusard de la première heure, il est dreyfusard modéré – après mûre réflexion il penche pour la culpabilité du capitaine Dreyfus, mais estime que la justice a été bafouée. Le procès, conduit par un tribunal de parti pris, doit être révisé. Fontaine va livrer sa bataille, à sa manière, dans les couloirs de la Chambre et les bureaux ministériels pour tenter d'influencer et de convaincre les hommes clefs du pouvoir. Sans se prononcer publiquement – le devoir de réserve ! –, il saura s'engager avec fermeté. Ses convictions dreyfusardes épousent celles de la famille de sa femme, puisque les Lerolle-Escudier-Chausson sont tous eux aussi des dreyfusards convaincus. Dans ce chœur familial d'une unité parfaite retentissent des voix discordantes : celles des hôtes, proches amis du clan, comme Edgar Degas ou Paul Valéry, qui font entendre leurs points de vue antidreyfusards. On évite les confrontations, toujours inutiles dans un cercle de famille : chacun campe sur ses positions. Aucune bataille mémorable ne marquera les dîners de l'avenue Duquesne ni du boulevard de Courcelles, où la douceur de mœurs est un savoir-vivre et s'impose naturellement. Tout comme chez Fontaine, cet apôtre de la paix universelle.

Si la Morale éclairée par la foi est la valeur suprême d'Arthur Fontaine, le Travail lui tient lieu d'apostolat. Il lui a dédié sa vie. Au point de ne jamais songer, comme l'écrit Proust, à des loisirs, à des vacances. Cet ingénieur à l'agenda surchargé et aux lourdes responsabilités n'est pas vraiment à l'aise dans un salon. Il fuit plutôt les mondanités, comme tout ce qui fait perdre du temps. Les esprits moqueurs sont persuadés qu'il travaille même dans son sommeil. Et quand il rêve, ce doit être de longs rapports manuscrits à sa hiérarchie, de projets de lois rédigés en bonne et due forme, de circulaires argumentées adressées à ses ministres pour faire avancer ses idées et mettre la France sur des rails – ce qui est une expression adéquate puisque Fontaine, parmi ses hautes fonctions, se voit promu président du réseau des chemins de fer. Même si, en homme respectueux de l'éthique, il n'abuse pas de ses pouvoirs, il lui arrive de faire arrêter un train pour descendre à la gare de son choix, quand elle n'est pas desservie pour les voyageurs ordinaires. Mais c'est alors pour gagner du temps ou pour ne pas en perdre dans cette course de fond sans répit qu'est devenue sa vie.

Son mariage en 1889 avec Marie Escudier (sœur de Madeleine Escudier-Lerolle et de Jeanne Escudier-Chausson) n'a pas ralenti son rythme de travail. Ni la ribambelle d'enfants qu'elle lui a donnés : six en moins de dix ans ! Quatre fils et deux filles : Jean-Arthur, Philippe, Charlotte (morte en bas âge), Jacqueline, Noël et enfin Denys, qui naît en 1897, l'année du tableau de Renoir.

Marie Fontaine, la plus piquante des sœurs Escudier, avec son minois d'ingénue et sa voix de
soprano, est encore très jeune – elle n'a que trente-
deux ans en 1897 –, mais elle montre un visage fatigué, empreint d'une tristesse qu'on ne lui a jamais
connue quand elle vivait chez ses parents. Elle a
perdu cet éclat qu'Henry Lerolle avait si bien saisi
dans un portrait daté de 1885 où il la montre de
profil, dans la même pose que sur son fameux
tableau, *A l'Orgue* (aujourd'hui au Metropolitan),
tenant à la main une partition et chantant. Avec sa
taille fine, son long cou, son port de tête ravissant et
son nez retroussé, elle était alors la plus jolie, la plus
irrésistible des sœurs Escudier. Un bouquet de
fraîches marguerites au corsage, elle avait un petit air
insolent. Puvis de Chavannes, séduit, en découvrant
ce portrait chez Lerolle, lui avait envoyé un baiser.
Même si elle chante encore au milieu des cris de la
marmaille, elle est moins enjouée et rieuse qu'autrefois. Elle se plaint maintenant de lassitude, de
migraines, de maux de dos et de ventre que sa famille
attribue à ses grossesses et à ses accouchements à
répétition, mais qui révèlent un malaise profond. Elle
se soigne en faisant des cures dans des villes d'eaux,
ou en rejoignant sa mère et ses sœurs dans leurs rési-
dences de vacances, qui varient au fil des années.
Madeleine Lerolle et Jeanne Chausson, ses deux
sœurs, ne quittent jamais leurs maris. Elles les accompagnent dans tous leurs déplacements, de Venise à
Veules-les-Roses, et forment avec eux des couples
indissociables. Marie part presque toujours seule –
du moins avec ses enfants mais sans son mari. A

cause de son travail, Arthur Fontaine reste à Paris. Il ne se déplace qu'à l'occasion de congrès internationaux avec ses collègues du Travail, à Berlin, à Zurich, à Bâle, à Cologne ou à Bruxelles, où il retrouve des sommités. De sorte qu'il voyage plus souvent à l'étranger qu'en France. Car il ne prend que deux semaines de vacances, en septembre, où il rejoint alors sa femme et ses enfants, là où Marie a choisi d'aller. Il travaille sept jours sur sept, ne s'octroyant pour lui-même aucun repos, fût-il dominical – ce repos pour lequel il plaide en faveur des ouvriers. A l'exception de la messe, suivie du repas du dimanche, on ne lui connaît pas de distraction.

A Paris, les Fontaine habitent d'abord rue des Mathurins, dans le VIIIe arrondissement, où vivent presque tous les hauts fonctionnaires que fréquente le directeur du Bureau du travail. Ils viendront s'installer en 1900 dans le VIIe arrondissement, au 2 avenue de Villars : un immeuble cossu qui vient d'être construit à l'angle de l'avenue de Breteuil, face au dôme des Invalides. Il offre un confort qui paraît extravagant à l'époque : deux salles de bains complètes et des W-C pour les domestiques, installation assez rare pour être signalée – les Fontaine ont valet, femme de chambre, cuisinière et bonne d'enfants. Marie ne peut que se réjouir de sa nouvelle adresse : elle sera à deux minutes à pied de l'avenue Duquesne où Henry et Madeleine Lerolle ont leur maison. L'avenue de Villars abrite d'ailleurs des amis des Lerolle, qu'elle connaît bien et apprécie : Vincent d'Indy et Henri Duparc occupent chacun un appartement au numéro 7, sur le trottoir d'en face – à la belle saison, on doit entendre leur musique par les fenêtres ouvertes –, de même que le comte et la comtesse Robert de Bonnières. Pour Arthur Fontaine, l'adresse a l'avantage de se trouver à quelques rues seulement de son ministère, qui se situe rue de Varenne. Il pourra retrancher aux deux heures perdues au déjeuner le temps du trajet, qu'il effectue désormais chaque jour à pied. Prestige du 2 avenue de Villars : juste au-dessus de chez Fontaine habite son ministre, qui sera un jour président du Conseil puis président de la République, Alexandre Millerand. Un rad-soc avec lequel il s'accorde mieux qu'avec les représentants de la droite conservatrice. Les deux hommes s'invitent à dîner, d'un étage à l'autre, en compagnie de relations communes, dont le sérieux et l'importance n'ont pas le pouvoir d'égayer Marie.

En proie à la neurasthénie, elle ne songe qu'à aller prendre l'air avec ses enfants, ses sœurs ou des amies. N'importe où, à la campagne ou au bord de la mer, pourvu que ce soit loin. Le plus loin possible de ce mari irréprochable que tout le monde lui envie, mais auprès duquel elle se fane à vue d'œil, telle une fleur qui perd ses couleurs. Parmi ses villégiatures, elle a ses préférences : Arcachon et Biarritz. Le climat y est agréable, les gens y sont toujours en vacances, ce qui est pour elle un spectacle inhabituel et délicieux. Mais surtout, c'est à l'autre bout de la France. Elle y reste hors d'atteinte de ce mari trop obsédé par son emploi du temps pour avoir l'idée de la rejoindre, même en déviant un train.

Il préférerait sans doute qu'elle aille plus souvent dans l'austère maison de sa propre famille, plus proche de Paris, plus facile d'accès. Il pourrait l'y rejoindre la nuit du samedi et y passer le dimanche, quitte à emporter ses dossiers. Il y retrouve agréablement ses frères, comme lorsqu'ils étaient enfants. C'est à Mercin, dans l'Aisne. Une région dont Fontaine a gardé quelques traits dans sa personnalité si peu riante et si peu chatoyante. Dans le grand parc, dont les arbres ajoutent encore de l'ombre à un panorama sévère, les enfants s'ébrouent joyeusement tandis que Marie s'abandonne à la mélancolie et rêve. D'azur, d'océan et d'amours romantiques.

Son mariage a fait entrer Arthur Fontaine dans un monde qui doit lui paraître aussi exotique que la Papouasie. Tout est différent chez les Lerolle et chez les Chausson. On n'y travaille pas, ou si peu que cela vaut à peine d'être rapporté. Du moins on n'y travaille pas à ces choses sérieuses qui s'élaborent dans les bureaux, dans les usines ou dans les commerces. On y est toute l'année en vacances, même à Paris. Et quand on part, on emporte ses violons, ses pinceaux et ses boîtes de couleurs au lieu de lourds dossiers. Sur place, dans des décors charmants conçus pour l'agrément, on retrouve son piano, auquel certains membres de la famille sont arrimés toute la journée. On joue, on compose, on chante, quelquefois même on danse, comme la cigale de la fable. Arthur Fontaine, lui, ne danse pas et déteste même les spectacles de ballet. En dehors de ces heures consacrées à la musique et d'autres passées à peindre, on joue au ballon et au croquet, on canote, on se promène. A moins qu'on ne se livre aux plaisirs de la sieste. Rêver sous un pommier est une activité qui lui est étrangère.

Alors que l'Union pour l'action morale, d'inspiration janséniste, prescrit une ascèse, l'abandon des frivolités et du superflu, le voici confronté à l'univers de la tentation. Dans sa nouvelle famille, tout est beauté, douceur et volupté. Il soupçonnerait presque ces bourgeois catholiques de préférer l'esthétique à l'éthique et le beau au bien. S'il n'était par ailleurs convaincu de partager leurs valeurs, religieuses, familiales et civiques, jusque dans l'affaire Dreyfus, il pourrait les juger sévèrement. Mais leur comportement en famille et avec leurs amis, leur générosité, leur droiture, leur esprit chrétien dépourvu d'hypocrisie l'ont aussitôt rassuré et apprivoisé. Ses beaux-frères ne sont en rien des pharisiens.

Il a aussitôt éprouvé de l'amitié pour Henry Lerolle, ce peintre des fresques de Saint-François-Xavier, sa future paroisse, qui peint des nymphes aux abois entre deux figures de saintes. Il aime sa bonté et la lumière qu'il répand autour de lui. Pour Ernest Chausson, son second beau-frère, c'est un autre sentiment qu'il éprouve : il devine un homme fragile, en proie à des tourments métaphysiques. Il voudrait l'aider. Mais la complicité leur manque. Jamais ils ne seront aussi liés que Lerolle et Chausson eux-mêmes. Ou que lui-même et Desjardins.

Dans la famille de sa femme, il s'assure une solide

alliée en la personne de la reine mère : Mme Philippe Escudier, née Caroline Gratien, dont il devient le troisième gendre. Elle ne mourra qu'en 1923, après deux d'entre eux. Il l'appelle « mère ». Elle le nomme par exception « mon fils ». C'est son gendre préféré. A ses yeux, le gendre idéal. Il le restera toute sa vie, même quand il se séparera de Marie. Elle prendra alors son parti contre sa propre fille, dont elle se détournera. Passion de belle-mère. Son mari, Philippe Escudier, préférant aux lettres et aux arts la pêche à la ligne, elle trouve une compensation dans la compagnie stimulante de ses trois beaux-fils – et particulièrement du dernier.

Arthur Fontaine résume à lui seul toutes les qualités que peut espérer une mère pour sa fille. Sa fortune, son brillant statut social, ses hautes fonctions, ses relations, ses responsabilités, son aura de haut fonctionnaire fréquentant les grands de ce monde aux sommets de l'Etat, sans compter son intelligence supérieure, tout cela lui donne une stature imposante. Il est élégant, il a de l'allure, il porte beau et, autre avantage, il a le bras long. Que demander de plus ? Pourtant, lorsqu'il pénètre pour la première fois avenue Duquesne, dans un salon où les tableaux et les sculptures ne sont pas des éléments du décor mais des objets vivants qui font eux-mêmes partie de la famille, Fontaine est fortement impressionné. Il prend tout à coup conscience d'un manque. D'un vide. Il se sent aussi pauvre que Job. Aussi nu.

Même impression chez Chausson, quand la musique et les voix s'envolent et vont rejoindre le paradis, peint au plafond par Maurice Denis, où trois grâces – sa femme et ses sœurs – dansent au milieu des feuillages.

Jusqu'à son mariage, il est passé à côté de tout ça. Avant d'épouser Marie Escudier, il n'a jamais eu soif de musique, de peinture ou de poésie. Ce sont des champs inexplorés pour cet ingénieur de formation, épris de débats intellectuels et spirituels. Mais le poison perfide qui circule dans les veines de tous les membres de la famille va le contaminer. A une époque où il est si difficile d'obtenir une ligne téléphonique, Arthur Fontaine, cet enragé au travail, en possédera jusqu'à sept ! Une par branche d'activité. Il pourra bientôt en rajouter une huitième pour sa nouvelle passion : les arts.

A bonne école chez Lerolle et chez Chausson, il ne tarde pas à se former une culture, un goût. Il apprend vite. Et il s'applique. En adoptant la méthode qui lui a si bien servi pour maîtriser les questions sociales, il se met à fréquenter assidûment les expositions, les musées, les concerts. Il ne restera fermé qu'à la danse, avec une méfiance teintée d'hostilité devant le spectacle des corps dénudés. Il fuit la Loïe Fuller que Lerolle a peinte et photographiée, telle une idole païenne. Pour tout le reste, peinture, musique et poésie, il déploie un zèle de néophyte qui va bientôt lui permettre de rejoindre ses deux beaux-frères sur leur domaine de prédilection : la collection. A côté d'Henry Lerolle et d'Ernest Chausson, il manque seulement à Arthur Fontaine d'être lui-même un artiste. Mais s'il demeure à la périphérie du cercle des créateurs, il n'en est pas moins habité par une authentique flamme.

Il adopte les hôtes fidèles de l'avenue Duquesne et du boulevard de Courcelles, selon l'adage « les amis de mes amis sont mes amis ». Il vient en aide financièrement à Debussy, dont il assiste à l'avant-première de la mort de Pelléas, chez Lerolle, et dont il va applaudir à tout rompre, aux premiers rangs, les concerts publics. Il fait la claque, heureux, près de Louÿs, de Valéry, de Mallarmé et de sa belle-famille au grand complet. Il ne lui retirera pas son amitié, compromise par ses affaires de cœur. Pas même la mort de Chausson ne les séparera. Parallèlement, bien qu'il ne soit pas mélomane et manque de véritable culture musicale, il devient un auditeur attentif de tous les compositeurs alliés à ses beaux-frères par une passion commune du renouveau, qui l'implique lui aussi et l'entraîne vers des horizons vertigineux : Vincent d'Indy et Henri Duparc, ses voisins avenue de Villars.

Côté poésie, il noue des relations avec Paul Valéry, Henri de Régnier ou André Gide, qu'il rencontre régulièrement désormais. Ses affinités le portent vers Paul Claudel, dont la religion le rapproche et dont le verbe le captive. Les deux hommes s'écrivent quand les postes diplomatiques éloignent le poète de Paris : leurs lettres traverseront les mers, en provenance ou à destination de Fou-Tcheou, en Chine, plus tard du Japon ou de l'Amérique. Fontaine, qui trouve en Claudel un interlocuteur au diapason de sa foi, doué d'une hauteur de vues que peu de mortels atteignent, se lie cependant plus intimement avec un autre poète chrétien, au langage plus simple, chantre de la nature et des petits bonheurs de la vie : Francis Jammes. Il l'adopte comme son second meilleur ami, après Paul Desjardins. L'ayant rencontré en 1896 chez Chausson, qui lui a lu à haute voix *Un jour*, il a éprouvé un coup de foudre pour cette poésie naïve. Il lit tous les textes de Jammes « pieusement, avec amour », selon son expression, et ne tarit pas d'éloges à leur sujet. Il en connaît par cœur des extraits qu'il récite volontiers dans les salons, à la fin du dîner, pour épater les convives. Comme ce passage du *Poète et l'Oiseau* (1899) :

> « Souvent, sur un sorbier, j'ai vu, en me perchant, la bêche du Bon Dieu qui luisait dans l'aurore à côté de sa petite chèvre désobéissante qui fait des milliers de petites crottes »,

qui n'est pas de son meilleur cru mais qui a le mérite de lui être dédié.

Lui qui répugne à s'éloigner de Paris à cause de son travail n'hésite pas à se rendre à plusieurs reprises à Orthez, près de Pau – ce qu'il n'aurait pas fait pour rejoindre sa femme –, où le poète habite avec sa vieille mère. Leur correspondance assidue est faite de confessions intimes, d'aveux, où Fontaine dévoile un fond de cœur taciturne, une inquiétude qui le tenaille et qu'il tient pudiquement secrète, sous le vernis de la réussite sociale. Mais il est plus discret que Jammes, très enclin à s'épancher. Le poète formule souvent des demandes de services, que Fontaine essaie de satisfaire en faisant intervenir des relations haut placées. Leur amitié très vite affectueuse, de part et d'autre, les rend complices de projets dont bénéficie Jammes, mais dont Fontaine se flatte. Heureux et fier d'être l'ami d'un poète, il aime se faire le Bon Samaritain d'un artiste exilé dans sa province et qu'il a contribué à lancer à Paris. Il devient ainsi son agent littéraire pour l'aider à publier une œuvre qui n'a pas encore atteint la notoriété. Il intervient auprès du *Figaro*, du *Gaulois* et de diverses revues littéraires comme le *Mercure de France* ou la *Revue de Paris*, afin d'y faire éditer cette poésie limpide qui garde une âme d'enfant et sa source d'émerveillement. Il revêt même la casquette de l'agent matrimonial pour tenter de marier Jammes, cet amoureux désespéré. Mme Jammes a en effet exigé que son fils rompe avec « Mamore », la jeune fille qu'il aimait, une sauvageonne à en croire ses lettres, juive de surcroît, ce qui est rédhibitoire aux yeux de cette mère, catholique pratiquante. Le cœur brisé, car il est furieusement épris, Jammes décide de se marier au plus vite avec la première fiancée qui lui donnera son accord, mais il perd l'une après l'autre ses chances auprès des jeunes filles de la région. C'est Fontaine qui va lui trouver l'épouse idéale. Dénichée à Mercin, dans sa chère province, bien sous tous rapports, irréprochablement catholique, Ginette Goenorp vit encore chez sa mère, une veuve de militaire. Elle deviendra Mme Francis Jammes en 1907. Fontaine sera le témoin du marié, âgé de trente-sept ans (Fontaine en aura alors quarante-cinq). Et François Lerolle, neveu d'Henry Lerolle, sera celui de Ginette. Fils de Paul Lerolle, ce François Lerolle, saint-cyrien qui mourra dans les premiers jours de la guerre de 1914, est l'époux de la meilleure amie de Ginette, Antoinette Poyet. Encore un lien inattendu avec la famille élargie.

Côté peinture, le haut fonctionnaire nouvellement converti aux arts peut enfin décorer son bel appartement des tableaux qui illustrent son entrée dans le tout petit monde des grands collectionneurs. Ce sont des œuvres des artistes amis d'Henry (Lerolle) et d'Ernest (Chausson) – ce dont on ne s'étonnera pas. Fontaine a fait ses choix. Chez lui, il y a principalement des Carrière, des Redon, des Denis. Et des Vuillard, un peu plus tard. Il leur commande des portraits de sa famille et aussi de lui-même. Quelques-uns sont aujourd'hui dans les musées. Mais ils ont constitué chez lui, dans son élégant salon, une sorte de galerie des miroirs : tous les visages de sa femme, de ses enfants, sont reflétés aux murs, y compris le sien. Le plus ancien, en 1894, est un *Madame Arthur Fontaine* par Eugène Carrière, dans ces clairs-obscurs que le peintre affectionne. Carrière peint ensuite dans de grandes dimensions un *Arthur Fontaine et sa fille Jacqueline* (aujourd'hui à Amsterdam, au musée Van-Gogh) et un portrait de Jacqueline seule. Tout en douceur et tendresse, celui du couple que forment Arthur Fontaine et sa fille traduit l'amour que ce père porte à son enfant préférée – dont il entoure les épaules d'un bras protecteur. Jacqueline choisira un jour de rester près de lui, quand sa mère quittera le foyer. Et il est probable que c'est pour lui qu'elle ne se mariera jamais : pour se consacrer à un père qu'elle idolâtre.

Renoir lui-même aurait peint un portrait de Marie Fontaine : il est cité dans la correspondance de Jammes et de Fontaine publiée par Gallimard, mais il n'apparaît nulle part dans les catalogues raisonnés. En revanche, il y aura chez les Fontaine un grand portrait de *Jacqueline Fontaine enfant*, ainsi que deux portraits de sa mère par Maurice Denis : *Maternité au lit jaune* et *Maternité à Mercin*, tous deux datés de 1896. Ils représentent Marie Fontaine avec le petit Noël âgé de quelques mois, dont Maurice Denis a également illustré le faire-part de naissance, en bleu et gris. Mais c'est la couleur jaune que les peintres ayant pris Marie pour modèle associent à cette jeune mère, d'une manière ou d'une autre, comme s'ils s'étaient mis d'accord. Que ce jaune soit traité en détail sur sa robe, dans une fleur qui pare son corsage, ou qu'il illumine tout le tableau. Jaune : la couleur du soleil, de l'été, de l'éclat et de la joie est aussi celle de la trahison, dans le langage symbolique des tons. Le plus frappant à cet égard est le grand pastel (72,4 × 57,2 cm) qu'Odilon Redon a peint dans sa maison de vacances, à Saint-Georges-de-Didonne, près de Royan, où Marie se plaît beaucoup et passe de longs séjours. Elle y brode de profil, assise, dans une robe jaune. Il y a du jaune dans la broderie – sûrement un modèle de chemin de table dessiné par Maurice Denis (ils sont exposés en 1903 et 1907 à la Société nationale des beaux-arts) –, mais aussi dans le fond derrière elle et dans les fleurs qui se penchent vers elle, s'inclinant d'un vase, aussi gracieuses et fragiles que la brodeuse. Marie aime broder comme elle aime chanter. Un châle de dentelle blanche, infiniment léger sur ses épaules, accentue encore la délicatesse de l'attitude. Avec son cou gracile et son pur profil, elle est vraiment très belle. Le pastel se trouve aujourd'hui au Metropolitan, comme *L'Orgue* de Lerolle pour lequel Marie a autrefois posé. Redon a également peint deux portraits d'Arthur Fontaine – une sanguine et un fusain. Sur celui-là, il lit de profil, tête baissée : le fusain l'assombrit.

C'est Vuillard qui détient le record du nombre des portraits de Marie. Il y en a eu jusqu'à quinze sur les murs du salon – quinze portraits à l'huile, sans compter les pastels ni les études. *Madame Arthur Fontaine dans son salon*, cousant au rideau blanc, devant la glace, devant la cheminée, devant la fenêtre, au piano, Mme Arthur Fontaine en rose, Mme Arthur Fontaine en noir... Sur chacun d'eux une tache de jaune ici ou là signe son identité solaire, mais aussi un secret encore inavoué. Même quand elle arbore une robe noire ou rose, même quand le jour décline derrière elle ou qu'elle épingle avec insolence une fleur orange à son corsage, il y a toujours ce jaune pour rappeler qui elle est. Vuillard a également peint deux portraits de Jacqueline Fontaine enfant, en 1899, dans le parc de Mercin : *Au jardin, une petite fille dansant* et *Femmes et enfant au jardin*, que Maurice Denis a acheté directement à Vuillard – s'étant épris de cette toile où l'on voit la petite Jacqueline en robe blanche au premier plan et, au fond, Marie près d'un mur, en compagnie d'une autre femme, sans doute une de ses sœurs.

Vuillard n'a peint qu'un seul portrait du couple,

daté de cette même année : *Monsieur et Madame Arthur Fontaine*. Ils sont assis dans leur salon, l'un en face de l'autre, à distance. Séparés de part et d'autre de l'immense tapis de Smyrne, dans leur décor familier et plutôt encombré de l'avenue de Villars, où une peau d'ours et un guéridon semblent n'avoir rien à se dire eux non plus, Monsieur lit, Madame brode. Ils ne se regardent pas.

En 1897, quand Renoir peint les deux sœurs Lerolle au piano, la vie conjugale des Fontaine est insidieusement en train de se défaire, sans que Fontaine s'en aperçoive. Il pense que « tout va bien », ainsi qu'il l'écrit à Francis Jammes, et c'est la vérité, en apparence : chacun peut le constater autour d'eux. Fontaine, dans le plein éclat de sa réussite professionnelle et sociale, offre à son épouse une vie agréable, confortable et brillante. Lors des dîners chez eux, en petit comité, quand Marie joue du Schumann – son musicien préféré avant que Debussy ne conquière son monde –, il goûte son charme. Il la croit comblée. Toute à son bonheur familial. D'autant qu'il lui a donné cinq enfants et qu'un sixième vient de naître. L'ordre et la paix qu'il aime tant et dont il a besoin pour penser, réfléchir, agir, lui semblent régner autour de lui. L'idée ne l'effleure pas que son épouse puisse ne pas être heureuse – puisqu'elle a tout pour l'être. Sa lassitude, ses migraines, son peu d'entrain, il les attribue à une santé fragile, qui l'émeut presque. Quant à ses prétextes pour s'éloigner de lui, il est probable qu'ils l'arrangent, en lui laissant du temps pour travailler davantage ou lire tranquillement le soir, sans la présence des enfants. Ce qu'il ignore et ne va pas tarder à apprendre, c'est que, en cette même année 1897 où naît leur dernier enfant, scandale des scandales dans cette famille chrétienne et respectueuse des usages, Marie Fontaine a pris un amant. Pis encore, cet amant est le jeune frère du meilleur ami de son mari...

Renoir éclaire les Lerolle

Soudain, c'est l'intrusion de la couleur. Dans cette famille abonnée aux fusains de Redon, aux clairs-obscurs de Carrière, au café-au-lait de Lerolle et au trait janséniste de Degas, Renoir apporte une profusion de rouge, de bleu, de jaune – un éclaboussement de fruits, de fleurs et de lumière. Sa palette apparaît comme un printemps joyeux dans ce monde, si bon enfant dans la vie mais si automnal et hivernal dans l'art, où Chausson a fait entendre les notes mélancoliques de son *Printemps triste* – l'une des pièces souvent jouées par les deux sœurs Lerolle.

Renoir lui-même détonne. Il est populaire et ne s'en cache pas. Son langage est peu châtié, bien qu'il ne se laisse pas aller avenue Duquesne comme avec ses modèles. Ses manières à table laissent à désirer dans ce milieu raffiné (la mère de Jacques-Emile Blanche ne veut plus l'inviter !). Enfin le fait qu'il ne fréquente pas les églises – il est anticlérical – n'est pas en harmonie avec le catholicisme ambiant. Mais sa gentillesse, son amour spontané des gens ont aussitôt conquis le cercle, sans compter bien sûr que le talent

en peinture, dans cette famille, fait tout pardonner.
L'entente est d'ailleurs cordiale de part et d'autre :
Renoir se plaît beaucoup chez Lerolle, dans cette
atmosphère si particulière de peintre et de collectionneur passionné. Les tableaux exposés ne peuvent
pas le dépayser : il est lui-même un ami de Degas, qui
règne en maître sur tous les murs. Il préférerait sans
doute que Lerolle montre un peu plus d'enthousiasme à lui acheter ses propres œuvres, mais reconnaît volontiers l'œil avisé de son hôte devant l'art de
son temps. Il a beau ne pas se sentir complètement
chez lui dans ce confort cossu et bourgeois de l'hôtel
de l'avenue Duquesne, la peinture qu'il y découvre
exposée, celle de Lerolle et de ses amis, l'enthousiasme. Renoir a une certaine habitude de la bourgeoisie. Il a souvent peint pour elle, dans des salons
plus luxueux même que celui-là. Mais ici, la bourgeoisie a quelque chose de plus : elle n'est pas seulement élégance et confort, elle a fait de l'art son
centre. Chez Lerolle, les tableaux sont bien plus
qu'un ornement. Bien vivants, on vit avec eux comme
avec des amis ou des parents. Aux yeux de Renoir,
l'hôtel de l'avenue Duquesne est l'exact pendant
social et familial de ce climat raffiné qu'il aimait tant
chez Berthe Morisot – cette amie incomparable, compagne de route de l'aventure impressionniste, qui vient
de mourir, emportant avec elle une qualité d'âme
dont il est orphelin.

En 1897, quand il peint les sœurs Lerolle au
piano, Renoir a cinquante-six ans. Après des années
d'efforts, il est enfin reconnu et admiré. Ses premiers
collectionneurs, l'éditeur Georges Charpentier, qui

publie Flaubert, Zola, Daudet et Maupassant, le peintre Gustave Caillebotte, qui dispose d'une belle fortune personnelle, ou Paul Bérard, qu'on ne peut définir autrement que comme un riche rentier, ont fait école. Paul Gallimard, le directeur du théâtre des Variétés, s'éprend à son tour de cette peinture colorée, sensuelle, qui compte pourtant encore tant de détracteurs. Il achète son premier Renoir en 1891. D'un autre côté, Paul Durand-Ruel, qui reste le marchand presque unique du peintre, a trouvé en Amérique des clients enthousiastes. Il vient tout juste de céder à Mrs Potter Palmer, de Chicago, huit de ses tableaux d'un coup. Au printemps 1892, Durand-Ruel a organisé, dans sa galerie du boulevard de la Madeleine, une exposition de cent dix toiles de Renoir, fruit de vingt ans de travail – une manifestation qui accroît son prestige et sa notoriété. Sa cote monte de manière spectaculaire, autant que celle de Monet – les deux peintres sont amis, mais également rivaux dans le succès, tels deux frères de peine, qui ont affronté des années de misère et de mépris et s'installent désormais en concurrence dans la lumière.

Renoir a quitté le château des Brouillards à Montmartre, pour venir habiter au 33 rue de La Rochefoucauld, près de la place Pigalle. Un quatrième étage, aux relents familiers de soupe aux choux, où l'on entend gazouiller les enfants et chanter tout le jour. Mme Renoir et ses filles mettent du cœur à l'ouvrage. L'atelier est à deux pas, au numéro 64 de la même rue. Voisinent dans ce quartier de très nombreux artisans, des artistes moins fauchés qu'à Montmartre, qui peuvent payer un loyer dans un périmètre où logent aussi des gens fortunés – l'hôtel particulier de Paul Bérard, par exemple, se situe rue Pigalle. Renoir a transporté là ses habitudes d'infatigable « ouvrier de la peinture » : c'est ainsi qu'il voudrait qu'on l'appelle. Il a horreur du mot « artiste », qui fait poseur selon lui, « théâtre » comme il dit. Il veut peindre comme le boulanger fabrique son pain ou l'ébéniste son meuble, avec la même modestie, le même goût du travail, sans la moindre prétention au génie. Son père était tailleur, sa mère couturière. Lui-même a été apprenti dans un atelier de peinture sur porcelaine.

Il voue un attachement viscéral à ses origines simples et se sent lié fraternellement aux paysans, aux artisans, aux ouvriers, tous gens obscurs et anonymes qui ont les pieds sur terre et l'habitude de la peine. C'est son véritable milieu, incluant les lingères et les lavandières, les cousettes et les servantes, qui sont sa fréquentation préférée, et qui l'attirent plus que les femmes du monde, si jolies soient-elles. Renoir est très « peuple », comme il le dit lui-même. Il ne cherche pas à imiter les bourgeois en adoptant leurs manières ou leur mode de vie, ni ne souhaite faire partie de leur monde. Il reste farouchement fidèle aux siens. Parmi les impressionnistes, qui ne mènent pas tous, tant s'en faut, des vies de bohème, il est le seul à pouvoir se vanter de ses origines populaires. Cézanne est fils de notaire, Monet celui d'un épicier en gros, le père de Degas était banquier, celui de Sisley négociant à l'exportation. Berthe Morisot était la fille d'un préfet devenu haut fonctionnaire dans l'Administration – comme le père de Manet. Renoir, lui, est fils d'artisan – « ouvrier dans le tissu », en somme, et, sans doute parce qu'il a eu une enfance pauvre mais heureuse, entourée d'affection, il ne manque pas une occasion de le rappeler. Ce qui ne l'empêche pas d'apprécier le chic de ces salons qui lui ouvrent leurs portes lambrissées. Son œil se réjouit du chatoiement des étoffes et des couleurs, des patines des murs, des ornements divers où son pinceau vient capter un reflet du jour ou la percée d'un rayon de soleil à travers les rideaux. Les beaux modèles, dans des robes de soie ou de velours, avec leurs rubans, leurs dentelles, sont pour lui une autre source de joie, comme tout ce qui flatte son regard et émoustille son pinceau. Peut-être au fond rêve-t-il à ces aristocraties qui, au XVIIIe siècle, étaient si proches des artistes et communiaient avec eux dans l'amour de l'art. Il est sensible à des valeurs de tradition, de dignité et de raffinement qui abolissent les clivages sociaux et font se retrouver les hommes dans les vraies richesses de l'art. Des filles de Marguerite et Gustave Charpentier à celles de Paul Bérard ou de Mme Cahen d'Anvers (l'une d'elles, aux jolies boucles blondes attachées par un nœud bleu, aura un destin tragique qui la conduira à Auschwitz), Renoir en a déjà peint beaucoup, de ces jeunes filles pures et innocentes, promises à un bonheur qui, pour certaines, va se révéler trompeur.

Maigre de corps et de visage, affligé de tics nerveux qui frappent et parfois agacent les gens qu'il rencontre, c'est un homme aux cheveux blanchis qui se déplace maintenant avec une canne : il souffre déjà cruellement d'une arthrite qui déforme son corps et attaque ses articulations. Une photographie le montre assis, le corps tordu dans son costume noir – le buste n'est pas dans l'axe des hanches. Les mains se remarquent : difformes, le pouce fermé vers l'intérieur, elles peuvent encore peindre ou s'exercer à ces multiples tâches que Renoir vénère. Tâches manuelles, rudes ou délicates, telles que rompre le pain, caresser un corps de femme ou les cheveux d'un enfant. Le temps n'est pas encore venu où il ne pourra plus peindre qu'avec le pinceau attaché au poignet par une ficelle. Ses mains, alors, ne pourront plus rien saisir.

En 1897, l'année du tableau qu'il peint au cours du premier semestre (on ne peut pas le dater plus précisément), un accident de bicyclette va encore aggraver son état. Il a l'habitude de passer l'été à Essoyes, en Bourgogne, dans la maison de sa femme. C'est en septembre que, au cours d'une balade sur des chemins buissonniers – il est tout aussi maladroit sur cet engin que Chausson ou Lerolle –, il fait une chute de vélo. Et se casse le bras. De surcroît, le bras droit. Par chance, il est ambidextre et va pouvoir continuer à peindre de la main gauche ! Ce qui donne à rêver : si l'accident avait eu lieu plus tôt ? Renoir aurait-il peint les sœurs Lerolle de sa main gauche ?... L'accident va accentuer ses douleurs articulaires, jusqu'au martyre.

Vieux, Renoir le paraît déjà, à cinquante-six ans. Un âge honorable pour sa génération. Manet, son aîné, est mort à cinquante et un ans. Berthe Morisot, née la même année que lui (1841), vient de s'éteindre à cinquante-quatre ans. Si Renoir est déjà un vieillard, si nul ne peut prédire qu'il a encore plus de vingt ans à vivre, son regard, son sourire ont gardé leur éclat. Henri de Régnier, qui le rencontre un soir, rue de Rome, chez Stéphane Mallarmé, grand admirateur et ami du peintre, décrit « sa face tiraillée et intelligente, empreinte de finesse, où veillaient des yeux attentifs ». Ce boulimique de travail, loin de paraître morose ou entamé par la maladie, est encore un jouisseur. Un homme qui n'aime et ne regarde que les corps pleins de vie et de sève. Il continue de peindre allégrement ces nus qui sont devenus pour nous son estampille. Comme une marque de fabrique. Très jeunes femmes aux ventres pleins, aux seins lourds et à la peau de pêche, aux tétons pointus et rose bonbon, qui attendent la caresse. Tel Rubens, attiré par ces beautés en âge d'être mères qui représentent pour lui le plaisir et la joie, tout le bonheur du monde, Renoir ne se fatiguera jamais de les peindre et gardera pour elles jusqu'à la fin de ses jours un appétit insatiable.

Cet homme épris de jeunesse et de renouveau, qui voudrait être entouré d'un éternel printemps, est probablement le plus joyeux des impressionnistes. Le moins intellectuel et le plus pacifique. Au quotidien, il sait faire régner autour de lui une atmosphère bonhomme et sensuelle, où résonnent des rires et des chansons à refrains. Marié à Aline Charigot, une jeune couturière qu'il a épousée en 1894, père de deux fils – Pierre, né en 1885, et Jean, né en 1894, le troisième, Claude, étant encore à venir –, sa famille élargie englobe les bonnes et les modèles, aux fonctions indéterminées et interchangeables. C'est Gabrielle Renard, dite Gaby, une cousine de Mme Renoir, qui partagera le plus longtemps son foyer : engagée comme bonne d'enfants à l'âge de quinze ans, elle restera près de Renoir jusqu'à la mort du peintre. Celui que Gaby nomme « le Patron » joue pour elle tous les rôles à la fois : père, enfant, probablement amant. L'univers familier du peintre, où il vit, où il travaille, ne coïncide pas du tout avec le portrait des sœurs Lerolle qu'il peint en 1897, dans un environnement si différent du sien, et par beaucoup d'aspects même tout à l'opposé. Ce tableau, qu'il a gardé chez lui, dont il n'a jamais voulu se séparer, décrit en effet un monde élégant, un peu guindé, où Aline, Gaby et d'autres jolies muses émoustillantes n'ont pas leur entrée. Il n'a jamais présenté Aline Charigot ni chez les Lerolle ni chez les Morisot. Quand il vient chez eux, c'est en célibataire. Comme Debussy en somme, qui se gardait bien lui aussi de présenter sa Gaby.

Comment Renoir a-t-il eu l'idée de peindre les deux filles d'Henry Lerolle ? Il ne semble pas en effet qu'il ait répondu à une commande, comme ce fut si souvent le cas avec d'autres familles ayant pignon sur rue, les Charpentier, les Bérard ou les Cahen d'Anvers, qui font ou ont fait appel à lui en tant que portraitiste. Son pinceau aimable, capable de donner de la grâce à un laideron, plaît beaucoup depuis quelques années. Plus les sujets sont jeunes et plus il est heureux : Renoir aime peindre les enfants dès le berceau, comme Berthe Morisot, et les jeunes filles, comme pour elle encore, sont ses modèles de prédilection. Mais les modèles ne lui manquent pas, ici ou là. Alors, pourquoi les sœurs Lerolle ? Leur père lui-même, ce grand amateur d'art, ne porte pas une attention particulière à Renoir : Henry Lerolle ne lui a encore acheté qu'une seule toile, en 1890, une *Baigneuse s'essuyant* – encore appelée *Le Bain*. Renoir, qui mesure son influence dans un monde que fréquentent aussi bien Mallarmé que Degas, a-t-il voulu investir la place ? A-t-il forcé la main à Lerolle, en lui offrant de venir ici même, dans ses murs, peindre ce qu'il avait de plus cher – ses enfants ? On en est réduit à des suppositions. Il semble que Renoir ait en tout cas glissé du père aux filles tout naturellement.

En 1895, en effet, il peint un *Portrait d'Henry Lerolle* : aujourd'hui un des joyaux de la collection Rau – présentée au musée du Luxembourg en 2000 –, il tient son rang parmi les innombrables chefs-d'œuvre du quattrocento au XIXe siècle que le docteur Gustav Rau, un amateur allemand, avait rassemblés, de Fra Angelico aux impressionnistes en passant par Cranach ou le Greco. Ce portrait possède une grande puissance dans le trait et peu de couleurs pour un Renoir (il est peint dans les bruns, comme si le peintre avait voulu imiter les austères couleurs de son confrère). Mais un jaune chaud, tel un soleil d'été, corrige les ombres, fait chatoyer la barbe et les cheveux. Toute la lumière vient de ce soleil intérieur qui émane du personnage. Un air de bonté, une douceur intelligente dans le regard : Renoir a parfaitement rendu les bonnes ondes de son modèle. Et il est probable que dans ce face-à-face qu'exigeait l'exercice, les deux hommes, aussi portés à aimer leurs proches, leurs familles et l'univers entier, se sont trouvés.

Lerolle et Renoir se sont connus dans les années 1880 – la date reste imprécise –, chez cette amie qu'ils vénèrent l'un et l'autre : Berthe Morisot. C'est chez elle, rue de Villejust (aujourd'hui rue Paul-Valéry, dans le XVIe arrondissement), qu'ils ont pu se rencontrer à l'occasion d'un de ces dîners qu'elle savait si bien organiser, accueillant dans une intimité choisie et sans aucune mondanité des personnes à la fois proches de son cœur et amies des arts : avec sa fille et son mari, ses sœurs et ses nièces, unis dans une complicité familiale parfaitement harmonieuse, Renoir justement, mais aussi Degas, Monet ou Mallarmé. Et Henry Lerolle.

Renoir et Berthe Morisot n'ont pas seulement été partenaires dans l'aventure impressionniste où ils ont joué l'un et l'autre un rôle de premier plan, exposant leurs toiles ensemble depuis 1874 – date de la première exposition – jusqu'en 1886, année qui en marque la fin, mais ils ont eu des liens très personnels. A la mort de son mari, Eugène Manet (le frère d'Edouard Manet), Berthe Morisot a demandé à Renoir de faire partie du conseil de famille, et l'a institué par testament tuteur de sa fille Julie – responsabilité partagée avec Mallarmé. Leur amitié ne s'est jamais démentie : aucune ombre entre eux. Renoir a exercé un ascendant artistique sur Berthe Morisot, mais leurs inspirations et, pour partie, leurs couleurs les rapprochent. Renoir admire Berthe et lui est très attaché. Quant à elle, si farouche pourtant et si ténébreuse, elle se détend en sa compagnie, il lui arrive même de rire, elle qui rit si peu. Renoir, parmi les premiers, a su déceler l'artiste sous la figure distante de la grande bourgeoise. C'est une des très rares femmes, sinon la seule, qui pouvait s'entretenir de peinture avec lui d'égal à égale. Renoir et Morisot ont eu très souvent en tête à tête des dialogues de peintres, dans le salon de la rue de Villejust ou dans le jardin des belles maisons de Berthe, à la campagne. Ils ont souvent partagé et échangé leurs modèles, les mêmes jeunes filles ont posé pour eux : épris tous deux de jeunesse, ils n'ont peint que les débuts de la vie, les promesses du bonheur. Ensemble amateurs de lumière, de teintes claires et joyeuses, plus diluées, aquarellisées chez Berthe, ils s'entendaient comme deux compères. Leurs conversations égayées d'éclats de rire restent parmi les meilleurs souvenirs de Renoir. Lorsqu'elle est morte soudainement, en 1895, d'une pneumonie, Renoir était à Aix-en-Provence, chez Cézanne. Les deux hommes peignaient quand la nouvelle leur est parvenue. A peine avait-il lu le télégramme que Renoir, oubliant sa canne et son chapeau, se précipita à la gare pour sauter dans le train. Il tenait à être près d'elle une dernière fois et à assister à son enterrement. « J'avais le sentiment d'être tout seul dans un désert », dira-t-il. Un an après, il a organisé la première rétrospective de l'œuvre de Berthe Morisot et accroché lui-même aux murs de la galerie Durand-Ruel, rue Laffitte, les toiles de l'amie peintre dont il porte le deuil. Il estime son travail – tout comme Degas et Mallarmé qui lui ont prêté main-forte en cette occasion. Il prend désormais très à cœur son rôle de tuteur auprès de Julie

Manet (la fille unique de Berthe Morisot et d'Eugène Manet) et veille avec une tendre affection sur sa pupille. Il donne des leçons de peinture à la jeune orpheline, et il l'emmène en vacances – c'est le cas, en cette année 1897. Julie, qui est une amie des sœurs Lerolle, a peut-être été le lien entre Renoir et elles. Avant de les peindre, Renoir a réalisé plusieurs portraits de Julie Manet, dont, en 1887, le célèbre et ravissant *Julie au chat*. Retrouve-t-il chez Yvonne et Christine cette innocence, cette fraîcheur qui font frémir son pinceau ? Julie est plus aérienne, plus pâle et plus sylphide. Yvonne et Christine, avec leurs rondeurs et leurs joues roses, sont plus proches de ses modèles familiers : bien en chair sous leurs robes prudes.

Henry Lerolle, lui, a connu Berthe Morisot bien avant Renoir, en 1860, à Houlgate, au cours de vacances au bord de la mer. Les parents Lerolle y avaient une petite maison et le très jeune homme qu'il était alors y fit ses premières études de paysage. Berthe séjourna à plusieurs reprises en Normandie avant son mariage : ses parents louaient à Beuzeval la maison du peintre Riesener dont la fille, Louise Riesener, était sa meilleure amie. Lerolle a fait le récit de leur rencontre dans des souvenirs inédits, quelques pages à peine – le condensé de sa vie. Berthe, raconte-t-il, avait planté son chevalet « au bord du ruisseau d'Houlgate, devant un vieux moulin ». Etant son aînée de sept ans, elle avait plus de métier que lui. Ils ont peint ensemble dans un herbage et Berthe venait souvent voir par-dessus son épaule comment avançait son travail. Là-dessus une vache s'approche du chevalet de Berthe et se met à lécher sa toile, gâchant tout ce qu'elle avait fait ! Ce qui la rendit furieuse : elle avait mauvais caractère et se mettait souvent en colère. Il la voyait partir le matin avec son attirail : « Une ceinture de cuir à laquelle étaient attachés sa boîte à couleurs, un pliant, ses pinceaux, sous le bras un grand parasol et une pique, et sur le dos une toile de deux mètres – elle portait tout cela malgré le vent, loin sur la plage. Et bien des gens la considéraient comme un peu extraordinaire. » A Paris, ils ont continué à peindre ensemble, chez elle, c'est-à-dire chez ses parents, rue Franklin, en compagnie de sa sœur Edma, qui peignait elle aussi à l'époque. « Je me rappelle que, pendant nos natures mortes, quand elle n'était pas contente de ce qu'elle faisait, elle donnait un coup de pied dans sa chaise et l'envoyait promener au bout de sa chambre. » Mme Morisot mère mit fin à ces séances de travail, dont la mixité devait l'inquiéter, quand Berthe, à la place de la nature morte, proposa à Lerolle de prendre un même modèle vivant. « Sa mère me fit comprendre que ce ne serait peut-être pas convenable. »

Leurs mariages les ont séparés, Berthe ayant boudé Madeleine Lerolle – on ne sait pourquoi – pendant plusieurs années. Mais ils se sont pourtant retrouvés dans les années 1880 et n'ont plus cessé de se voir, jusqu'à la mort prématurée de Berthe. Ce sont de vieilles connaissances du temps de leur jeunesse heureuse. Deux peintres qui se sont liés sans pour autant partager les mêmes points de vue sur leur art ni les mêmes couleurs. Renoir était infiniment plus proche et plus intime : il s'accordait mieux avec Berthe. Même si les origines sociales eussent dû plaider en faveur de Lerolle, c'est Renoir, ce fils du peuple, qu'elle a choisi pour être le tuteur de sa fille. Les amis de Berthe, qui venaient fidèlement à chacun de ses dîners hebdomadaires, sont restés ceux de Lerolle, et lorsque Degas ou Renoir ou Mallarmé dînent chez lui, il semble qu'il y ait toujours derrière eux, dans la fumée de leurs cigares, le fantôme lumineux de cette grande dame, que Lerolle continue d'appeler depuis son mariage Mme Eugène Manet.

Les jeunes filles au piano, tous les peintres du XIXᵉ siècle en ont peint. C'est une des scènes banales de la vie bourgeoise, presque un cliché pour cette époque où les jeunes filles de bonne famille n'avaient pas d'autre activité que lire, broder ou pianoter. Chaque famille possédait son piano. Et avait son professeur de piano attitré : en 1892, on recense à Paris trente mille professeurs de piano ! La vogue de cet instrument irritait le poète Victor de Laprade, qui trouvait que sa croissance était « pire que celle du phylloxéra ». Dans son livre *Contre la musique*, il estime à cinquante mille le nombre de pianos en France, avec une concentration à Paris et dans les grandes villes : « Chaque maison, depuis la loge du portier jusqu'aux mansardes, en loge autant que de familles. Les chaumières seules en sont exemptes jusqu'à ce jour. » Il déplore cette prolifération qui ne permet plus de jouir tranquillement du silence pour lire, écrire, dormir, rêver ou se livrer à l'art de la conversation. Le piano aurait tué tous les arts de vivre. Comment un honnête citoyen pourrait-il échapper au tapage des jeunes apprentis torturant leur instrument, alors que dans son immeuble il a forcément « pour le moins un piano au-dessus de sa tête, un sous ses pieds, un à sa droite, un à sa gauche, sans compter ce qui lui arrive par les fenêtres, quand la saison permet de les ouvrir ».

La seule jeune fille qui ne pianote pas à cette époque, c'est Geneviève Mallarmé. Le poète, d'accord sur ce point avec Victor de Laprade, lui a interdit d'apprendre le piano. Il ne veut pas de ce gêneur chez lui ! Quitte à éteindre dans l'œuf une vocation, il refuse en effet d'être interrompu pendant « les longues heures de rêverie » qui sont « la condition absolue de son travail ». Pas de piano rue de Rome.

Renoir a plus d'une fois illustré ce sujet à la mode. En 1876, pour la deuxième exposition impressionniste qui se tenait à la galerie Durand-Ruel, alors rue Le Peletier, il a exposé une *Jeune femme au piano* (Chicago, Art Institute) : un modèle solitaire, en robe d'intérieur blanche, qu'on appelait alors un déshabillé, joue pour elle-même une mélodie dont on devine qu'elle lui pose quelques problèmes – la pianiste a les yeux fixés, inquiets, sur sa partition. En 1889, il a peint *La Leçon de piano* (Omaha, Joslyn Art Museum), où ce sont cette fois deux modèles qui posent au piano, deux adolescentes dans les mêmes robes rouges. L'une tourne les pages, l'autre joue, avec une application un peu scolaire, le nez sur les notes. On ne la voit que de dos, un nœud retient ses longs cheveux blonds. En 1890, ce sont *Les Filles de*

Catulle Mendès au piano (Palm Springs, collection Mr et Mrs Walter H. Annenberg – les Américains sont décidément très friands du sujet). Là, ce sont trois fillettes blondes – les filles de l'auteur riche et célèbre des *Folies amoureuses* et de *La Première Maîtresse*, entre autres romans à succès – qui ont posé pour lui non pas au piano mais devant le piano, qui a plutôt l'air d'un jouet ou d'un fantôme. Leur père, Catulle Mendès, compose des livrets pour des opéras-comiques : comme chez les Lerolle, la bourgeoisie et l'art sont associés chez lui. Passe dans ce tableau un air de famille, cossue et artistique à la fois. En 1892, Renoir aborde pourtant le thème d'une tout autre manière. Par la légèreté du pinceau et la qualité de la lumière, *Jeunes filles au piano* (dont on peut aller voir une des versions au musée d'Orsay) est une de ses toiles les plus purement impressionnistes. Très Morisot, ces exquises jeunes filles, dont l'identité demeure aujourd'hui encore inconnue, ont une grâce à la Julie Manet, candide et malicieuse. Par rapport aux précédents tableaux, Renoir a resserré le plan, s'est rapproché de ses deux modèles et a ainsi privilégié l'intimité : la scène semble dérobée par surprise à la vie quotidienne. Les deux adolescentes, l'une brune, l'autre blonde, qui sont presque encore des fillettes, déchiffrent ensemble une partition, comme si elles étudiaient un morceau. L'une est debout près de l'autre, assise au piano. Il fera prendre exactement la même pose aux sœurs Lerolle.

Les *Jeunes filles au piano* marquent une date dans la carrière de Renoir car ce tableau a été acheté par l'Etat. Un exploit quand on pense aux difficultés que tous les impressionnistes ont connues pour faire reconnaître leur peinture et, notamment, à celles que devait rencontrer en 1890 le don posthume de l'*Olympia* de Manet au Louvre. Le musée n'en voulait pas. Il fallut toute la combativité de Claude Monet et de ses amis – de Berthe Morisot notamment – pour réussir à la faire accepter ! Après Sisley, Renoir est le second peintre impressionniste dont l'État achète une toile de son vivant. Il doit cette faveur à Mallarmé qui est intervenu auprès du directeur des Beaux-Arts en personne, Henri Goujon – un ami –, auquel le poète écrira ensuite ces mots, dans sa syntaxe si personnelle : « Je ne saurais assez moi et selon l'unanime impression recueillie alentour vous féliciter d'avoir pour un musée choisi cette toile définitive, si reposée et si libre œuvre de maturité. » Renoir en a peint jusqu'à cinq versions à l'huile, ainsi qu'un grand pastel, avec des nuances dans la composition ou le détail : il y a par exemple un bouquet de fleurs sur le piano, sur la toile du musée d'Orsay, qui ne figure pas sur d'autres versions comme celle du musée de l'Orangerie : acheté par Paul Guillaume en 1928, ces *Jeunes Filles au piano* là, sans ornements de fleurs, font elles aussi partie de la collection léguée par Madame Walter.

Avec *Yvonne et Christine Lerolle au piano*, Renoir reprend le même thème, la même pose, mais change radicalement sa manière. Cette fois, tout en gardant le point de vue rapproché, il peint un tableau en largeur (73 × 92 cm). Toutes les autres *Jeunes filles au piano* sont des tableaux en hauteur. Le piano est pour beaucoup dans le choix de cette perspective :

contrairement aux autres modèles qui jouent devant des pianos droits, instruments pour débutants et petits amateurs, Yvonne et Christine sont au grand Pleyel à queue des Lerolle, un piano noir (le piano droit des *Jeunes filles au piano* est en acajou clair) dont Renoir a gardé l'éclat lustré.

Si elles sont peintes elles aussi, l'une en robe rouge et l'autre en robe blanche, exactement comme les deux précédentes jeunes filles, elles ont les cheveux relevés et attachés en chignon, car elles ne sont plus des adolescentes mais des femmes, en passe d'être mariées, à dix-huit ans et à vingt ans. Toutes deux brunes, avec des traits qui signalent leur parenté, leur grâce est plus mûre et leur complicité plus criante : ce sont deux musiciennes accomplies que Renoir a représentées, non des modèles qui font semblant de jouer ou qui pianotent à l'aide de la *Méthode rose*. Ce sont de surcroît deux sœurs, très proches l'une de l'autre dans la vie comme au piano, ce que le peintre a parfaitement montré.

Autre différence, qui a son importance. Le décor contre lequel les jeunes filles anonymes au piano ont posé est un lourd rideau tenu par une embrasse, qui laisse entrevoir au fond un intérieur indistinct. Les sœurs Lerolle posent au contraire dans un salon qui ne peut être confondu avec aucun autre. Il est pour ainsi dire signé. Derrière elles, sur le mur, deux tableaux veillent en effet sur le piano : les deux Degas, pièces maîtresses de la collection d'Henry Lerolle. Il a fait l'acquisition de l'une en 1878 et de l'autre en 1882 : pour mémoire, à droite, des *Danseuses* en tutus roses et, à gauche, une scène de chevaux à l'hippodrome, intitulée *Avant la course*. Paul Gallimard, le directeur du théâtre des Variétés, qui a lui aussi participé à l'achat de l'*Olympia* de Manet, en possède le pendant, *Après la course*. Renoir, attaché à peindre fidèlement les intérieurs où posent ses modèles, a esquissé plus que reproduit ces deux sujets, pour qu'ils ne viennent pas distraire le regard du motif principal. Mais on reconnaît parfaitement, sans même être grand spécialiste, la patte du peintre dont les chevaux et les danseuses sont devenus légendaires : Edgar Degas. Renoir représentant Degas, ce n'est pas si fréquent, je crois. D'autant que les deux hommes, grands amis, étaient tout de même aussi des rivaux, au moins sous le toit de cet autre peintre – Lerolle –, qui possédait déjà à cette date neuf toiles de Degas, et seulement deux de Renoir – un chiffre bien modeste, en comparaison.

Yvonne et Christine Lerolle au piano, avec sa facture classique, sa maîtrise de la composition et de la couleur, est non seulement un des chefs-d'œuvre de Renoir, mais un de ceux qui soulignent le mieux sa tendresse pour ses modèles. Si Renoir reste le peintre des baigneuses aux chairs nacrées, sensuelles et appétissantes, il est tout autant le peintre de ces jeunes filles à la beauté tranquille et douce qu'il vient surprendre dans l'attente de leur destin de femmes. Et que chacun, sous ce pinceau caressant et jovial, peut croire destinées au bonheur. Julie Manet, qui se rend souvent chez Renoir, s'arrête toujours un moment devant ce tableau : « C'est ravissant, écrit-elle dans son *Journal*. Christine a une expression délicieuse ; Yvonne n'est pas bien ressemblante, mais a une robe blanche ravissamment peinte ; le fond, avec les petites danseuses de Degas en rose avec leurs nattes et les courses, est peint avec amour. » En 1897, les sœurs Lerolle ont inspiré à Renoir un moment de grâce, un de ces moments dont la vie est si peu prodigue et qu'on peut à tort croire éternels. S'il n'a pas offert le tableau à la famille Lerolle, il ne l'a pas davantage vendu. Il ne l'a même pas confié à Durand-Ruel, son habituel marchand. Il l'a gardé chez lui, sous ses yeux.

Le tableau ne lui rappelle que des souvenirs charmants. Un jour où Renoir était venu travailler chez Lerolle, Philippe Escudier, le grand-père maternel des jeunes filles, entre dans le salon. Bougon à son habitude, il jette un coup d'œil sur la toile en cours et lance : « Hum, Hum… Voilà encore de la nouvelle peinture ! » Sa fille, Madeleine Lerolle, qui chaperonne toutes les séances de pose, tente en vain de changer de sujet. Escudier, un peu lourdement, s'entête. Et Renoir, que ce bougon amuse, rit de bon cœur.

Quatre toiles au total consacrent l'amitié de Renoir avec les Lerolle. Si l'on excepte Berthe Morisot et Julie Manet, il n'a jamais peint autant de fois les autres familles auxquelles il est pourtant lié. Ce sont quatre chefs-d'œuvre. Le *Portrait d'Henry Lerolle* ouvre le feu, en 1895. Deux ans plus tard, *Yvonne et Christine Lerolle au piano*. Dans la famille Lerolle, Christine est la plus souvent représentée. En 1897, il peint en effet deux portraits d'elle, sans sa sœur. *Christine Lerolle*, en robe blanche, avec une rose rouge dans les cheveux – ravissant portrait en buste, de touche nacrée. Il le lui offre, dédié en haut à droite « Au petit diable », en souvenir de leurs moments d'intimité. « Un petit diable », c'est ainsi qu'il voit Christine, toujours prête à rire et à se moquer. Puis, *Christine Lerolle brodant* (Columbus Museum of Art) où, dans la même robe rouge qu'elle porte déjà dans la scène au piano avec sa sœur, elle est sagement penchée sur son ouvrage. Christine y est « délicieuse », comme l'écrit Julie Manet : une femme-enfant au charme piquant. Là encore, Renoir a représenté des éléments vivants du décor de l'avenue Duquesne : des tableaux. On ne les distingue pas aussi bien que les Degas sur le double portrait au piano. Deux hommes en costume, qui sont sans doute venus dîner, les observent de près et les commentent entre eux, sans que Christine lève le nez de son ouvrage et leur concède la moindre attention. Ce sont deux grands amis de Lerolle, venus admirer la collection : le sculpteur belge Louis Devillez, reconnaissable à sa barbiche en pointe, et, à sa droite, l'industriel et peintre, également collectionneur, à la belle tête de tribun romain, Henri Rouart. Ce dernier n'est d'ailleurs pas seulement en visite chez Lerolle : il vient déjà presque en parent.

Le clan Rouart

La famille Rouart est l'exact pendant des Lerolle. Dans une version plus éclatante et plus tumultueuse tenant à la fois à sa fortune, largement supérieure, et aux très forts tempéraments qui la composent. Elle est dominée par la personnalité hors du commun d'Henri Rouart, un modèle écrasant pour ses fils qui peineront toujours à trouver leur voie dans son sillage ou contre lui. Dépourvus de la douceur franciscaine qui éclaire les Lerolle, loin de leur progressisme social, ce sont des croisés modernes, emportés dans les passions d'un catholicisme farouche et d'un nationalisme exacerbé. Aussi éloignés d'eux par l'ardeur de leurs caractères qu'ils peuvent en sembler proches par les valeurs de leur éducation, ils se rejoignent sur le terrain commun de l'art. Mais là encore, l'esprit d'ouverture propre aux Lerolle se change chez les fils Rouart en prises de position exaltées et en anathèmes. Même la poésie n'échappe pas à leurs coups de sabre. Comble du comble, ils sont antidreyfusards, alors que toute la constellation Lerolle combat en faveur de Dreyfus.

Le père – haute et belle figure qui porte fièrement le gibus – est beaucoup plus pacifique que ses enfants. Il a mis sa passion dans une œuvre polymorphe. Capitaine d'industrie, il a la particularité d'avoir préparé Polytechnique tout en étant l'élève de Corot et de Millet. Reçu 32ᵉ à la célèbre école, il a créé des usines qui exploitent ses inventions : le système de réseau pneumatique de la ville de Paris qui permet une correspondance ultra-rapide (le « petit bleu »), le système de réfrigération qui a notamment révolutionné les conditions de conservation de la morgue et permis d'installer des usines à glace jusqu'en Amérique, divers types de moteur à pétrole bizarroïdes et, enfin, un modèle de bicyclette. On peut en voir un exemplaire exposé aux Arts et Métiers : « Le Vélocipède-Wat des frères Rouart (1875-1896) ». Dans ses affaires, il travaille en duo avec son frère Alexis, dont il partage non seulement le goût des sciences appliquées, mais celui des arts. Les deux frères se rendent chaque jour au siège de leur société, boulevard Voltaire. Et au moins une fois par mois à Montluçon, où se trouvent implantées leurs usines de fer creux. Ils ont même acheté ensemble des plantations de dattiers au Maroc. Henri et Alexis Rouart s'entendent si bien qu'Henri a donné à l'un de ses fils le prénom d'Alexis et qu'Alexis a donné à l'un des siens celui d'Henri. Ils vivent l'un à côté de l'autre, dans deux hôtels particuliers qu'ils ont fait construire, aux 34 et 36 de la rue de Lisbonne, par l'architecte Henri Fèvre, le beau-frère de Degas (mari de sa sœur Marguerite). Au 32 a vécu le tout premier associé d'Henri Rouart, avec lequel il a fondé sa première entreprise de mécanique, Jean-Baptiste Mignon : l'affaire s'est appelée d'abord Mignon et Rouart, avant d'être entièrement reprise, à la mort de Mignon, en 1885, par les deux frères. A quelques numéros de leurs domiciles ont longtemps habité les frères Caillebotte : Gustave, qui vient de mourir, et Martial ont été leurs voisins et amis.

Un détail généalogique : Alexis Rouart a épousé une Lerolle. Marie Rouart, née Lerolle, est une cousine d'Henry Lerolle (si ce dernier écrit son prénom avec un *y*, à l'anglaise, Rouart tient à un *i* plus classique). Les familles Rouart et Lerolle sont donc apparentées et elles se fréquentent. Les deux Henry-i, Lerolle et Rouart, dînent souvent ensemble et se reçoivent dans leurs hôtels particuliers respectifs. A moins qu'ils ne se retrouvent chez des amis qu'ils ont en commun : le cercle Morisot-Manet, les Carrière, les Bonnières, ou bien chez Stéphane Mallarmé.

Né en 1833, de la même génération que Manet, Henri Rouart a épousé une Jacob-Desmalter, de la famille prestigieuse des ébénistes de Louis XVI et de l'Empire, dont la dot a encore accru sa fortune. Hélène Jacob-Desmalter lui a donné six enfants : deux filles d'abord, Hélène et Lucie (morte en bas âge), puis quatre fils : Alexis, Eugène, Ernest et Louis. Mais elle est morte à quarante-quatre ans, en 1886. Les enfants ont été élevés par des bonnes plutôt revêches, dans une maison en deuil. Henri Rouart est un père chaleureux mais distant, qui depuis qu'il est veuf a une maîtresse : Marguerite Brandon-

Salvador. Il lui rend de fréquentes et régulières visites dans son élégant appartement du 9 rue Le Tasse, dans le XVIe arrondissement, où elle tient salon. Veuve d'un certain Jules Brandon, un officier tué pendant la Commune, elle est apparentée à Edouard Brandon, peintre d'histoire et de genre et ami d'Henri Rouart. Dans ces familles, on reste toujours, quoi qu'il arrive, dans le domaine artistique.

Autre exemple de cette manie de ne vivre que dans et pour les arts : un beau-frère d'Henri (le mari d'Hortense Jacob-Desmalter, une sœur aînée de sa femme) est le sculpteur Eugène Guillaume, ancien directeur des Beaux-Arts et de la Villa Médicis. Déjà membre de l'Académie des beaux-arts, il prépare son entrée à l'Académie française où il sera élu, l'année suivante, au 21e fauteuil. Sa fille a épousé le fils d'Hector Lefuel, l'architecte qui a construit l'aile Napoléon III du Louvre.

On ne sera pas étonné d'apprendre, dans ce contexte, que la principale passion d'Henri Rouart, ce grand industriel et inventeur scientifique, c'est la peinture. Parallèlement à ses activités techniques et grâce à elles qui lui ont permis de jouir d'une très grande fortune, il a en effet rassemblé une collection de tableaux qui est une des plus importantes de son époque. Elle a de quoi en imposer à Lerolle lui-même, comme à Chausson et à Arthur Fontaine. Il vit entouré des nombreuses peintures de ses amis impressionnistes, parmi lesquelles deux magnifiques Renoir : *La Parisienne* (un portrait de femme du monde en robe bleue, aujourd'hui au National Museum of Wales, à Cardiff) et *L'Allée cavalière au Bois de Boulogne* (refusé au Salon de 1873 et aujourd'hui à la Kunsthalle de Hambourg). Mais aussi des Manet, des Monet, des Cézanne, des Sisley, des Pissarro et des Morisot, choisis parmi le meilleur de leur production. S'y mêlent des Fantin-Latour et des Puvis de Chavannes. Mais aussi une cinquantaine de Corot, quatorze Daumier, presque autant de Courbet, de Millet et de Delacroix (dont le splendide *Autoportrait* de 1823, aujourd'hui à la Bührle Collection de Zurich), ainsi qu'un Poussin, des Fragonard, des Chardin ou des Hubert Robert, ou encore, faisant fi des époques comme de la géographie, trois Tiepolo, quatre Greco, un Goya, un Vélasquez – un *Portrait d'homme*, avec un chapeau à plume et un pourpoint sombre –, et, dernier joyau de cette collection si riche et si bien choisie, le *Nave nave mahana* de Gauguin. Il n'y a chez Rouart que des chefs-d'œuvre, jusque dans la cage d'escalier et dans chacune des chambres. La quantité (près d'un demi-millier de tableaux, sans compter les objets de l'Antiquité grecque ou égyptienne ou en provenance d'Orient) n'a pas nui ici à la qualité d'une collection éclectique, à la fois respectueuse des maîtres anciens et novatrice. Henri Rouart est un des collectionneurs les plus avisés de son temps. Quand le peintre Paul Signac, amené chez lui en 1898 par son ami Vuillard (que Rouart a connu chez Lerolle et dont il possède plusieurs toiles), ressort de sa visite, il note dans son journal : « C'est affolant ; du haut en bas, la maison est pleine de tableaux qui, dans toutes les pièces, garnissent les murs du plancher au plafond. Il n'y a plus une place de vide. C'est une profusion de merveilles

(…). J'en ai tant vu que je sors ahuri. » Paul Valéry raconte que la contagion de collectionner avait gagné le concierge de la rue de Lisbonne, qui s'était mis à acheter des toiles lui aussi. Quand Henri Rouart en jugeait une digne de sa propre collection, il la rachetait à son concierge, ce qui arriva à deux ou trois reprises ! De même Jacques-Emile Blanche se souvient dans ses *Propos de peintres* que, dans l'hôtel particulier, « les cadres se chevauchaient l'un l'autre, venaient bord à bord, créant une confusion. Il fallait prendre de la peine pour ne voir qu'une chose à la fois ». Tous les visiteurs, et les plus difficiles, sont unanimes pour reconnaître ce que Blanche appelle « l'expression d'un goût purement français ». Paul Valéry, très ami d'Henri Rouart, qui fut de son propre aveu l'un des hommes qui l'ont le plus impressionné dans sa vie, admirait surtout la démarche du collectionneur, détaché de tout snobisme comme de toute école et se fiant à son regard – un regard non seulement avisé, mais passionné : « ni l'ambition, ni l'envie, ni la soif de paraître ne l'ont tourmenté », écrira-t-il trente ans plus tard à son propos dans *Degas, Danse, Dessin*. « J'admirais, je vénérais en Monsieur Rouart la plénitude d'une carrière dans laquelle toutes les vertus du caractère et de l'esprit se trouvaient composées. (…) Je le place parmi les hommes qui ont fait impression sur mon esprit. »

Comme chez Lerolle, qui est un collectionneur modeste en comparaison, Degas occupe chez Rouart une place à part : avec ses *Danseuses à la barre* et son *Café-concert*, mais aussi un bel ensemble de pastels, il est l'un des artistes les mieux et les plus abondamment représentés. Rouart possède son autoportrait de 1855, dit *Portrait de l'artiste* ou *Degas au porte-fusain*, en noir sur fond brun (aujourd'hui au musée d'Orsay). Le 34 de la rue de Lisbonne est un véritable musée, dont les portes s'ouvrent à tout un chacun une fois par semaine. Le propriétaire prête volontiers ses œuvres – ce fut le cas en 1892 pour la rétrospective Renoir chez Durand-Ruel. L'hôtel particulier, imposant avec son grand escalier et ses vastes pièces, revêt l'apparence d'un sanctuaire. Les tableaux y sont exposés sur des murs peints en prune, une couleur sombre et solennelle. Alors que Lerolle et Chausson qui aiment la clarté vivent dans des salons blancs ou à peine teintés d'ivoire, il y a quelque chose ici d'un caveau. Malgré les couleurs joyeuses des impressionnistes, c'est un sentiment funèbre qui domine. Les enfants venaient s'asseoir sur les marches de l'escalier ou entraient par effraction dans le salon fermé, pour consoler leur tristesse d'orphelins en contemplant les couleurs d'un Monet ou d'un Cézanne : « Les tableaux de mon père ont été, avec mes livres, la grande clarté de ma jeunesse », écrira l'un d'eux, parvenu à l'âge adulte.

Sans doute manque-t-il depuis trop longtemps chez les Rouart l'empreinte soyeuse et rassurante de la femme. Il y a dans ces murs une absence, dont les enfants mais aussi le père ont cruellement souffert. La sœur aînée mariée, c'est un clan d'hommes qui habite la rue de Lisbonne. Henri Rouart est le plus souvent au-dehors, dans ses usines et à ses affaires. Quand il rentre, il s'enferme dans son atelier. Les grands salons ne s'animent qu'une fois par semaine,

tous les vendredis, quand il reçoit ses amis. Sinon
l'hôtel est entièrement silencieux. Lugubre même,
s'il n'y avait les tableaux. Le foyer Rouart ignore la
joyeuse harmonie familiale qui règne chez les Lerolle.
C'est un univers austère, où les enfants sont plutôt
malheureux.

Rouart et Lerolle, collectionneurs dans l'âme, ont
le même goût de découvrir et de promouvoir la peinture. Mais ils sont aussi deux artistes, pour lesquels
la peinture n'est pas un passe-temps du dimanche, un
divertissement de dilettante, mais une véritable vocation. Elle s'est manifestée très tôt chez tous deux, dès
l'enfance. Comme Henry Lerolle, Henri Rouart est
peintre. Portraits et paysages de sa main s'accumulent dans son immense atelier, parmi les chefs-
d'œuvre qui y sont exposés. Mais ils y sont accrochés
humblement, à l'écart : aucune toile de Rouart dans
les pièces de réception. Moins austère que Lerolle
dans le choix des couleurs, sans pour autant atteindre
la sensualité de la lumière des impressionnistes, il
aime les tons bruns et gris, les verts très doux ou
assombris, où la touche rouge d'un géranium ou
d'une écharpe vient jeter un éclat soudain. Il peint
beaucoup à la campagne, près de Melun, dans son
domaine de La Queue-en-Brie dont la grille, le château, l'orangerie et les grands arbres lui ont inspiré
des tableaux empreints d'une mystérieuse nostalgie :
très éloignés en tout cas de son univers qu'on imagine
si rationnel d'industriel et d'homme d'affaires. Ses
aquarelles de Venise et ses levées d'étang dans la
brume expriment une délicatesse et un tourment
intérieur secret.

Membre du groupe impressionniste, dont il a financé en partie les expositions, et presque à lui seul la dernière en 1886, répertorié parmi les peintres moins connus de ce mouvement, tels Franc-Lamy ou Guillaumin, il a une écriture bien à lui, rêveuse, assombrie d'une pointe de tristesse, qui n'est pas sans parenté avec la mélancolie d'un Lerolle. Tout aussi en marge l'un et l'autre, Rouart par rapport aux impressionnistes, au milieu desquels il a pourtant exposé avec fidélité (à l'exception de la VIIᵉ exposition, en 1882, boudée par Degas dont il n'a pas voulu se désolidariser) et Lerolle par rapport aux symbolistes, dont il partage l'inspiration et la manière, ils s'accordent pour conserver ce statut particulier de compagnons de route et d'amis des artistes. La modestie qu'ils ont en partage a malheureusement nui à la connaissance et à la diffusion de leur œuvre, sensible et très personnelle.

Le lien le plus fort entre eux reste Edgar Degas : le peintre des jockeys et des danseuses est un ami des deux. Mais son amitié avec Rouart est plus ancienne et certainement plus forte. Les deux hommes se sont en effet connus au lycée Louis-le-Grand, où ils furent condisciples à partir de la classe de troisième. Ils se sont retrouvés sous les fortifications pendant le siège de Paris. Rouart commandait la batterie du bastion 12, Degas, engagé volontaire, était simple artilleur. L'école et l'armée ont été leurs premiers liens. Mais le plus profond reste évidemment la peinture. Degas est lui-même un collectionneur fanatique. Il a bâti sa collection en même temps que Rouart, et beaucoup acheté comme lui chez le père Martin – un ancien

acteur de théâtre, devenu marchand de tableaux aux
Batignolles : pas n'importe quel marchand de
tableaux, car il vend Corot, Millet, Cals, Boudin, Jongkind et a été l'un des premiers à s'intéresser à
l'Impressionnisme. Degas et Rouart se conseillent
mutuellement dans leurs acquisitions. « Cher ami,
écrit Degas qui hésite à acheter un dessin, si tu
ajoutes ton rapport d'expert, comme qualité et
comme prix, tu m'aiderais beaucoup. Tu t'y
connais ! » Il y a entre eux une complicité plus
grande qu'entre Lerolle et Degas. Ce dernier considère Lerolle comme un acheteur capital et lui prodigue respect et considération. Mais une distance les
sépare, que l'amitié a définitivement abolie côté
Rouart. Non seulement avec Henri, mais avec son
frère Alexis (celui qui a épousé Marie Lerolle),
ancien élève lui aussi du lycée Louis-le-Grand :
Degas dîne chez lui tous les quinze jours, un mardi
sur deux (en alternance avec une autre famille amie,
les Halévy). Chez Alexis Rouart, il ne se lasse pas
d'admirer la collection d'estampes et de gravures,
incluant des estampes japonaises aussi nombreuses et
aussi belles que chez Chausson : elle atteint le chiffre
faramineux de dix mille pièces. Il dîne en revanche
tous les vendredis chez Henri. Une habitude qu'il ne
changerait pour rien au monde, même quand Ludovic Halévy, qui désire déplacer son jour de réception
au vendredi, le lui propose. Degas refuse, considé-
rant que les Rouart sont « sa famille » : tel est l'argument qu'il avancera pour expliquer son refus. Il est
heureux dans l'atmosphère artistique qu'ils ont su
créer autour d'eux. « C'est vrai, mon cher ami, tu dis

vrai, vous êtes ma famille », écrit-il à Alexis. Ou encore, au retour des vacances d'été qui les ont séparés : « J'ai vraiment besoin de vous revoir tous, tous les Rouart. »

On le remarque : les Rouart tutoient Degas, alors que Degas et Lerolle se vouvoient.

Cette famille d'adoption lui a inspiré, entre 1871 et 1898, de nombreux portraits : ils resteront rue de Lisbonne jusqu'à la mort d'Henri Rouart, avant d'être partagés entre ses enfants puis, pour la plupart, vendus. Une douzaine, en comptant huiles et pastels. On peut voir aujourd'hui au musée Marmottan, à Paris, et au Carnegie Museum of Art, à Pittsburgh, les deux plus beaux – à notre avis. Au premier musée, un Henri Rouart de trente-huit ans, au lendemain de la guerre : son tout premier portrait (1871). Au second musée, un Henri Rouart vu dans sa légende et sa pleine réussite d'industriel (1875) : le grand bourgeois coiffé du fier gibus pose devant ses usines de Montluçon dont la fumée des fourneaux monte au ciel. Degas peint aussi son ami Henri en père de famille, tenant sa fille Hélène, enfant, sur ses genoux (*Henri Rouart avec sa fille Hélène*, 1877), devant un paysage de Corot. Puis, vingt ans plus tard, avec son fils Alexis (*Henri Rouart et son fils Alexis*, 1895-1898, aujourd'hui à Munich, Neue Pinakothek) : assis et voûté, les mains sur une canne, le patriarche, passé soixante ans, a perdu sa superbe. Son fils aîné, debout à son côté, en redingote grise et qui enfile ses gants, semble avoir pris la relève.

Grâce à Degas, on connaît le visage émouvant, déjà émacié par la maladie, d'Hélène Jacob-Desmalter, la mère défunte, peinte au pastel deux ans avant sa mort. Et on a une idée de l'affection qui liait Henri Rouart à sa fille unique, Hélène, l'aînée de ses enfants, qui porte le prénom de baptême de sa mère. Avant de se marier et de devenir, loin de la rue de Lisbonne, Mme Eugène Marin, elle avait l'habitude de venir lire à ses côtés, dans l'atelier. Degas a représenté cette scène familière : *Hélène dans l'atelier de son père* (1885, aujourd'hui à Londres, National Gallery), souvenir d'un privilège que n'ont pas eu les garçons.

Un deuxième portrait d'Hélène Rouart née Jacob-Desmalter, *Madame Henri Rouart regardant une tanagra* (1884, à la Kunsthalle de Karlsruhe) – les tanagras faisant aussi partie de la vaste collection Rouart –, maintient au cœur du foyer l'image de celle qui en est la grande absente.

Degas n'a peint ni Eugène ni Ernest. Alexis a eu droit à un pastel pour lequel il a posé seul. Et Louis, le fils cadet, posera bientôt avec son épouse pour une série de pastels. Henri Rouart reste le membre le plus souvent représenté de la famille (cinq portraits en tout).

A chaque fois qu'il vient chez Henri Rouart, Degas examine ses propres œuvres aux murs du salon. Pas seulement les portraits de la famille. Les toiles, et elles sont nombreuses, qu'Henri lui a achetées. Il lui arrive de ne pas en être content. Il a déjà tenu à corriger l'une ou l'autre, qu'il a gardées un certain temps pour en retravailler un détail : leur place est restée vide sur le fond prune, en attendant qu'il veuille bien les rapporter. Un jour, il en a détruit une, après avoir tenté en vain de l'améliorer – au grand dam d'Henri Rouart, qui la trouvait parfaite et y était attaché. Les *Danseuses à la barre* (aujourd'hui au Metropolitan) agacent tout particulièrement leur créateur à cause du petit arrosoir, accessoire anecdotique de la salle de danse, qu'il a représenté à gauche des deux danseuses : il voudrait le supprimer du tableau ! Rouart, instruit par l'expérience et qui tient à son arrosoir, a donc apposé un cadenas au système d'accrochage pour empêcher un éventuel « emprunt ». Et il refuse catégoriquement – une chance pour tous les visiteurs du Metropolitan ! – que Degas révise sa toile : il pourrait songer à la détruire aussi.

L'idée de marier deux fils d'Henri Rouart aux deux filles d'Henry Lerolle, c'est Degas qui l'a eue. Il soude ainsi deux familles, déjà apparentées à la génération précédente, mais que ce doublé va définitivement réunir : deux familles amies, qui partagent les mêmes valeurs sociales, religieuses et artistiques. L'alliance doit lui paraître parfaitement naturelle. Elle doit d'autant plus lui plaire que, lié à chacune d'elles – quoique plus fortement aux Rouart –, Degas y joue aux yeux des enfants le rôle de l'oncle d'Amérique (une partie de sa famille habite la Louisiane) : il a beau se montrer bougon et colérique, tout le monde l'aime bien. Ses traits d'esprit amusent. Son indépendance de vieux râleur captive. Sans parler de sa peinture qui soulève dans le cénacle le même engouement. « Tous les vendredis, écrit Paul Valéry – familier lui aussi des jours où s'anime la rue de Lisbonne –, Degas, fidèle, étincelant, insupportable.

Il répand les boutades, les apologues, les maximes, les blagues, tous les traits de l'injustice la plus intelligente, du goût le plus sûr, de la passion la plus étroite et d'ailleurs la plus lucide. Il abîme les gens de lettres, l'Institut, les faux ermites, les artistes qui *arrivent*. (…) Son hôte, qui l'adorait, l'écoutait avec une indulgence admirative, cependant que d'autres convives, jeunes gens, vieux généraux, dames muettes, jouissaient diversement des exercices d'ironie, d'esthétique ou de violence du merveilleux *faiseur de mots*. »

Il a souvent photographié ici et là les membres de la famille, isolés ou en groupes, car il a – comme Pierre Louÿs – la manie du Kodak. Il existe un très beau portrait photographique d'Henri Rouart, immortalisé par l'objectif de Degas en 1895, devant un mur couvert de tableaux (bien sûr !), un cigare à la main et une montre au gousset : nonchalant, heureux semble-t-il. Mais ce sont Yvonne et Christine Lerolle qui ont le plus souvent retenu son œil de photographe – il ne les a jamais peintes au pinceau. Degas les a fait poser devant la cheminée du salon de leur père : à la même date où Renoir est venu les peindre à leur piano. Après avoir tiré les rideaux pour plonger la pièce dans l'obscurité, arrangé sièges et bibelots à son gré, après avoir enfin préparé et réglé son appareil, ce qui est alors une entreprise compliquée, il est venu s'accouder à côté d'elles au manteau de la cheminée : le cheveu neigeux, l'air d'un vieil oncle ou même d'un grand-père – les gens font tous plus vieux que leur âge, à cette époque –, il fixe l'objectif avec l'aisance et la confiance en soi d'un comédien rompu à la scène et à ses techniques. Il soigne toujours les préparatifs – ses mises en place exigent un temps fou – et ne néglige aucun détail. Il arrange personnellement mèches de cheveux, plis des robes ou des corsages, et commande jusqu'aux expressions des visages, s'il faut sourire ou garder l'air sérieux. Inutile de le contrarier : ce photographe a une vision très précise de l'effet qu'il veut obtenir. Il n'y a qu'à lui obéir. Sur les tirages argentiques qui témoignent de l'intimité de sa présence chez les Lerolle, Yvonne apparaît figée, un peu triste même. C'est Christine – comme sur le tableau de Renoir – qui accapare la lumière et qui est des deux la plus avenante. Elle sourit à peine – je suppose que Degas lui avait interdit de rire, ce qu'elle faisait pourtant si souvent. Mais on les devine toutes les deux très à l'aise, naturelles malgré la pose – Yvonne assise près du piano, Christine appuyée à la cheminée –, familières de ce vieil oncle d'adoption qui vient chez elles très régulièrement, au moins une fois par semaine, pour s'entretenir avec leur père et leurs amis, ou les écouter jouer de la musique. Lui qui n'a pas d'enfant, il porte à ces deux jeunes filles ensoleillées par un air de printemps, tout comme aux enfants Rouart, une affection paternelle. On ne va pas jusqu'à l'appeler « oncle Edgar ». Même parvenus à l'âge adulte, les enfants continueront de l'appeler « monsieur Degas ». En insistant comme il le souhaite sur le *s* final qui doit s'entendre comme un *z*. Il tient à cette prononciation bizarre : Dega-z.

Alors que cette fonction est traditionnellement dévolue à des femmes d'un certain âge, Dega-z s'est attribué avec un enthousiasme touchant et désarmant le rôle de la « marieuse », fréquent au théâtre mais aussi dans les mœurs du XIXe siècle. Il est dans cette histoire le marieur, qui s'est entremis entre les deux parties. C'est chez lui que sera signé le premier contrat de mariage, en 1898. Sur le tableau peint par Renoir en 1897, Yvonne, à vingt ans, est déjà fiancée à Eugène, le deuxième des quatre fils Rouart. Christine le sera deux ans plus tard à Louis, le plus jeune des quatre. Les Degas du fond du tableau revêtent à ce titre un sens particulier : ils évoquent l'homme qui va orienter leur vie. Le responsable de leurs malheurs futurs.

Non content d'arranger ces deux mariages Rouart-Lerolle, ou Lerolle-Rouart, Degas va s'offrir le luxe d'en sceller un troisième : celui du numéro trois de la fratrie, Ernest (né entre Eugène et Louis), avec une jeune fille que Degas aime au moins autant que les sœurs Lerolle : Julie Manet – fille de Berthe Morisot et d'Eugène Manet, et nièce d'Edouard Manet. Ernest, qui veut devenir artiste peintre et a renoncé pour cela à Polytechnique, est son élève : le seul que ce misanthrope à l'ironie féroce aura jamais. Les trois mariages concoctés par Degas vont se dérouler de manière quasi concomitante : en deux ans et deux mois, trois fils Rouart auront épousé trois jeunes filles de son choix. Décembre 1898 : Eugène épouse Yvonne Lerolle. Mai 1900 : Ernest épouse Julie Manet. Et février 1901 : Louis épouse Christine Lerolle.

Le seul des fils Rouart qui échappe à son autoritaire tutelle est l'aîné, Alexis. Il a épousé, sans ses conseils, Valentine Lamour et aura avec elle trois enfants – deux filles et un fils, Paul, qui épousera un jour Agathe Valéry, la fille de Paul Valéry et de Jeannie Gobillard (nièce de Berthe Morisot et donc cousine germaine de Julie Manet). Le cercle, peu enclin à s'éloigner de son centre, se referme là tout à fait.

Pour les trois autres unions, aucun membre de la famille – et c'est étonnant – ne semble s'être méfié des avis de l'« oncle » Edgar Degas. Si expert et si génial soit-il dans son art, ce célibataire endurci aurait dû inspirer de la prudence. Il est bien moins qualifié pour les projets matrimoniaux : il ne supporte en effet de cohabitation qu'avec sa vieille bonne, Zoé, et ignore tout de la vie conjugale. Il s'est toujours gardé pour lui-même de signer quelque pacte que ce soit avec le sexe opposé.

Yvonne et son immoraliste

Un tourmenté. Le deuxième des fils Rouart, Eugène, que Degas réserve à Yvonne Lerolle, est un personnage né sous le signe des contradictions et du divorce intérieur. Il porte en lui une singularité qu'il va vivre comme une malédiction. Sa sexualité est trouble. Si son nom demeure dans l'histoire littéraire, c'est d'ailleurs en raison de ses penchants qui vont le rapprocher d'André Gide et en faire le dédicataire de *Paludes* : « Pour mon ami Eugène Rouart, j'écrivis cette satire de quoi. »

Attiré par tout sans parvenir à s'épanouir dans rien, sollicité par des vocations plurielles mais finissant par n'exceller en aucune, il essaie de ressembler à son père, Henri Rouart, qui a mené à la perfection ses diverses entreprises, de l'industrie à l'art. Eugène, lui, est dans l'inachèvement. Avec des fulgurances et des intuitions proches du génie de son père, qui auraient pu l'amener à la réussite, il reste dans le domaine des rêves esquissés mais inaboutis. Un amateur, hanté par la question du sens qu'il voudrait donner à sa vie. Il se cherche une voie qui se dérobe sans cesse. A la croisée des chemins, il ne sait où diriger ses forces. On se demande parfois si, à travers ses échecs, ses erreurs manifestes dans la réalité, il n'a pas envie de se punir de ses aspirations grandioses ou de sa « malédiction », difficilement avouée et mal vécue.

De tous les frères Rouart, qui ne sont pas des caractères faciles et trouveraient naturellement leur place dans le théâtre russe ou scandinave, tant ils nourrissent de passions et de folies, il est le plus douloureux. Cet être déchiré semble marqué par la fatalité du malheur, qu'on ne retrouve ni chez Louis, le benjamin, malgré ses coups de sang et ses paradoxes, ni, encore moins, chez Ernest, qui a mesuré plus clairement son talent et s'est assigné une existence familiale et une vocation artistique à sa mesure, sans chercher à dépasser le père dans une course épuisante et destructrice.

Eugène et Louis se ressemblent. Avec leurs teints clairs, leurs cheveux et leurs barbes de roux, leurs reflets de feu font un contraste saisissant avec la beauté brune de leurs épouses, comme des Ecossais qui auraient épousé des Andalouses. Les deux frères Rouart que Degas a voulu marier aux deux sœurs Lerolle n'ont pas ce seul trait en commun. Leur haute et maigre silhouette autour du mètre quatre-vingts. Leur élégance un tant soit peu arrogante, dans leurs costumes de bons tailleurs, arborant canne à pommeau et gants beurre-frais. Ces héritiers, conscients du privilège que leur octroient le nom et la fortune paternels, sont des raffinés, des esthètes. Voilà pour leurs qualités. Mais ils ont en commun aussi le tempérament. Ils parlent haut, s'échauffent vite et cherchent volontiers la polémique. Ils n'ont hérité ni l'un ni l'autre du calme et de l'affabilité d'Henri Rouart. Ce sont des natures complexes et bouillonnantes : excessifs dans leurs jugements et leurs opinions, ils passent par des périodes sombres où ils doutent d'eux-mêmes, de leurs capacités à réussir leurs vies. Tiraillés entre le modèle paternel et leurs rêves personnels, hésitants, inquiets, ils s'emportent facilement et se fâchent pour longtemps. Mais ce sont de grands fragiles qui ont peur de leurs ombres et fuient sur des voies détournées la voie royale trop bien tracée par le patriarche.

Diplômé de l'école d'agriculture de Grignon, à côté de Versailles, Eugène s'est voulu ingénieur – comme son père –, mais ingénieur agronome, ce qui a l'avantage de le distinguer de l'industriel du fer creux. Henri Rouart peut se montrer déçu qu'après Alexis, plus doué pour la musique que pour les mathématiques, et surtout après Ernest, qui a préparé Polytechnique mais a finalement renoncé à poursuivre de brillantes études scientifiques, pour leur préférer l'étude du dessin et de la peinture auprès d'Edgar Degas, Eugène s'éloigne à son tour de l'affaire qu'il a créée et pour laquelle, avec quatre fils, il était en droit d'espérer un successeur – ce sera finalement son gendre, Eugène Marin, le mari d'Hélène, qui prendra la relève. Eugène Rouart tient-il son amour de la campagne des longs séjours heureux qu'il a passés, enfant puis adolescent, dans la propriété familiale de La Queue-en-Brie, au milieu de ses grands arbres ? Le domaine, acheté en 1830 aux d'Ormesson, lui donne presque des lettres de noblesse – les d'Ormesson, parmi d'autres titres, sont « comtes de La Queue ». Ou bien a-t-il rêvé de rejoindre dans leurs cadres naturels les paysages parmi lesquels il a vécu rue de Lisbonne, peints par Corot, par Millet et par son père lui-même, si souvent parti aux quatre coins de France et en Italie pour en rapporter ces champs, ces forêts, ces étangs, ces clairières qui ont composé longtemps son jardin secret. Et sa seule source d'évasion. Il vit à Autun quand il rencontre Yvonne. Une jolie petite ville sur les bords de l'Arroux, un affluent de la Loire aux paresseux méandres, dans une région boisée et mélancolique qui ressemble à s'y méprendre à un tableau d'Henri Rouart.

Associé à l'un de ses condisciples à l'école de Grignon, un jeune homme aux yeux tendres et à la belle allure qui répond au beau nom de Déodat Quarré de Château-Regnault d'Aligny, il loue depuis le printemps la ferme des Plaines, propriété de la mère de Déodat, près d'Autun, et s'occupe d'en gérer et d'en développer l'exploitation de champs et forêts. Il aura pour ce faire obtenu un prêt du Crédit agricole, afin de se dégager de l'aide paternelle et de pourvoir à son indépendance financière. Ces débuts, assez rudes, où il applique son énergie, peuvent surprendre de la part d'un jeune homme initié aux plaisirs de la capitale, qui fréquente ses salons littéraires et artistiques et possède toutes les qualités d'un mondain. Il est probable que la famille d'Aligny a joué un grand rôle dans sa vocation de gentilhomme campagnard, qu'il ne cessera de vouloir affirmer par la suite. Lors d'une visite au château de Jully-les-Arnay, leur propriété en Côte-d'Or, où Déodat l'avait invité à séjourner, il a été impressionné par la figure du vieux comte, qui mène une vie paisible au milieu de ses terres, paré du prestige de la noblesse – les d'Aligny furent mousquetaires du roi. Eugène se rêve en châtelain agriculteur. Un objectif qu'il parviendra à atteindre et qu'il assumera non sans panache dans quelques années, avant de s'en voir déposséder par toute une série de noires malchances – ou de noirs poisons personnels. Quant à Déodat, c'est un modèle de douceur et de patience, qui ne prodigue que de sages conseils, conformes aux préceptes d'une religion dont il est tout entier imprégné, sinon illuminé. Cet honnête associé, compagnon des débuts difficiles, ami sûr et dévoué, est l'exact contrepoint de ce que représente pour Eugène, en termes d'émulation vers plus de liberté, morale, spirituelle et sexuelle, son autre meilleur ami – qui le restera toute sa vie –, André Gide.

Loin d'être un solitaire ou un sauvage, Eugène a jusque-là fréquenté les cercles poétiques et les cénacles mondains, entre la rue de Rome et le faubourg Saint-Germain. Ses plus fortes amitiés le rapprochent d'écrivains qui sont aussi, par un hasard qui tient plutôt de la connivence, des amis très chers d'André Gide. Ils se nomment Pierre Louÿs et Paul Valéry. Le premier, un peu plus âgé et déjà reconnu par ses pairs, conseille et guide les deux autres. Valéry comme Gide lui devront beaucoup – aussi sera-t-il peiné, et même blessé, que Gide ne lui dédie pas un livre qu'il préférera offrir bientôt à Eugène Rouart – *Paludes*. Ce sera l'occasion

d'une furieuse crise de jalousie de la part de Louÿs.
Quant à Valéry, qu'Eugène a connu à Montpellier à
l'occasion d'un stage d'agriculture – Valéry y finissait
son service militaire –, il participe lui aussi à ce climat
orageux et instable, d'amitiés concurrentes entre créateurs hautement susceptibles. « Tu es un petit saligaud… », écrit Louÿs à Gide quand ce dernier confie
avant lui à Valéry la première lecture de l'un de ses
manuscrits. « Tu es un petit saligaud de l'avoir donné
à Valéry d'abord et de lui avoir interdit de me le montrer ensuite. » Gide a préféré le communiquer à
Eugène, dont l'amitié vient prendre le relais de celle
qui l'a jusque-là attaché à Louÿs – il a eu le désir de
s'en affranchir, comme de beaucoup d'autres choses.
« Je reconnais avoir été peu amical en la circonstance,
écrit Gide, mais je désirais reconquérir ma liberté
et sentais trop nettement, trop impérieusement nos
divergences. »

Eugène, qui a, parallèlement à l'agriculture, la
vocation d'écrire, vit au milieu d'authentiques écrivains – actuels ou futurs. En allant jouer les cultiva-
teurs à Autun, il se coupe d'eux. Sans perdre pour
autant contact, car il remonte à Paris assez souvent et
entretient avec ses amis une correspondance assidue,
il s'éloigne. Dans son désir d'être à la fois paysan et
artiste – comme son père est à la fois industriel et
peintre –, il est déchiré et, sans peut-être en prendre
la mesure, il va vivre dans la schizophrénie ces deux
appels contradictoires. Son père a l'harmonie et la
souplesse pour entretenir plusieurs cordes à son arc.
Eugène est raideur et indécision, toujours harcelé,
jamais réconcilié.

Il a rencontré Gide en 1893, rue Le Tasse, chez Marguerite Brandon-Salvador : les fils Rouart ne boudent pas le salon de la maîtresse de leur père, qui reçoit tous les jeudis une société brillante d'artistes et d'écrivains. Cette personne affable, qui plaît tant à Henri Rouart, est par ailleurs une grande amie de Juliette Gide – la mère de l'écrivain. Le mot est encore un peu ronflant pour Gide, qui n'a alors écrit qu'un seul livre, publié à compte d'auteur et lu par une poignée de lecteurs, *Les Cahiers d'André Walter*. Il en offre dès le surlendemain de leur rencontre un exemplaire à Eugène, qui après lecture lui avoue que c'est là « le livre dont il a rêvé ». Et qu'il peine à écrire. Pour remercier Gide de son cadeau, il lui envoie à son tour, faute d'un ouvrage de son cru, un Balzac : *Une fille d'Eve* – ce qui est assez bizarre à la lueur de leurs futures relations.

La vie est rude à Autun, dans un logement austère, sans presque aucun confort, construit entre granges et étables, et qui ouvre sur une cour où piaillent poules et dindons. « C'est pour échapper à une influence écrasante que je me suis résolu à aller habiter Autun et à y être un modeste vacher…, écrit-il à Gide. Je préfère être moi là, plutôt qu'uniquement un fils Rouart dans mon monde à Paris. » Il n'y a guère de distractions le soir, à la ferme, après la longue journée de travail, sinon lire Virgile qui vante les mérites de la vie aux champs. Dans la solitude partagée avec Déodat, Eugène poursuit l'écriture d'un roman nourri de ses expériences, de ses amitiés, et des désirs contradictoires et douloureux qui déchirent sa vie : la famille Lerolle, et Degas lui-même, à sa lecture auraient dû s'inquiéter de l'aveu de tant de tourments. Commencé quatre ans auparavant, il sera publié au moment des fiançailles d'Eugène avec Yvonne : en mai 1898, au Mercure de France. C'est son premier roman, qui ne sera suivi d'aucun autre : même s'il ne renoncera jamais à écrire, il ne pourra mener à terme aucun autre texte. Gide en a trouvé le titre : *La Villa sans maître*, préféré aux quatorze autres entre lesquels Eugène hésitait – *Les Moissons*, *La Piètre Moisson* – ou à ceux que Gide avait d'abord proposés – *Les Semailles* ou, ce qui ressemble à une boutade, *L'agriculture manque de bras* ! *La Villa sans maître* n'est cependant pas son premier ouvrage : à vingt ans, en 1892, Eugène a écrit une nouvelle intitulée *Vengeance de moines* – l'histoire sinistre d'un moine assassiné par son frère dans un couvent du Massif central. Publiée à compte d'auteur, à vingt-cinq exemplaires, par Cazaux et Toulet, à Pau, elle n'a eu bien sûr que peu de lecteurs et Gide lui-même ne l'a pas encore lue quand son auteur lui envoie des chapitres de son futur roman, à l'état de chantier. Pau, où Eugène a vécu deux longs hivers, à soigner une tuberculose dont les symptômes ont désormais disparu – il avait auparavant passé plus de six mois à La Bourboule et chacun le croyait voué à finir ses jours dans une ville de cure ou un sanatorium –, Pau donc, l'ancienne capitale de la Navarre, lui a permis de nouer une amitié forte avec Francis Jammes. Le poète béarnais lui a dédié *J'allai à Lourdes*, un des poèmes du recueil de *Vers* publié à cette même époque où Eugène cherche sa propre voie. Par personnages interposés, a-t-il cru la trouver dans l'atmosphère moins sage et moins protégée qu'il n'y paraît d'un couvent, univers doublement clos de murs et de montagnes, où deux frères s'aiment, se haïssent, et meurent désespérés ? Rien n'est moins sûr. Littérairement, il en est encore à se chercher aussi un style. Au milieu de ses incertitudes, Jammes introduit une lumière. De quatre ans plus âgé, il joue auprès de lui le rôle d'un guide, au moins un certain temps. Il fait en tout cas partie du cercle rapproché : en concurrence avec Gide, sous le regard dépassionné du sage Déodat d'Aligny que Gide a surnommé « Saint François des Plaines ». En spectateur des ravages que la passion peut ourdir, le pacifique Déodat a dû plus d'une fois calmer le jeu des ego, souvent chatouilleux. Gide, intimement lié à Jammes, est un de ses premiers admirateurs et défenseurs – il a acquitté de sa poche les frais d'impression d'*Un jour*, en 1895, au Mercure de France. Il a beau ne pas tarir d'éloges sur cette poésie « d'une authenticité ravissante », semblable à « une source où les altérés, ceux qui ont le cœur pur, viennent boire », qui devrait selon lui être plus justement reconnue, il n'en reste pas moins malgré lui rival en amitié du poète, dans le cœur possessif et jaloux d'Eugène. Jammes ne tardera pas à déplorer son influence sur un être aussi irrésolu.

L'écriture de *La Villa sans maître* a été pour Eugène une épreuve plus rude encore que les travaux agricoles à la ferme des Plaines. Il a beaucoup hésité sur sa construction, la psychologie des personnages, et les transitions entre les chapitres lui ont posé des problèmes qu'il a surmontés avec peine. Il en a repris chaque phrase et cherché chaque mot avec l'obsession d'en ciseler le style, et surtout d'exprimer sa propre voix – cette voix si souvent comparée à une musique, qu'on retrouve chez les grands auteurs. Il sait l'entendre chez Gide. Ou chez Jammes. Mais elle se dérobe quand il écrit, d'une manière pourtant fluide et lyrique, avec un vrai sens de la langue mais au fond sans vrai caractère. Gide, malgré son amitié, se voit lui-même contraint de déplorer – avec une pointe de sadisme – que son roman ne possède « aucune qualité de maîtrise, ni même du plus commun des talents ». C'est ce qu'il écrit noir sur blanc à Jammes, tout en soutenant que « c'est par sa faiblesse que ce livre me prend ». D'autant qu'il y est impliqué en plus d'une page et en plus d'une phrase, en plus d'un personnage et en plus d'une péripétie. *La Villa sans maître* ne lui doit pas seulement son titre. Gide a veillé sur son élaboration, participé à son écriture, fait corriger bien des chapitres – tant pour la psychologie que pour le style – et revu jusqu'aux épreuves, avant sa publication. Il en a rétabli l'orthographe, qui n'est pas le fort d'Eugène Rouart, et réparé la ponctuation abracadabrante, se faisant aider en cela par sa jeune épouse, qui a rajouté des points et des virgules et sabré des points-virgules, pour permettre une lecture moins folle de ce texte lyrique qui lui a donné la pénible impression de « marcher dans du sable » ! Rouart n'a regimbé qu'à la fin contre les conseils de Gide : en refusant de changer le dernier chapitre que son ami trouve « détestable », « bâclé » et « à refaire complètement ». Il est vrai que son héros s'y repent de ses fautes et que le repentir est un sentiment odieux à l'auteur qui va publier concomitamment *Les Nourritures terrestres* – « Qu'ai-je à faire avec le repentir ? » écrit-il en guise de conclusion à son propre livre.

La Villa sans maître, qui demeure l'unique ouvrage d'un écrivain sans œuvre, laisse une trace curieuse dans l'histoire littéraire. Si Gide a été le parrain d'Eugène sur les fonts baptismaux de la création, l'influence est cependant réciproque et Gide tire les fruits de son travail de catéchèse. *Paludes*, dédié à Eugène, naît de *La Villa sans maître* : il y puise son idée d'une vaste bouffonnerie – Gide définit *Paludes* comme une « sotie » –, son élan lyrique et son souffle moqueur. Il le reconnaît lui-même : « Ce livre est fait de la moelle même de nos relations et de celles avec D(éodat) d'A(ligny). » Ménalque, personnage ébauché par Gide, en 1896, dans un récit publié par la revue *L'Ermitage*, devient chez Rouart un personnage essentiel dans la quête initiatique du héros : « Ah, Ménalque qui vogues, écrit Rouart, que ne m'emmènes-tu par la main, ami, j'aurais su profiter de tout ; j'éclate dans cette demeure limitée. » Il est le compagnon tentateur qui, avec une infinie douceur, invite au départ et à la rupture. Le « sage et solide Ménalque qui parlait comme un enfant » (Rouart) reviendra, comme on le sait, en mage de la révolte, développé par Gide dans *Les Nourritures terrestres*. Lequel, en pensant à Eugène, et pour protester contre le dernier chapitre du repentir, si pénible à ses yeux, écrira bientôt *L'Immoraliste* : l'histoire d'un jeune homme qui affirme sa liberté et dénoue ses chaînes, sans regrets ni remords. L'influence, profonde, court sur des années. David H. Walker, qui a publié la correspondance de Gide avec Eugène Rouart et, de manière érudite, a patiemment analysé leurs relations, montre combien leur amitié, que seule la mort défera, fut fondatrice pour la création artistique. Des courants souterrains mêlent leurs eaux d'un livre à l'autre, nouant entre le premier et unique roman de Rouart et les premières œuvres de Gide, de *Paludes* à *L'Immoraliste*, une étonnante et incestueuse fraternité.

Yvonne Lerolle n'entre pas dans ces subtilités littéraires. Il est probable qu'elle ne mesure pas à quel point cette amitié, qui d'abord la rassure, est dangereuse pour elle. Sa propre mère fut une amie de la mère d'André Gide et elle est elle-même devenue une amie de Madeleine Rondeaux que Gide vient d'épouser. Mais Mme Gide mère est morte, en 1895. La même année où Oscar Wilde, après un procès tonitruant, a été condamné aux travaux forcés. Gide a perdu d'un côté son bon ange, de l'autre, son démon tentateur. Car c'est Wilde qui, au cours d'un séjour à Alger, en janvier 1895, quelques mois à peine avant son procès, l'a initié aux plaisirs homosexuels en lui présentant Mohammed : un « petit musicien », d'un âge que la loi condamne, avec lequel l'auteur futur de *L'Immoraliste* a connu « un plaisir sans arrière-pensée » qui « ne devait être suivi d'aucun remords ». Cette expérience algérienne marque « la fin de sa jeunesse », ainsi qu'il a eu le temps de l'écrire à sa mère, et le début d'une prise de conscience qu'il tente de faire partager à Eugène. Celui-ci vit ses penchants homosexuels dans la culpabilité. Cette culpabilité a présidé à l'écriture du dernier chapitre de *La Villa sans maître*, que Gide déteste à cause de son douloureux et déprimant « mea-culpa ». « J'avais menti – j'avais bien menti à ceux qui m'entouraient, à mon ami qui partait, et surtout à moi-même. »

Comme Gide qui vient de se marier malgré son homosexualité, Eugène songe à le faire. Mais il est rongé par l'angoisse. Devrait-il ? Ne devrait-il pas ? Il est tombé amoureux d'Yvonne, dont il a fait la connaissance au printemps 1895, lors d'une des soirées musicales de l'avenue Duquesne, où Henri Rouart, fidèle des lieux, l'avait emmené. La grâce et la sensibilité de la jeune fille l'ont séduit. Il voit en elle la jeune fiancée parfaite et « celle qui pourra être une mère » pour ses futurs enfants. Il a envie de fonder un foyer et rêve d'une vie bourgeoise – encore une de ses contradictions. Comment assumer le couple et la liberté sexuelle ? le plaisir et la famille ? Il semble moins doué que Gide pour résoudre des désirs contradictoires. Quant à Degas, impénitent célibataire mais infatigable marieur pour les autres, il surveille les jeunes gens d'un œil protecteur, au milieu de ses propres toiles accrochées chez Lerolle : il interviendra en temps et heure pour favoriser l'appariement des tourtereaux, sans du tout prendre en compte tous ces non-dits à l'arrière-plan, ces mensonges et ces masques, qui auraient dû jeter une ombre sur son beau projet. On ne sait si Gide, qui fréquente lui aussi la maison des Lerolle, en hôte assidu de leur salon, a assisté à cette première rencontre de son presque frère avec une jeune fille aussi

ingénue que sa propre épouse. Lui-même excellent
musicien – il interprète Brahms, son compositeur
préféré, avec un talent de pianiste professionnel –, il
apprécie infiniment Yvonne. Un soir il s'est même
assis au piano, à son côté, pour jouer à quatre mains
avec elle l'*Antar* de Rimski-Korsakov (qu'il préfère à
Debussy…).

Madeleine née Rondeaux, la nouvelle Mme Gide,
est une amie proche de tous ces Lerolle, parents et
enfants, dont la stabilité et la douceur sont au diapason de sa personnalité. Bizarrerie notoire : Eugène,
sur un fallacieux prétexte (se rendre à Montluçon sur
une usine de son père…), n'a pas assisté au mariage
de Gide, en octobre 1895, célébré à la mairie de
Cuverville puis au temple d'Etretat. Il a rejoint les
époux en voyage de noces à Biskra, une belle occasion pour Gide de lui présenter Mohammed : le
« petit musicien », dont Eugène a joui à son tour,
échangeant ses impressions érotiques avec Gide, tandis que Madeleine se complaisait dans la contempla-
tion des paysages et le parfum des oasis. C'est sur
cette toile de fond exotique, où un petit démon
moqueur nargue de jeunes vierges innocentes, que se
trame le futur mariage d'Yvonne. Personne, dans
cette famille où tout se peint, n'a représenté la scène,
digne d'un drame de la Bible, et c'est dommage car
elle jette un éclairage trouble sur le destin futur
d'Yvonne Lerolle. Quant à Jammes, qui accompa-
gnait Eugène à Biskra, témoin de ce micmac impossible, il a préféré s'en retourner à Orthez, à moitié
fâché avec les uns et avec les autres.

Madeleine trouve Yvonne « délicieuse de douceur,

de gentils silences et de mots affectueux et personnels ». Elle écrit à Eugène qu'elle est « très conquise »
et tient à le lui dire, « vous devinez pourquoi... ».

Yvonne a une autre alliée face à ce prétendant
timide, qui ne sait pas trop quel jeu jouer devant elle :
Marguerite Brandon-Salvador. Depuis La Commanderie, sa propriété de campagne en Indre-et-Loire, la
belle amie d'Henri Rouart adresse au jeune couple
Gide, auquel elle porte une affection quasi mater-
nelle, un portrait tout en louanges : « On sent tout de
suite en elle une nature élevée, envisageant la vie
d'une manière vraie ; ne redoutant pas ce qu'elle a de
sérieux, ne s'illusionnant pas sur les difficultés qu'elle
ménage, mais ayant pour les vaincre le cœur plein
d'amour et de vaillance, avec un esprit droit et juste. »
Cette femme, qui a l'âge d'une mère et l'expérience
de la vie, devine que la future existence d'Yvonne
– si, comme tout le monde le pense, Eugène lui
demande sa main – ne sera pas un chemin pavé de
roses. Sans avoir du mariage une vision idyllique, on
sent bien, aux mots que Mme Brandon emploie, une
part d'inquiétude : ainsi donc, loin d'être spontanément heureuse dans les bras qui l'attendent, Yvonne
aurait besoin d'élévation (« nature élevée ») et de
« vaillance », pour « vaincre » des difficultés qu'elle
aura inévitablement à surmonter. C'est un langage
pour peindre une bataille future. Ou un long martyre.
Le mot bonheur en est radicalement absent.

Deux ans seront nécessaires à Eugène pour qu'il se
déclare. Il hésite, il a peur : de lui-même et de la vie
qui l'attend, s'il se résolvait à épouser Yvonne. Il ne
doute nullement de ses qualités qui le conquièrent

davantage à mesure que les jours, les semaines et les mois passent, dans les tourments d'une prise de décision douloureuse. Il la trouve lui aussi – comme tous ceux qui la connaissent – « délicieuse ». Une fée pour Debussy : la figure même de Mélisande. Pour Eugène, qui finit par la surnommer « la Petite Princesse », c'est sans doute la fiancée idéale. Mais est-il prêt lui-même à s'engager ?

Il rencontre plusieurs fois le père, tête à tête, pour lui faire part de ses intentions, mais il est si flou, si incertain, et tergiverse tellement qu'Henry Lerolle n'y comprend rien et préfère demander des éclaircissements à Henri Rouart pour traiter l'affaire entre gens de bon sens – ce qui agace fortement Eugène. Du coup, il devient méchant, traite Henry Lerolle de « gnangnan » et affirme dans l'une de ses lettres que « la mère », Madeleine Lerolle, « tient à l'argent » : « elle me trouve sous ce rapport un beau parti pour sa fille ». Et il est vrai qu'Eugène est un riche héritier. Sa situation personnelle n'est cependant pas encore très stable – il s'est beaucoup endetté pour l'exploitation de la ferme des Plaines. Quant à son caractère…

En vérité, il peine à résoudre les pulsions contraires qui l'agitent. Entre le sage désir de fonder une famille, conforme aux vœux d'un milieu bourgeois, et le rêve violent, solaire, de revivre l'épisode algérien en toute liberté, il ne parvient pas à se décider. Gide, qui lui a maintes fois répété la nécessité de se déculpabiliser, lui donne l'exemple d'une conciliation possible – « Que mes désirs charnels s'adressassent à d'autres objets, écrira-t-il dans *Et nunc manet in te*, je ne m'en inquiétais guère ». Mais Eugène garde ses scrupules et, ce qui l'honore après tout, sa grande peur de ne pas pouvoir rendre Yvonne heureuse. « Je l'aime plus que jamais, et me trouve vraiment de moins en moins digne d'elle. Que Dieu m'aide à lui épargner une vie douloureuse. » Après avoir obtenu de la famille Lerolle un délai de deux ans qu'il juge nécessaire pour réfléchir, délai pendant lequel il pourra courtiser Yvonne sans se déclarer, il va et vient entre Autun et Paris – plus souvent désormais à Autun qu'à Paris, pour ne pas risquer de trop s'enflammer. « Yvonne me fait pitié, écrit Madeleine Gide à son mari. La détresse muette de cette enfant est bouleversante. Eugène l'aime-t-il assez ? Et s'il l'aime assez, comment ne le lui prouve-t-il pas mieux ? Qu'il songe à tout ce que ces petites épaules supportent depuis tant de mois. » La situation paraît à chacun préoccupante. Tantôt emballé par l'idée du mariage, tantôt affolé, pris par une envie de fuir à l'autre bout du monde, Eugène finit pourtant par se jeter à l'eau. Après avoir dépassé le délai accordé par la famille, il demande enfin à Henry Lerolle la main de sa fille. Cet homme indulgent, foncièrement bon, ne semble pas avoir vu un obstacle définitif dans les débuts plus qu'hésitants et qui n'augurent rien de bon de ce futur gendre.

Les fiançailles, annoncées en octobre 1898, ne sont pas moins agitées que les préfiançailles. Eugène a le génie des complications ! Tourmenté, pris de remords, il se montre si peu assidu auprès d'Yvonne que celle-ci s'inquiète à nouveau, et demande des explications qu'elle n'obtient pas. Comment Eugène pourrait-il avouer à cette ingénue le fond de la question – l'homosexualité l'éloigne d'elle, alors même qu'elle le séduit malgré tout. Elle lui promet une vie « normale » – il a employé le mot dans une lettre à Gide. Mais la normalité qu'il souhaite, il la fuit aussi. Une nouvelle fois plongé dans l'irrésolution, avec le sentiment du malheur qui l'habite, Eugène envoie à sa fiancée, « Mademoiselle Yvonne », des lettres « agitées et impérieuses » (selon Madeleine Gide), sur le ton sec et raide qui traduit son malaise. Les Gide se seront l'un et l'autre beaucoup entremis pour que le mariage se fasse. Si Degas joue un rôle de premier plan, en se faisant le conciliateur et l'intermédiaire entre les deux pères, les Gide agissent directement sur les fiancés. Madeleine, en encourageant et en conseillant Eugène, dont elle connaît le caractère compliqué, et en consolant Yvonne. André en allant rendre de fréquentes visites aux Lerolle, qu'il connaît intimement, pour les rassurer. Il s'y rend même un peu trop souvent au goût de l'entourage. Madeleine Gide le lui fait remarquer, sur le ton habituel de la patience. Une patience angélique, que rien ne peut troubler. Mais Eugène en prend ombrage : il pense que Gide, quoique nouvellement marié, courtise Yvonne. Ce n'est peut-être pas faux. A force de jouer Rimski-Korsakov à quatre mains au piano et de bavarder agréablement dans le plaisant salon de l'avenue Duquesne, l'auteur de *Paludes* est presque tenté de renier son penchant pour les garçons. Et de trouver une rivale à Madeleine ! Imbroglio. Même Louis, le benjamin des frères Rouart, met Gide en garde contre un comportement qu'il juge déplacé. Gide se défend en affirmant ne porter à Yvonne qu'une « respectueuse affection », mais il n'en demeure pas moins que chacun le soupçonne d'être un peu trop proche de la fiancée de son meilleur ami... Le flirt – si flirt il y a – va tourner au drame.

Eugène, furieux, en proie à une crise de jalousie, envoie à son « meilleur ami » deux témoins chargés de lui remettre une lettre pour le provoquer en duel. Il le somme de venir s'expliquer auparavant, « entre trois heures moins le quart et trois heures aujourd'hui au café qui se trouve à l'angle du boulevard Saint-Germain et de la rue du Bac » : « Vous comprenez que quelque chose s'est éteint, comment ne l'auriez-vous pas pressenti ? » Au lieu du « mon vieux » qu'il emploie en général pour s'adresser à Gide, Eugène en colère lui donne du « Monsieur ». Prudent et circonspect, Gide se dérobe. Il envoie Raymond Bonheur, le compositeur ami de toute la famille, tenter de ramener Eugène à la raison. Bonheur, le bien nommé, est un homme de paix, mais il aura du mal à calmer l'irascible Eugène. Il y parviendra, effrayé quand même par l'ampleur des dégâts. Gide accepte de se rendre moins souvent chez les Lerolle et de prendre ses distances avec leur fille. Rouart retire sa plainte et ses sommations. Voilà les deux hommes réconciliés, après la brouille fulgurante qui a tenu surtout à leurs rapports trop passionnels. Raymond Bonheur ne s'y est pas trompé : « J'espère que vous ne m'aimerez jamais autant », a-t-il dit à Eugène, à propos de Gide.

Dans quel état la pauvre fiancée, secouée par tant

de roulis et de tangages, aborde-t-elle le grand jour ? Aucune lettre ni aucun témoin n'a révélé ses états d'âme. On peut la croire à la fois heureuse et inquiète, à la veille de donner sa main, son corps, sa vie, à ce grand et beau jeune homme dont la compagnie – elle vient de le comprendre – ne sera pas de tout repos.

Le mariage est célébré, peu après Noël, le 27 décembre 1898, à la mairie du VIIe arrondissement, puis en l'église Saint-François-Xavier – paroisse des Lerolle – dont Henry Lerolle a peint le grand diptyque de *La Communion*, exposé dans la sacristie où les mariés signent les registres. Les témoins d'Eugène sont Eugène Guillaume, de l'Académie française, grand officier de la Légion d'honneur, son oncle, et André Sanson, professeur de zootechnie à l'école de Grignon, officier de la Légion d'honneur. L'art et la technique, représentés par deux sommités, entourent le marié. Les témoins d'Yvonne sont ses deux oncles : Paul Lerolle, frère aîné de son père, député du VIIe arrondissement, et Alphonse Escudier, frère de sa mère, commandant d'infanterie à Valenciennes – la famille, avec son panache, est solidaire autour d'elle.

Deux mois plus tôt, le 11 septembre, on a enterré Mallarmé, mort subitement à cinquante-six ans, dans sa maison de Valvins. Ce deuil récent entoure le tableau d'un ruban noir : l'ami de tous, qu'ils admiraient, le poète qui les rappelait à une haute exigence, a emporté avec lui son « doux sourire » et, selon l'expression d'Henri Goujon, ministre des Beaux-Arts, dans son allocution funèbre, le souvenir de

« cette main amie qu'il vous tendait en abaissant ses paupières sur ses grands yeux d'enfant ».

« Valvins a perdu son âme », écrit Julie Manet, dont Mallarmé fut le tuteur conjointement avec Renoir. Elle a passé plusieurs jours près de Mme Mallarmé et de sa fille Geneviève pour les réconforter. Au petit cimetière longeant la Seine où Mallarmé repose près d'Anatole, son fils mort prématurément, Paul Valéry a pris la parole mais a dû s'interrompre, trop ému pour poursuivre son discours. On a beaucoup pleuré. « Que c'est lugubre ce soir lorsque tout le monde est parti de ne plus trouver ici que ces deux femmes seules qui désormais seront sans celui pour lequel elles étaient », écrit Julie.

Le malheur pourtant s'estompe devant la vision de ce couple radieux qui s'avance vers l'autel. « Mariage d'Yvonne », rapporte Julie Manet dans son *Journal*, à quelques pages de l'enterrement de Mallarmé. « Elle est très jolie dans son blanc, et Rouart étonnant avec ses cheveux dorés. » On a convié les chanteurs de Saint-Gervais, pour les chœurs. La sœur de la mariée, Christine Lerolle, « charmante » à en croire Julie, est tout en blanc elle aussi, sous un grand chapeau à plumes, une fleur rose dans les cheveux et une écharpe rose sur les épaules.

A midi, un lunch rassemble les proches, en petit comité, chez les Lerolle : « Quand je suis dans un endroit où se trouvent les Lerolle, je m'amuse, écrit Julie. On ne voit pas très bien ce qu'il peut y avoir d'amusant à un lunch, eh bien je ne me suis pas ennuyée du tout. Nous sommes rentrées à pied [avec ses cousines, Paule et Jeannie Gobillard, nièces de

Berthe Morisot], en compagnie de Monsieur Renoir qui est toujours fatigué. »

Une réception a lieu le soir, chez Henri Rouart, rue de Lisbonne, dans le grand salon si souvent sous housse, fermé à la lumière du jour, qu'on a ouvert et fleuri pour l'occasion et où veillent en hôtes familiers les peintres exposés sur les murs, du sol au plafond.

Le contrat de mariage a été signé le 22 décembre, rue Victor-Massé, au domicile d'Edgar Degas, tout heureux d'être parvenu à ses fins et dont ce jour est la première d'une suite de trois victoires. Julie Manet, présente avec ses cousines, remarque la robe pailletée d'argent d'Yvonne : une robe de princesse. Elle trouve Eugène « gentil », mais elle n'a d'yeux que pour Ernest. « Je vous ai débrouillé Ernest, lui a dit Monsieur Degas. Maintenant à vous de vous débrouiller. » Elle note, car elle est fine, que « Monsieur Lerolle entend cette phrase et prend l'air intrigué », que « Monsieur Degas est tout à fait charmant » et que « Monsieur Renoir » (que toutes ces mondanités doivent barber) « n'est pas en train ». Pour elle, l'affaire est claire, sans aucune ombre au tableau : « Oui, Ernest m'a plu, il a laissé un peu de côté sa timidité, et ne serait-il pas, ayant les mêmes goûts, vivant dans le même milieu que moi, ayant un père charmant, celui qui pourrait me convenir ? Oui, voilà l'idée que m'a fait naître cette soirée. » Elle ne quittera pas le bras d'Ernest de toute la réception.

A côté d'elle, une autre jeune fille est heureuse : sa cousine Jeannie Gobillard, avec laquelle elle habite depuis la mort de Berthe Morisot et qui est elle aussi orpheline (sa mère, Yves, sœur de Berthe Morisot,

est morte d'un cancer). Jeannie tient le bras de Paul
Valéry. C'est Mallarmé qui a le premier songé à unir
les deux jeunes gens : Valéry est l'un de ses plus
fidèles disciples, et même un fils spirituel. Quant à la
famille Morisot, à force d'amitié, elle était presque
devenue la sienne. Mais puisqu'il est mort, c'est
Degas, toujours aussi porté à arranger des épou-
sailles, qui va tâcher d'accélérer l'affaire. En voyant
les deux couples faire leur entrée dans le salon,
Degas peut d'ailleurs se féliciter car ils sont d'évi-
dence bien assortis. Derrière Jeannie au bras de
Valéry, Julie au bras d'Ernest a la vision soudaine et
parfaitement lucide de la vie qui les attend tous les
quatre : « Je me demande si en cette charmante soirée nous ne sommes pas chacune au bras de celui
avec lequel nous pourrions ainsi parcourir la vie… »

Ernest Rouart et Julie Manet. Paul Valéry et Jeannie Gobillard. Les deux mariages seront célébrés le
même jour, à la même heure, en l'église Saint-
Honoré-d'Eylau : en mai 1900, soit moins de deux
ans après cette cérémonie qui leur aura permis de se
trouver. Julie et Ernest Rouart, Jeannie et Paul Valéry
vivront ensemble, le reste de leurs jours, dans le
même immeuble de la rue de Villejust que Berthe
Morisot a fait construire, et où le bonheur familial
semble aller de soi. Les Valéry s'installeront au troisième étage et les Rouart, par scrupule, au quatrième,
pour ne pas occuper l'atelier sacré de Berthe au rez-
de-chaussée.

En ce 27 décembre 1898, où l'avenir des uns, plein
d'heureuses perspectives, n'est encore qu'une
esquisse, les deux mariés du jour arborent un sourire

de circonstance. Ils sont peut-être plus inquiets qu'il n'y paraît. Degas l'a-t-il senti ? A peine se sont-ils dit oui, des ombres pèsent sur ce jeune couple.

Autour d'eux, la famille. Les amis proches, peintres, écrivains, sculpteurs, musiciens. Un grand absent : André Gide. Sa femme et lui sont restés dans leur propriété de La Roque-Baignard. Pas plus qu'Eugène n'a assisté à ses propres noces, Gide n'a tenu à entendre l'échange des serments éternels.

Julie Manet, dans son *Journal*, n'en dit rien. Tout à son amour naissant pour Ernest, et à celui de sa cousine pour Paul Valéry, elle ne s'intéresse plus à personne. Ni même aux jeunes gens qui restent à marier : elle ne mentionne ni Louis, le benjamin des frères Rouart, ni Christine Lerolle, la jeune sœur d'Yvonne, que Degas a pourtant déjà inscrits sur la même ligne dans son carnet de projets matrimoniaux.

Eugène a d'abord pensé emmener Yvonne en voyage de noces en Egypte. Il a demandé des adresses d'hôtels à Pierre Louÿs, dont le frère, Georges Louis, est ambassadeur au Caire. Louÿs s'empresse de lui en faire parvenir la liste, par Valéry interposé : « S'il veut dépenser quatre livres par jour, qu'il descende à *Ghezireh* qui passe pour être l'hôtel le mieux situé du monde et qui m'a laissé de très vives impressions. Tout autre grand hôtel du Caire (il y en a quatre ou cinq) est également aux prix de Paris. S'il veut être plus économe, il peut habiter la *Pension Victoria*, rue du Club. C'est très convenable et pas cher. S'il préfère la ville arabe à la ville européenne, il y a au cœur même du Caire ancien un hôtel un peu simplet, fréquenté par des peintres et qui se nomme l'hôtel du Nil. » Il conseille au passage au jeune marié d'utiliser le Baedeker, rédigé par un excellent égyptologue, et de se défier des autres guides – « le Perrot, le Chipiez et le Flammarion » ! Il suggère enfin de ne pas bouder les bals des grands hôtels, « Ghezireh, Sheperd, Continental », qui, ces soirs-là, laissent entrouvertes toutes les portes des chambres vides, à l'usage des jeunes filles américaines et de leurs danseurs. « Voilà, mon cher Paul, ce qu'on ne trouve pas dans les guides ! »

Les conseils de Pierre Louÿs n'auront pas convaincu Eugène qui opte finalement pour l'Italie. L'oncle des jeunes époux, Eugène Guillaume, en poste à la Villa Médicis, les accueille à Rome et leur a établi un itinéraire qui va les mener à Sorrente et à Florence. Les Gide ne les y rejoignent pas. Eugène et Yvonne vont voyager sans compagnie, seul à seule pendant tout un mois. De retour en France, ils se rendent directement chez eux, à Autun. Le 15 février 1899, la ferme des Plaines les accueille avec de chaleureux vivats ! La jeune mariée est reçue « par des coups de fusil, des pétards, des fusées, des feux de Bengale et deux fermes illuminées. (…) A la gare, des fleurs l'attendaient, et il y en avait aussi sur notre table – tout cela l'a touchée », écrit Eugène à Gide dès le lendemain.

Christine et son imprécateur

Il ne passe pas inaperçu. Degas, dans ses lettres, l'appelle « mon cher petit rouquin ». Avec sa barbe et sa tignasse rousse, son allure altière et ses airs de défi, comme si la vie était un duel permanent, ce rejeton de la jeunesse dorée qui joue les dons Juans fait tout pour attirer les regards. Rien ne lui serait plus cruel que l'indifférence. Aussi a-t-il toujours le verbe haut et la provocation à la boutonnière. On l'entend venir de loin. Il préfère choquer plutôt que d'être ignoré. Le benjamin des frères Rouart, Louis, veut exister. Par tous les moyens. Né en 1875, Gide ne l'appelle jamais que « le petit Rouart » ou, s'adressant à Eugène, son aîné de trois ans, « ton jeune frère ». Louis éprouve lui aussi le besoin de se singulariser par rapport à son père. Le rayonnement du chef de famille lui en impose et l'invite à se surpasser, mais jette en même temps une ombre sur ses propres capacités. Comme chez Eugène, tout aussi tourmenté, l'inquiétude et l'orgueil se livrent chez lui une bataille sans merci.

Sous sa réputation bien méritée et qu'il cultive de

polémiste, chercheur de querelles, il reste un sentimental : des quatre frères Rouart, il est celui que la
mort de sa mère, survenue à un âge tendre – il avait
à peine onze ans –, a le plus meurtri. Sans faire de
psychanalyse à la petite semaine, faut-il voir dans sa
course effrénée à la recherche de femmes la quête
d'un substitut à cette mère aimée et perdue ? Il y a
de la fragilité dans sa morgue. Du doute sous l'arro-
gance. Un complexe d'infériorité sous des airs supé-
rieurs qui peuvent agacer ou prêter à sourire. C'est
ainsi qu'il s'est autoproclamé aristocrate, bien qu'il
n'ait pas une goutte de sang bleu dans les veines.
Mais il est fier de son nez aquilin – « le profil
Rouart », dit-on dans la famille – et prétend le tenir
d'Henri IV : ce nez explique sans doute son profond
monarchisme.

Sans du tout nuancer son opinion, Louis Rouart
considère la Révolution française comme un accident
malheureux et néfaste de l'histoire. Il n'a pas dû
prendre en compte que sa famille, sans la Révolution,
serait restée à Vailly-sur-Aisne, où les Rouart furent
notaires de père en fils jusqu'à ce qu'un arrière-
grand-père, Stanislas Rouart, se portât volontaire
pour aller livrer bataille aux contre-révolutionnaires,
à Valmy. Fait prisonnier à Maastricht par les Hon-
grois, cet officier de santé sans lettres de noblesse
mais au noble parcours aurait pu lui inspirer le respect des idées républicaines, sinon de la fougue pour
elles. Mais c'est tout le contraire. Louis préfère songer aux ancêtres de sa mère, les Jacob et les Jacob-
Desmalter qui se sont illustrés comme ébénistes de
Louis XV et de Louis XVI, puis de Napoléon. S'il y a

des fleurs de lys dans sa généalogie, elles n'existent que dans son imagination. Mais elles y campent fièrement. Car Louis a tiré de son enfance rue de Lisbonne et de l'influence de son père l'idée que, les artistes étant de grands aristocrates, il possède comme tous ses frères des quartiers de noblesse dans le domaine de l'art. Il a conscience d'appartenir à l'élite de la bourgeoisie, non pas celle de l'argent, mais celle qui rejoint l'aristocratie d'Ancien Régime par son goût des arts.

Brillant, beau parleur, très cultivé, passionné d'art et de littérature, il ne manque pas de charme et le déploie ostensiblement en société. Christine Lerolle n'aura eu aucun mal à lui trouver du panache et de la virilité. Imbu de ses qualités intellectuelles, il exerce une grande séduction sur ceux qu'il rencontre, mais le démon de la provocation joint à un comportement trop sûr de soi le rend vite insupportable. Gide, dans son *Journal*, cite nombre de ses propos à l'emporte-pièce et le considère comme un dangereux « duelliste », toujours prompt à s'enflammer. L'impétuosité de ses déclarations, le feu de ses reparties ont pu amuser Christine, au début. Il est possible qu'elle n'ait pas tout de suite perçu la morgue sous le brio. Elle-même a un caractère primesautier, pétillant de malice. Elle aime rire et se moquer. Un provocateur ne lui fait pas peur : ce pur et fin produit de la bourgeoisie apprécie l'humour, la drôlerie des situations. Contrairement à sa sœur Yvonne, qui est douce et soumise, elle est elle-même assez caustique et ne craint pas de se faire remarquer à l'occasion. Dans le clan Lerolle, elle a la réputation d'avoir de l'esprit : on ne la fait pas plier facilement. C'est une indomptable, sous son apparence policée. Elle se montre souvent narquoise, voire ironique. Renoir, qui l'adore, la surnomme son « petit diable ».

Louis, qui a eu du mal à avoir son baccalauréat, mais qui a tout de même obtenu les félicitations du jury à l'oral de repêchage, en novembre 1895, a plus d'atouts pour lui plaire qu'un premier de la classe, trop docile et trop conforme. D'autant que les connaissances de cet étudiant en droit, d'un genre dilettante, s'étendent à tous les domaines qui la passionnent elle aussi, non seulement la peinture et la musique qui sont les dadas de la famille, mais la littérature, qui est son jardin secret. Louis l'éblouit en lui récitant des poèmes de Verlaine, qu'elle aime autant que lui. Et en lui révélant son admiration inconditionnelle pour Maurice Barrès, dont elle a lu et relu *Sous l'œil des barbares*, *Un homme libre* et *Le Jardin de Bérénice* avec une fièvre de disciple. Sans parler de ses articles, publiés régulièrement dans des revues, qui la rendent d'autant plus impatiente de lire ses livres futurs. Avec sa plume musicale et son imagination qui l'entraîne vers des rivages exotiques, Barrès est alors l'idole de la jeunesse. Christine est ravie que Louis le place au sommet de son panthéon personnel et ressente les mêmes frissons qu'elle à la lecture de ces pages qui vibrent de poésie. De son côté, Louis peut se flatter que l'écrivain, dont le virulent nationalisme correspond à ses propres élans, ainsi que sa mythologie de la grandeur française, parle au cœur de celle à laquelle on le destine. A la fois jolie, d'un bon milieu et bien dotée, Christine a tout pour lui plaire, y compris ses airs de « petit diable » qui ne sont pas d'un modèle courant.

A vingt ans, Louis songeait à écrire dans l'une des revues, souvent éphémères mais toujours bouillonnantes d'idées et de controverses, qui pullulent à cette époque et trouvent en lui un lecteur passionné. Ainsi *L'Art littéraire*, la revue fondée en 1892 par Louis Lormel et le peintre Emile Bernard, suscite-t-elle en lui une vocation d'éditorialiste ou de chroniqueur des arts. Elle est dirigée par un étonnant tandem : Alfred Jarry (l'auteur d'*Ubu roi* qui vient de remporter un franc succès au théâtre) et Léon-Paul Fargue (poète encore à ses débuts). Ce sont deux anciens khâgneux du lycée Henri-IV, où ils se sont connus. Louis, qui comme tous ses frères a fait ses études secondaires au lycée Carnot, dans le XVIIᵉ arrondissement, entretient des relations d'amitié avec Fargue : le poète en herbe présente cette particularité d'être aussi roux que lui. Avec Maurice Cremnitz (poète sous le nom de Maurice Chevrier), un inséparable de Fargue, tous trois forment aux yeux de leurs camarades « le trio des Rouquins » – ainsi les ont-ils surnommés.

« Réveil – Instinct blessé… Mon petit… et mon ange
Ils avaient dit : toujours… diront-ils donc… jamais ? »

La poésie de Fargue n'aura sur lui qu'un écho furtif et ne le marquera pas de son empreinte. Louis Rouart se cherche, comme son frère Eugène avant lui. Il ne sait pas où orienter ses forces, où concentrer son énergie. Sera-t-il avocat ? Poète, comme Fargue ? Romancier, comme Barrès ? Essayiste ou chroniqueur dans des revues d'art ? Saura-t-il exister ? Saura-t-il être lui ? Il se rêve même archéologue. Ses lectures de Chateaubriand, de Flaubert et de Barrès, écrivains épris d'Orient, qui sont ses parrains en littérature et accompagnent ses décisions dans la vie, l'ont amené à choisir un itinéraire loin des sentiers battus de la famille. Parallèlement au droit, pour lequel il a opté sans passion, il étudie l'arabe. Et l'égyptologie.

En novembre 1899, un an après le mariage d'Eugène, Louis part pour l'Egypte, où il va passer une année entière. Basé à l'Institut français d'archéologie orientale au Caire, il semble qu'il n'ait pas interrompu ce long séjour par des passages à Paris – sauf en mai 1900, pour le mariage de son frère Ernest avec Julie Manet. « Tu seras là pour le mariage, n'est-ce pas ? » lui demande Degas qu'amusent toujours les « délicieuses lettres » de Louis – « Ecris-moi encore. Tu m'as fait tant de plaisir. Je t'embrasse, mon cher enfant ». Le peintre, qui aime Louis comme un fils, lui écrit au Caire pour lui donner des nouvelles des siens, notamment d'Ernest qui, « après avoir été timide et froid devient aisé et chaud » grâce à ses fiançailles avec Julie. Surtout, il félicite Louis et se réjouit de son choix de séjourner en Egypte : « Et si tu voulais ajouter aux Mille et Une Nuits un conte sur le bonheur de la rouquinerie, tu ferais quelque chose de bien. » Il cache son affection sous des propos comiques, mais ne doute nullement de l'importance de cette expérience pour la formation du « cher enfant », qui a tout de même vingt-quatre ans. « Tu passes là-bas les plus jolies années de ta vie. » Il a vu juste. Dans une confession, en 1904, à Albert Chapon, secrétaire de rédaction d'une des revues auxquelles il va bientôt collaborer, Louis confirmera le fait : « Je n'ai jamais été si heureux, si complet, si fort, si ardent, que quand je me suis senti seul, loin de tous, au milieu du désert avec un seul Arabe crasseux qui ne me disait pas deux mots par jour. Aux heures de nostalgie je regrette encore cette liberté farouche et sauvage. »

Profondément individualiste, avec des accès de misanthropie et un goût de la solitude que sa vie à Paris, agitée et mondaine, au sein d'une famille nombreuse, va vite contrarier et exaspérer, il semble qu'il ait été « là-bas », comme dit Degas, loin des siens et loin de la France, auxquels il est pourtant attaché par des liens indéfectibles, en parfait accord avec lui-même. Cette harmonie intérieure, il essaiera en vain de la retrouver. Il n'en connaîtra plus la plénitude. Le séjour égyptien l'a nourri d'images solaires qui resteront ancrées en lui. Il en rapporte une idée de la civilisation qui correspond à son élitisme personnel – beauté, grandeur, mystère d'un ordre supérieur. Vallée des rois et vallée des reines, vastes eaux paresseuses du Nil, ombre odorante des palmiers-dattiers, silhouettes drapées au bord des fontaines, temples construits à la mesure des dieux, chambres glacées des tombeaux, villes denses et populeuses, pyramides du Caire, jardins d'Alexandrie... « Sans doute au Louvre et dans les différents musées d'Europe, écrira-t-il à son retour dans *La Revue naturiste* que dirige l'un de ses amis, Saint-Georges de Bouhélier, on peut déjà s'initier à cet art merveilleux. Mais pour le bien comprendre, pour l'admirer dans toute sa splendeur, il faut l'avoir vu dans le paysage, dans l'atmosphère où il prit naissance et où il se développa. Il apparaît alors comme un produit splendide de la nature environnante, comme une floraison spontanée en parfaite harmonie avec le milieu ; tous ses mystères s'éclaircissent. Pour nous qui avons pu le contempler dans la lumière éblouissante, il nous enthousiasme à l'égal des plus purs chefs-d'œuvre. » Louis rentre aussi avec une collection de tanagras qui va prendre place parmi les tableaux des impressionnistes et les estampes japonaises de la famille, dans trois grandes vitrines dont il ne se séparera jamais. Les petites statuettes de terre cuite, vestiges de sa jeunesse, veilleront sur lui jusque sur son lit de mort. Sa mère, déjà, les aimait : Degas a peint Hélène Jacob-Desmalter, juste avant de mourir, caressant une de ces figurines. Louis – est-ce à cause de ce souvenir d'enfant – leur voue une passion indéfectible.

L'Egypte, dont Christine Lerolle ne peut avoir qu'une idée émerveillée – elle est aussi une lectrice de Chateaubriand ! –, le pare à ses yeux d'une aura des Mille et Une Nuits, très attirante pour une jeune fille qui n'a vu dans sa famille que des modèles très français. Non seulement Louis Rouart souscrit à toutes les valeurs de son clan, mais il possède en plus le piment de la provocation, le poivre de l'exotisme et, ce qui n'est pas moins émoustillant, le gingembre du sexe – son prétendant a une réputation d'homme à femmes. Cela flatte Christine, qui entend bien marquer sa différence en choisissant un original.

En attendant, il est « toujours aimable ou grincheux selon les jours », d'après Eugène. Il s'impatiente. Il s'exaspère. Il rue dans les brancards. Eugène écrit à Gide pour se plaindre de ce frère qui lui porte sur les nerfs – c'est l'année de son bac : « J'ai failli étrangler mon jeune frère avant-hier soir, la philosophie le rend stupide ; et j'ai horreur des choses fausses et des choses bêtes. » Tantôt bavard, brillant, charmeur, puis devenu en quelques instants vitupérateur, excessif, voire méchant, il passe par des phases sombres. On le voit bougon, « grincheux ». Julie Manet, qui le connaît bien, s'amuse du fait qu'il ait pu séjourner une semaine entière à la campagne, chez Eugène et Yvonne où elle était elle-même invitée, sans adresser la parole à quiconque : c'était l'été qui a précédé le départ de Louis pour l'Égypte et il était en froid avec son père. Il lui avait demandé de l'argent en des termes tels qu'Henri Rouart l'a traité d'« espèce de brute » – ce dont Julie témoigne dans son *Journal*. C'est un caractère impossible, mais plein de séduction : son brio, ses enthousiasmes, son imprévisibilité, surtout, laissent présager qu'avec lui, au moins, on ne s'ennuiera pas !

Il entretient avec André Gide une relation presque aussi compliquée qu'Eugène. Gide est pour Louis Rouart une sorte de frère de substitution, en concurrence avec les trois autres. Un modèle en littérature. Un prestigieux aîné. « Ce matin à l'ombre des tilleuls, j'ai lu *Paludes*... », lui écrit-il en mai 1895 – sa lettre est datée d'un dimanche soir. Ce *Paludes* dédié à Eugène. « Vos autres livres m'avaient rempli d'enthousiasme ; celui-là m'a charmé comme un triste sourire. Je croyais causer avec un frère ou un ami, rire avec lui des ridicules de la vie, en comprendre soudain la monotone tristesse et retenir mes sanglots. » Il lui arrive de s'épancher auprès de lui, sûr de trouver le réconfort que ses frères ne lui offrent pas, ou pas assez. « Je pense à lui souvent, à son admirable bonté, à son étonnante compréhension des autres », dit-il de Gide. Il demande à Eugène de lui transmettre l'une de ses lettres ou d'être son messager pour lui dire son affection et sa reconnaissance. « Cet excellent et sublime ami », ainsi qu'il le nomme, est son phare. Sa référence. « Je n'oublierai jamais la tendresse qu'il m'a témoignée », écrit-il à Eugène en mars 1897, on ne sait hélas en quelle occasion. Le 10 octobre de la même année, il s'adresse à lui en des termes qui révèlent le feu de ses sentiments : « Je vous aime comme le plus cher frère. »

Christine, de son côté, se félicite d'avoir de nouveaux amis. Au retour d'un séjour familial en Normandie, elle écrit à propos d'« André » et de « Madeleine » : « Ils sont charmants tous les deux, lui par son entrain incessant et elle, par son cœur inépuisablement bon. » L'enthousiasme de Louis est communicatif.

C'est au point qu'Eugène lui-même, qui traite Louis comme le petit frère insupportable, se croit obligé de souligner pour Gide la sincérité de ses transports excessifs : « Ce qu'il dit de toi ne doit pas moins t'en aller au cœur, il ne le dit pas de tous. »

Louis, en effet, est rarement dans une effervescence positive. Seuls quelques êtres, élus selon de mystérieux critères, échappent à ses colères, à ses aigreurs. Cet impulsif, qui ne raisonne qu'après coup, enrage facilement. D'un tempérament volcanique qu'il contrôle mal, il décharge sa bile dans des engueulades qui méritent leur nom. Il bout, il flambe, il crache des flammes, avant de retomber dans cette « grinche » qui est un trait familial : l'humeur sombre des frères Rouart. Le plus râleur et le plus colérique des quatre, de loin le plus difficile à apprivoiser, ce charmeur plein d'esprit et de verve passe facilement du chaud au froid. Julie Manet l'a bien noté : il peut se montrer abattu, morose, prostré dans des pensées noires. Ce coureur de jupons, qui ne partage pas les penchants d'Eugène pour les petits musiciens algérois, est un séducteur fulminant. Peu de femmes, prétend-on dans la famille, savent lui résister. Il est cependant capable, à force d'ironie et d'intolérance, de se brouiller avec ses meilleurs amis, comme avec ses proches – Gide va un jour faire les frais d'une de ses innombrables et brutales sorties.

Dans le clan Lerolle, il bénéficie du crédit alloué d'office à tous les Rouart : issu d'une famille qui tient le haut du pavé et vit sous l'égide de l'art, cet héritier est forcément un bon parti. Il n'a pas encore trouvé sa voie et se contente de vivre de ses rentes (l'héritage de sa mère joint à des subsides paternels) – Eugène, avec son diplôme d'ingénieur agricole, pouvait leur sembler plus solidement armé. Mais il a du goût pour les lettres et pour les arts – c'est une qualité que les Lerolle savent apprécier et qu'ils placent au sommet.

D'autant que Degas est là pour les persuader que Louis Rouart est le meilleur choix pour Christine. Or Henry Lerolle, pas plus qu'Henri Rouart, ne peut mettre en doute l'intuition d'un artiste aussi génial que Degas, fût-ce dans le domaine matrimonial. Familier des deux familles, il paraît le mieux habilité pour prodiguer des conseils.

Les fiançailles sont conclues au retour d'Egypte, quand Louis rentre à Paris, la tête encore enfiévrée de toutes les beautés du Caire et d'Alexandrie. Le mariage, conforme à la tradition familiale, est célébré à Saint-François-Xavier, le 14 février 1901, en présence des témoins : Alexis Rouart (son oncle) et Edgar Degas pour le marié, Jean Lerolle (son cousin germain, fils de Paul Lerolle) et Maurice Denis pour la mariée – la famille et la peinture au même rang. Une sobre réception est donnée après l'église, avenue Duquesne, suivie d'une autre, le soir, rue de Lisbonne. Gide, cette fois, y assiste.

En janvier, Louis a publié un article sur « Le théâtre égyptien » dans *La Revue d'art dramatique*. Six mois plus tard, en juillet, il signera dans une autre gazette, *La Revue naturiste*, un article sur « L'art égyptien » – « cet art logique et clair, hautement spiritualiste ». Ses noces avec Christine Lerolle sont enchâssées entre ces deux manifestes où s'exprime son amour profond pour les paysages et les trésors d'une civilisation antique qui est son premier et véritable amour. Aussi le voyage de noces en Italie, sur les traces de son frère aîné, a-t-il dû lui paraître popote en comparaison. Plus apte et mieux choisi en tout cas pour apprivoiser une jeune épouse, issue d'un milieu surprotégé, qui, avant Rome et Florence, n'est guère allée plus loin que Biarritz ou Arcachon.

La fin d'une harmonie

Il était en plein élan créateur : à quarante-quatre ans, Ernest Chausson venait enfin d'achever *Le Roi Arthus*, qui avait occupé huit années de sa vie et menacé d'épuiser ses forces. Même s'il ne pouvait s'empêcher d'y revenir et d'y apporter sans cesse de nouvelles corrections, il en était délivré. Il se réjouissait que son opéra soit bientôt joué à Bruxelles, au théâtre de la Monnaie. La date restait imprécise et fut souvent reportée, ce qui l'inquiétait d'autant plus que d'autres salles prestigieuses, à Dresde, à Vienne, à Prague, y avaient renoncé. L'œuvre était jugée difficile et surtout onéreuse à porter à la scène. Mais au début de l'année 1899, l'enthousiasme que lui avaient manifesté le chef d'orchestre Felix Mottl, puis le chanteur Ernest Van Dyck, l'avait consolé de ses précédents déboires. Il était en droit d'espérer que, malgré les obstacles, *Le Roi Arthus* aurait bientôt un public.

Un long séjour en Italie, à la villa Propiniano, près de Fiesole, dans un site enchanteur, lui a fait recouvrer une santé altérée par l'excès de travail. Avec sa femme et ses enfants, il a découvert les beautés de la Toscane, et pour une fois consenti à un peu de douceur, sinon un peu de paresse, sur la terrasse dominant les collines et les champs d'oliviers. Il n'a jamais été si heureux. Preuve de cette confiance dans la vie : il composait avec plus de facilité qu'autrefois. Sont alors nées sous ses doigts de nombreuses mélodies qui ont enrichi son répertoire et signé une œuvre profonde et personnelle. *Soir de fête*, créé par Colonne en mars 1898, déroule un état d'âme toujours mélancolique, mais la joie la plus simple, pour une fois dépouillée de ses habituels tourments, vient y emmêler son chant.

Lui sont venues, en ces jours de réconciliation avec le monde, les quatre *Chansons de Shakespeare* écrites pour *La Nuit des rois*, *Mesure pour mesure*, *Hamlet* et *Beaucoup de bruit pour rien*. Elles furent créées en avril 1898 par Thérèse Roger, merveilleuse dans la douce et lente complainte d'Ophélie, et un chœur de femmes. Celle qui fut la fiancée de Claude Debussy, avec laquelle il dut rompre au milieu du scandale, est une fervente interprète de Chausson : c'est elle qui a chanté pour la première fois les *Serres chaudes*, l'année précédente, accompagnée d'Edouard Risler au piano.

Le compositeur, dans une fièvre qui ne lui laisse aucun repos, a ensuite écrit *La Chanson bien douce*, sur un poème de Verlaine qui a toujours été, loin devant Mallarmé, son poète de prédilection. Il était fier de posséder une édition numérotée de *Jadis et Naguère*, que le pauvre Lelian lui avait dédicacée. Cette *Chanson bien douce*, Chausson la dédie à sa fille aînée, Etiennette, celle de tous ses enfants dont il est le plus proche. A cause de son caractère joyeux et intrépide, elle sait lui faire partager les moindres moments d'un bonheur fragile.

« Que la bonté c'est notre vie,
Que de la haine et de l'envie
Rien ne reste, la mort venue. »

Elle répétera plus tard, comme une rengaine secrète, ces vers de Verlaine, en y entendant la voix de son père.

En contrepoint de ces notes sur le mode intime, et comme s'il ne pouvait s'empêcher de passer sans cesse de la fête à la nuit, il a composé presque aussitôt un *Chevalier*. Lui aussi inspiré d'un poème de Verlaine, plus grave, plus inquiétant : un chevalier masqué plonge son doigt ganté de fer dans la blessure du poète. Chausson songeait à prolonger le souffle et à écrire une troisième mélodie verlainienne, peut-être encore d'après *Sagesse*, qu'il admirait et récitait quelquefois. « Va ton chemin sans t'inquiéter... » – ces vers semblaient écrits pour lui. Mais il n'en a pas eu le temps.

« Surtout, il faut garder toute espérance,
Qu'importe un peu de nuit et de souffrance ? »

Un *Cantique à l'épouse* – comme un adieu et un dernier chant d'amour à Jeanne. Une *Chanson perpétuelle*, d'après une œuvre de Charles Cros, lugubre, à laquelle Chausson a ajusté une mélodie pour piano qui ne l'est pas moins (avec une version pour piano et quatuor à cordes et une autre pour orchestre). Mais ainsi qu'il l'écrit à son beau-frère Arthur Fontaine : « Il s'agit d'un violent désespoir d'amour. Je ne suis pas du tout dans cette situation d'esprit. Alors quoi, la sincérité ? De la blague ? Ou je me monte le cou... Pas du tout. J'ai trouvé. Je ressens la douleur que j'aurais *si* je me trouvais dans cette situation et je la ressens d'autant plus que je me trouve plus heureux. » Heureux, enfin...

Le *Quatuor* fut son ultime chef-d'œuvre. L'*ultimum opus* d'une vie trop courte et d'une création brutalement interrompue. Il en a achevé les deux premiers mouvements. Le troisième était en cours. D'une exceptionnelle virtuosité, il en avait fixé la tonalité : « gaiement et pas trop vite ».

S'il a assisté au mariage d'Yvonne avec Eugène Rouart, en décembre 1898, Chausson n'a pas vu sa nièce, Christine, en robe de mariée, sortir de l'église au bras de Louis.

Il a un peu rêvé au prochain mariage de sa propre fille, Etiennette, qui viendra à son heure après celui de ses cousines. C'est en pensant aux fiançailles de l'adolescente – elle a alors quinze ans – qu'il a acheté au début de l'année, chez Durand-Ruel, lors d'une exposition consacrée à Maurice Denis, *La Visitation bretonne*, dans l'intention de la lui offrir un jour en cadeau de noces. Il a également acheté au même ami peintre *L'Annonciation aux chaussons rouges*, tableau pour lequel Annie, sa seconde fille, a prêté son pur visage à la Vierge. Annie, toujours malade, poitrinaire, dont il espère qu'elle aura elle aussi un destin d'épouse et de mère, ce pour quoi il prie. Quant à Marianne, née en 1893, elle est encore une enfant et il n'envisage pas son avenir de femme. Ce père rêveur et tendre, qui a placé l'amour des siens aussi haut que la musique, sera le grand absent lors de ces cérémonies nuptiales et ne conduira aucune de ses trois filles à l'autel. La première à se marier, Etiennette, épousera Jean Lerolle, jeune député, fils de Paul Lerolle et neveu d'Henry, en 1901, consolidant ainsi des liens familiaux qui se perpétuent d'une génération à l'autre. Marianne, la petite dernière, rompra ses fiançailles avec François Mauriac et épousera une gueule cassée de la Grande Guerre, un futur savant, Gaston Julia – Chausson ne l'aura pas connu. Annie, la plus fragile, qui vivra le plus longtemps, restera célibataire.

Au printemps 1899, comme chaque année pour la belle saison, Ernest Chausson a loué cette fois à Limay, près de Mantes, une agréable villa où naguère a séjourné Corot. Paysage comme il les aime et qui lui évoque la Toscane, avec des vallonnements en pente douce, de petits chemins clairs, des arbres qui n'obturent pas l'horizon. En contrebas coule la Seine. Les journées se suivent, dans les cris et les rires des enfants et la tendresse de Jeanne. Le reste de la famille, les amis, ne sont pas encore arrivés : on attend les Lerolle et Marie Fontaine – Arthur étant comme toujours retenu à Paris par ses dossiers. Les Denis, qui ont partagé le séjour à Fiesole, sont eux aussi espérés. Chausson en profite pour travailler autant qu'il peut au piano. Son *Quatuor* progresse dans la sérénité. Chaque soir, vers six heures, il s'accorde une promenade, à pied ou à vélo, c'est selon, juste avant le dîner.

Ce 10 juin, à six heures, les dernières notes envolées, il propose à Etiennette de partir en balade. Il aime ces excursions avec sa fille, tout aussi brave mais moins compétitive que ses garçons sur leur vélo – il arrive à la suivre. Chacun enfourche sa bicyclette. Etiennette, plus rapide, descend l'allée et franchit le portail la première. Elle a l'habitude : Chausson, pas plus que Lerolle ou Renoir, autres adeptes de la petite reine, ne sont des champions de course. Ils en sont encore à découvrir les prémices du sport, quand la génération suivante a déjà l'habitude de l'exercice physique. Elle prend de la vitesse, suit les chemins habituels dans le parfum de l'été qui commence. Il fait chaud, toute à son plaisir de pédaler elle en oublie son père, qui doit être loin derrière maintenant. Quand elle se retourne, elle ne l'aperçoit pas. Les virages le lui cachent peut-être. Elle finit par s'arrêter. Puis, ne le voyant pas venir, elle revient sur ses traces, parcourt toute la route en sens inverse. Et le découvre enfin.

Il n'a pas franchi le portail. Pour une raison qui ne sera jamais élucidée – accident ? distraction ? malaise ? –, il a chuté de vélo et s'est fracassé la tête sur l'un des piliers qui marquent l'entrée de la propriété. Il gît étendu, sans vie, la tempe droite ensanglantée, quand elle s'approche. Il est mort sur le coup. « Tué raide », pour parler comme Eugène Rouart dans l'une de ses lettres à Gide.

Jeanne, qui est allée faire quelques courses en ville, n'apprend la terrible nouvelle qu'en rentrant le soir. Les Lerolle et les Denis, qui dînent ensemble avenue Duquesne, aussitôt informés par téléphone – il vient d'être installé –, seront dès le lendemain, par train, à Limay.

Cette mort est la première tragédie familiale. Dans une atmosphère soudain assombrie, les cœurs se figent, conscients tout à coup que le ciel contient des menaces et peut venir troubler la plus douce harmonie.

Une messe est célébrée le 15 juin, en l'église Saint-François-de-Sales, rue Brémontier (XVIIe arrondissement), où Ernest Chausson, cet homme pieux, profondément catholique, avait l'habitude d'aller prier. Une foule d'amis, parmi lesquels les artistes sont les plus nombreux, musiciens, peintres et écrivains, vient lui rendre hommage et suit sa dépouille au Père-Lachaise où il est enterré. Une fausse note pendant la cérémonie : l'absence de Claude Debussy. Malgré l'insistance de Pierre Louÿs, navré, le compositeur n'assiste pas aux funérailles et refuse même d'adresser une lettre de condoléances à sa veuve. Il garde rancune à Chausson, si généreux pourtant à son égard, mais qui désapprouvait sa vie amoureuse et, plus encore, ses mensonges et ses fausses promesses aux amis. Debussy ne lui en a pas moins dédié l'une de ses *Trois mélodies*, d'après Verlaine, pour qui une commune admiration les liait : *La mer est plus belle que les cathédrales*, où résonne encore aujourd'hui le souvenir de leur amitié et où passe entre les notes la noble figure du musicien.

La dernière lettre de Chausson, datée de la veille de sa mort, il l'a adressée à Gustave Samazeuilh, un jeune compositeur, son élève, qui s'interrogeait sur la qualité d'une transcription d'un quatuor de Beethoven pour deux pianos. Après avoir répondu sur cet aspect hautement technique, Chausson donnait à Samazeuilh quelques conseils personnels. La lettre contient une phrase qui se révèle comme un ultime message et résume à elle seule la modestie et l'élégance de celui qui, pour les deux sœurs Lerolle, resterait éternellement leur « oncle Ernest » : « Ne vous découragez pas, écrivait Chausson. Et cherchez toujours. »

Le 17 juin, à Londres, devant trois mille personnes rassemblées dans le recueillement et pour certaines émues aux larmes, Eugène Ysaïe joue magistralement le *Poème* de Chausson. Né d'un *Chant de l'Amour triomphant*, épuré de toute anecdote, la musique composée pour violon et orchestre y atteint des sommets dans le lyrisme et l'incantation.

Un autre grand ami, Vincent d'Indy, poursuit son combat pour que soit enfin représenté à Bruxelles l'opéra que Chausson a mis tant d'années à écrire, son œuvre la plus originale et la plus douloureuse, *Le Roi Arthus*. Il lui faudra quatre ans de négociations avec la direction du théâtre de la Monnaie, à Bruxelles, pour y parvenir. Quatre ans d'une patience extraordinaire et d'un esprit de sacrifice qui l'honore – il a renoncé à voir jouer son propre drame, *L'Etranger*, dont les organisateurs lui promettaient une représentation hic et nunc, en remplacement de celui de Chausson, tant que le théâtre n'aurait pas levé le rideau sur *Le Roi Arthus*. L'œuvre enfin jouée remportera un triomphe, dès le soir de la première, le 30 novembre 1903, sous la direction de Sylvain Dupuis. Mais ce sera un triomphe posthume.

C'est encore Vincent d'Indy qui, après avoir obtenu l'accord de Mme Chausson, longtemps réticente, mettra la dernière main au *Quatuor* laissé inachevé : « de la plus respectueuse intention », selon le biographe et musicographe Jean Gallois, « gaiement et pas trop vite », il achèvera l'écriture du dernier mouvement, interrompu par la mort de son compositeur.

La disparition de Chausson plonge toute la famille dans le deuil. Pour son épouse, pour ses enfants, mais aussi pour ses neveux et nièces, elle est une perte irréparable. Julie Manet, qui a assisté à l'enterrement avec ses cousines, note son émotion dans son *Journal*. Elle se souvient, par contraste, de la joie des mêmes personnes, rassemblées au mariage d'Yvonne, et au sentiment qu'elle avait alors éprouvé : « Au mariage d'Yvonne, toutes ces familles où le bonheur semblait régner, cela m'avait fait plaisir à voir. On voudrait tant voir ceux qui sont heureux le rester ! » Au cours d'une visite de condoléances qu'elle rend deux jours plus tard avenue Duquesne, où elle passe un long moment avec Christine et Mme Lerolle, elle note la détresse où elle les a trouvées : « Mon mari ne s'en remettra jamais », lui dit Madeleine Lerolle. Et Henry Lerolle, en effet, est l'un des plus touchés par cette mort soudaine. Car il n'a pas seulement perdu un beau-frère, le plus fidèle et le plus proche de ses amis. Mais, ainsi que son épouse l'explique à Julie Manet, « un véritable frère » : un homme avec lequel il avait noué un dialogue d'une exceptionnelle vérité. Personne, il le sait, ne remplacera Chausson près de lui. Il le pleure, ressentant chaque jour davantage son absence, son silence. A la maison, le piano reste longtemps fermé, lui aussi est en deuil. Lerolle, orphelin, découvre l'abîme de la tristesse et du désespoir. Rien ne change en apparence autour de lui et pourtant plus rien n'est comme avant. Il a perdu l'ami qui rendait la vie plus riche et plus profonde, le confident, le frère. Il n'y aura plus d'échange : qui d'autre pourrait occuper sa place, lui offrir une semblable qualité d'écoute et de compréhension ? La disparition de Chausson renvoie Lerolle à un désert intérieur. Il n'a jamais été si tragiquement seul.

A la mort de Chausson, Henry Lerolle cesse de peindre officiellement. Il met fin à sa carrière. Devant les paysages qu'il aime, les arbres et les ruisseaux, les fontaines, quand il est à la campagne, il dessine toujours, il continue à peindre, plus souvent à l'aquarelle, mais il n'accepte plus de grandes commandes. Il renonce à travailler pour les monuments publics et pour les églises. Il lui arrivera même de décorer ici ou là un plafond, fidèle à une habitude qu'il partage avec Carrière, avec Denis, avec Redon entre autres : mais seulement pour des amis, pour des proches. Hors du cercle privé, où on le verra jusqu'à son dernier souffle la main soudée à ses pinceaux, à sa palette, à ses carnets de dessins, il n'a plus la force ni le goût de poursuivre une œuvre. D'autant qu'il en est le premier critique et porte sur elle un regard

sévère : seul Chausson pouvait encore lui inspirer
cette confiance en soi dont il est dépourvu et l'inciter
à poursuivre son œuvre personnelle. Une exception
pourtant : en 1903, pour la création du *Roi Arthus* à
la Monnaie de Bruxelles, appelé par Vincent d'Indy,
Lerolle acceptera de venir brosser les décors. Contri-
buant par son élégance et sa mélancolie à la grâce
tragique du drame, il se donnera l'illusion d'être une
dernière fois présent aux côtés de l'ami disparu et de
communier dans l'art qui les a toujours rapprochés.
Mais comment aurait-il résisté, sans Chausson, aux
sirènes du doute dans la vie ordinaire, aux insinua-
tions perverses de l'à quoi bon et au trouble insidieux
que cette question soulève ? En 1899, il se détourne
de ce qui a été la grande passion de sa vie. C'est
comme si Chausson avait emporté avec lui, dans sa
tombe du Père-Lachaise, le peintre qu'il a été. Et qui
est définitivement mort avec lui.

L'épreuve de la vie conjugale

Yvonne se réveille à l'aurore avec le chant du coq. Des odeurs agrestes, peu virgiliennes, de foin et de purin pénètrent dans sa chambre. Les journaliers s'affairent dans la cour de la ferme pour préparer les instruments aratoires et sortent les vaches de l'étable. Eugène, au saut du lit, a déjà chaussé ses bottes – celles que Gide lui a offertes. L'auteur de *Paludes* les a achetées à Carcassonne, lors d'un passage dans la région : « Elles servent aux gens d'ici à aller pêcher le canard et te serviront à aller traire tes vaches dans la rosée de trois heures du matin. Inutile de te dire qu'il faut en salir le cuir avec de la chandelle. » Il les a prises dans une grande taille « comme pour Berthe » (aux grands pieds) et envoyées en gare d'Autun « où tu les feras chercher ». La rosée de trois heures du matin, dans le langage gidien, c'est en l'occurrence la boue, quand il pleut, et le fumier, par tous les temps. Pour une jeune femme qui n'a fréquenté que la campagne très civilisée des pique-niques et des parties de croquet au bord des rivières ou à la lisière des forêts enchantées où son père et ses oncles louaient des maisons pour leurs vacances, le dépaysement est radical.

Yvonne, à peine réveillée, descend très vite à la cuisine, pour prévoir avec une servante, épouse de l'un des employés agricoles, l'organisation des repas : elle les prend non pas tête à tête avec son mari, comme pourrait le rêver une jeune épousée, mais en compagnie des associés de celui-ci à la ferme des Plaines, Déodat d'Aligny, dont la mère, la comtesse d'Aligny, est propriétaire du domaine, et Paul Ravon, un Vosgien, de la même promotion qu'Eugène et Déodat à l'école d'agriculture de Grignon – quelques années plus tard, il deviendra démonologue. Quand Julie Manet se rend pour la première fois à Autun chez Yvonne et Eugène, l'été qui suit leur mariage, elle est frappée de découvrir la jeune femme, si peu préparée aux travaux des champs, « dans un rôle de fermière ». Elle ne va quand même pas donner le grain aux poules ni remplir l'auge aux cochons ! D'ailleurs, Julie la trouve habillée « toute en blanc » : d'une élégance un peu décalée à la campagne. Mais elle a conscience de l'étrangeté de la situation, comme si on avait en effet demandé à Yvonne de jouer un rôle, étranger à sa vraie nature et à son éducation. « C'est très drôle, cette vie d'Yvonne au milieu de tous ces hommes ; généralement on manque d'hommes, mais à la ferme c'est tout le contraire. » Sauf quand ses amies ou sa sœur viennent la voir de Paris, la jeune femme n'a auprès d'elle aucune autre compagnie féminine que les servantes.

Tandis qu'Eugène et Ernest s'en vont chasser le perdreau (c'est l'automne), Yvonne emmène Julie se promener et lui fait les honneurs de sa demeure – une maison de maître, au confort rudimentaire, qui ouvre directement sur une cour où les poules se promènent en liberté. Au retour des deux frères, pour le déjeuner, « on parle de M. Degas, de M. Renoir, de peinture, de littérature, de Valéry, de Mauclair » : les bonnes habitudes familiales perdurent. Il y a d'ailleurs à la ferme une bibliothèque – tous les livres qu'aime Eugène, Yvonne peut les consulter. Même si elle est moins portée sur la littérature que sa sœur, ils lui seront d'un grand secours dans sa solitude. Il y a aussi un piano pour cette maîtresse de maison qui, de l'avis de tous, aurait pu faire une carrière de musicienne. « Après le déjeuner, on fait de la musique », écrit Julie dans son *Journal*. Puis, devant les hommes rassemblés – Eugène, Ernest et les deux associés –, Yvonne danse à la manière de Loïe Fuller, comme jadis chez son père. Dans une robe d'un blanc moiré qui s'irise à la lumière du jour, « la tête blonde d'Yvonne apparaît en cela comme au milieu d'une coquille ». Cette danse semble avoir été une des spécialités d'Yvonne : un numéro consenti avec plaisir pour distraire ces messieurs d'une vie rustique et laborieuse, et leur rappeler les raffinements perdus de Paris. Elle y est aussi exquise qu'au piano. Mais quand, Julie partie, se referme l'enclave de son petit royaume, Yvonne est bien seule au milieu de ces hommes, qui préfèrent s'entretenir entre eux et l'excluent de leurs affaires. Lesquelles ne ressemblent guère à celles, si ludiques et poétiques, qu'elle a connues à son père ou à ses oncles : on parle surtout ici de semences et de récoltes, de maladies porcines et de têtes de bétail, enfin du prix des céréales ou du lait, de coûts de la main-d'œuvre, d'investissements et de bénéfices.

Dans un paysage de plaines entourées d'une haute ligne de montagnes, qu'Ernest emporté par l'admiration qualifie de « poussinesque », les sujets de conversation entre mari et femme ne peuvent échapper au réalisme du quotidien, à ces choses concrètes et matérielles qui ont eu jusque-là si peu de place dans la vie d'Yvonne. Même Gide, de loin, se met de la partie quand il écrit à Eugène, en guise de salutation à la fin d'une lettre : « Bonjour à tes vaches ! » Ce à quoi Eugène répond, car Gide a lui aussi des soucis d'éleveur sur son domaine normand : « J'embrasse tes pauvres génisses souffrantes ! »

Les deux hommes, qui ont l'habitude d'échanger des avis littéraires et commentent inlassablement leurs œuvres ou celles de leurs confrères, abordent avec une même aisance, un même naturel paysan, le prix des porcs ou des vaches, ou la valeur d'ensemencement d'une terre. Gide est très préoccupé par ses fermes diverses en Normandie, qui lui donnent toutes sortes de soucis et l'empêchent plus d'une fois de se consacrer à l'écriture. Quant à Eugène, qui lui recommande de choisir un bon régisseur, il a plusieurs projets qui lui tiennent à cœur et où il entraînera Gide financièrement. Leurs lettres mentionnent souvent des pourcentages... Gide et Rouart associés – Rouart étant le principal actionnaire – créeront ensemble, en 1902, une fabrique d'ameublement – toilettes et lavabos, revêtements et carrelages, ameublements ordinaires et de style... –, qu'ils baptisent

« A la Porte Saint-André ». A compter de cette date,
Francis Jammes, narquois, n'appellera plus Gide avec
lequel il est brouillé que « le fabricant de *lavabos* » !
Mais Gide investit aussi, avec modération, dans l'éle-
vage des porcs à la ferme des Plaines et dans diverses
plantations. Plus poétiquement, Eugène Rouart plan-
tera dans son domaine des poiriers, dont Gide lui a
envoyé des greffons prélevés en Normandie sur ses
propres arbres : une alliance signée dans la terre
entre deux hommes que tout rapproche – la littérature, l'agriculture, le sens du patrimoine et le goût
des affaires, sans compter celui des « beaux yeux
sombres », dont il est si souvent fait mention dans
leurs lettres et qui ne sont ni les yeux d'Yvonne ni
ceux de Madeleine Gide.

Il aura fallu à la fille aînée d'Henry Lerolle de
grandes capacités et beaucoup d'amour pour s'adap-
ter à son nouveau style d'existence. Surtout l'hiver,
quand la nature devient austère et grise, que le vent
souffle comme une meute de loups sur la plaine, et
qu'il fait si froid dans l'Autunois qu'Eugène, pour lui
être agréable, fait installer dans leur chambre un nouveau poêle en faïence et à bois. Le couple ne monte
que rarement à Paris : Eugène, pris par ses travaux
agricoles, n'en a ni le temps ni le loisir, ce qui paraît
moins le priver qu'Yvonne. Ainsi écrit-il à Gide en
décembre 1899, avec cet humour amer, si souvent
méprisant, qui est aussi celui de son plus jeune frère :
« De moins en moins je vois le désir et la possibilité
d'aller à Paris et cela m'ennuie seulement à cause de
mes nouveaux gilets de fourrure que j'aurais voulu
montrer. »

Christine se réveille plus tard, au son des cloches de Saint-François-Xavier. Elle prend son petit déjeuner au lit et traîne en déshabillé de soie. Louis, amateur de grasses matinées, n'est jamais pressé de commencer sa journée. Au 9 rue de Chanaleilles, elle habite un quartier calme et protégé de la capitale, qui a le mérite de ne pas la dépayser. C'est le VIIe arrondissement de son enfance, à deux pas de chez ses parents, où elle peut se rendre à pied quand elle le souhaite. L'après-midi, elle prend le thé avec des amies : tantôt chez elle et tantôt en ville. Elle continue de voir chaque semaine Julie Manet, devenue sa belle-sœur, ainsi que Jeannie Gobillard – Mme Paul Valéry –, sa sœur Paule, qui est peintre sur les traces de Berthe Morisot et fera bientôt son portrait au pastel, ainsi que Geneviève Mallarmé qui n'est toujours pas mariée : un groupe d'amies fidèles, inséparables. Elles bavardent, échangent des confidences autour d'une tasse de thé et de biscuits, dans le salon qu'elle a joliment décoré, à sa nouvelle adresse de femme mariée. Un hôtel particulier lumineux, élégant, bien chauffé et pourvu d'une salle de bains – tout ce dont Yvonne pourrait rêver dans sa lointaine campagne. Le soir, les dîners en ville, les concerts, les sorties au théâtre et à l'opéra ne lui laissent que peu de temps pour se retrouver seule : tout juste celui de la toilette, face au miroir qui lui renvoie le reflet d'une jeune personne gâtée par les fées.

Louis déteste la campagne : tous les prétextes sont bons pour éviter de s'y rendre. Il préfère les villes, surtout quand elles sont italiennes, à la rigueur les villes d'eaux, de préférence huppées. Son goût pour le rustique ne dépasse pas les rivages peignés des lacs suisses ou les corniches de la Côte d'Azur. Ce n'est pas lui qui pataugerait dans la bouse, même chaussé de bottes offertes par André Gide.

On ne peut imaginer deux existences plus opposées que celles des deux sœurs, désormais. Proches par le cœur, liées par une affection que rien n'altérera, elles s'écrivent. Parfois, elles se retrouvent à la faveur de vacances ou de quelques jours volés à la conjugalité. Mais elles n'en vivent pas moins séparées. Arrachées l'une et l'autre au cocon de l'avenue Duquesne, cette sphère musicale où se sont déroulées leurs jeunes années, elles ne joueront plus jamais Debussy à quatre mains. Le piano continue pourtant de rythmer leurs deux vies, si différentes. Il est pour Yvonne l'instrument de ses nostalgies, quand un musicien génial et un peu amoureux la voyait en Mélisande. Et pour Christine, la mélodie d'une enfance et d'une adolescence heureuses. Avant que ne retentissent les fausses notes et les stridences que ne va pas tarder de susciter dans la vie conjugale des deux sœurs le caractère barbelé de leurs époux.

En 1902, après deux ans passés à Autun à la ferme des Plaines, le couple des Eugène, comme on dit à la campagne et dans l'aristocratie, déménage à Bagnols-de-Grenade – un nom qu'on croirait andalou mais qui existe bel et bien sur la carte de France, du côté de Toulouse. Eugène a en effet acheté, grâce à un prêt du Crédit agricole, un beau domaine de trois cent cinquante hectares comprenant un château qui date du début du XIXe siècle. Propriété des moines cisterciens de Grand-Selve jusqu'à la Révolution, vendu en 1791 comme bien national, le domaine de Saint-Caprais, du nom du village dont on aperçoit la flèche de l'église depuis la façade sud du château, se situe au bord de la Garonne – plus précisément au confluent de la Garonne et de l'Hers, dans une région rendue fertile par un sol riche en alluvions. Le précédent propriétaire ayant fait faillite, Eugène l'a acquis à un bon prix, mais il va devoir travailler dur pour renflouer l'exploitation. Il ne manque pour cela ni de courage ni d'idées. Levé à l'aube, à pied d'œuvre tout le jour sur ses terres, il va s'attacher à améliorer les cultures, sélectionnant avec soin les semences, et implantant de nouvelles espèces, mieux adaptées au climat et plus rentables, comme des pieds de vignes américaines. A la fois agriculteur, éleveur, viticulteur, arboriculteur, il déploie une énergie formidable et tâche de communiquer son zèle aux paysans qui travaillent pour lui. Ce pionnier, qu'anime la passion de créer, n'hésite pas à secouer des habitudes séculaires quand il juge que des idées neuves ont de l'avenir – on imagine la réaction des paysans de Bagnols quand ils ont dû arracher leurs vieux muscats pour les remplacer par des plants américains ! Il fonde les « Pépinières garonnaises », ainsi que des conserveries. La propriété de Bagnols-de-Grenade acquiert un grand prestige.

Voici donc Yvonne dans un rôle neuf, qui n'est pas pour lui déplaire, celui de châtelaine. Elle peut parcourir les immenses et sombres corridors du château, traverser les salons de réception et monter dans la tour comme une princesse des contes, le trousseau de clefs attaché à la ceinture. Les premières années, elle est surtout soulagée d'avoir quitté l'austère ferme des Plaines, où les poules caquetaient sous les fenêtres du salon. Une grande allée mène maintenant chez elle. Des arbres majestueux la bordent. Une pelouse, des buis, au loin le bruit de cascade des eaux de la Garonne. Quand elle ouvre la fenêtre, un air pur pénètre dans la chambre, cet air de la campagne qui lui évoque les maisons de ses vacances d'autrefois, quand il n'y avait ni bêtes ni travaux des champs. Elle passe la plupart de ses journées à l'intérieur, dans les salons décorés de lourdes tentures où Eugène a fait venir des meubles estampillés, hérités de sa mère, qui posent autour d'elle comme des sentinelles. Réfugiée à son piano, elle joue les mélodies qu'elle aime, en attendant le soir. Pour tromper sa solitude, elle écrit à sa mère, à sa sœur. A ses cousines. Parfois, elle se promène avec la chienne Ellis qu'Eugène a baptisée d'un nom gidien, celui de l'héroïne du *Voyage d'Urien*.

Eugène a poursuivi à Autun ses efforts pour écrire des textes, dans l'intention de les publier : une nouvelle intitulée *La Victime* a paru dans la revue dont s'occupe Gide, *L'Ermitage*. Une longue conférence sur « L'artiste et la société » qu'il est allé prononcer à Bruxelles, à la Libre Esthétique, a été publiée ensuite : il y annonce la prochaine et inévitable accession au pouvoir du socialisme dans les sociétés occidentales. Mais depuis qu'il habite Bagnols, avec tous les soucis que lui donne la terre, il semble avoir moins le temps de prendre la plume. Il rédige pourtant, en 1903, une « Réponse à Charles Maurras ». L'auteur d'*Anthinéa* a attaqué Gide sur son protestantisme et critiqué sa plaidoirie en faveur du déracinement, odieux à Barrès : Gide arguë au contraire qu'il est propice au renouvellement, à l'expansion, à l'élan créateur. C'est la reprise de la fameuse « querelle du peuplier » où Gide, à propos des *Déracinés*, a interpellé Barrès – « De père cévenol et de mère normande, où voudriez-vous monsieur Barrès que je m'enracinasse ? » Eugène s'invite dans la polémique, en qualité d'agriculteur-éleveur d'abord, en expliquant, avec des exemples à l'appui de sa thèse, la difficulté et même le danger qu'il y a à déplacer des espèces, bêtes ou plantes, d'une province à une autre. D'accord sur ce point avec Barrès, avec Maurras, en homme qui a étudié sur le terrain les lois de l'agriculture et de la zootechnie, il rejoint cependant très vite Gide – « Nous nous sommes toujours retrouvés d'accord sur toute idée vraiment française et généreuse » – dans sa vision cosmopolite où souffle un grand air de liberté. « Apôtre d'une humanité plus élevée et plus consciente », selon lui, Gide plaide pour l'ouverture, le voyage et l'aventure contre l'enracinement, pour le métissage contre la rigide loi de la race, pour la liberté de l'individu contre l'enfermement dans la tradition. La querelle est vaste. Eugène y consacre sept pages dans *L'Ermitage*. Il dévoile au passage l'amour profond qu'il éprouve lui-même pour la campagne : un exil délibéré, choisi, loin de la ville où toute sa famille est si fort enracinée. « Je n'aime pas Paris où je suis né, où dès l'enfance on a enserré tout ce que mon être nouveau espérait

d'espace et de mouvement. (...) J'ai cassé volontaire-
ment, comme un bon pépiniériste, mon pivot parisien. Tant de chemin de fer et de longues journées de
voiture dans ma France que je connais bien, dont
laborieusement j'ai déjà retourné le sol en plusieurs
provinces, ont séché mes radicelles. (...) J'aime tout
ce qui ne me rappelle pas la ville triste et sévère ; un
seul sourire du soleil d'hiver en Provence ou en Lan-
guedoc me dit plus que le formidable rire échauffé
de toute une salle de spectacle dans la Ville Lumière,
et je préfère l'architecture de mon ramier de carolin
à celle de l'Opéra. »

Surmené par un travail qui le dévore, il est probable qu'il a encore la nostalgie d'écrire – quelques
rares publications en font foi –, mais il se détache peu
à peu, inexorablement, de cette première vocation
qui finira par se flétrir chez lui. Non sans lui laisser
le regret, parfois amer, de la vie d'écrivain qui aurait
pu être la sienne. Tandis que Gide publie *L'Immoraliste*, en 1902, roman entièrement nourri de leur amitié, qui consacre son statut d'écrivain, tandis qu'il va
s'épanouir dans les lettres, y acquérant très vite l'aura
d'un maître, lui-même s'éloigne vers un autre destin.
A Autun déjà, Eugène s'intéressait à la politique
locale. Il s'était même présenté aux élections munici-
pales, comme son père, maire de La Queue-en-Brie.
Son échec ne l'a pas découragé : il entend bien
renouveler l'expérience car tout porte cet homme de
terrain, plein d'allant, enthousiaste et volontaire, à
diriger, à commander. Il n'a pas une haute idée de
ses ouailles, ce dont il s'épanche assez souvent
auprès de Gide : « Les paysans d'ici qui votent radi-

cal-socialiste ont des âmes serviles et ne peuvent concevoir de plus beau métier que celui qui consisterait à servir chez les bourgeois ; ils sont écœurants, ils aiment l'esclavage. Comme c'est difficile de pousser les hommes vers le mieux et la vraie liberté ; on en vient à admirer les Américains, ils nous mangeront – et ce ne sera pas un bon repas. »

Mais il a la vocation de mobiliser « le troupeau » bon gré mal gré, pour améliorer les conditions de vie dans la région. Le nouveau châtelain, avec ses nouveaux procédés de culture et d'exploitation, force le respect du monde paysan. Ses connaissances scientifiques, son expérience agricole en imposent aux gens de la terre. Loin d'être un de ces Parisiens qui viennent musarder aux champs, il apparaît comme un vrai et bon paysan : il connaît les bêtes et les plantes, sait respecter le rythme des saisons et le travail des hommes. Il aide aux moissons et aux vendanges, il est partout, des étables aux vergers, aux champs et aux vignes. Le fondateur des « Pépinières garonnaises » va bientôt exercer des responsabilités s'étendant au-delà des murs de sa propriété. Dans ce Sud-Ouest pourtant si chauvin et si méfiant où, à force de compétence et d'amour de la terre, Eugène a su faire oublier ses encombrantes racines parisiennes, il devient en quelques années une personnalité estimée et influente. Président de l'Office agricole départemental, puis président de l'Office agricole du Sud-Ouest, le voici adoubé : président Rouart. Un double exploit personnel. Alors que Gide, maire de la commune de La Roque-Baignard depuis 1896, ne va pas tarder à renoncer à la voie politique pour développer une carrière d'homme de lettres, la politique locale va non seulement passionner Eugène mais bientôt l'absorber. Comme le domaine de Bagnols s'étend au-delà de l'Hers sur la commune de Castelnau-d'Estrétefonds, où divers désistements au conseil municipal ouvrent une brèche à de nouveaux candidats, il décide de s'y présenter sur la liste républicaine. « Non seulement il est républicain, écrit un notable au préfet, mais il est adoré de ses ouvriers qui sont plutôt ses amis que ses domestiques. » Maire de Castelnau de 1905 à 1918, élu au conseil général en 1910, ce sont des années de batailles sur le terrain et de joutes verbales qui s'ouvrent à lui : discours, palabres et réunions. La province est son royaume.

David H. Walker, dans la somme d'érudition qu'il a consacrée à la correspondance entre Gide et Rouart, signale un article de *La Dépêche du Midi*, du 21 avril 1906, qui chante les louanges d'Eugène et le décrit comme « un jeune maire aimé et estimé de tous ». Le portrait est des plus chaleureux : « Il est le type élevé et achevé du républicain agriculteur, passionné pour les progrès de la démocratie rurale, serviteur enthousiaste des œuvres de solidarité, de mutualité agricole. M. Rouart est un radical, un réformiste hardi, mais il n'est point collectiviste et il l'a déclaré. »

En 1908, appelé comme chef de cabinet par Jean Cruppi, ministre du Commerce et de l'Industrie dans le premier gouvernement de Clemenceau, il fera l'expérience de la politique à l'échelle nationale. Il a des relations haut placées : Albert Sarraut, député de l'Aude, futur président du Conseil, compte au nombre de ses amis. Yvonne peut se rêver en femme de ministre. Et surtout espérer par la même occasion un retour à Paris, où elle serait enfin rapprochée de sa famille – la séparation lui pèse. A Saint-Caprais, elle se languit de sa sœur, de ses parents, de ses frères, de ses amies. La fierté d'avoir un mari en vue, paré de sa ceinture tricolore de maire et du ruban vert du Mérite agricole, ne compense pas la tristesse de son exil. Eugène se montre tendre et plein d'égards, mais elle sent bien, à vivre près de lui, qu'il préfère écrire à Gide ou parcourir la campagne, agité par un rêve où elle n'entre pas. Quand le ramier roucoule dans le parc, les yeux d'Eugène s'égarent : dans ces moments-là, pleins d'un désir intense, elle sait qu'elle n'existe pas. Que fait-il donc à s'attarder toujours auprès des jeunes gens aux yeux de biche qui travaillent sur le domaine ?

A Paris, la ville selon son cœur, Louis, qui a renoncé à sa vocation d'archéologue, croit trouver sa voie dans le journalisme de combat. La solitude où il se plaît en rêve lui pèse au-delà d'un certain temps : il a délibérément choisi la vie de famille et la vie dans les cercles intellectuels et artistiques, où il peut donner la mesure de son talent. Il aime discuter, débattre, batailler avec les idées. Et botter en touche. Gide le décrit comme « un duelliste ». C'est un ferrailleur. La voix forte, le verbe facile et prompt à s'emballer, il étincelle en société. Il cherche à se faire remarquer et y parvient sans peine, ce qui le flatte. Ses adversaires, et il en a beaucoup, il les affronte comme sur un champ désert, à l'aube : de face et la main armée. Cela ne l'empêche nullement de s'amuser des dégâts qu'il provoque et d'en rire avec ses amis. Il a des airs sûrs de soi qui peuvent le rendre odieux. Il semble plein de certitudes qu'il est prêt à défendre contre quiconque ne les partagerait pas. C'est un passionné, un caractère entier, au moins en apparence. En fait, il nourrit des doutes sur lui-même. Il a beau briller dans ses discours, dans ses écrits, il sait bien qu'il n'est qu'un amateur. Amateur éclairé certes, habité par un amour des arts et de la littérature dont la sincérité, la profondeur, ne peuvent être mises en question, il voudrait être Gide ou Valéry ou Bernanos – mais il ne publie pas de livre. Son talent est tout entier dans les discussions avec ses amis ou ses ennemis. Et dans les articles qu'il écrit.

Ce franc-tireur, engagé dans le combat d'idées, va déployer pendant une dizaine d'années, jusqu'à la guerre, une activité fébrile de chroniqueur et d'essayiste. Il a la plume aussi alerte que la voix et s'en sert pareillement, comme d'un fleuret. Quand on le lit, on le voit prendre position, saluer, pointer et très vite pourfendre l'adversaire d'un coup meurtrier. Il veut en découdre. Il écrit notamment dans les *Marges*, la revue fondée en 1903 par un jeune poète de vingt-cinq ans, auteur de *Chair*, de *La Chanson de Naples* et des *Cœurs malades* : Eugène Montfort. Sous la couverture orange de cette petite revue impertinente et fière, Louis va pouvoir laisser libre cours à ses humeurs. Tandis qu'Eugène Montfort confie à Jean Viollis les romans, à Edmond Sée le théâtre, à Emile Vuillermoz la musique, à Mlle Louise Lalanne la littérature féminine, c'est à Louis qu'il attribue les beaux-arts. Montfort se réserve la chronique intitulée « Mélanges », où il donne son avis « sur quelque sujet de littérature récente ou ancienne ». Il y chante par exemple les louanges de Walt Whitman : « Après Gauguin, après Claudel, c'est de la sève qu'on nous injecte sous la peau. » Louis devient le chroniqueur des fameux « Salons », ces chambres froides de l'académisme, dont les visites ont le don de l'exaspérer et qu'il descend en flammes avec fureur, sans chercher à se modérer. Partant du principe que la peinture dite moderne n'est en général, à l'exception de rares spécimens, que « médiocrité », il condamne l'ensemble des artistes exposés, sans citer de noms toutefois, tel un tout insipide, ignoble et indifférencié. Il recommande au lecteur, en s'adressant directement à cet interlocuteur sans visage et qu'il tutoie... une visite au Louvre, pour aller admirer les dessins de Delacroix. « Après cette visite, je suis sûr que tu mépriseras comme il convient la barbarie et la platitude contemporaines et que tu m'approuveras de les malmener. »

Son père, qu'il admire tant, a eu beau être un découvreur animé par une curiosité insatiable pour cet Impressionnisme qui fut il n'y a pas si longtemps un art contemporain, lui-même se hérisse au seul mot de « moderne ». Comme si le temps s'était arrêté. Comme si l'avenir, c'était hier. Sa plume rageuse n'en est pas moins délectable et sûre. Elle vibre dans l'excès, que ce soit d'admiration ou de détestation. A ce rythme et avec cette emphase, il se taille vite une figure de polémiste. Montfort, qui l'apprécie, le laisse libre de ses emportements. Y compris quand, un des collaborateurs de la revue (Jean Viollis) ayant éreinté Barrès, Louis lui demande un droit de réponse pour envoyer à ce M. Viollis, coupable « de ne pas comprendre ce qui manifestement le dépasse... », une volée de bois vert. *Colette Baudoche*, le roman de Barrès, vaut aux yeux de Louis par « ses beautés et son élévation morale » : « Plaignons M. Viollis de n'avoir pas su s'élever jusqu'à ces hauteurs. »

Louis participe aux dîners réguliers des *Marges*, qui réunissent les collaborateurs de Montfort au restaurant des Artistes, tenu par la mère Coconnier, rue Lepic. Il est bien regrettable de ne pouvoir donner le compte-rendu de ces soirées montmartroises, où le chaud tempérament de Louis a dû provoquer bien des empoignades (verbales). Quand il s'échauffe, le teint de ce « Rouquin », ainsi que le surnommaient ses camarades de classe, s'enflamme au point de virer au rouge homard. Il partage cette caractéristique avec Eugène, auquel Gide, moqueur, demande assez souvent de « ne pas prendre feu ».

La principale tribune de Louis, avec *Les Marges*, c'est *L'Occident*, une revue que vient de créer l'un de ses amis, poète et essayiste, mais aussi homme politique et conseiller de Paris, Adrien Mithouard.

Auteur de *Bigalume* et de *L'Iris exaspéré*, du *Pauvre Pécheur* et des *Frères marcheurs*, recueils de poèmes où brûle une âme mystique, Mithouard vient de faire paraître au Mercure de France *Le Tourment de l'unité*, un livre de méditations sur l'art et le sens de la vie. Ce poète, d'une dizaine d'années plus âgé que Louis, croit profondément à la dimension spirituelle de l'homme, à la nécessité de la foi. Pour défendre cet idéal, il a décidé de rassembler des jeunes gens épris des mêmes valeurs éthiques et esthétiques. *L'Occident* : le titre est on ne peut plus clair. On ne peut plus enraciné. Les valeurs que Mithouard entend défendre sont celles d'une France qui plonge ses racines dans le Moyen Age. Elle y puise une lumière éternelle et universelle qui devrait continuer à éclairer les nouvelles générations, menacées par la perte des repères traditionnels, et leur rendre la ferveur des premiers élans. La revue dénonce la décadence contemporaine, son matérialisme et son positivisme érigés en lois morales par des esprits néfastes qu'elle veut combattre, tel Auguste Comte. Mais d'autres attitudes ou philosophies en -isme paraissent aussi redoutables à la jeune équipe de Montfort, au premier rang desquelles l'anticléricalisme, dans ces années où triomphent les Jules Ferry et les Emile Combes. Ainsi que l'internationalisme des ténors socialistes, tel Jaurès. Sans compter l'académisme et le « faux modernisme » dans les arts et la littérature – les ennemis sont nombreux. *L'Occident* se définit comme chrétien, d'obédience catholique, nationaliste et spiritualiste, profondément acquis aux idées de Taine et de Barrès.

Louis Rouart participe à sa création et y signe un article dès le premier numéro, en décembre 1901 : « Maurice Denis et la renaissance de l'art chrétien ». C'est à la fois un magnifique éloge du peintre et un manifeste sur l'art, tel qu'il le conçoit et tel qu'il l'aime. Au-delà du portrait enthousiaste et sensible du peintre des vierges et des anges, au pinceau sensuel et naïf, « descendant lointain des Giottesques et de l'Angelico », il trace l'apologie de cet art chrétien du Moyen Age qui restera son idéal esthétique. Pour lui, cette époque de haute civilisation renvoie les beaux marbres antiques à leur froideur impavide et les somptueuses ornementations de la Renaissance et du baroque à leurs corruptions du goût. « Ce sera la gloire de Maurice Denis d'avoir cherché à ressusciter à lui seul un art qui se meurt. » La pureté et la lumière, la perfection jointe à une sublime simplicité lui inspireront toujours une admiration éblouie. Devant Maurice Denis comme devant les primitifs italiens, cet esprit caustique, si souvent négatif dans ses jugements, redevient un agneau. Un humble adorateur de tant de beautés supérieures. Aussi invite-t-il les lecteurs de *L'Occident* à effectuer au plus vite un pèlerinage au Vésinet, pour se recueillir devant les fresques que Maurice Denis a peintes pour l'église, dans la chapelle consacrée à la Vierge. « Qu'à travers les bois humides d'automne, ils se rendent en foule à cette chapelle décorée par ce nouveau disciple des vieux maîtres chrétiens. »

Dans la revue de Mithouard comme dans *Les Marges*, il est là encore dévolu aux beaux-arts. Sa chronique des musées, des expositions, des galeries et des Salons débouche toujours sur une vue générale de l'art de ces premières années du XXe siècle sur lequel il porte un regard sans indulgence. Bien des artistes – et non des moindres – en prennent pour leur grade. Gustave Moreau, dont le musée vient d'ouvrir ses portes rue de La Rochefoucauld, se voit traité de « vieux cliché académique ! », d'« esprit sans flamme intérieure », de « desséché » et accusé d'« être replié sur lui-même, d'une érudition vaine dont il fait sa seule nourriture ».

« Les primitifs sont expressifs aussi bien que Poussin, Watteau, Delacroix, Millet, Corot, mais Gustave Moreau ne l'est guère plus que ses honorables collègues de l'Institut et c'est tout dire » (numéro de février 1902).

Le mois suivant, lors d'une exposition chez Durand-Ruel, où des Degas, des Manet et des Morisot exercent sur lui leur éclat souverain, il s'en prend à Sisley, « peintre de second ordre dont certains tableaux aussi mauvais que des Guillaumin tomberont vite à leur juste valeur ». Ce ne sont là que des échantillons d'un éreintement général qui n'épargne que de rares élus, dans une galerie des détestations. Ainsi Rouart exècre-t-il les tachistes, les pointillistes : Signac, Cross et Valtat pratiquent selon lui un art « simpliste », « inexpressif », « enfantin », « vulgaire », « confus », « grossier ».

Signac ? « Mal venu de se réclamer sans cesse de Delacroix. »

Valtat ? « Le plein air le grise un peu trop lourdement » (*Les Marges*, mars 1909).

Quant à Matisse, « ce peintre qui croit penser et veut à tout prix faire figure de novateur », Louis Rouart préfère se borner à signaler et à déplorer « l'influence désastreuse qu'il exerce sur les jeunes générations. Plus elle s'étend, cette influence, et plus on voit l'art se dessécher, se schématiser et aboutir aux plus vides, aux plus inexpressives, aux plus incohérentes formules ».

Au total, il finit par souhaiter que la Chambre, après avoir voté les crédits alloués chaque année aux Salons officiels, adjoigne plus utilement le budget des Beaux-Arts à celui de l'Assistance publique ! Sa mauvaise humeur emphatique englobe jusqu'aux estampes japonaises – passion de son oncle Alexis et d'Ernest Chausson –, estampillées « mièvres petites images ». « Quelle différence avec une eau-forte de Rembrandt ou avec une gravure de Dürer ! » écrit-il rageusement en novembre 1908. Il faut espérer que la conclusion de son article aura échappé à l'œil avisé des collectionneurs de la famille : « Hokusai, Hiroshige, Utamaro ont fourni aux illustrateurs et faiseurs d'affiches d'excellentes formules pour travailler vite et mal et donner avec le minimum d'efforts l'illusion du génie. Là s'est borné leur rôle. »

Louis Rouart pourrait compter au nombre des « croisés modernes » qu'André Germain a recensés en ce début de siècle. Il a l'âme mystique et l'énergie combative. Au service d'un idéal qui exige purification et ascèse, il ne craint pas de joncher le sol de cadavres. Il brandit l'étendard avec une fougue que l'âge n'altérera pas. Mithouard, qui habite près de chez lui et plus près encore de chez les Lerolle, sur la place de l'église Saint-François-Xavier qui un jour portera son nom (place du Président-Mithouard), apprécie ses prises de position et partage ses convictions. Au cinquième étage de l'immeuble construit par le père du poète, à l'angle de l'avenue de Breteuil, les deux hommes ont passé de longues soirées à élaborer leur stratégie de défense d'un Occident menacé de toutes parts par les forces de la « barbarie », cette hydre effrayante, aux têtes de socialistes et d'académiciens, d'anticléricaux, de faux modernes et de cosmopolites – leurs ennemis devant Dieu, l'Art et la France. Avec Albert Chapon, qui exerce avec finesse les fonctions de secrétaire de la rédaction, l'ensemble des amis et collaborateurs de Mithouard forme une légion de braves.

Parallèlement à sa revue, pour soutenir son combat, Mithouard crée une maison d'éditions du même nom : la Bibliothèque de l'Occident. Elle a ses bureaux au 17 rue Eblé, au domicile de ses parents où se trouve aussi leur entreprise de serrurerie. Parmi les auteurs qu'il publie figurent Claudel (avec *Partage de midi* notamment), Suarès (*Voici l'homme* et *Bouclier du zodiaque*), Gide (*Bethsabé*, en 1912), Viélé-Griffin (*Sainte Julie* et *L'Amour sacré* sont parmi les textes inauguraux), ou encore Pierre Nothomb, Jean Schlumberger, Jean de Boschère, ou Tancrède de Visan. Eugène Rouart y publie en 1904 son texte sur *L'Autunois*.

Si Louis nourrit l'espoir d'écrire un jour un livre, il se cantonne dans le journalisme. Son nom qui apparaît régulièrement dans les numéros mensuels de *L'Occident* ne figurera pas au catalogue de la Bibliothèque. Il œuvre dans l'éphémère qui est le lot du papier imprimé pour la presse. Sa plume aime l'instant. La prise directe sur les événements. L'urgence de l'article à rendre. Et le feu d'artifice d'une chronique qui n'excède pas dix pages et tient parfois en un seul paragraphe – exercice de concision et de rapidité. Il lui est arrivé d'écrire en dehors de sa rubrique deux articles sur la littérature, qui est plus encore que les arts son domaine de prédilection : ils illustrent sa famille de cœur. L'un se veut un éloge de Maurras à propos de *L'Avenir de l'intelligence*, qui vient de paraître dans la revue *Minerva* en février 1903, mais il manque sa cible : empêtré dans des affections contradictoires, Louis qui admire Maurras a voulu le lui témoigner, sans pour autant prendre parti contre Gide, auquel il est lié d'amitié. La « querelle du peuplier » où son frère Eugène est lui aussi engagé, dans *L'Ermitage*, agite le milieu intellectuel. Elle place Louis dans une position intenable, dans la mesure où il ne peut pas choisir son camp. Pour une fois tiraillé, déchiré, lui qui est la certitude et la clarté, il rédige un article si maladroit que Maurras se brouille et se fâche : « Il y a trop peu de clarté dans la généreuse opinion de M. Rouart », écrit-il en réponse dans *La Gazette de France*. Bataille d'hommes. Duel de revues littéraires. Eugène, dont les propres arguments ont mieux porté, s'en fait l'écho dans une lettre à Gide, en février 1904 : « La lutte avec Maurras a fini par un éreintement magistral de mon frère par la *Gazette* ; le pauvre Louis qui admire Maurras était furieux. »

Un précédent article, très brillant au contraire, sans réserve ni ambiguïté – ce qui est bien dans sa nature –, clame son admiration pour Barrès, au moment de la parution de *Leurs figures* : « Notre jeunesse vient de trouver enfin un véritable maître », écrit-il dans le numéro de juillet 1902. Dans cet éloge, il est infiniment à l'aise. Mithouard lui a offert les honneurs de l'ouverture et la parution en tête du sommaire. Rouart décrit Barrès comme le visionnaire d'une France où il se reconnaît enfin, étroite et universelle, enracinée et généreuse, élitiste et fraternelle. « Depuis quinze ans bientôt, Maurice Barrès prend conscience de nos crises nationales, les oriente et les dirige. Grâce à lui, nous avons pu vaincre jadis les troubles de notre première jeunesse et nous retrouvons aujourd'hui dans ses récents ouvrages les certitudes sans lesquelles nous n'aurions pu vivre. » Ses phrases ont des accents lyriques. On y entend l'émotion dans un roulement de tambours : « Les enthousiasmes se réveillent. L'avenir s'annonce héroïque », conclut-il dans ce style au fleuret qu'il affectionne. Surpris pour une fois le genou à terre, en signe de respect, il lui arrive rarement de s'incliner devant plus fort que lui.

Barrès, qui n'est pas un ingrat, le remercie en des termes chaleureux, dans une lettre postée de Lorraine :

« Mon cher ami,

« Je suis fier et heureux d'un tel article. Comme tout le monde je subis des injures. Mais ce n'est pas tout le monde qui inspire de si généreuses et si nobles amitiés. Vous avez avec une clairvoyance singulière distingué quelle était ma tâche, toute lorraine et alsacienne. (…) »

Louis gardera ce document, resté inédit, jusqu'à sa mort, comme d'autres un fétiche ou une relique, pour son caractère sacré, ainsi que tous les livres de Barrès, sobrement dédicacés : « A Louis Rouart, son ami, Maurice Barrès ». Ce pourfendeur du modernisme, qui exècre tant d'artistes et d'écrivains pour leur « médiocrité », sait aussi se laisser emporter par la vénération. C'est une idole qu'il adore en Barrès : comme son père adore Corot.

S'il parle et écrit fort, Louis Rouart a cependant des timidités de jeune homme. Des doutes sur son talent l'habitent. Il sait qu'il ne sera jamais Barrès ni même un de ces écrivains qui éclairent sa route plus près de lui, tels Gide ou Claudel, avec lequel il vient également de se lier. Dans *L'Occident*, il lui arrive curieusement de signer ses articles de noms de fantaisie. Le voici dissimulé sous les pseudonymes les plus hétéroclites : Z. Marcas, Pierre Valbranche ou Georges Dralin. Il est peut-être Fagus ou Raoul Narsy. On s'y perd. Il est vrai qu'il écrit beaucoup, parfois plusieurs articles dans un même numéro. Ce ne sont pas les plus virulents qu'il signe de fausses identités. Ni même ceux qui peuvent gêner sa famille, comme pour les estampes japonaises : il assume frontalement ses choix. Aussi Albert Chapon, le secrétaire de rédaction, s'étonne-t-il de cette manie et lui en demande-t-il la raison. L'explication que lui fournit Rouart corrige le portrait tout d'une pièce qu'il préfère laisser voir : « Vous semblez croire que si je ne signe pas les articles que je donne à *L'Occident* c'est par peur de me compromettre ? Auprès de qui et dans quel but ? Personne n'est plus libre que moi, fort heureusement. La vérité c'est que je doute de moi et qu'il me semble toujours que ce que je fais n'est pas digne de ce que j'aurais pu faire. C'est un sentiment bien naturel. » Ayant parfaitement conscience de ses limites, il souffre du sentiment cruel et profond de son infériorité, quand il se compare aux artistes qui constituent son panthéon. Son exigence lui fixe des modèles inégalables.

Pour donner une idée de sa virulence quand il s'agit de choisir parmi les auteurs qui publient des livres ceux qui ont un talent d'écrivain digne d'être considéré, il suffit de citer cette formidable repartie à Albert Chapon. Celui-ci lui a envoyé un roman de Tancrède de Visan, en pensant qu'il pourrait l'intéresser et mériter une critique dans la revue. *La Lettre à l'élue* a été publiée en 1908 chez Léon Vanier – une prestigieuse maison d'éditions –, sous un frontispice de Maurice Denis et accompagnée d'une préface de Barrès : cela paraissait à Chapon la plus belle des introductions aux yeux de Louis Rouart. Celui-ci, esprit libre s'il en fut, et des plus imprévisibles, ne s'est pas laissé prendre au miel de cette alléchante présentation. Voici sa réponse. Elle se passe de commentaires. « Eh bien ! Il est frais, votre Tancrède ! Quel con ! Il n'y a pas d'autre mot. Dire que je viens de perdre mon temps à lire jusqu'à la page 72 son inepte roman. Aussi je l'ai criblé d'injures au crayon, ce livre grotesque ! Puis je l'ai déchiré en mille miettes. A aucune époque on n'a rien produit d'aussi stupide, d'aussi veule. Pourquoi ce malheureux écrit-il ? »

Il n'est pas toujours facile de partager la vie d'un pareil individu, sincère, passionné, survolté. Christine en fait vite l'expérience. « Ne croyez pas m'insulter en me traitant d'individualiste, écrit Louis à Chapon le 8 mai 1904. Tel est en effet le nom qui me convient. Anarchiste serait encore préférable. »

Elle subit les humeurs souvent mauvaises de son

mari, ses colères et ses crises d'exaspération, avec un étonnement que le temps va changer en agacement. Louis est un homme orageux. Très soupe au lait, il s'emporte à propos de tout : d'art et de littérature, de politique, mais aussi pour ces petits riens de la vie quotidienne qui sont si souvent irritants, une parole de travers, une faute de goût, un gigot trop cuit ou un objet qu'on casse. Il se réconcilie aussitôt, ayant l'art de se faire pardonner. Mais ses sorties n'en gâchent pas moins le tissu douillet où elle a vécu jusqu'à son mariage. Le doux climat des Lerolle et des Chausson, tous les frères Rouart y sont définitivement inadaptés, tels des fauves dans un boudoir. Les théories de Barrès valent pour eux quatre : s'ils sont enracinés, c'est dans un monde peint aux rudes couleurs de leur tempérament. Mais Louis est le plus sauvage. Le plus inapprivoisé. Il incriminera lui-même l'absence d'une mère dans son enfance pour expliquer ses propres aspérités. En même temps, en bon vivant, il jouit de tous les plaisirs. Louis est un sybarite. Et de surcroît un charmeur. Affectueux, câlin, quand il le veut bien, sensuel – il le restera jusqu'à la grande vieillesse –, il ne manque pas de séduction. Christine n'est pas la seule proie de ce croqueur de femmes, dont les yeux déshabillent les silhouettes pourvues de hanches et de seins qui passent dans son champ de vision. Comme elle est elle-même un fort caractère, les scènes conjugales vont bon train, rue de Chanaleilles. Elle aime passionnément Barrès et la littérature, Degas, Corot, Monet et Morisot. Mais la passion des arts ne suffit pas à souder un couple, quand l'homme et la femme ne sont d'accord sur rien et que leurs tempéraments impatients et nerveux les opposent au moindre prétexte. Elle ne se laisse pas gouverner. Elle proteste, elle rechigne, elle crie. L'atmosphère, si pacifique entre Yvonne et Eugène, s'alourdit de menaces et devient pesante chez eux. Cela ne les empêche pas de faire des enfants au rythme soutenu d'un par an ! Christine met en effet au monde sept enfants, trois garçons et quatre filles (Alain, Philippe, Augustin, Marie, Catherine, Eléonore et Isabelle), en treize ans. Soit un enfant tous les deux ans. Alors qu'Yvonne se contente de donner le jour à deux fils, Stanislas et Olivier : un chiffre malthusien, au regard des familles nombreuses qui tissent l'histoire des Lerolle et des Rouart depuis des générations.

Le caractère excessif et ombrageux de Louis, dont Christine souffre au quotidien, va être la cause d'une rupture qui le privera d'une aventure passionnante pour laquelle il était magnifiquement armé. En 1908, André Gide crée avec Eugène Montfort une nouvelle revue qui va s'appeler la *NRF* – la *Nouvelle Revue française*. Louis Rouart figure au nombre des fondateurs et du comité de rédaction, qui compte par ordre alphabétique Michel Arnauld, Jacques Copeau, Edmond Ducôté, Dumont-Wilden, André Gide, Marc Lafargue, Eugène Montfort, Charles-Louis Philippe, lui-même, André Ruyters, Jean Schlumberger et Jean Viollis. Le premier numéro paraît le 15 novembre, et affiche le programme de l'équipe : « l'apport nouveau qui doit distinguer les écrivains d'aujourd'hui de ceux d'hier ».

Un article de Michel Arnauld sur Jeanne d'Arc et

les pingouins, un de Charles-Louis Philippe sur les maladies, un autre de Jean Schlumberger sur les bords du Styx... Ni Louis Rouart ni Gide d'ailleurs n'ont écrit dans ce premier numéro. Une querelle éclate aussitôt parmi les membres du comité pour aboutir à un putsch. Gide prend la tête de la rébellion. Il est en effet ulcéré par les commentaires de Léon Boquet sur l'article d'un confrère, publié au mois d'août dans une revue concurrente, *La Société nouvelle*, sous ce titre provocateur : « L'idée d'impuissance chez Mallarmé ». L'auteur, Jean-Marc Bernard, y dénonçait « la désolante stérilité » du poète, se moquait de « ses plaintives lamentations » et trouvait à sa poésie « un vide atroce qu'il cherche à dissimuler sous de lourds et splendides ornements ». C'était un acte sacrilège : une offense au poète du pur idéal, qui a eu pour Gide et tous ses amis, Louÿs, Régnier, Valéry, Claudel, et bien d'autres de sa génération, l'aura et l'influence d'un maître bienaimé. Ils lui sont tous redevables d'être devenus à leur tour des écrivains, dans son sillage. Aussi aucun ne tolérerait-il la critique, surtout superficielle, d'un plumitif si peu initié aux arcanes et aux subtilités de la création que ce Jean-Marc Bernard. La querelle n'a pris une telle gravité que parce que l'auteur de l'article de la *NRF*, investi semble-t-il de la confiance de Montfort, Léon Boquet, paraît partager les convictions de Jean-Marc Bernard : « Que Jean-Marc Bernard s'attende à être bientôt puni de sa franchise », a-t-il annoncé à la fin de son imprudent papier, sous-estimant cependant la fidélité et la pugnacité des amis de Mallarmé.

Gide évince Montfort et lance en février 1909 un second numéro 1 ou un numéro 1 bis, qui marque la vraie naissance de la *NRF*. Louis aurait dû faire partie du comité de rédaction, aux côtés des cinq autres partenaires que Gide a choisis : Copeau, Drouin, Ghéon, Ruyters et Schlumberger – écrivains et critiques, qui tous ont publié des romans ou des poèmes et collaboré à des revues, et qui sont décidés à former une équipe, sous la houlette de Gide. Or Louis est un ami de Gide, qu'il a toujours admiré et dont il continue de rechercher l'admiration et le soutien. C'est par fidélité pour lui qu'il a fini par se brouiller avec Maurras, à la suite de son article dans *L'Occident*. Il estime et envie les liens qui attachent si solidement Gide et son frère Eugène. Gide pour sa part lui a plus d'une fois témoigné confiance et affection, même si, selon le témoignage d'Albert Chapon, « il redoutait chez Louis Rouart les excès d'une liberté qui ne coïncidait pas forcément avec l'orientation qu'il voulait conférer à son œuvre et à son audience ». D'un autre côté, Montfort lui-même n'est pas le plus proche ami de Louis – il lui est beaucoup moins lié que Mithouard –, et il ne lui inspire de surcroît aucune estime. Louis partage l'opinion de Gide qui juge la direction de Montfort « déplorable » dans le lancement de la *NRF* et taxe lui-même l'homme de « douce mièvrerie ». Pourtant, par un revirement intempestif dont les raisons restent obscures, il choisit le camp du fondateur des *Marges*. Et se fâche avec Gide. Il est vrai qu'il est lui-même peu mallarméen – trop jeune pour partager l'envoûtement de ses aînés, et trop porté à la critique pour se contenter d'une admiration a priori. Les « topazes » de Mallarmé l'irritent autant qu'Ernest Chausson jadis. Cet amateur de la simplicité et du dépouillement dans l'art préfère les primitifs italiens ou les accents moins ciselés de la poésie baudelairienne. Son esprit ironique, assez souvent malintentionné, va cependant lui jouer le plus mauvais tour dans cette affaire. Quelle mouche le pique ? Il envoie à Gide, protestant comme on sait et très sourcilleux sur la religion réformée, un livre de Balzac sur Catherine de Médicis – la reine qui a ordonné la Saint-Barthélemy ! Gide ne le lui pardonnera pas. Il relate l'anecdote dans son *Journal* avec une sèche ironie : « Je sais le plus grand gré à Louis Rouart de m'avoir engagé à lire ce livre. Mais l'a-t-il lu ? A l'air un peu farouche et confus qu'il prenait à me le conseiller, à l'assombrissement de son regard et de sa voix, je pressentais une apologie de la raison d'Etat, de l'arbitraire ; en l'espèce : une apologie de la Saint-Barthélemy – bref mon arrêt de mort. J'ai presque été déçu. »

La défection de Louis prive la *NRF* d'un polémiste hardi mais dangereux, dont la liberté ne laisse personne à l'abri, pas même ses amis. Quoi qu'il en soit, et puisqu'il a lui-même refusé d'en faire partie, la *NRF*, où il aurait pu écrire, à défaut d'écrire des livres, se fera sans lui. Il rate le coche. Toute allusion, même anodine, à ce qui deviendra la plus prestigieuse revue du siècle le fera grincer des dents. Son amitié pour Gide se poursuivra mais de manière plus distante et agressive, ainsi que Gide le rapporte à plusieurs reprises dans son *Journal*. « Rencontré le petit Rouart, plus rouge, plus embourgeoisé que jamais

(...) Il m'accompagne. Conversation aussi brusque, aussi tendue que jamais ; cela semble les spasmodiques reprises d'un assaut d'escrime, mais d'un assaut sans courtoisie. Dès les premiers mots, dès l'abord, il attaque. (...) Malgré tout il me demeure sympathique. Il est noué. » Cela ne l'empêche pas d'écrire à Louis, « sans ironie et sans animosité aucune », une lettre qui montre le caractère compliqué et querelleur du plus jeune des frères Rouart et la volonté de Gide, dont l'agacement apparaît librement dans son *Journal*, d'apaiser les sources de conflit :

« Mon cher Louis,

« Je connais votre caractère depuis longtemps et sais combien vous pouvez souffrir vous-même de vos sautes d'humeur, de vos impulsions irrépressibles et du repentir qui les suit. Je suis fermement décidé à ne pas me laisser entraîner par vous dans une querelle absurde et déplorable à laquelle ne consentent ni mon cœur ni mon esprit.

« Croyez-moi bien affectueusement, malgré vous.

« André Gide. »

Ces ruptures, ces déchirements, ces regrets ou remords, André Ruyters en témoigne dans une lettre à Gide, écrite au sortir d'un déjeuner avec Louis Rouart. C'est en 1912, soit trois ans après l'épisode « Catherine de Médicis » qui a été de la part de Louis la plus vive provocation à l'égard d'un écrivain qu'il admire, qui est son ami mais qu'il ne peut pas s'empêcher de titiller : « Tout à fait gentil, affectueux et sincère. Il m'a dit le regret qu'il avait de son attitude envers toi, d'avoir cédé à son fâcheux caractère, à ce goût du pamphlet qu'il se reconnaît peu à peu. »

Comment ce caractère pour le moins tendu, « noué » (selon la définition même de Gide), prompt à la querelle mais le regrettant presque aussitôt, ne rapporterait-il pas à la maison les ondes mauvaises où il se complaît au-dehors : l'irascibilité, le mal-être. Son épouse prend un malin plaisir au contraire à jeter de l'huile sur le feu. Pour Christine, que les affaires littéraires amusent et qui est une lectrice avide de nouveautés et d'événements, le sujet Gide-*NRF*, loin de lui paraître tabou, est une affriolante occasion d'irritation entre elle et son mari. Au contact de Louis, elle a développé son goût inné de la provocation. Et trouvé de la saveur à une perversité qui est sans doute en elle la part du diable. Elle aime piquer son mari là où ça lui fait mal, le mettre en face de ses contradictions et raviver ses plaies – tous les prétextes sont bons, ce qui transforme inévitablement en champs de bataille les déjeuners et les dîners de la rue de Chanaleilles. Le père et la mère s'y livrent devant les enfants en pleurs à des assauts sans merci. Une aigreur conjugale s'installe que n'apaisent pas les infidélités de Louis. Car si Eugène regarde les jeunes gens aux yeux de biche, Louis est incapable de résister à une jolie femme. Ce dont Christine prend conscience très tôt – il faudra plus de temps à Yvonne pour comprendre l'origine de son malheur.

Quand on demande à Degas s'il est satisfait de cette union discordante, dont il est en partie responsable, entre Louis et Christine, le peintre répond avec humour : « Heureusement qu'ils se sont mariés ensemble. Avec leurs caractères respectifs, cela aurait fait deux divorces. »

La famille divisée par l'Affaire

En plus de toutes les pommes de discorde qui menacent les deux couples Rouart, à la fois très bien et bizarrement assortis, il en est une qui va électriser leurs relations et empoisonner les repas de famille : l'affaire Dreyfus. Yvonne et Christine Lerolle, ces fines fleurs de la bourgeoisie dreyfusarde, catholique progressiste, dont le père, les oncles et les cousins sont au premier rang de la bataille pour la réhabilitation, ont en effet épousé deux nationalistes, aveuglément antidreyfusards, qui ont choisi le camp adverse. Lerolle par la naissance, Rouart par le mariage, elles se trouvent au cœur des disputes. Et placées devant cet affreux dilemme : qui choisir entre un père et un mari ? On peine à imaginer situation plus délicate, ou plus représentative du drame qui a affecté alors tant de familles françaises. Otages d'un incendie de l'histoire que l'ensemble de l'opinion n'a d'abord perçu que comme un fait divers avant d'en mesurer la gravité, elles sont prises pour longtemps entre deux feux qui se combattent. Il n'a pas dû être facile pour les deux sœurs, élevées dans la tolérance et la douceur, de supporter les diatribes de leurs époux respectifs, qui ne mettent aucune tempérance – et c'est peu dire – dans leurs opinions. Ni de déjeuner ou de dîner avec eux avenue Duquesne, sous le regard navré d'un maître de maison exaspéré par ses gendres. Le peintre des orgues et de la communion, pour éviter le pugilat en famille, demande désormais que, avant de s'asseoir à sa table ou autour de son pacifique piano, chacun laisse la politique au vestiaire.

Les sujets de controverses ne manquent pas dans cette Troisième République livrée aux crises ministérielles, aux scandales financiers qui vont jusqu'à mettre en cause des membres du gouvernement, à la concussion, à la gabegie et aux attentats anarchistes. « Plus je vais, écrit Eugène Rouart à Gide, plus la politique me semble sale, tellement qu'un homme honnête sans génie n'y peut subsister. » Ecœuré par le déclin des valeurs morales et par les procédés d'une caste qu'il juge inapte à gouverner, il en vient aux invectives : « l'idée républicaine était belle, poursuit-il dans cette même lettre à Gide. Ils en ont fait un vomitif. » Pense-t-il à Clemenceau, gravement compromis dans le scandale de Panama ? « Il nous faut la rétablir – ces bourgeois sont trop gros, il faudrait leur faire faire de sévères carêmes. » Commencée dans ce contexte délétère, en décembre 1894, avec la condamnation du capitaine Dreyfus pour haute trahison – il est accusé d'avoir fourni des informations militaires à l'Allemagne –, l'« Affaire » va concentrer les rancœurs et les agacements, focaliser la haine et prendre au fil des années une ampleur nationale. Les soubresauts de l'enquête vont déchirer le pays. Menée sur deux fronts à la fois, elle progresse au milieu des chausse-trapes et des malversations, de vrais bordereaux en fausses expertises, et de dossiers secrets en débats houleux à la Chambre, où les députés en viennent aux mains, tandis qu'Alfred Dreyfus croupit dans sa cellule, à l'île du Diable. Son frère, Mathieu Dreyfus, a rallié à sa cause un certain nombre de personnalités de la société civile autour de Bernard Lazare – auteur d'un essai sur « l'antisémitisme, son histoire et ses causes » et premier écrivain à entrer en lice par de virulents articles –, pour dénoncer l'erreur judiciaire. Du côté militaire, c'est le commandant Picquart qui, nouvellement nommé à la tête du service des renseignements du ministère de la Guerre et relevant les anomalies du procès, entreprend d'y voir plus clair au risque d'y jouer sa carrière – il sera bientôt envoyé en mission dans l'Est, puis, comme il ne lâche pas prise, muté en Tunisie et enfin réformé « pour faute grave », avant d'être arrêté et emprisonné. On débat en famille de chaque révélation parue dans les journaux, de chaque apport ou contestation de preuve, des propos du commandant Henry accusant ouvertement Dreyfus ou de l'attitude pour le moins équivoque du comte Esterhazy, officier d'état-major criblé de dettes. A gauche, on lit *Le Siècle*, pour la campagne qu'y mène Joseph Reinach, le député des Basses-Alpes, un proche de Gambetta, de concert avec le vice-président du Sénat, l'industriel alsacien Auguste Scheurer-Kestner, qui finira par perdre sa vice-présidence dans la polémique. Mais l'Affaire dépasse les clivages politiques. Les révisionnistes, qui réclament un nouveau procès, rassemblent aussi bien des gens de la droite et du centre gauche, tous ceux pour lesquels, dans l'absence de preuves irréfutables, l'innocence d'un homme reste acquise. Pour eux, la justice ne saurait être suspecte de quelque arbitraire que ce soit, pas même pour raison d'Etat. Henry Lerolle, Paul et Jean Lerolle – le frère aîné d'Henry et le fils de celui-ci –, mais aussi Arthur Fontaine sont de ceux-là. Ils estiment que le procès à huis clos qui a envoyé Dreyfus au bagne n'est pas conforme aux règles républicaines et que trop de pièces importantes, n'ayant pu être vérifiées, ont été retirées à l'examen des juges. Ces républicains rigoureux, animés d'un esprit de justice hérité autant de la morale civique que de celle qu'enseigne le Christ, souhaitent que lumière soit faite : pour eux, la vérité vaut tous les combats.

Quand l'Affaire atteint son paroxysme avec l'acquittement d'Esterhazy, en janvier 1898, immédiatement suivi par la publication de la lettre d'Emile Zola, dans *L'Aurore*, « J'accuse ! », les Lerolle et les Fontaine se retrouvent, malgré leurs différends aussi bien littéraires que politiques, dans le camp de Zola. Bien que Manet ait fait de cet ami écrivain, en 1868, un magnifique portrait sur fond d'estampes japonaises qui figure parmi ses chefs-d'œuvre, les Lerolle se reconnaissent mieux dans l'impressionnisme que dans le naturalisme et dans Mallarmé plutôt que dans l'auteur un peu trop cru des *Rougon-Macquart*. Politiquement, cet athée notoire dont les convictions républicaines se teintent d'un rouge inquiétant, qui n'a pas les subtilités des rouges de Gauguin, ne les a jamais enflammés. Mais par éthique, par exigence d'honnêteté, parce que l'innocence d'un homme est en jeu, ils sont finalement du même bord : « dreyfusards » contre vents et marées. Ils ne vont pas jusqu'à mettre en cause, comme Zola, les rouages de la République – l'armée et la justice. Ils ne sont même pas sûrs que Dreyfus soit innocent. Mais ils exigent la révision d'un procès où la notion même de vérité a été bafouée. Tout comme Charles Péguy, ces catholiques républicains seront parmi les premiers défenseurs de Dreyfus.

Arthur Fontaine fait partie des premiers adhérents de la Ligue des droits de l'homme, créée en 1898, par d'ardents défenseurs du droit, dans les tumultes de l'Affaire. De nombreux membres de l'Union pour la vérité y adhèrent avec lui, tel Paul Desjardins. Deux de ses frères, Henri et Lucien, membres du comité central, y sont particulièrement actifs. Lucien Fontaine sera le premier trésorier de la Ligue des droits de l'homme et le restera jusqu'en 1905. C'est dire l'ampleur et la sincérité de leur engagement.

Les frères Rouart, résolument « contre », n'entrent pas dans ces considérations. Pour eux, il ne leur est pas permis de s'attarder au destin d'un seul individu si l'intérêt supérieur de la nation est en jeu. Ni l'armée ni la justice ne doivent pouvoir être mises en cause – sinon, comme l'écrit Eugène, qui reprend là le principal cheval de bataille des nationalistes, « c'est l'anarchie ». Les deux frères sont d'autant plus fermes sur leurs positions qu'ils croient tenir la vérité de source sûre : du ministre de la Guerre en per-

sonne ! Celui-ci, le général Mercier, est un grand ami
de leur père, qui le tutoie et l'appelle Auguste. Il
vient souvent dîner rue de Lisbonne, en toute simplicité. Les deux hommes sont de la même promotion
à Polytechnique. Si l'Ecole a été le ciment de leur
amitié, ils partagent des valeurs communes. Ce sont
deux libres penseurs – bien que catholiques, ils ne
vont pas à la messe et ne se montrent dans une église
qu'à l'occasion des mariages ou des enterrements.
Mercier a épousé une Anglaise protestante. Ce général, auquel ses hauts faits militaires pendant la campagne du Mexique puis la guerre de 1870 ont valu
une brillante ascension, a provoqué la fureur de la
droite en libérant par anticipation une partie du
contingent en août 1894 – dans le climat farouchement antiprussien de l'époque, on l'a accusé de faire
le jeu « des juifs et des espions ». C'est un officier
intelligent et calme, un peu hautain, sans doute à
cause de son étoile et de ses nombreuses décorations,
mais aussi un hôte agréable, courtois, d'après le portrait que fait de lui Jean-Denis Bredin dans son livre
L'Affaire. Ministre de la Guerre en 1894, c'est lui qui
donne l'ordre d'arrêter Dreyfus et qui monte le scénario du procès à huis clos comme du « dossier
secret », enlevé un peu vite à l'œil par trop attentif
des sept jurés du conseil de guerre. Maître d'œuvre
du verdict, symbole du « criminel en chef » pour tous
les dreyfusards, Mercier n'a jamais douté ni hésité un
seul instant. La culpabilité de Dreyfus est pour lui
« absolue, certaine » – il le proclamera à maintes
reprises à la tribune de la Chambre comme devant les
juges, mais aussi dans les cercles privés qu'il fré-

quente et notamment chez son ami Henri Rouart. A-t-il voulu reconquérir une droite qui venait tout juste de le conspuer – il a des ambitions politiques –, ou est-il vraiment convaincu en son âme et conscience que Dreyfus est un traître à la solde de l'Allemagne, ce qui va pourtant se révéler un mensonge construit de toutes pièces ? Est-il l'architecte de cette iniquité ? un patriote exalté qui pèche par excès de zèle et croit avoir trouvé la victime sacrificielle ? ou la dupe de ses préjugés, pris au piège de sa légendaire infaillibilité ? Le premier de tous les antidreyfusards, il le restera jusqu'à son dernier souffle, sûr de lui et droit dans ses bottes, même après la réhabilitation de Dreyfus et sa réintégration dans l'armée. Ayant rêvé, au lendemain du premier procès, de faire voter la peine de mort pour punir les crimes d'espionnage, Mercier aura plus de succès à la Chambre en 1899, en réussissant à convaincre les députés de voter la loi d'amnistie, se mettant ainsi à l'abri d'éventuelles et plus que probables poursuites judiciaires. Elu sénateur de la Loire-Inférieure l'année suivante, il exercera son mandat jusqu'à l'année précédant sa mort, en 1921. Le 29 juin 1907, devant six mille personnes à la salle Wagram, l'Action française lui remettra une médaille d'or. Et il mourra à quatre-vingt-sept ans sans s'être renié : antidreyfusard pour l'éternité.

Comment résister à un guide aussi prestigieux et sûr de ses dogmes ? Mercier possède l'aura du républicain intègre : comment les Rouart auraient-ils pu douter de sa probité ? En face de lui, son ami Henri Rouart est pourtant d'une autre trempe – plus lointain, presque indifférent aux affaires de la cité, il ne s'intéresse plus à dire vrai qu'à l'art. Sa collection de peinture et de sculpture et les tableaux qu'il peint lui-même et qu'il peindra avec une ardeur soutenue jusque dans la grande vieillesse, voilà son monde. De sa formation militaire, de ses années à Polytechnique, il tire son allure un peu raide, sa rigueur, son sens de la discipline et son respect de la hiérarchie – il n'aime pas que ses fils le contredisent, même devenus adultes –, et il est tout prêt à suivre son ami Auguste Mercier dans la voie toute tracée que celui-ci lui désigne – Rouart est en droit de penser que le ministre de la Guerre, général une étoile, sait de quoi il retourne. Pourtant, si Henri Rouart se retrouve dans le clan antidreyfusard, c'est sans hargne ni vraie conviction. Il préfère – comme Lerolle – se cantonner au doux déduit de peindre, dans la paix lumineuse de son atelier, des paysages sans tempêtes, peuplés de nymphes dévêtues ou, ainsi qu'il les préfère, plus conformes à sa méditation, vides de toute créature humaine. Il a de surcroît une maîtresse qu'il aime beaucoup, Marguerite Brandon, née Salvador, et celle-ci est juive. Il passe la plupart de ses soirées chez elle ; or son salon de la rue Le Tasse compte de nombreux amis juifs. Il est heureux en compagnie de cette personne qui fut si belle et qui est encore si bonne, et dont il n'envisage pas un instant de se séparer. La mère de Marguerite, Mme Salvador, née Adamine Crémieux, et sa sœur Gabrielle, Mme Alphen, ont l'habitude de l'accueillir ensemble avec grâce et chaleur. Il passe de beaux étés près des trois femmes – veuves toutes les trois – à La Commanderie : la maison de Marguerite en Indre-et-Loire, près de Ballan, est pour lui un havre plein d'un inappréciable charme féminin. Ses fils aimeraient bien l'y voir renoncer, mais il tient bon. Et toute tentative pour le tirer de sa bienheureuse neutralité l'agace. Il se laisse malmener par les uns (Degas notamment, ou ses fils Eugène et Louis, très combatifs), mais aussi par les autres (le camp dreyfusard de ces dames lui en fait voir de toutes les couleurs). On en trouve un écho dans la correspondance d'Eugène avec Gide : « Madame Brandon devient agitée, secoue mon pauvre père qui en est malheureux. » « Chez les Salvador, poursuit-il, on a traité papa de jésuite, de clérical, de légitimiste », alors qu'il est de fait républicain et libre penseur. « Papa trop bon y va toujours, malgré les sales procédés dont on a usé envers lui, écrit-il encore en mars 1898, mais aucun de ses enfants n'y retourne. » Cela n'est guère étonnant : « Nous avons vraiment failli nous prendre aux cheveux avec Madame Alphen, rapporte Eugène à Gide. Réciproquement, comme aux halles, nous nous sommes traités d'ignobles. » Henri Rouart déteste cette violence et se tient à l'écart du militantisme enflammé de ses fils, qui dérange son équilibre affectif et, plus profondément, sa philosophie tranquille de la vie qu'éclaire l'amour des arts. Il conservera toujours, pendant ces douze années de ce qui fut une véritable guerre civile, un extraordinaire quantà-soi. Daniel Halévy lui rend hommage dans ses souvenirs à la fois amers et nostalgiques sur Degas : « très militaire, mais doux et charmant, écrit-il le 20 août 1899. Il est extrêmement modéré dans l'Affaire. Nous parlons peinture... » En revanche,

Daniel Halévy traite les deux fils Rouart d'« énergumènes ».

Exaltés, impétueux l'un et l'autre, Eugène autant que Louis sont non seulement convaincus de la culpabilité de Dreyfus mais voient dans tous ceux qui demandent la révision du procès un complot des ennemis de la France, alliés à son voisin allemand pour l'affaiblir et la détruire : les juifs, les francs-maçons et, passant outre à leur amitié avec André Gide... les protestants. Eugène à Gide : « Le pays s'en va, c'est navrant (...). Nous avons pendant vingt ans été couchés sous les juifs et les francs-maçons, nous voulons autre chose. Nous l'aurons ou nous descendrons dans la rue avec nos fusils, tous nos amis sont du même avis. » C'est au moment où la campagne en faveur de Dreyfus culmine, avec la publication du texte de Zola, soutenu dès le lendemain dans *L'Aurore* par une pétition de protestataires, qui s'indignent « de la violation des formes juridiques au procès de 1894 » et s'insurgent « contre les mystères qui ont entouré l'affaire Esterhazy ». Dès la première liste – il y en aura une dizaine – apparaissent un certain nombre d'écrivains. Ce sera « la pétition des intellectuels ». Le mot fera florès. Convaincu par Marcel Proust, auquel son père, antidreyfusard, n'adressera plus la parole pendant huit jours, Anatole France engage son nom, doté d'un prestige alors considérable, dans la liste de ces hommes qui, devant l'injustice, « demandent à la Chambre de maintenir les garanties légales des citoyens contre tout arbitraire ». L'Ecole normale, à la suite de son bibliothécaire Lucien Herr, est la mieux représentée. Pour les antidreyfusards, il est clair qu'on s'en prend aux piliers mêmes de la République et que le pays va sombrer dans le désordre. Eugène se fait aussitôt envoyer d'Autun son fusil de chasse à deux coups !

« Zola veut devenir Tolstoï, s'enivre de gloire stupide, juge tout sans rien savoir, heureux encore s'il n'est pas payé, des gens informés l'assurent. »

Louis, de son côté, est favorable aux idées de l'Action française. En froid avec Maurras à cause de l'article déjà cité, paru dans *L'Occident*, où il tentait maladroitement de le ménager tout en défendant le point de vue de Gide, il a renoué les liens avec cet écrivain qu'il admire, un peu moins que Barrès, mais infiniment plus que France ou que Proust. Contrairement à son frère qui reste républicain, Louis est monarchiste. Il veut une France non en Marianne mais en vierge de cathédrale, sur le modèle du rêve nervalien. C'est la France de Chartres et de Reims qu'il aime, celle qui plonge ses racines éternelles dans l'histoire des Capétiens et prend son plus bel essor aux bords de la Loire, si tendrement mise en vers par Ronsard et du Bellay. Passéiste à fond, il marche à rebours de son siècle, à ses yeux décadent. Le progrès ne lui dit rien qui vaille et ce n'est certainement pas lui qui aurait inventé la machine à faire du froid ou des prototypes de bicyclette, comme son père, esprit novateur, curieux et en parfaite adhésion avec son temps. Louis s'accroche à un passé qui s'éloigne de plus en plus vite mais dont la nostalgie l'étreint. Il voudrait être hier, qui seul l'apaise et le rassure. Comme les valeurs d'autrefois sont pour lui à jamais supérieures à celles d'aujourd'hui, il vit en porte à faux, cherchant des références loin de ce que chacun propose. Même Maurras le déçoit quand il s'appuie sur le modèle de l'Antiquité grecque ou qu'il semble se complaire un peu trop en Provence, où trop d'influences orientales ont forgé la civilisation d'oc. L'Ile-de-France et les pays de Loire sont pour lui un paradis que rien ne saurait concurrencer dans son cœur épris de fidélité et inquiet de fixer ses racines. Volage en amour – Christine n'ignore pas ses aventures –, il ne l'est ni en politique, ni en esthétique, où ses idées, loin de folâtrer et de s'égarer ici ou là, s'ancrent avec certitude dans la bonne terre de nos rois. Et dans les traditions qui ont fait la France depuis la nuit des temps.

Du camp des antidreyfusards, les frères Rouart comptent de nombreux amis qui, comme eux, sont moins engagés contre Dreyfus que contre ceux qui, en défendant Dreyfus, leur semblent mettre en péril la France. Tous nationalistes, les uns républicains, les autres monarchistes, ils se montrent plus ou moins virulents dans leurs propos, selon leurs tempéraments ou la force de leurs convictions. Parmi les écrivains qui leur sont proches : Valéry, Régnier, Louÿs partagent leurs idées – Claudel, en poste diplomatique à l'autre bout du monde, échappe par miracle à cette répartition des combattants. Parmi les peintres, Degas est le plus acerbe – il ne remettra plus les pieds chez les Halévy, auxquels il a pourtant été profondément lié, que pour se recueillir sur le lit de mort du père, Ludovic Halévy, son ami de longue date –, mais il y a aussi Renoir, Forain, Maurice

Denis. Et Debussy compte lui-même au nombre des antidreyfusards. Il est en fait beaucoup plus rapide de relever parmi les artistes les noms des dreyfusards : Monet, Eugène Carrière... Ils ne sont pas légion. Curieusement, les hôtes familiers de l'avenue Duquesne, ce foyer dreyfusard, ne s'accordent guère avec le maître de maison, qui pourtant continue de les recevoir et de leur marquer son amitié. Chez Lerolle, l'art est plus fort que la politique. Maurice Denis, témoin de son engagement pour Dreyfus – « Il avait pris parti avec angoisse, avec violence » –, ne partage pas ses idées. Mais pas plus que Degas il ne se brouille avec lui : « Je me souviens de l'âpreté de nos discussions et me réjouis que notre amitié n'ait pas été touchée. » Ce cœur pacifique est une exception dans un monde que marqueront de définitives ruptures.

Loin des forums où l'on crie et où l'on s'empoigne – le comte de Bernis, député monarchiste du Gard, a frappé Jaurès en pleine tribune à l'Assemblée nationale –, Henry Lerolle ne laisse aucun tableau qui porte l'empreinte de ces années de déchirement. Pas plus qu'Henri Rouart, d'ailleurs. Les peintures de ces deux artistes, l'un dreyfusard et l'autre antidreyfusard, sont alors entièrement bucoliques. Ils ne peignent plus l'un et l'autre que des scènes champêtres, avec des arbres, des prairies, des fontaines, des lacs et des montagnes lointaines, qui reflètent sans doute leur monde intérieur. Ou l'aspiration qui est la leur à un monde en paix, délivré des miasmes politiques et du nauséabond climat d'injustice qui règne en France. Leur vieillesse rêve de douceur, de la caresse du vent dans les feuilles ou des formes pleines et apaisantes d'une femme nue, surprise au bain ou dans la fraîcheur d'un sous-bois. C'est très loin d'eux qu'Edouard Debat-Ponsan, peintre toulousain qui remporte alors de grands succès à Paris, aux Salons, offre en cadeau à Zola un tableau allégorique de l'Affaire, *Nec mergitur, la Vérité sortant du puits* : une somptueuse créature nue est tirée du puits par un homme qu'un autre, le visage caché sous un masque, tente au contraire d'y précipiter. Ils se disputent son corps, sont prêts à la déchirer. Debat-Ponsan (dont la fille épousera un jour le professeur Robert Debré...) perdra au passage, dans cette peinture ouvertement dreyfusarde, une bonne partie de sa brillante clientèle. Aux yeux de Maurice Denis, Lerolle était « devenu tolstoïsant » : il cultivait sa solitude, s'isolait plus souvent à la campagne, mais n'en défendait pas moins farouchement ses convictions devant des amis que l'Affaire avait changés en adversaires. Rien, pas même un engagement personnel, n'aurait pu le conduire à rompre avec ceux qu'il aimait.

L'une des préoccupations d'Eugène Rouart, dans les années qui suivent la publication du « J'accuse ! » de Zola, est de convaincre Gide de rallier le « bon camp » – celui des antidreyfusards. Gide renâcle en effet à prendre parti. Il balance, s'interroge, pèse le pour et le contre, passe et repasse les faits à l'aune de sa conscience et, à force de se torturer l'esprit, préfère penser à autre chose : « Les événements politiques me terrifient, écrit-il à sa mère, déjà en janvier 1895. Est-ce assez dramatique ! J'aime mieux n'en rien dire et garder là-dessus un silence systématique. » Il évitera longtemps de se prononcer. Aussi Eugène, que cette neutralité exaspère – elle lui rappelle sans doute trop son père –, essaie-t-il de le décider à entrer dans le jeu de l'accusation. Il répète inlassablement les mêmes arguments d'une lettre à l'autre et reprend sans fin les thèmes obsessionnels de la campagne antidreyfusarde : l'honneur de l'armée, le salut de la France sont en péril, Dreyfus n'est qu'un otage aux mains des ennemis héréditaires (déjà cités), le destin d'un homme ne vaut pas le sacrifice national. Parfois il emploie le langage froid de la raison, mais c'est peu dans son tempérament, presque aussitôt il perd patience et s'emporte. Il faut dire que Gide, à force d'impavidité, lui porte sur les nerfs. Eugène ne peut pas comprendre qu'un ami aussi proche, un presque frère, ne partage pas ses indignations. On l'imagine, le teint aussi rouge que les cheveux et l'invective à la bouche – il prend feu ! Rien n'y fait. Il ira seul – avec son frère Louis – porter l'anathème chez cette pauvre Mme Brandon, grâce à laquelle Gide et lui se sont rencontrés, bien avant leurs mariages respectifs.

Gide se garde de toute violence. Même quand Eugène ou « le petit Louis Rouart » l'irritent, ce qui se produit assez souvent dans le climat volcanique de l'Affaire, s'il bout intérieurement, il n'en laisse rien paraître. Les influences de son éducation protestante l'ont conduit à ce sang-froid, à cette réserve, qui sont un des traits marquants de son personnage. La lettre et le procès de Zola, le suicide d'Henry, l'arrestation

de Picquart, la fuite d'Esterhazy en Angleterre ne
l'entraîneront pas comme tant d'autres dans un
débordement d'émotions. Il tient à rester calme dans
la tempête et lucide au milieu des passions. S'il aime
beaucoup Eugène et communie avec lui dans le goût
qu'ils ont ensemble pour la littérature et les jeunes
garçons, mais aussi pour les propriétés de campagne,
les longues conversations entre amis, ou les voyages
solitaires et buissonniers vers les oasis africaines, il
n'est pas homme à se laisser amadouer au seul motif
de l'amitié. Il prend ses décisions en son for intérieur
et protège sa liberté de penser. Les compagnons qu'il
a choisis ont beau s'enflammer et tenter de le
convaincre, ils échouent le plus souvent à l'embriga-
der, même s'il les écoute, les consulte ou subit quelquefois leur pression. Eugène Rouart n'est pas le seul
à vouloir l'amener à partager ses convictions. Le
beau-frère de Gide, Marcel Drouin, brillant normalien qui a épousé Jeanne Rondeaux, la sœur de sa
femme, cherche à le décider à rallier le camp opposé.
Ami de Lucien Herr, Marcel Drouin, dont le nom
figure dans la troisième liste des intellectuels pétition-
naires dans *L'Aurore*, voudrait convaincre Gide de
signer à son tour. « Le bon Drouin entraîné par le
monde Halévy et quelques universitaires a aussi
signé, je lui ai aussitôt écrit pour lui dire le chagrin
que j'en avais et lui signaler le danger, le complot, la
conspiration, la trahison que lui ne sait pas : l'Allemagne avec une méthode admirable a mené tout
cela pour nous détacher de l'Alsace et nous tomber
dessus », écrit Eugène Rouart, pour éclairer Gide et
l'empêcher de suivre la même fausse route que son

beau-frère. Il reprend pour la énième fois dans cette lettre la thèse développée chez son père par le général Mercier en personne : « Nous aurons la guerre civile si le gouvernement n'est pas assez énergique et n'emprisonne pas Zola, Clemenceau et quelques autres Jaurès, ou bien la guerre avec l'Allemagne – un tragique vent souffle sur nous. »

Gide signera-t-il ? Ne signera-t-il pas ? La question préoccupe Eugène, tandis que Gide prend son temps. Non qu'il déteste s'engager, mais si la réflexion le passionne, le choix lui pèse. Il craint de blesser les uns en préférant les autres. Ou vice versa. Il cherche à se maintenir au-dessus de la mêlée. Ce qui lui importe avant tout, c'est de penser librement, et de se garder des excès passionnels.

Aussi défend-il Drouin face aux accusations d'Eugène : si son beau-frère a signé la pétition, il sait que « c'est spontanément » et non sous l'effet de quelque contrainte ou influence. Bel exemple du subtil raisonnement gidien, qui retourne l'argument contre celui qui prétend le donner : « Si Drouin ne la signait pas, si je ne l'ai pas signée, c'est au contraire sous ta pression à toi… » Avec Eugène, les relations sont plus d'une fois tendues. Gide : « Si seulement tu pouvais parler sans passion, comme j'aimerais parler avec toi ! » A de multiples occasions, leur amitié risque la rupture. Avec sa morgue et son esprit dominateur, Eugène – très homo politicus, quand il se met à tenir des discours de propagande – finit par provoquer chez Gide la réaction inverse de ce qu'il attend : « Que me fait ce que tu dis sur Zola ? lui écrit celui-ci, ulcéré. Tu l'injuries : est-ce pour me convaincre ?

Qui convaincs-tu par des gros mots ? Il ne s'agit plus ici de convaincre : tout est dit et puis contredit. » Si lui-même peine à se décider pour ou contre Dreyfus, il n'admet pas qu'on puisse le faire à sa place. Il serait prêt à prendre le contre-pied de son interlocuteur, par esprit de contradiction – pour ne pas se laisser soumettre.

Aux lettres courroucées de Rouart qui devient fou à force de ne pouvoir briser la paroi de verre que Gide lui oppose, il renvoie des réponses destinées à calmer son feu et à le tenir à distance. D'autant que Rouart met un peu trop d'insistance à lui rappeler qu'il détient la vérité de la bouche même de « ceux qui savent » – Mercier et les amis de son père. Bien qu'il ait toujours eu à cœur de tracer sa propre voie hors du sillage d'Henri Rouart, il ne peut s'empêcher de le citer, non sans une certaine fatuité, à tout propos. Il exprime ainsi un orgueil de classe, sinon de caste sociale : cette fameuse « bourgeoisie éclairée par l'art » où Eugène a vu le jour lui aurait donné, par atavisme, une familiarité innée « avec la grande culture de l'esprit ». Plus d'une fois, Gide refuse de poursuivre le débat avec un interlocuteur aussi buté, fermé sur des acquis et sur des certitudes, qui cherche à imposer sa loi sans tolérer de repartie. Ironie cinglante de Gide : « L'outrageante façon que tu prends pour faire sentir aux autres ta fortune peut faire se féliciter tes malheureux amis que tu n'aies pas quelque titre de noblesse à y ajouter encore. »

Il finira – de guerre lasse ou vraiment convaincu ? – par signer l'une des listes de protestataires en faveur de Dreyfus – l'une des dernières, avec Léon

Blum. Si « le sentiment de la loi violée est abominable » à ses yeux, il regrette que ce soient « surtout les ennemis de la France qui applaudissent aux efforts de Zola… ». Partagé, déchiré, il compte des amis chez les antidreyfusards comme chez les dreyfusards et pas mal d'ennemis chez les uns et les autres. « L'exaspération que j'aurais de voir X ou Y être de mon avis m'empêcherait peut-être d'en être », écrit-il à Valéry qui a voulu le gronder gentiment – les reproches du poète futur de *La Jeune Parque* sont loin de valoir en vigueur ceux d'Eugène Rouart. Assez girouette dans ses opinions, Gide laisse Eugène tirer lui-même la conclusion de l'Affaire, en ce qui concerne leur amitié : « Jamais je ne reparlerai avec toi de Dreyfus. » Quelle que soit la gravité de la situation, et bien qu'il soit longtemps encore bouillonnant d'insultes, Rouart rend les armes au nom de la fraternité : « Mon ami bien-aimé (…) ne parlons plus de ces choses et tâchons d'oublier nos opinions différentes pour sans contrainte rouvrir nos bras, car je t'aime bien. Je suis un faible défenseur puisque je ne suis pas capable de sacrifier mes amitiés à mon opinion », reconnaît-il le 1ᵉʳ février 1898. Il y aura bien d'autres crises, des lettres déchirées, des invectives, des ultimatums non tenus, au rythme des soubresauts de l'Affaire qui ne laissent aucun Français à l'abri, même dans le monde lumineux des arts. Déjà au moment de la pétition, Renoir a manqué tuer Natanson, le directeur de la *Revue blanche*, qui lui avait demandé sa signature. Henri de Régnier met Fernand Gregh à la porte de la rue Balzac, où il était venu démarcher son beau-père (José Maria de Heredia). Philippe Berthelot jette les frères Halévy hors de chez lui pour ne pas signer. Rodin envoie Octave Mirbeau au diable. Etc. Mais les événements qui s'enchaînent – le procès de Zola en cour d'assises puis l'arrestation de Picquart, notamment – et les diverses révélations qui ne manquent pas d'attiser la controverse empêchent quiconque de trouver la paix. L'amitié d'Eugène avec Gide résistera : elle leur est sans doute plus chère que leurs plus chères convictions. Il s'en est fallu de peu qu'elle ne rompe, avec le « J'accuse ! » et le procès de Zola en 1898, mais aussi en 1899, lors du vote de la « loi de dessaisissement » qui amènera l'annulation du verdict de 1894 et la nouvelle cour martiale qui se tiendra à Rennes en juillet. Alors seulement, Eugène consentira à entendre les arguments des défenseurs de Dreyfus et, dans une lettre du 24 août 1899, reconnaîtra la nécessité de « se faire une opinion non passionnée ». En quelque sorte, une opinion gidienne.

Il regrettera un jour et ses emportements et ses convictions antidreyfusardes.

En ce qui le concerne, c'est certainement Mme Brandon, la maîtresse de son père, qui l'a le mieux compris. Peut-être le mieux aimé, puisqu'elle fut capable de lui pardonner ses insultes et le scandale qu'il avait réussi à déclencher dans son salon – la soirée musicale avait ce soir-là tourné au pugilat.

« C'est un sincère, un loyal, à ceux-là il faut beaucoup pardonner, écrit-elle à Madeleine Gide. Il place la grandeur de la France dans un Pouvoir sans Autorité Morale, je comprends ses craintes, ses angoisses à voir ce Pouvoir ébranlé par ceux qui croient que la

Justice et le Droit sont les seules forces d'un pays comme la France. » Cette personne « infiniment bonne », de l'aveu même d'Eugène qui lui a écrit dès le lendemain une lettre d'excuse, n'est que trop consciente des qualités – au nombre desquelles la loyauté, la sincérité – de son presque beau-fils, mais aussi de ses défauts. Elle évoque dans cette même lettre sa « fougueuse intolérance » et l'« étroitesse de son jugement ».

In fine, Eugène reconnaîtra ses erreurs. Quand Dreyfus sera réhabilité, en juillet 1906, en Cour de cassation, il s'avouera « tout bête de la fin de cette affaire » et confessera à Gide qu'il a été « d'une honnêteté naïve et furieuse là-dedans ». Ce repentir ne sera pas le fait de tous les antidreyfusards, loin s'en faut.

Quand Emile Zola meurt, en septembre 1902, dans une asphyxie accidentelle où d'aucuns verront un assassinat, et que cinquante mille personnes suivent le corbillard jusqu'au cimetière de Montmartre, le cortège ne compte aucun des frères Rouart. Cet écrivain naturaliste, socialiste athée, aux idées internationalistes, dont le « J'accuse ! » aurait pu faire basculer la France dans l'anarchie, leur apparaît au mieux comme un littérateur au talent contestable, au pire comme un danger public. Ils n'iront pas porter de gerbe sur sa tombe. Barrès parle en leur nom : « Nous ne devons rien à l'œuvre d'Emile Zola, qui, de toute éternité, nous a fait horreur, quand elle ne nous faisait pas bâiller. » Mais quand, en juin 1908, ses cendres sont transférées au Panthéon, parmi les grands hommes qui ont illustré l'histoire de France, la polémique s'enflamme. Barrès, ironisant sur la pétition de signatures qui suivit la publication de la lettre de Zola, imagine la protestation des cinquante-deux grands hommes auprès desquels l'auteur de *Nana* et de *L'Assommoir* va reposer. Notamment celle du maréchal Lannes, voyant entrer à ses côtés « un insulteur de l'Armée française ».

Louis, barrésien enthousiaste, cette fois ne manque pas le rendez-vous : il rejoint l'autre cortège, celui des manifestants nationalistes qui protestent aux cris de « A bas, Zola ! » et de « Vive la France ! » au passage des cendres, escortées par la Garde républicaine et tous les corps constitués, Armand Fallières, président de la République, en tête, accompagné de Clemenceau et de l'ensemble de la classe politique, ainsi que de nombreux généraux. La police doit intervenir pour disperser les gêneurs qui viennent gâter la cérémonie. Un photographe amateur a saisi cet instant. C'est devenu une carte postale, qu'on peut retrouver aujourd'hui sur le marché des vieux papiers, à l'étalage de quelque collectionneur d'images. Louis, tel un acteur de cinéma, vêtu avec une extrême élégance, portant canne et chapeau, sans oublier les gants ni la montre au gousset, marche entre deux gendarmes. Plus frondeur que jamais. Il sera emmené au poste.

Il n'entendra pas rappeler l'éloge de la nation tout entière, à travers ces mots qu'Anatole France avait prononcés pour Zola au cimetière de Montmartre : « Il fut un moment de la conscience humaine. »

Ni le bruit de la déflagration qu'au sortir du Panthéon provoqueront soudain deux coups de feu – le tir d'un journaliste obscur, dénommé Gregori, contre le plus illustre de ceux qui ont accompagné Zola à sa dernière demeure – il sera légèrement blessé au bras : Alfred Dreyfus.

Les fausses notes sentimentales

C'est un tanagra : petite, menue, avec des proportions parfaites, une taille si fine qu'un homme peut
en faire le tour avec ses mains, Marie Fontaine – née
Escudier –, la tante d'Yvonne et de Christine, a la
séduction de ces antiques statuettes, leur finesse et
leur mystère, mais la vie coule en elle. Elle est faite
de chair, douce et sensuelle. Quand son sourire
timide illumine ses traits, tout s'éclaire autour d'elle.
Le plus joli minois de la famille, avec son nez
retroussé, ses airs de chatte langoureuse, a captivé les
peintres que son mari invite à sa table et dont les
tableaux innombrables ornent les murs de son appartement, avenue de Villars. Maurice Denis, Odilon
Redon, Edouard Vuillard reviennent sans cesse vers
elle pour fixer sur leurs toiles son charme enfantin et
vénéneux. Elle s'anime sous leurs roses, leurs jaunes,
leurs verts acidulés, qui rendent son éclatante fraîcheur. La courbe de sa nuque, la rondeur de ses
épaules : aucun d'eux n'est resté de glace devant
cette femme fragile à la beauté piquante.

Christine Lerolle tient de cette tante qu'elle aime

beaucoup ses traits délicats et Yvonne sa voix de rossignol. Son chant est aussi exquis que l'ensemble de sa personne. Il n'est pas étonnant que Marie ait posé si souvent pour leur père, Henry Lerolle, qui ne s'est jamais lassé de la peindre, tour à tour en vierge et en nymphe. Sans doute parce qu'elle lui évoquait à la fois la pureté et la volupté. L'innocence et l'extase. Cette ravissante personne, que son épouse est habituée à voir entrer dans son atelier, est son principal modèle féminin – Madeleine Lerolle ne semble pas avoir été jalouse. A l'époque où il peignait de grandes fresques pour des monuments officiels, l'Hôtel de Ville, la Sorbonne, Marie a été pour lui la Vertu, la Justice, la Jeunesse et d'autres valeurs morales très élevées auxquelles elle prêtait, avec une grâce opportune, ce je ne sais quoi de coquin et d'irrésistiblement ingénu qui donne de la saveur à toutes ces abstractions. Priant devant l'autel au moment de la communion, ou chantant à la messe accompagnée par l'orgue, à Saint-François-Xavier (Metropolitan Museum), elle est aussi délicieuse en dévote qu'en muse, aussi appétissante dans la chapelle des mariages que sur les plafonds de l'Hôtel de Ville. Il a beau être un spécialiste des sujets religieux et un fervent catholique, Henry Lerolle n'en a pas moins eu pour la jeune sœur de sa femme une attirance des plus sensuelles. Quand il la peint – et c'est plus souvent que toute autre –, il la déshabille du regard.

Adrien Mithouard, le fondateur de la revue *L'Occident*, dans laquelle écrit Louis Rouart, lui ayant demandé – en ami et voisin – de décorer son salon, Lerolle a peint chez lui trois grands panneaux, pro-

bablement vers 1900 – ils ne sont pas datés. Ils existent toujours, dans le bel immeuble qu'il habitait à
l'angle de l'avenue de Breteuil et de la place qui
porte aujourd'hui son nom (place du Président-
Mithouard). La famille qui occupe maintenant son
appartement, au cinquième étage, les a conservés.
C'est un paysage de mer et de rochers qui évoque des
vacances en Méditerranée. La mer est très bleue, les
rochers sont rouges, il fait beau, les couleurs chan-
tent, on est très loin des bruns et des gris qui ont
fait la réputation de Lerolle et lui ont valu autrefois
le surnom de peintre « au café au lait ». Est-ce
l'influence de Maurice Denis, auquel la fresque fait
aussitôt penser, ou l'évolution personnelle du peintre
vers un état de bonheur et de contentement, depuis
qu'il a cessé de peindre sur commande et ne prend
plus son pinceau que lorsque cela lui fait plaisir ?
L'amitié de Mithouard, la facilité de venir peindre à
deux pas de chez lui, la belle lumière qui inonde
l'appartement… mais peut-être aussi le souvenir de
la grande toile qu'il a offerte à l'église Saint-François-
Xavier, dont la cloche rythme son travail ? L'église,
vue de la fenêtre, est si proche qu'on la croirait à
portée de main. Il décide de figurer des muses, grandeur nature, sur ce paysage solaire et joyeux. Trois
ou quatre sur chacun des panneaux latéraux. Elles
dansent ensemble, certaines avec un instrument de
musique, d'autres en tenant une feuille comme pour
y inscrire les mots d'un poème ou d'une chanson.
Mais lorsqu'on entre dans ce salon familial, paisible
et doux, on n'en voit vraiment qu'une seule : la muse
centrale. Celle qui rayonne en plein cœur de la

fresque. Elle s'impose dès le premier regard. C'est elle, Marie Fontaine. Immédiatement identifiable à son minois, à son nez retroussé, à son expression ingénue et lascive. Seulement cette fois, elle ne suggère pas la nudité. Elle est nue. On découvre les seins et les longues jambes de la communiante et de la chanteuse à l'orgue, de la jeunesse et de bien d'autres égéries. C'est bien son visage, mais est-ce vraiment son corps ? Lerolle, qui est un artiste familier des nus, a-t-il pu obtenir qu'elle pose en tenue d'Eve, comme un modèle professionnel ? Sur aucun de ses précédents tableaux représentant Marie, pas plus que sur ceux de Denis, de Redon, de Vuillard, on n'aperçoit le moindre décolleté ni la moindre cheville. Lerolle aurait-il rêvé son corps ? Ou prêté à son merveilleux visage le corps d'une autre muse, mais qui lui va alors comme un gant ? Ce qui paraît tout de même étonnant, c'est qu'Arthur Fontaine ait pu laisser sa femme non seulement se déshabiller aux yeux de Lerolle, mais s'exposer nue à ceux de Mithouard, de sa famille et de ses invités, qui vont désormais la contempler à loisir en fumant leurs cigares et en parlant d'esthétique et d'éthique – des valeurs décadentes du monde occidental. Comme Lerolle n'a laissé aucun commentaire écrit sur cette œuvre, qui était et qui est toujours appelée à demeurer dans une sphère privée, on en est réduit à des conjectures. Mais Marie est bel et bien là. Ravissante. Magnétique.

En 1900, elle a trente-cinq ans. Et cinq enfants, qu'elle a mis au monde sans reprendre souffle. Cette créature érotique est une épouse bourgeoise. Une maîtresse de maison qui s'efforce d'être parfaite. Et une mère de famille en apparence comblée, qui veille sur sa couvée. Mme Arthur Fontaine dans le monde, elle est unie à un mari sérieux et honnête : le plus irréprochable des hommes. Son existence obéit à des règles sévères et à des horaires stricts, bien éloignés de la liberté des muses qu'elle inspire. Les repas, servis par Bourrillon, le maître d'hôtel, se prennent à l'heure et à la minute près, comme à l'armée. La toilette puis l'organisation de la journée avec les enfants et les domestiques, la gouvernante et le précepteur, occupent ses matinées. Les visites, les œuvres de charité, la correspondance obligée, ses après-midi. Elle n'a plus beaucoup de temps pour travailler sa voix ou son piano. Son mari dîne presque chaque soir à la maison avec un ou plusieurs invités : sans solennité mais selon un rituel bourgeois devenu pour elle avec les années de plus en plus contraignant. Autant ses sœurs, Madeleine Lerolle et Jeanne Chausson, sont à l'aise dans ce rôle, naturelles et chaleureuses quand elles reçoivent, ce dont elles s'acquittent toujours avec grâce et avec plaisir, autant Marie paraît maladroite et même empotée en société. Elle anime mal la conversation ou reste trop longtemps silencieuse, avec un air absent. Quand elle revient dans le débat, sa voix de mezzo détonne et paraît décalée. Il est vrai que les hôtes d'Arthur Fontaine – ministres, secrétaires d'Etat, fonctionnaires aux travaux publics ou aux chemins de fer, spécialistes du droit du travail – discutent gravement de sujets austères. L'entourage d'Arthur Fontaine manque de gais lurons. Elle écoute avec des airs sages et rêveurs, qui en distraient certains. Paul Desjardins s'en plaint à son mari : non seulement Marie n'est pas à la hauteur de ses dîners de têtes, mais elle perturbe ces messieurs... Elle semble n'avoir que des intérêts frivoles : la maison, les enfants, la musique. Cette musicienne-née, qui chante plus spontanément qu'elle ne parle, avec un bonheur évident, n'a pas de chance : non seulement Arthur Fontaine n'est pas Claude Debussy, mais il déteste la musique. Réfractaire à toute mélodie, il nourrit une véritable répulsion pour l'opéra !

Cette adorable muse aborde le siècle dans la fatigue. Devenue mal portante et souffreteuse, elle se plaint de migraines, de maux de dos ou de ventre, de lassitude et d'épuisement que sa famille et en premier lieu son époux attribuent à ses grossesses rapprochées et à la fragilité de sa nature. En vérité, elle s'ennuie. Comme elle a « tout pour être heureuse », selon l'aimable adage, elle ne peut pas se plaindre. Elle a « tout », en effet, grâce à un mari dont elle peut être fière : le confort et la prospérité ; un statut social avantageux ; des enfants en bonne santé ; et l'assurance de finir sa vie comme un fruit confit dans une boîte entourée d'un joli ruban. Mais, avenue de Villars, prisonnière d'une routine que d'autres femmes, moins bien loties, pourraient lui envier, Marie se sent à l'étroit et s'ennuie. A force de trop peu rire et de trop peu chanter, les autres privilèges de sa vie, la sécurité, l'honnêteté, la tranquillité, lui deviennent écœurants.

Elle déserte souvent le foyer conjugal, sous des prétextes divers qui sont en général les périodes des

vacances pour ses enfants : elle rejoint alors ses sœurs
dans leurs villégiatures ici ou là, sans son époux, qui
reste à Paris, à travailler. Ou bien elle prétexte des
cures dans des stations thermales ou balnéaires, répu-
tées pour leurs bienfaits sur le sang, les poumons, le
foie, les reins. Ce qu'elle devrait pourtant soigner, ce
qui est vraiment malade chez elle, c'est le cœur. A
toutes les muses, il faut un homme qui sache les
regarder et les aimer. Elle souffre d'indifférence et de
froideur, près de l'irréprochable mari qui lui fait des
enfants sans la satisfaire et pense davantage à ses dossiers ou à ses ambitions, si honorables soient-elles,
qu'à lui donner du bonheur. Arthur Fontaine s'en
expliquera, trop tard : « Quel désordre, mon ami, la
passion jette dans les familles, écrira-t-il à Francis
Jammes en 1910. Quelle tristesse ! Oui, c'est bien
une maladie, tout autre que l'amour, grave et bienfai-
sant. »

Or Marie appelle la passion de tous ses vœux. Aux
yeux du monde et de sa propre famille, elle a tout.
Mais l'essentiel lui manque. Ce soleil d'un amour,
Lerolle en a ressenti l'appel quand il a peint les
fresques du salon de son ami Mithouard, où elle
rayonne, figurant une muse de la lumière et du bonheur.

Un matin de novembre 1907, sans crier gare,
Marie quitte le foyer conjugal en emmenant avec elle
Noël et Denys, ses deux plus jeunes enfants. Elle
s'installe provisoirement chez sa mère, veuve depuis
peu, dans l'hôtel du boulevard de Courcelles où elle
a passé son enfance. Une femme qui s'en va : cela ne
s'est encore jamais vu dans la famille. Cela ne se fait

pas, particulièrement dans ce milieu catholique. Quels que soient ses motifs de doléances, une épouse reste avec son mari. Or Marie affirme qu'elle ne veut plus vivre avec Fontaine, ni même le revoir, et ne consent à aucune explication. Rien n'a filtré de ses éventuelles confidences à sa mère ou à ses sœurs. Jammes s'en fait l'écho dans l'une de ses lettres à Arthur Fontaine en déclarant qu'il reste « stupéfait devant cette obstination silencieuse et féroce » de Marie. Le scandale éclate chez les Lerolle et consorts. La foudre tombe du ciel.

Fontaine est effondré. De son propre aveu, il n'a rien vu venir. Il ne s'attendait pas à cette décision si soudaine pour lui et si violente. Il ne nourrissait aucun soupçon, ni aucune intuition du drame qui couvait sous son toit. Son désarroi apparaît crûment dans une lettre qu'il adresse, en décembre, à son ami Claudel. Celui-ci est alors consul à Tien-tsin, au fin fond de la Chine : « Il faut s'en remettre à Dieu du soin de juger les torts, à Dieu seul qui pardonne et qui juge. » Il reste droit et digne dans le chagrin – sa correspondance l'atteste –, mais ne comprend visiblement rien au drame dans lequel sa femme s'est longtemps débattue. Ce désamour conjugal, il ne l'a tout simplement pas pressenti. Il est passé à côté.

Marie a maintenant un amant : elle vient de le lui apprendre. Cet amant n'est pas seulement le frère de Paul Desjardins, avec qui Fontaine partage ses engagements à l'Union pour la vérité et à la Ligue des droits de l'homme – son meilleur ami. Mais il est aussi le beau-frère de son propre frère ! Essayons d'être claire : Lucien Fontaine a en effet épousé

Louise Desjardins, la sœur aînée de ce Desjardins qui lui vole sa femme. Le délit, commis en famille, est quasiment incestueux.

Abel Desjardins, jeune médecin des hôpitaux de Paris, a trente-sept ans : dix ans de moins que Fontaine et cinq ans de moins que Marie. On l'oublierait presque : né le jour de Sedan, on ne fête pas ses anniversaires – la famille ne célèbre pas les défaites nationales ! Il exerce la chirurgie à l'hôpital Broussais et fait partie, avec Thierry de Martel notamment, d'une équipe brillante qui a inventé la chirurgie moderne. C'est un spécialiste du pancréas. Condisciple de Marcel Proust au lycée Condorcet, proche ami de Robert, le frère cadet de Marcel, avec lequel il s'est lié à l'Ecole de médecine, il est aussi très ami de Claude Debussy et de Maurice Ravel. Si la médecine est sa passion, ce séduisant jeune homme à la moustache conquérante est lui aussi amateur d'art. Il chante avec Lucien Fontaine dans la chorale que celui-ci subventionne, dirigée par Debussy d'abord et bientôt par Ravel – la musique, qui rebute plutôt Arthur Fontaine, a dû beaucoup rapprocher Desjardins et Marie. On croirait un épisode de *La Sonate à Kreutzer* de Tolstoï. Abel Desjardins est un familier de la maisonnée. Un homme en lequel on avait pleine confiance. On l'appelait pour le moindre bobo des enfants. Et on le retrouvait aux inévitables réunions de famille, chez Mme Desjardins mère, 27 rue de Boulainvilliers.

Tombés amoureux l'un de l'autre, leur liaison a commencé en 1897 (Fontaine en donne le renseignement à Jammes). Pendant le temps du secret, Abel

Desjardins a bénéficié sans trop de scrupules de la protection du directeur du Bureau du travail, qui est intervenu par deux fois en sa faveur auprès du cabinet du ministre – Fontaine n'est pas avare de son influence pour aider ses amis. La première fois, en 1905, il a obtenu que son protégé devienne l'un des délégués de la Direction de l'assurance et de la prévoyance sociales au congrès médical international des Accidents du travail de Liège – un poste en vue, qui élargit ses compétences. La seconde, la même année, il l'a fait nommer secrétaire de la commission d'Hygiène industrielle – ce qui lui permet de bénéficier pour un temps des privilèges de l'Administration. Etant coutumier des interventions en haut lieu pour distribuer avec générosité décorations, promotions ou sinécures, Fontaine a dû trouver amère l'ingratitude du jeune homme.

Il agit en tout cas sans perdre de temps. Dès le mois de décembre, il dépose une demande de divorce, pour « abandon injurieux du domicile conjugal ». Le divorce, mené tambour battant, est prononcé dès le début de l'année suivante au profit de Fontaine, grâce à une plaidoirie implacable d'Alexandre Millerand. Ce futur président de la République (en 1920), avocat et député de la Seine, est aussi ancien ministre du Commerce et du Travail dans le gouvernement Waldeck-Rousseau. L'ensemble de lois sociales qu'il a fait voter au Parlement, connu comme « l'œuvre de Millerand », pour réglementer et réduire le temps de travail tout en garantissant le repos hebdomadaire, est le fruit du long et persévérant labeur d'Arthur Fontaine. Ce ministre, ami et homme de gauche, dont les liens sont puissants au plus haut niveau de l'Etat, entretient avec le directeur du Travail une relation qui se fonde sur une estime réciproque. Voisins dans le même immeuble, avenue de Villars, ils déjeunent ou dînent régulièrement ensemble, le plus souvent chez Fontaine. L'ancien ministre du Travail est un avocat brillant. Malgré le nouveau régime des divorces, instauré en 1884, qui aurait dû être moins dur pour la jolie muse, et bien qu'il soit un lecteur assidu des thèses libérales de son ami Léon Blum – *Du mariage* vient tout juste de paraître en librairie (1907) –, Millerand n'a fait d'elle qu'une bouchée.

La voici divorcée à ses propres torts et condamnée aux dépens. On lui laisse la garde de ses deux plus jeunes fils, Noël et Denys, âgés respectivement de douze et dix ans. Les trois autres, Jean-Arthur, Philippe et Jacqueline (dix-huit, seize et quatorze ans), sont confiés au père. Marie recevra une pension de mille francs par mois jusqu'à la liquidation effective des biens, mais doit verser mille francs par an à son ex-époux pour les dépenses de sa fille Jacqueline. C'est sévère et sans appel. Sans doute Arthur espère-t-il par ce jugement draconien la ramener repentante et affamée au bercail.

Aussitôt le clan Lerolle s'active pour tenter de rendre Marie à la raison. Plusieurs tentatives échouent. Sa mère et ses sœurs prennent le parti de l'époux bafoué et ne décolèrent pas contre cette cadette qui les déshonore. On tâche de la persuader de mettre fin au scandale de l'adultère. On en appelle au cœur d'une mère, qui va blesser ses enfants pour la vie, et aux devoirs d'une chrétienne, pour laquelle l'esprit de sacrifice et l'amour des siens devraient primer toute autre considération. On lui reproche sans cesse la honte de sa situation. Rien n'y fait. Marie continue à ne pas vouloir retourner avenue de Villars. On espère qu'elle a au moins renoncé à sa liaison coupable. A force de subir la charge de tous les membres de sa famille, solidaires autour de Fontaine, elle finit par accepter un voyage à Venise avec lui, mais Venise, on le sait, est un piège pour les amants malheureux. Elle revient quand même passer quelques mois dans son foyer, à cause des enfants. Fontaine lui a promis « un bonheur calme et grave, élaboré lentement, fort de raison et de dévouement », qu'il expose en ces termes à Jammes en janvier 1908. « Récompense chèrement payée » selon lui, cette réconciliation devrait mettre fin à une situation scandaleuse et douloureuse à vivre, qui perturbe son équilibre et son travail. Il est clair que c'est pour lui la solution raisonnable, auquel cas il pardonnera. « J'ai fait tout le possible pour éviter la triste solution que je ne puis éviter » : ainsi résume-t-il ses déboires conjugaux à l'intention de Jammes, son plus proche confident. Puis vient l'été.

Ce bonheur calme et grave qu'il lui promet décide Marie à s'enfuir, cette fois définitivement. Elle ne veut plus se cacher. Elle tient au contraire à ce qu'on sache ce qu'est sa vie désormais. A l'occasion de vacances qu'elle passe, seule, traditionnellement à Royan, chez les Odilon Redon, elle s'arrange pour que des amis de son mari – le peintre Lacoste, son épouse et leurs enfants – la surprennent en flagrant délit, dînant au restaurant avec son amant. Abel Desjardins séjourne à l'hôtel tout près. Les Lacoste, envoyés subrepticement par son mari pour surveiller Marie, se voient forcés de rapporter ce qu'ils ont vu.

Il n'y aura pas de réconciliation. Marie vient habiter au 205 boulevard Saint-Germain, dans un appartement au cinquième étage qu'occupe le docteur Desjardins. En dehors de Debussy, de Robert Proust, de Van Dongen, ils perdent leurs amis. Toutes les portes se ferment. Femme divorcée, Marie devient une pestiférée. On ne l'invite plus. On ne lui écrit plus. On ne lui rend plus visite. Et on évite de prononcer son nom en famille. Elle ne verra plus les deux nièces qu'elle adorait et qui l'adoraient : un trop mauvais exemple pour ces deux jeunes femmes, à peine mariées, si elles avaient l'idée de lui ressembler.

Fontaine de son côté se referme sur son travail. Sa fille Jacqueline se dévoue pour lui rendre la vie quotidienne moins austère. Ainsi que l'écrit Michel Cointepas dans son remarquable livre sur Fontaine, « son image sociale se trouve détériorée et à travers elle son statut social. Sa présentation dans le monde est rendue difficile et sa valeur symbolique subit une décote. C'est aussi, finalement, le premier échec de sa vie ». Il trouve une compagnie agréable dans celle de Jeanne Chausson, la veuve sévère et douloureuse du compositeur. Ces deux inconsolés se tiennent la main ainsi que deux âmes en peine, solidaires dans le deuil. Car c'est pour tous comme si Marie était morte bel et bien.

Jammes écrit un mélodrame tout entier inspiré par

ce conflit familial dont il a suivi les épisodes en feuilleton dans les lettres de son ami Fontaine : *La Brebis égarée*. Il sera lu pour la première fois, à sa création, en 1910, devant un public choisi, dans le salon de Mme Chausson. Bien que le sujet soit tout entier tiré de son malheur et remue le couteau dans ses plaies, Fontaine, présent malgré tout, applaudit. Jammes l'y avait préparé : « Mon drame ne vise personne, sinon tous ceux qui ont souffert de cette manière. »

Pour les deux jeunes épouses Rouart, nées Lerolle, dont il n'est pas sûr qu'elles aient assisté à la lecture de *La Brebis égarée* chez leur tante Jeanne, c'est en tout cas cette morale édifiante qu'on leur propose : aucune femme ne peut quitter son mari sans être punie de damnation éternelle. Le destin scandaleux de Marie Fontaine leur fait-il horreur désormais ? Ou pensent-elles encore avec tendresse à cette tante bien-aimée sur laquelle leur clan a jeté son opprobre ? En 1907, elles apprendront son remariage avec Abel Desjardins : mariage civil, que désapprouve l'Eglise.

Dernière suspicion qu'on ose à peine évoquer dans une famille aussi stricte : le dernier enfant de Marie, Denys, né en 1897, au moment de sa liaison avec Abel, est-il de son mari ou un enfant de l'amour ?

Dans la famille profondément marquée par l'épreuve d'un divorce qui la concerne tout entière et l'afflige en la marquant d'un sceau d'infamie, apparaît alors sur un autre front un poète souffreteux. Sensuel sous des dehors rigoristes, arriviste sous son

carcan janséniste, la princesse Bibesco dira de lui :
« Il n'a pas assez de santé pour être païen. » Monté
de Bordeaux pour affronter Paris, ce jeune Rastignac,
à la silhouette efflanquée et au teint de cire, rêve de
faire un beau mariage dans un milieu qui pourrait
donner des ailes à sa carrière et l'arracher définitivement à sa province. Et peut-être à son démon ? Deux
ans après le divorce des Fontaine, François Mauriac
flambe pour Marianne Chausson.

Quatrième des cinq enfants du compositeur et de
Jeanne Chausson, Marianne est la cousine germaine
d'Yvonne et de Christine Lerolle. Trop jeune pour
avoir grandi avec elles, elle a été longtemps leur jou-
jou, leur poupée aux yeux d'émeraude, et, parmi la
ribambelle de leurs cousins, une des plus ravissantes
fillettes de la maisonnée.

François Mauriac a le regard brûlant que donne la
fièvre. D'une élégance de dandy, il arbore œillet à la
boutonnière et cravate coquette : « Tiens ! Vous
n'êtes pas un petit séminariste ! » s'est exclamé Maurice Barrès en le voyant apparaître, si bien accoutré
et si peu semblable à ses premiers écrits, *Les Mains
jointes*. A vingt-six ans, il veut plaire et se cherche
encore un style. Loin d'avoir défini sa voie, dans
aucun domaine y compris sexuel, il a lâché l'Ecole
des chartes pour la littérature et vit de poésie et d'eau
fraîche – et des rentes que lui verse sa mère –, dans
un appartement de quatre pièces confié par celle-ci
aux soins d'une gouvernante, au cinquième étage du
45 de la rue Vaneau. Tout en écrivant, plutôt non-
chalamment, quelques articles dans des revues qui ne
font guère parler d'elles, comme *La Vie fraternelle* ou

La Revue Montalembert, ce jeune loup des lettres a encore bien du chemin à parcourir pour affirmer son talent original. Ni le *Mercure de France* ni la *Revue blanche*, où rêvent de se faire un nom les débutants ambitieux, ne prêtent attention à lui. Mais le moins que l'on puisse dire, c'est qu'il a cependant une présence. Une sorte de lumière sombre et presque inquiétante, qui le signale aussitôt en société. Il veut être poète, en ressent la vocation au plus profond de lui, ce qui préoccupe sa mère, sa principale confidente et son indéfectible soutien. Auteur des *Mains jointes*, mince recueil de poèmes publié deux ans auparavant, François Mauriac se présente avec ce léger bagage. Salué chaleureusement dans *L'Echo de Paris* par Maurice Barrès qui lui a prédit un avenir d'écrivain, il peut se prévaloir de ce bel augure et de ce prestigieux parrainage. Mais il fallait l'intuition de Barrès pour voir le futur grand Mauriac dans ce premier livre.

Devenue une longue et mince adolescente au profil de madone préraphaélite, Marianne Chausson ne manque d'aucun des charmes des femmes de la famille. « Visage inquiétant et grave », dira François Mauriac. A dix-huit ans, elle affiche une personnalité subtile et déroutante, du moins aux yeux du jeune homme, séduit dès sa première apparition par une beauté qu'il juge « étrange et d'une grâce infinie ». Très sensible, aimant les arts – hérédité oblige –, elle ne quitte guère à l'en croire ses livres et son piano. C'est une excellente musicienne, ce dont ne peut que se réjouir un poète épris de grande musique, qui a une prédilection pour Schumann. Marianne interprête avec amour les mélodies de son père défunt, parmi les plus difficiles du répertoire, dont ce *Poème de l'amour et de la mer* créé à Bruxelles en 1893, l'année même de sa naissance.

Dotée d'un tempérament passionné, elle cache sa vraie nature, exaltée, exigeante, sous des airs de mystère et des silences qui peuvent tromper. Loin d'être le fait d'une jeune fille timide, ce sont ceux d'une âme orgueilleuse qui garde ses distances et n'entend pas se laisser trop facilement apprivoiser. « Petite divinité farouche », la définit Mauriac dès le soir de leur rencontre, en janvier 1911. Elle le fascine d'autant plus qu'elle le toise d'un regard vert empreint d'ironie. Elle lui paraît inatteignable. C'est la jeune fille idéale, telle qu'il ne l'a encore rencontrée que dans les romans : une image parfaite de pureté, d'innocence, avec un petit cœur épris d'absolu. Il l'écrit dès le lendemain à sa mère, qui dut en être fort surprise : « Marianne est la seule jeune fille qui me fasse rêver mariage. » L'idée l'en effleure pour la première fois. Il n'a pas franchement pensé jusque-là à cet autre sexe qui est pour lui une terre étrangère, très loin en tout cas de ses désirs, de ses rêves sensuels qui le porteraient plutôt vers les amitiés particulières.

La rencontre de ces jeunes gens, tous deux émotifs et prêts à s'enflammer, n'est pas due au hasard. Elle a été arrangée par un des plus proches amis de François Mauriac, qui se trouve être un cousin éloigné de Marianne : Robert Vallery-Radot. Ce jeune poète qui vient lui aussi de publier son premier recueil, *Les Grains de myrrhe*, fait à Mauriac l'effet

de « l'eau pure qui coule dans une âme profonde » :
il a écrit son éloge dans la revue à laquelle il colla-
bore depuis peu et par l'entremise de laquelle il a pu
publier, à compte d'auteur, *Les Mains jointes*. Il est
assez fier de s'être vu confier la rubrique de poésie
dans cette *Revue du temps présent*, modeste tribune
mais, ainsi qu'il l'explique à sa mère, « miraculeuse
aubaine de pouvoir écouler ma prose et mes vers à
volonté ». Tout aussi profondément catholique que
François Mauriac, Robert Vallery-Radot rêve de
« faire entrer Dieu dans la littérature ». Il a renoncé
à la prêtrise pour se marier et pour écrire : cette
double vocation a pour lui une égale valeur de sacer-
doce. Devenu veuf, vers la fin de sa vie, il se fera
moine, sous le nom de père Irénée, dans l'ordre des
Cisterciens. Et il décédera à la trappe de Bricquebec
(dans la Manche). Pour lors, il ne cesse d'encoura-
ger Mauriac, avec une insistance de missionnaire,
à suivre la même voie conjugale et spiritualiste.
Ensemble, ils ont déjà pour projet de fonder une
revue qui soutiendrait leur combat et rassemblerait
une nouvelle génération d'artistes catholiques : un
consensus d'écrivains, de musiciens, de peintres, de
sculpteurs.

Ce soir-là, le 26 janvier 1911, Robert Vallery-Radot,
qui vient de se marier, reçoit avec sa jeune épouse,
Paule, dans le nouvel appartement où ils ont emmé-
nagé, avenue de Wagram. Non loin de chez les Odilon Redon. Le dîner a été organisé exprès pour
présenter à François Mauriac l'excellent parti qu'est
la cousine de Robert, Marianne Chausson. La jeune
fille est venue accompagnée par sa mère, veuve

depuis trois ans à peine, Jeanne Chausson. Mauriac, sans doute par comparaison avec sa propre mère, austère, toujours en noir, le chapelet à la main et confite en dévotion, la juge « toujours belle femme, un peu Mme Sans-Gêne ». C'est lui qu'on sent gêné. Par chance, la sœur aînée de Marianne, Etiennette, avec laquelle Chausson était parti pour son ultime randonnée à vélo, est également présente avec son jeune mari, Jean Lerolle – le fils du député. Et Jean Lerolle est président de la Jeunesse catholique ! Au fil de la conversation, brillante, aisée, comme si souvent dans cette famille, Mauriac apprend « non sans frémir » que Mme Chausson reçoit dans son salon des créatures auxquelles Mme Mauriac aurait fermé sa porte et probablement jeté de l'eau bénite, à cause de leurs péchés : Georgette Leblanc, la cantatrice, maîtresse de Maeterlinck, « si belle avec ses cheveux d'or et ses prunelles d'aigue-marine » selon la poétesse Lucie Delarue-Mardrus. Elle a osé chanter pieds nus au théâtre de Bordeaux – toute la ville en a été scandalisée ! Et, pis encore, la romancière et danseuse de cabaret Colette Willy, dont tout le monde sait qu'elle ne se contente pas de montrer ses pieds. Mauriac n'a pas osé avouer à cette mère pudibonde que lors d'un bref voyage à Bruxelles, sur la scène d'un music-hall où il aurait dû s'abstenir d'entrer, il avait vu l'auteur des *Claudine* et de *La Retraite sentimentale* se dépouiller une à une de ses peaux de bête pour s'exposer dans une complète tenue d'Eve. « J'aurais voulu jeter mon manteau sur ses épaules et l'entraîner dans les ténèbres. » Aussi est-ce avec soulagement que, quelques jours plus tard, il pourra rassurer Mme Mauriac en lui écrivant que « les C. ne voient plus Colette Willy ».

Le milieu parisien où vivent les Chausson, ouvert aux artistes les plus divers, dont les mœurs bohèmes, ou prétendument bohèmes, peuvent surprendre à Bordeaux, heurtent la morale rigoriste et les us provinciaux des Mauriac. Mme Mauriac s'inquiète aussitôt de ces nouvelles fréquentations qui peuvent mettre son cher François – le plus jeune et le préféré de ses quatre fils – en danger. « Ma rigidité et mes scrupules de femme veuve comprennent mal ces esprits qui ne mettent pas de bornes aux concessions qu'ils font à tout ce qui frise le mal. Que cette enfant qui peut devenir mienne ne se fane pas à ces contacts ! Mon François, mon enfant chéri, sois prudent ! » Ce n'est pas sans crainte qu'elle l'a laissé venir habiter à Paris, la capitale de toutes les perditions : même si elle soutient sans aucune réticence son projet, pour le moins encore balbutiant, de se consacrer à la littérature, elle reste vigilante.

Un autre motif d'inquiétude ne tarde pas à la tourmenter : il a trait à la santé de la jeune fille dont son François semble tout à coup si fort épris. Il lui a en effet relaté des rumeurs à propos d'une maladie héréditaire dont seraient atteints plusieurs membres de la famille Chausson. Mme Mauriac, affolée, voit surgir au-dessus de son fils l'ombre menaçante de la tuberculose, fléau fatal à cette époque qui ignore les antibiotiques. La sœur de Marianne, Annie, qui vivra jusqu'à près de quatre-vingt-dix ans, en a souffert et on l'a crue promise à une fin prochaine. Sur les photos de vacances prises à Luzancy, quand les Lerolle et les Chausson se regroupent le soir autour du piano avec Debussy, on a descendu Annie au salon sur son lit de malade. « Très effrayée de cette question de santé », Mme Mauriac incite son fils à prendre des renseignements auprès du médecin des Chausson : « Il est de ton devoir de songer à tes enfants et de considérer la vie d'inquiétude qui te sera faite près d'une femme dont le moindre rhume sera une menace. » Les tuberculeux sont des pestiférés dont on redoute la contagion. Sa mère supplie François Mauriac de « ne pas faire cette folie » et envoie ses fils Pierre et Jean voir de quoi il retourne. « Toute la famille se mobilise ! » dira Mauriac. Renseignements pris, ils repartiront pour Bordeaux à peu près rassurés. Si sa sœur Annie semble désormais totalement guérie, Marianne Chausson n'a jamais souffert que d'« anémie ».

Le plus inquiétant des deux jeunes gens, de ce point de vue, est pourtant François Mauriac lui-même. De faible constitution, il a donné beaucoup de soucis de santé à sa mère. Lui aussi, on a pu le croire tuberculeux. En tout cas, il avait les poumons fragiles et depuis l'âge de dix-huit ans a dû effectuer de longs séjours de cure en montagne, dans les Alpes et les Pyrénées. Adolescent maladif, il demeure un jeune homme délicat dont la maigreur et le teint jaune n'ont cependant pas paru alarmer la famille Chausson, ni décourager Marianne, à laquelle il a plu – il croit pouvoir le confier à sa mère – dès le premier soir. Sans doute est-elle captivée par son regard fiévreux de poète.

Il n'en reste pas moins que ce prétendant officieux, dont la famille se montre si méfiante et si prudente, n'est pas ce qu'on appelle le gendre idéal. Sans profession clairement définie, écrivain débutant, critique littéraire dans d'obscures revues, il a beau bénéficier du passeport barrésien, il reste un fils de famille à l'avenir incertain. Côté fortune, ayant été très jeune orphelin de père, il n'est pas sans biens mais ne peut se vanter d'aucun pactole. C'est plutôt lui qui en épousant Marianne ferait « un beau mariage ». D'autant que ce jeune Bordelais, qui n'habite Paris que depuis deux ans, n'a pas encore le vernis que donne l'usage du monde. Il a beau passer le plus de temps possible dans les salons où il a réussi à s'introduire, chez Mme de la Rochequentin ou la baronne de Blaye, chez Mme Guillaume Beer ou la duchesse de Rohan, et même rue de Bellechasse chez Mme Alphonse Daudet où se font les réputations littéraires, il fait encore un peu province. Ce qui étonne ces grands bourgeois, Chausson et Lerolle, qui ne s'éloignent du cœur battant de la capitale que pour les vacances et considèrent comme exotique le moindre coin de campagne, la moindre ville sans opéra.

Enfin, et ce n'est pas le moindre de ses handicaps, il semble avoir des relations sulfureuses. Si Mme Mauriac s'inquiète de voir son fils fréquenter Georgette Leblanc ou Colette Willy, Mme Chausson craint bien davantage de le savoir trop souvent en compagnie de garçons. Robert Vallery-Radot a beau vouloir présenter son camarade sous son meilleur jour, tout le monde sait que ses autres meilleurs amis se nomment Jean Cocteau et Lucien Daudet, dont les mœurs ne sont un mystère pour personne à Paris. On le voit avec eux chez Larue et aux Ballets russes, et il est l'un des habitués de la garçonnière de Cocteau, à l'hôtel Biron. A dix-neuf ans, le prince frivole l'entraîne dans une pluie d'étoiles qui le change évidemment de la vie sage et corsetée qu'il a menée jusque-là entre le bréviaire et la croix. Très lié aussi à François Le Grix, qu'il surnomme « la Grise », secrétaire de la *Revue hebdomadaire*, et à André Lafon, discret auteur de *Poèmes provinciaux* (1909), avec lesquels il entretient de tendres amitiés, il n'a jusque-là courtisé aucune jeune fille. Marianne est pour lui une grande première.

Il voit dans leur rencontre la main de Dieu : « Je me dis que si Dieu met cette jeune fille sur ma route, Il a peut-être ses desseins. »

Robert Vallery-Radot, persuadé qu'il faut arracher le poète des *Mains jointes* à ses trop évidentes tentations, lui fait valoir le mariage comme une salvation. Et comme un « devoir ». « Vous criez pénitence, pénitence ! à tous les démons de mon cœur », lui dit Mauriac.

Son plus sûr atout, aux yeux des Chausson, est d'être un bon catholique. Il a été l'élève des pères marianites du collège de Grand-Lebrun à Caudéran. Un de ses frères, Jean Mauriac, est prêtre. Et Mme Mauriac, un modèle de piété. Cette femme admirable a élevé seule ses cinq enfants, à la mort prématurée du père, ce qui ne peut qu'aller droit au cœur de Mme Chausson, laissée seule elle aussi avec cinq orphelins. Or Marianne Chausson – Mauriac en fait part à sa mère – « souhaite un mari aussi religieux que Robert [Vallery-Radot] ».

Réponse de Mme Mauriac : « Ça prouve en sa faveur. Mais saura-t-elle se mettre à l'unisson de bien des choses ? »

Les deux jeunes gens vont se conter fleurette, « piano, sano... », selon François Mauriac, pendant quelques mois, mais rythmés par les peurs de Mauriac qui n'envisage pas sans « tremblement » l'idée du mariage. Et par les sautes d'humeur de Marianne, tantôt douce et roucoulante, tantôt rétive et ténébreuse. Mauriac, qui n'a pas l'habitude des jeunes filles, est complètement dérouté. Il a déjà bien du mal avec ses propres pulsions, qui lui rendent ardues ses bonnes résolutions, mais il doit en plus se faire rabrouer, ou battre froid, selon les jours. Tantôt il rêve aux « lèvres gercées » de Cocteau, pour qui il écrit en secret un poème brûlant. Tantôt il se félicite de se garder dans la « bonne voie » : « Plus je réfléchis, plus je prie, plus je m'interroge et plus il me semble que ma destinée est là, écrit-il à sa mère. Je dis "ma destinée", je ne dis pas mon bonheur... Un mariage est toujours un coup de dés formidable. » Le poème à Cocteau et la lettre où il évoque sa destinée sont de la même date, à quelques jours près... Mais Robert Vallery-Radot veille, et c'est beaucoup grâce à ses efforts, à ses prêches, que Mauriac s'entête et continue de faire la cour à ce cœur primesautier et insaisissable qu'est Marianne Chausson.

Comme la sœur de Marianne, Etiennette Chausson – Mme Jean Lerolle –, habite Versailles, ils vont se promener dans le parc autour du Trianon. « Quel mystère, cette petite âme et comme je la sens capable de souffrir », écrit Mauriac. Marianne lui évoque Alissa, l'héroïne de *La Porte étroite* de Gide, dont il est un lecteur aussi inconditionnel que les frères Rouart, car « elle se croit appelée à une perfection plus haute que le mariage ». La jeune fille lui paraît tendue vers un idéal hors d'atteinte. Il résume ainsi la situation à Mme Mauriac : « En somme, ce mariage se fera si j'ai beaucoup de patience. » Il dîne chez Mme Chausson avec Vincent d'Indy et Maurice Denis, qu'il songe aussitôt à rallier à la revue qu'il prépare avec Robert Vallery-Radot, ces *Cahiers de l'amitié de France* qui doivent rassembler les artistes catholiques. Un mercredi soir, de cinq à sept, il écoute « Fauré dans ses œuvres et du Chausson ». Tout paraît aller pour le mieux. D'autant qu'il s'apprête à voir publier son second recueil de poèmes, qu'il a intitulé *Adieu à l'adolescence*, comme pour mieux souligner son accès à l'âge d'homme et l'avènement d'une autre vie.

Le 13 juin, Marianne prononce enfin le « oui » attendu. Mauriac demande aussitôt à sa mère de venir à Paris pour rencontrer la famille – « Marianne ne veut que t'aimer… » –, mais la mère et le fils ont à peine le temps de se réjouir que la jeune fille se reprend et rompt toute relation avec son hypothétique fiancé.

« C'est quand on croit tenir son bonheur dans les mains qu'il tombe en poussière. » Humilié et blessé,

Mauriac tire à sa manière les leçons de cette triste histoire : « J'avais été trop heureux jusqu'ici et je ne méritais pas ce bonheur infini. »

Il court se réfugier à Malagar, la propriété familiale, avec le sentiment d'avoir été rejeté, et il se voit seul désormais pour affronter la vie, à jamais sans femme ni enfant, et plonge de son propre aveu « dans le désespoir ». Il tirera près de trente ans plus tard de cet épisode douloureux qui l'aura profondément marqué des pages de *La Pharisienne* et plus tard encore de ses *Mémoires intérieurs*. Il en analysera lui-même ainsi l'influence : « Un peu de ce fiel qui mêle à mon œuvre son amertume vient de cette injure que je reçus. »

Quant à Marianne, nulle confidence ne reste de ce qu'elle ressentit. Pourquoi rompit-elle ses fiançailles ? Mauriac affirme à sa mère qu'elle souffrit autant que lui, ajoutant même : « c'est une petite martyre ». Céda-t-elle aux pressions maternelles, Mme Chausson ayant plus d'une fois marqué ses réticences et jugé que les deux jeunes gens « se voyaient trop » (ce sont les mots de Mauriac). S'est-elle lassée, plus simplement, de ce jeune poète intelligent, ambitieux, doué, mais si fragile aussi, si peu apte à la rassurer ? Fut-elle trop éprise d'un idéal, qui ne souffre pas la comparaison avec la réalité de la vie ? ou aurait-elle eu vent de la réputation que le jeune homme avait de se plaire dans la compagnie des garçons ? Peut-être enfin, mais ce n'est qu'une hypothèse, a-t-elle éprouvé près de lui la même déception qu'Anna de Noailles. François Mauriac dira du grand amour de Maurice Barrès, la poétesse du *Cœur innombrable* à laquelle il aurait tant voulu plaire, qu'elle ne le trouva pas assez « Levez-vous, orages désirés ! ».

Deux versions du malheur conjugal

Il ne doit pas se passer grand-chose dans le lit
d'Yvonne et Eugène Rouart – un peu plus quand
même que dans celui de Madeleine et André Gide,
puisque deux enfants vont naître, deux garçons
bien sûr : Stanislas en 1903 et Olivier en 1906.
L'aîné porte un des prénoms de son grand-père,
Henri Stanislas Rouart, qui fut aussi celui de leur
ancêtre, ce Stanislas Rouart qui avait quitté Vailly-
sur-Aisne pour s'engager dans les armées de
Dumouriez en 1792 et s'était illustré à la bataille
de Valmy.

En revanche, ce doit être assez tumultueux dans
le lit quasiment impérial de Louis Rouart, façonné
sous l'Empire par son grand-père maternel, Georges
Jacob-Desmalter. *King-size bed* en acajou, orné de
sphinges et de mosaïques, qui lui rappellent son
voyage de jeune homme en Egypte. Même s'ils font
souvent chambre à part, Christine et Louis, en
dépit de leur mésentente et de leurs chamailleries,
ont une vie conjugale intense. Le bouillant Louis
Rouart fait sept enfants à répétition à son épouse,

et s'il la lasse c'est plutôt à cause de ses assauts. D'autant qu'elle n'en a pas l'exclusivité.

Yvonne regrette-t-elle de ne pas avoir choisi le bon numéro ? Le frère de son mari ne l'aurait pas laissée s'assoupir dans la mélancolie. A Bagnols-de-Grenade, dans son château des bords de la Garonne, elle s'étiole et se morfond, ne trouvant un peu de douceur que près de ses enfants. Signes de son malaise, des troubles de santé se manifestent et l'obligent à séjourner dans des établissements de cure, où elle passe de longs mois, recluse, à se languir de ses enfants. On parle pudiquement en famille de « fatigue », d'« anémie », de « troubles féminins », et le spectre du sanatorium inquiète les siens. Mais, comme autrefois sa tante Marie Fontaine, dont le sort semble avoir préfiguré le sien, elle est victime d'un mal sournois, inavouable : la difficulté d'être heureuse auprès d'un mari qui assombrit sa vie. Le caractère instable et colérique d'Eugène, voilà la croix d'Yvonne au quotidien. Cette jeune femme délicate et sensible, il y a peu le point de mire des artistes amis de son père, à laquelle Debussy trouvait des airs de Mélisande et que Maurice Denis a peinte en Damoiselle élue, est une mère inquiète et une épouse désolée. Il est probable qu'on la soignerait aujourd'hui pour dépression. Contrairement à sa tante Marie, elle n'aura pas le courage de rompre pour trouver le bonheur dans d'autres bras, plus joyeux ou plus rassurants. Elle va ainsi glisser inexorablement vers les abîmes de la tristesse.

Eugène s'est pourtant « rangé », au moins en apparence. « Rangé » est le mot qu'emploie Gide. Il s'est en tout cas forgé un personnage, qui pourrait en imposer à Yvonne si elle n'était si bien placée pour le voir sans masque. Maire de Castelnau-d'Estrétefonds depuis 1905, élu conseiller général de Fronton en 1910, il joue un rôle actif dans le département et même au-delà, à l'échelle du grand Sud-Ouest, en militant au sein de la Société centrale d'agriculture, dont il deviendra le président en 1913. Par ses relations à Paris, au gouvernement, puisqu'il a été directeur de cabinet du ministre du Commerce et de l'Industrie, Jean Cruppi, il est apte à donner à son combat une dimension nationale. Il songe à la députation. Les gens viennent le trouver pour lui demander des services, qu'il s'efforce de rendre : un poste dans l'administration, une Légion d'honneur, un Mérite agricole…, il se démène avec la même énergie qu'un Arthur Fontaine pour satisfaire ses électeurs ou administrés. Il soutient tout particulièrement les viticulteurs, qui trouvent en lui un défenseur convaincu, acharné, qui a le mérite d'être un des leurs – Eugène aime et connaît la vigne comme s'il y était né. En 1907, il participe ceinturé de tricolore aux manifestations qui voient des centaines de milliers de viticulteurs ruinés par le phylloxéra défiler le poing levé à Narbonne, à Perpignan, à Carcassonne et à Nîmes – ils sont un demi-million à Montpellier. « C'était extraordinaire, écrit-il à Gide, ça sent la révolution à plein nez. » Ce à quoi Gide, qui regarde tout ça de loin, répond avec humour : « Ta dernière lettre semblait venir de Charenton. Je lis avec une passion angoissée les imparfaits récits de ces troubles et j'imagine au milieu de la foule le fanal de tes cheveux rouges ! Cher vieux, tout de même ne te fais pas écharper. »

Politiquement, Eugène arbore l'étiquette radical-socialiste. Ce qui a dû surprendre son père, qui ne tient pas la politique en grande estime, et irriter son jeune frère Louis, qui se proclame monarchiste et rêve de ramener la royauté en France. « Profondément républicain », ainsi qu'il se déclare lui-même, Eugène souhaite « une République qui nous assure les améliorations sociales trop longtemps attendues, si nécessaires à l'évolution et à l'harmonie de notre société ». Et il reste « partisan de toutes les libertés dans la légalité ». Ce programme le rapprocherait de la famille de sa femme, notamment de Paul et de Jean Lerolle (son oncle et son cousin par alliance) et surtout d'Arthur Fontaine, qui militent pour les mêmes idées sociales dans les hautes sphères du pouvoir – Eugène, malgré ses ambitions, demeure un élu local. Les deux premiers sont cependant des catholiques progressistes, qui, s'ils partagent la vision réformatrice des radicaux-socialistes, sont avant tout des catholiques et n'entendent pas s'allier à des anticléricaux – leurs ennemis dans la guerre de la laïcisation. Quant à Arthur Fontaine, il a œuvré et œuvre encore, en ces années 1905-1910, pour une des têtes du parti socialiste, Alexandre Millerand. Son éthique de fonctionnaire l'oblige à observer son devoir de réserve, quoique toute sa vie démontre son attachement aux valeurs pour lesquelles se bat Eugène Rouart dans son lointain Sud-Ouest.

Autre facteur d'éventuel rapprochement avec les Lerolle, propre à adoucir un peu le climat de dissensions familiales qui ronge Yvonne : Eugène a fait amende honorable pour son antidreyfusisme. « Je ne suis plus du tout antisémite, écrit-il à Gide le 1er février 1903. Les juifs sont fins et forts – je les apprécie infiniment. » Tandis que Louis continue de conspuer Zola et n'apporte aucune nuance – c'est peu dire – à ses convictions tout d'une pièce, il est désormais, comme tous les membres de la famille de sa femme, dans le clan dreyfusard. Cette évolution, il la doit sans doute à une prise de conscience mais tout autant semble-t-il aux objectifs de sa carrière politique : on ne peut être à l'époque radical-socialiste et antidreyfusard. Pour compléter son image d'homme de gauche, il en rajoute dans l'anticléricalisme, qui est un des chevaux de bataille de son parti. « « Je suis très anticlérical en ce moment, déclare-t-il dans la même lettre à Gide, en 1903. Le cléricalisme du Sud-Ouest est révoltant, et c'est bien le pays de Lourdes. » Francis Jammes aurait été horrifié d'une telle déclaration, lui qui quelques années auparavant a dédié à Eugène l'un des poèmes d'*Un jour*, intitulé justement « J'allais à Lourdes »… Quant à Gide, surpris par le soudain revirement d'Eugène du point de vue religieux, il se montre goguenard : « Eugène ne prend plus d'eau bénite en entrant dans les églises », rapporte-t-il dans une lettre à son ami André Ruyters, après un séjour à Bagnols-de-Grenade en 1909. Il observera lors d'un autre séjour, l'année suivante, qu'Eugène, plus fermement anticlérical qu'il ne l'aurait cru, « ne se signe même plus ».

Cette attitude, des plus composées, sinon théâtrale, n'est pas pour apaiser le cœur d'Yvonne, ardemment catholique comme tous les Lerolle. Pratiquante et pieuse, elle va régulièrement à la messe et communie de toute son âme avec cet abandon que son père a peint sur le visage des saintes femmes, sur les murs des églises. La prière est tout ce qui lui reste : son seul recours, son seul secours.

A la maison, Eugène lui fait des scènes à propos de tout et de rien. Il va tout le jour « les sourcils courroucés » (Gide), au point qu'une ride de colère s'est creusée entre ses yeux. Il prend vite la mouche, et sa mauvaise humeur est fielleuse. Au moindre prétexte, il s'en prend à sa femme, responsable de tout ce qui ne va pas. Elle subit des chauds et des froids, mais surtout la menace permanente d'une crise qui couve et risque à tout moment d'éclater. Eugène devient violent. Il lui fait peur. Elle pleure. Et il semble alors lui en vouloir plus encore. La vie quotidienne est un enfer. Yvonne ne se sent bien que lorsque Eugène est au-dehors ou bien qu'il voyage. Ses déplacements dans le Sud-Ouest et parfois ses séjours à Paris, pour y rencontrer des sommités politiques, la soulagent un peu. La maison redevient alors douce et calme, mais l'orage est toujours latent, avec ses éclairs et ses grondements de tonnerre. Ce mauvais climat pèse sur la tête de l'épouse et des enfants.

Les humeurs sombres d'Eugène, la rancune qu'il nourrit à l'égard d'Yvonne sans lui fournir d'explications, il n'est pas difficile d'en deviner la cause. Au-delà d'une mésentente conjugale assez banale, elle tient à la frustration d'Eugène. Au fait qu'il se contraint à vivre en désaccord avec sa vraie nature. Le souci des apparences et de la « normalité », si nécessaire à l'homme politique, l'a conduit à se marier, alors qu'il demeure fidèle à d'autres amours. Gide, dans ce domaine, n'hésite pas à le traiter d'« hypocrite ». Car Eugène se cache en effet pour continuer à mener dans la clandestinité des amours homosexuelles. Les lettres d'André Gide à des amis qui sont depuis longtemps dans la confidence et partagent leurs penchants, tels André Ruyters, Jean Schlumberger ou Henri Ghéon, tous des auteurs de la *NRF*, en témoignent : Eugène Rouart n'a nullement renoncé aux jeunes garçons.

A Paris, où il préfère maintenant descendre à l'hôtel d'Orsay, il fait monter dans sa chambre un certain Armand, dont il propose d'ailleurs les services à Gide – on comprend mieux qu'il n'aille pas dormir chez son père ou chez ses beaux-parents... A Bagnols-de-Grenade, toujours d'après Gide, qui ne manque pas d'en faire la remarque à ses amis, il a l'œil aux aguets et moissonne si l'on peut dire parmi les jeunes ouvriers agricoles, les journaliers, les vendangeurs qu'il embauche. Ses retours au bercail, entre une épouse triste et des garçonnets chahuteurs, loin d'être égayés par ces plaisirs fugitifs, sont d'autant plus pénibles et amers – et pour lui et pour les siens.

Gide vit à peu près la même situation, puisqu'il continue, marié, à n'aimer que les garçons. Mais il entretient avec Madeleine Gide de tout autres rapports qu'Eugène avec Yvonne : une vraie tendresse, une douce amitié les lient, Madeleine ayant décidé une fois pour toutes d'aimer son mari tel qu'il est et de fermer les yeux sur ce qui ne mérite pas d'être su :

« Je ne cherche jamais à savoir ce qu'André préfère ne pas me dire », écrit-elle à Henri Ghéon, en 1905.

Lequel André se montre toujours courtois et plein de gentillesse à son égard. Elle n'a pas à endurer comme Yvonne les éclats de colère par lesquels Eugène se venge en faisant porter à son épouse la faute d'une situation où elle n'est pour rien.

Vis-à-vis de l'homosexualité, Gide est beaucoup plus à l'aise qu'Eugène. Infiniment plus clair. D'autant qu'il déteste le mensonge : mentir aux autres et, pis encore, se mentir à soi-même, voilà pour lui la véritable perversion. La lucidité, la franchise, la vérité, en un mot la lumière, c'est ce à quoi il aspire et à quoi il s'exerce, intellectuellement, chaque jour. Tout le contraire d'Eugène, qui préfère l'ombre, le secret, l'« hypocrisie » (Gide) qu'il appelle « souplesse », et se voit ainsi contraint de mener une existence de schizophrène. D'un côté le propriétaire terrien, notable respecté et respectable ; serviteur intègre de ses concitoyens ; père de famille aux idées nobles et généreuses, sur la tribune. De l'autre, l'homme que torture une sexualité dont il a honte en public mais dont il subit les terribles exigences. « Qu'est-ce que tu veux, mon vieux, écrit-il à Gide, en 1908, quand il devient chef de cabinet de Jean Cruppi, je n'ai jamais aimé que deux choses dans la vie : les c... et le commandement. » Il vit pourtant très mal ses contradictions et traîne une âme malade et sombre dont Yvonne fait les frais.

Gide, à l'opposé, prépare *Corydon* : l'aveu éclatant de sa pédérastie. Faisant part de ce projet à Rouart, celui-ci prend peur et cherche à l'en détourner. Il craint évidemment que cette confession publique n'ait des répercussions sur sa propre vie. Mais il préfère avancer pour principal argument la sensibilité de Madeleine, envers qui une telle révélation apparaîtra comme un camouflet. Gide répond qu'« elle a autant besoin de m'estimer que moi d'être estimé par elle » et qu'il vaut mieux être un pécheur sincère plutôt qu'un pharisien. Loin d'être humiliée, elle ne devrait en admirer que davantage l'époux qui est allé au bout de ses vérités personnelles, y compris dans un domaine aussi privé, aussi secret que la vie amoureuse.

« Il faut que le scandale arrive » : cet avertissement gidien donne des cauchemars à Eugène Rouart.

La volonté de Gide – vivre en plein accord avec soi-même – sera la plus forte. *Corydon*, commencé dans ces années 1910-1912, et dont on peut trouver l'influence dans bien des pages de *Si le grain ne meurt*, paraîtra à la NRF en 1924. Tiré à douze exemplaires en 1911, puis montré à des amis triés sur le volet, le texte, où manque à peu près un tiers de l'édition définitive, fut remisé sur leurs conseils dans un tiroir. Telle une bombe à retardement, cette apologie de l'amour grec, dont tous ceux qui l'avaient lue pouvaient se passer d'une définition, sera précédée d'une courte préface où Gide commente le premier tirage confidentiel de 1911. On y trouve cette phrase, qu'on croirait écrite à l'intention d'Eugène : « Ce petit livre, pour subversif qu'il fût en apparence, ne combattait après tout que le mensonge, et rien n'est plus malsain, pour l'individu et pour la société, que le mensonge accrédité. » Eugène, muré dans sa culpabilité, et pour le grand malheur d'Yvonne, restera fermé à ce sage conseil.

A Bagnols-de-Grenade, où Gide vient souvent passer quelques jours, surtout l'été, se déroule un épisode de leur histoire érotique commune, celui que tous les lecteurs de Gide connaissent désormais sous ce sobriquet : « le Ramier ». Datée de juillet 1907 – « la belle soirée du 28 juillet 1907 » –, la rencontre de Ferdinand, un des jeunes garçons qu'Eugène emploie à la propriété, restera longtemps dans leur mémoire. Dans l'amour, Ferdinand roucoule tel le ramier... Ses soupirs de plaisir vont inspirer à l'écrivain sept grands feuillets d'une plume frémissante, que malgré tous ses désirs de sincérité il s'empressera de mettre sous enveloppe et qui ne seront publiés qu'en 2002. Gide reviendra chercher à Bagnols, plusieurs étés de suite, les transports de cette vie « tourbillonnaire » – c'est son mot – qui doit le changer des fadeurs de Cuverville. La musique – toutes les musiques – rythme toujours les battements de cœur de la famille. De Debussy au Ramier, il n'est jusqu'au petit joueur de flûte, prénommé Armand, dont la « mélodie balbutiante » ne colore les jours et les nuits de Bagnols, entre deux roucoulements. Armand, fils du docteur Coulom, né en 1894, d'après les perspicaces recherches de David H. Walker (l'éditeur de la correspondance d'André Gide et d'Eugène Rouart) auquel rien n'échappe, le jeune « Armand C. », ainsi que le nomme Gide dans ses lettres, a treize ans à cette date.

A la parution de *Corydon*, Eugène enverra à Gide une lettre mi-figue mi-raisin, pour lui dire à la fois son admiration, son amitié et ses réticences devant un sujet aussi franchement abordé : « A vrai dire, je suis un peu peiné qu'un ami marié, dont j'aimais la famille, ait écrit ce livre spécial ; mais tu as fait preuve d'un noble courage ; et s'il était d'un inconnu je n'aurais vu que son côté utilitaire – qui est réel. Mais tu voudras bien comprendre que sentimentalement il m'affecte un peu à cause de ta position particulière. Ne m'en veuille pas de ma liberté d'expression et sois sûr de ma vieille et profonde amitié. »

On ne sait pas ce qu'Yvonne Rouart apprit sur la vie secrète de son mari ni sur cet « uranisme » qu'il taxe dans cette même lettre d'« anomalie » puis de « chose anormale », tout en continuant d'en être un adepte et de tenter de se rassurer : « Il n'est pas d'exemples que des hommes de valeur qui étaient uranistes (s'ils ne se sont pas affichés insolemment) aient été gênés pour leurs carrières... » Eut-elle vent de rumeurs ? Et jusqu'où son dialogue avec la pudique et très réservée Madeleine Gide put-il aller ? – les deux femmes, amies depuis leurs fiançailles, s'écrivaient régulièrement, semble-t-il. Yvonne paraît rester dans un brouillard maléfique où dominent l'inquiétude et l'amertume. Un climat mal défini, mais pesant et étouffant. L'ennui de vivre en province, loin de ceux qu'elle aime, loin surtout de sa sœur dont elle fut si longtemps inséparable, joint à cette souffrance qu'est la vie quotidienne près d'Eugène, la maintient sous l'emprise d'un chagrin qui ne lâche jamais prise.

Une seule lettre à Gide, connue grâce au travail de David H. Walker, donne la mesure de son martyre.

« Je crois que même vous, écrit Yvonne au meilleur ami de son mari, vous ne le connaissez qu'à demi, car avec moi seule il laisse aller jusqu'à leurs plus contradictoires extrémités toutes ses impressions qu'il érige en principes autoritaires, toutes ses aspirations et tendances changeantes qu'il érige en lignes de conduite (où je mets des s et des pluriels partout, il n'y en aura jamais assez) définitivement adoptées et auxquelles je dois me plier… » Après une litanie de griefs, qui la conduit à un état de panique, elle finit par conclure qu'« il est insuivable et, malgré ma modestie, je vous jure bien que je suis convaincue qu'aucune femme ne l'aurait suivi et ne se donnerait la peine d'essayer aussi longtemps ». Femme de devoir, elle fait le sacrifice de son bonheur pour rester aux côtés de cet « insuivable » mari et tenter de le satisfaire. Mais c'est peine perdue. Sa figure émaciée et triste n'est d'ailleurs pas pour rasséréner un homme qui n'a déjà que trop le désir de la fuir.

Comme Yvonne, Eugène pâtit lui aussi des ravages de ses humeurs sur sa santé. Atteint d'albuminurie, il souffre chroniquement des reins et doit suivre des régimes contraignants auxquels, quand il va mieux, il répond par des excès de table, en affolant Yvonne, qui s'empresse à vouloir lui faire du bien, et qu'il récompense par des reproches.

Aux frustrations de la vie s'ajoute ce dernier souci : les investissements d'Eugène dans l'agriculture dépassent largement leurs revenus. Yvonne en a pleine conscience puisqu'elle déclare à Gide qu'elle connaît « les formidables arriérés de Bagnols ». Eugène prend tous les risques, comme s'il était à une table de poker. Il va bientôt acheter un mas et des terres atteignant six cents hectares dans une province plus éloignée encore de Paris et à peu près sauvage, aux confins des Pyrénées-Orientales et de l'Aude – « entre la mer et l'étang de Leucate, sur cette étroite bande de sable qu'on voit s'argenter à l'horizon après avoir quitté "La Nouvelle" lorsque le train vous emporte vers l'Espagne », selon Gide à qui Eugène fera visiter son domaine en 1916. Il veut y assécher les marais et y implanter de nouvelles espèces d'arbres fruitiers et de vignes – sans doute ses fameux plants américains, qui coûtent une fortune et qui, selon les paysans du coin, ne valent pas les vieux muscats du pays.

Ecrivain sans œuvre hormis ce brûlot délétère qu'est *La Villa sans maître*, publié par le Mercure de France, homme politique sans fauteuil à la Chambre – il ne sera élu sénateur que peu avant sa mort –, propriétaire endetté, Eugène peine à se définir et à donner la pleine mesure de son talent, dans quelque domaine que ce soit. Même l'ami Gide le reconnaît dans cette confidence qu'il adresse à André Ruyters, alors qu'Eugène vient de l'exhorter (à propos du futur *Corydon*) à « plus de simplicité ». Gide en pique une colère froide : « Comme si sa vie à lui d'agriculteur, de littérateur, de politicien, de faiseur de meubles et de tout ce qu'il peut d'autre, de mari, de père, et de nombreux aventurier, n'était pas la plus compliquée, la plus foisonnante et la plus dramatique que j'aie pu voir ! »

Traînant après lui « un tourbillon de complications » selon un autre de ses amis, le poète François-

Paul Alibert, il n'est pas étonnant qu'Yvonne finisse par devenir « complètement folle », ainsi qu'Eugène s'en plaint à Gide. Elle donne des signes inquiétants d'égarement et de détresse. La « pauvre femme » (Alibert) s'en va à la dérive.

Témoin de ses larmes, un grand clown rouge de Picasso veille au-dessus du piano. Eugène l'a acheté au peintre, alors peu connu et très indigent, en 1907, quand Picasso avait son atelier au Bateau-Lavoir, sur la butte Montmartre. C'est en allant le voir, accompagné de Gide, qui le connaît depuis 1905 – date de l'exposition Picasso à la galerie Serrurier –, qu'il est tombé amoureux de cette toile (190,3 × 107,8 cm) qui représente un grand clown en compagnie d'un petit arlequin, avec un pot de fleurs au fond. C'est l'époque où Picasso travaille à une « longue toile » représentant des jeunes femmes (les futures *Demoiselles d'Avignon*). *Acrobate et jeune arlequin* – le tableau acquis par Eugène Rouart – est un des fleurons d'une collection qu'Eugène a héritée en grande partie de son père, mais qui témoigne tout autant de son propre flair. Elle ne résistera pas à ses dettes et le Picasso sera revendu après guerre à Paul Guillaume – celui-là même dont l'épouse, plus tard, acquerra le Renoir représentant *Yvonne et Christine Lerolle au piano...* Et Paul Guillaume cédera à son tour le grand clown à Alfred Barnes, dont il sera un des trésors, à Merion (Pennsylvanie).

Picasso, que Gide surnomme Picassiette, parce qu'il s'est incrusté un peu trop longtemps à Bagnols-de-Grenade où Eugène l'a invité à passer quelques jours, l'été 1907, aura-t-il perçu le mal-être du couple ? L'hospitalité des Rouart lui aura surtout permis de se reposer, au milieu des affres de la création des *Demoiselles d'Avignon*. L'art, quoi qu'il en soit des tourments de la vie affective, a toujours sa place, au cœur de la famille.

A Paris, l'existence de Christine est loin d'être aussi compliquée et douloureuse que celle de sa sœur aînée, même si elle passe elle aussi à côté du bonheur. On dirait que les deux sœurs expient de concert dans la vie conjugale le trop-plein de joie et d'équilibre de leur enfance protégée. Christine a sur Yvonne l'avantage d'habiter près de chez ses parents et de voir régulièrement sa tante Jeanne, ses cousins Chausson ou Fontaine, qui forment autour d'elle un petit clan solide et rassurant. Elle peut encore bénéficier des bonnes ondes de la famille, alors qu'Yvonne subit à Saint-Caprais l'étroit huis clos de la famille resserrée : le soir, les enfants couchés, rien ne distrait ses angoisses quand elle se retrouve face à face avec son mari. Puis avec la solitude, quand il claque les portes.

Pour Christine, la vie parisienne est le meilleur dérivatif : le théâtre, les concerts, les expositions, mais aussi les thés entre femmes, l'après-midi, ou les dîners qui réunissent souvent le soir leurs amis apportent une diversion salutaire au sein du couple. Louis, soupe au lait en famille alors qu'il est si enjôleur en public, est cependant beaucoup moins torturé qu'Eugène. Il se montre souvent joyeux et embrasse la vie à bras-le-corps. Seules ses sautes d'humeur assombrissent parfois le climat familial, avec cette manie qu'il a de blesser les uns ou les

autres par des remarques acerbes, lancées à l'improviste, sur un ton que ce susceptible ne tolérerait pas
à son propre égard. Il les compense ensuite par des
débordements de générosité et des larmes de repentir. Charmeur et venimeux comme le serpent, il fait
vivre son entourage dans l'instabilité. Christine et les
enfants peuvent craindre à tout moment qu'une
scène n'éclate. Il en tire sur le moment un plaisir
sadique, avant de regretter ses propos. Les flèches de
ce tendre bourru ne sont en vérité qu'un exutoire à
son mal-être.

Contrairement à Yvonne, passive et douce, qui
laisse son époux la morigéner à volonté, Christine
offre au sien de la résistance. Douée d'un caractère
bien trempé, elle ne se contente pas de lui répondre ;
elle le défie, le provoque. Elle lui tient tête, ce qui à
la fois l'excite et l'exaspère. Dans leur couple, loin
d'être une source d'apaisement comme cherche à
l'être « la pauvre Yvonne », elle jette de l'huile sur le
feu.

Si les aventures extraconjugales de Louis, qui est
un séducteur-né et collectionne les belles dames
comme son père les tableaux impressionnistes, ont de
quoi l'agacer, elle en nourrit moins de jalousie que de
dépit. D'autant que ce mari volage continue d'honorer son lit – ce lit où sept enfants ont été conçus.
Aucune liaison ni aucune maîtresse ne menacera son
statut. Yvonne doit de loin envier le couple que
forme sa sœur avec Louis, malgré leurs orages : le
tumulte et la fièvre de la rue de Chanaleilles peuvent
lui paraître préférables à l'atmosphère sombre, tour
à tour glacée et suffocante, où elle perd pied.

Les activités littéraires de Louis, quoique hérissées de polémiques, sont plus propres à flatter son épouse qu'à l'inquiéter sur le plan financier, comme sa sœur. Aucune dette à l'horizon. Le ménage vit confortablement de ses rentes, malgré le penchant à la dépense de Louis qui aime la vie à grandes guides. Ses collaborations à diverses revues littéraires, telles *L'Occident* ou *Marges*, ne sont guère rémunératrices mais lui valent du prestige auprès de leurs amis. Elles lui valent aussi de se brouiller avec les uns ou les autres, tour à tour avec Maurras, Gide ou plus tard Claudel…, mais Louis, qui aime sortir dans le monde autant que recevoir, garde aussi des amitiés fidèles et offre à sa femme une vie chaleureuse et mondaine qui, vue de Bagnols-de-Grenade, brille de mille feux. Servi à demeure par une large domesticité, le couple invite de nombreuses relations à déjeuner ou à dîner plusieurs fois par semaine. Le cercle le plus intime est composé des parents avec lesquels ils se sentent le plus d'affinités : Ernest Rouart, le frère préféré de Louis – son « surmoi » en qui il trouve la douceur qu'il n'a pas et l'aptitude au bonheur conjugal qu'il aimerait avoir –, et sa femme Julie Manet, la fille de Berthe Morisot, qui forment une sorte de quatuor indissociable avec Paul Valéry et son épouse Jeannie Gobillard, la nièce de Berthe Morisot – les deux couples habitent le même immeuble, rue de Villejust, dans le XVIe arrondissement, et viennent souvent ensemble. Il faut compter dans ce même cercle leurs cousins Vallery-Radot – Robert et Paule –, chez lesquels François Mauriac a rencontré Marianne Chausson.

Un second cercle englobe ceux qui resteront, avec les Rouart, les Valéry et les Vallery-Radot, les amis de toute leur vie : Adrien et Jeanne Mithouard, Maurice et Marthe Denis, ainsi que Charles et Jeanne Lacoste. Les deux peintres, Maurice Denis et Charles Lacoste, ont un dessin et des couleurs qui les apparentent. Tous deux symbolistes et nabis, Louis Rouart aime chez eux une simplicité, presque une naïveté du trait, qui lui rappelle les primitifs italiens et flamands, auxquels il voue une véritable ferveur. L'épouse de Charles Lacoste, Jeanne, est une excellente musicienne, propre à animer – mieux que Christine Rouart –, des soirées où le chant a toujours été associé au piano. Soliste diplômée de la Schola cantorum, elle a été l'élève de Vincent d'Indy.

Le baron Denys Cochin, député de Paris, un des porte-parole du parti catholique à la Chambre, corpulent, barbe blonde, qui a barré la route aux commissaires de police du père Combes lors des inventaires des églises, est un autre de leurs familiers. La baronne Cochin l'accompagne presque toujours. Louis est très lié à leur fils, Augustin Cochin, historien de l'époque révolutionnaire, où cet ancien élève de l'Ecole des chartes voit le résultat d'un « complot » franc-maçonnique : monarchiste et légitimiste, le jeune historien partage les convictions de Louis Rouart, qui comme on sait, contrairement à son frère Eugène, ne variera pas d'un iota dans son antidreyfusisme entêté. Les Denys-Cochin, comme les Mithouard, viennent en voisins, les premiers habitent rue de Babylone, les seconds en face de l'église Saint-François-Xavier. Mais il y a d'autres invités réguliers comme Paul Lafont, conservateur du musée de Pau, Paul-André Lemoisne, historien d'art avec lequel Louis communie dans la même vision d'un art spiritualiste, ou encore le peintre Josep Maria Sert, qui amuse tout le monde avec son accent catalan et qui, avec son allure de « petit monsieur très ordinaire » (selon Degas, qui le rencontre dans l'omnibus en 1906), arrache à ce même Degas, à cause de sa peinture puissante et colorée, cette exclamation ironique : « Vous ne savez pas qui c'est ? Eh bien, c'est Michel-Ange ! »

Les dîners les plus brillants amènent rue de Chanaleilles et plus tard au 5 boulevard du Montparnasse, dans un vaste appartement où le couple va bientôt emménager, de hautes figures du monde littéraire : Maurice Barrès ou Léon-Paul Fargue. Plus tard, viendront élargir le cercle d'autres personnalités éclatantes, tel André François-Poncet, grand germaniste, auteur d'une thèse sur les *Affinités électives* de Goethe et futur ambassadeur, qui est devenu par son mariage avec Jacqueline Dillais un cousin des Rouart. Ou encore Georges Bernanos. Ce dernier, avec Mauriac un des plus proches amis de Robert Vallery-Radot, poursuivra boulevard du Montparnasse bien des discussions sur Dieu et sur Satan, l'amour, le péché et la chair... Discussions auxquelles participent régulièrement de grands religieux frottés de littérature, tel l'abbé Bremond, auteur d'une *Histoire littéraire du sentiment religieux en France* en onze volumes, qui entretient avec Louis Rouart un dialogue suivi. Non seulement on ne s'ennuie pas dans ces dîners de têtes, mais la conversation passionnée et éclectique serait propre à changer les idées d'une jeune femme si, comme Yvonne, elle était encline à la tristesse. Christine y participe avec entrain et sans complexes. Très à l'aise, cette lectrice jamais rassasiée de romans et de poèmes est une pétulante maîtresse de maison. Elle a de l'esprit.

Le mariage n'a pas éloigné la plus jeune des sœurs Lerolle d'un milieu qu'elle connaît et qu'elle aime – cette bourgeoisie parisienne, à la fois catholique et artiste, où elle est née, où elle a été élevée, et que Mauriac griffe méchamment dans *La Pharisienne*, pour se venger de sa déconvenue chez les Chausson – « Ces gens appartenaient à la catégorie de Parisiens éclairés qui connaissent que l'art, la littérature offrent aux spéculateurs des valeurs d'avenir... Déjà ils se risquaient à acheter des Matisse », persifle-t-il. Outre que Matisse n'a jamais été dans le goût des Rouart, cette phrase montre plus de dépit que de vérité. On peut tout dire en effet de cette famille, sauf qu'elle a acheté des tableaux par esprit de spéculation... Cette bourgeoisie avec laquelle Mauriac a un compte à régler, mais dont l'amour de l'art et de la littérature est loin d'être une pose ou un snobisme, elle reste pour Christine Rouart un havre. Dans le climat familier qui est celui de son enfance heureuse, elle trouve un sentiment de sécurité. Au lieu qu'Yvonne, arrachée à ses repères et transplantée en province, s'acclimate mal à son nouvel environnement. La solitude de la campagne lui pèse, l'éloignement des siens lui est un manque capital. Comparée à son exil, la vie de Christine, qui prolonge ce qu'elles ont toutes deux connu chez leurs parents, avenue Duquesne, est un paradis. Ou le serait, s'il n'y avait cet « énergumène » (selon Daniel Halévy), ce mari difficile et emporté qu'habite un « démon Rouart » – le démon de l'insatisfaction et de la passion – que Louis partage avec son frère Eugène.

« Je ne vois que deux solutions, déclare Louis un jour devant Albert Chapon – un des collaborateurs de Mithouard à *L'Occident* et lui aussi un ami fidèle. Je ne vois que deux moyens de salut : écrire de belles œuvres ou devenir catholique enthousiaste. » En 1911, ayant renoncé à « écrire de belles œuvres », il opte pour la seconde voie et fonde la Librairie de l'Art catholique. Une librairie au sens large, c'est-à-dire une maison d'éditions, de livres et d'objets d'art religieux, dont il installe fastueusement bureaux et boutique au numéro 6 de la place Saint-Sulpice, à l'angle de la rue des Canettes. Là même où, bien des années plus tard, le couturier Yves Saint Laurent aura une de ses plus belles vitrines. Hommage aux arts oblige : Servandoni, l'architecte florentin qui a réalisé un des portails de Saint-Sulpice, est aussi celui de l'immeuble imposant où se tiendra jusqu'en 1970 l'enseigne de L'Art catholique.

Dans ce quartier, où sont si nombreux les couvents et les abbayes et où sonnent en écho les cloches de tant d'églises, prêtres et religieuses ont l'habitude de se fournir en vêtements liturgiques, ciboires et calices, crucifix et chapelets. Les familles catholiques viennent traditionnellement y chercher les médailles pour les baptêmes, les livres et les images pieuses qu'on offre aux enfants pour les communions ou les portraits de Marie ou des saints qu'on accroche au-

dessus de leur berceau. Louis Rouart n'est pas le seul
à détester ces représentations aux dessins grossiers,
aux couleurs mièvres, qui sont une offense à l'art et
composent l'essentiel du commerce saint-sulpicien.
Joris-Karl Huysmans ou Léon Bloy protestent contre
cette « tourbe » du mauvais goût et Paul Claudel
contre ces « fadeurs », si peu dignes de la vraie foi.
« Un peu de sévérité, un peu de rudesse, comme cela
ferait du bien après cette longue saison de saccha-
rine, cette saturation de sirop ! » écrit l'auteur de
L'Annonce faite à Marie. Quand il fonde L'Art catholique, Louis Rouart entre en croisade. Pénétré de
cette phrase de l'Ecriture : « Par les choses visibles,
nous sommes conduits à la connaissance des choses
invisibles », il est convaincu que l'art religieux, qui a
toujours été une des manifestations du sacré, doit
renouer avec une esthétique et ainsi retrouver son
véritable sens. Le Divin et le Beau lui semblent avoir
partie liée pour l'éternité.

Six ans après la loi de séparation des Eglises et de
l'Etat (1905), toute la France est encore brûlante des
querelles survenues entre ses partisans et ses adversaires. L'Eglise a été spoliée de ses biens, de nombreux couvents ont été fermés, des congrégations
religieuses supprimées. Pour Louis Rouart, le catholicisme ne pourra survivre dans ce contexte hostile
qu'au prix d'une exigence nouvelle, sur un nouvel
élan. La création de la Librairie de l'Art catholique
s'inscrit dans un combat d'actualité. Un combat partisan, où la foi et le courage marchent du même pas.
Il ne s'agit plus du tout de commerce, de profit, ni
même d'esprit d'entreprise. Louis Rouart, en s'atta-

chant à rendre tout son sens à l'imagerie religieuse, entend rappeler dans l'art la part indestructible du sacré. Et opposer ainsi aux ennemis de ceux qui croient, aux Emile Combes et aux Waldeck-Rousseau de la République, la lumière de l'art catholique. Sa librairie sera un bastion de la foi. Une place forte assiégée et fièrement défendue. Une sorte de Fort Alamo qu'anime la flamme des irréductibles.

« A l'Art Catholique, vous trouverez des œuvres dignes d'orner la maison de Dieu et le foyer chrétien » : le programme est sans ambiguïté.

Dans le droit fil de ses écrits parus dans *L'Occident* et *Marges*, Louis Rouart va appliquer en maître stratège ses théories esthétiques et notamment illustrer ce retour aux sources de la chrétienté qu'il réclame depuis si longtemps pour l'art. Bannissant les « sucreries » dont la plupart des boutiques voisines font un fructueux commerce, il va choisir les modèles de l'imagerie pieuse parmi les chefs-d'œuvre du Moyen Age et de la Renaissance : il porte une admiration quasi mystique aux artistes anciens, souvent anonymes, qui, tels les bâtisseurs de cathédrales, ont réussi l'alliance parfaite de l'art et de la foi. Les christs de L'Art catholique seront ceux d'Amiens ou de Santa Croce. Les vierges auront le visage et le maintien des plus anciennes madones byzantines, florentines ou flamandes. Ce seront les vierges en orantes aux bras tendus des catacombes, les vierges en majesté portant l'Enfant Jésus des mosaïques abbatiales, les vierges de pitié ou d'extase de Donatello, de Raphaël, de Giotto, de Fra Angelico, les vierges couronnées par le Christ ou pleurant au tombeau de

Della Robbia, de Van Eyck, de Léonard de Vinci…
Tous les épisodes de la vie du Christ, de l'Annonciation à la Crucifixion, jusqu'à l'Ascension, où on le
voit monter au ciel parmi les anges, seront illustrés à
partir de ces mêmes modèles, irradiés d'une beauté
qui n'est pas tout à fait terrestre. L'ange de Reims et
l'ange du Lude, en évinçant les ridicules figurines des
crèches saint-sulpiciennes, seront les gardiens de cette
imagerie marquée du double sceau de l'art et du
sacré.

Loin de se contenter d'être un éditeur de repro-
ductions anciennes, de copies à la belle facture de ce
patrimoine chrétien, Louis Rouart fait très tôt appel
à des artistes contemporains, épris du même idéal :
Puvis de Chavannes, Maurice Denis, Fernand Py ou
Georges Desvallières pour les plus connus, mais aussi
Charles Jacob, Roger de Villiers, Louis Barillet ou
Emma Thiollier. Il fera même travailler son beau-
père, Henry Lerolle, mis à contribution pour des
visages féminins comme il les aime et les peint depuis
si longtemps, visages de vierges et de saintes
empreints d'une douce et palpitante sensualité. Tous
ces artistes vont dessiner, sculpter ou modeler à sa
demande. Il y aura entre les peintres, les sculpteurs
et les céramistes de L'Art catholique un esprit
d'école. Avec une fièvre d'anachorètes, ils vont tenter
de prolonger l'histoire de l'art religieux et d'offrir des
successeurs aux maîtres florentins, siennois, flamands
ou byzantins qui ont, bien des siècles avant eux, illustré le visage de Dieu.

Fidèle à la tradition de sa famille et peut-être plus
encore à la famille de sa femme, ces Lerolle épris de

peinture, mais aussi de sculpture, de gravure, de littérature et de musique, qui ont vécu et vivent encore dans un véritable bouillon d'arts, Louis Rouart se lance en même temps dans l'édition de livres. Toujours sous cet angle de la foi. L'un des premiers textes qu'il publie est, en 1913, *Le Chemin de la Croix* de Paul Claudel. Une sorte de long poème en prose, qui commente et illustre les treize stations où le Christ s'est arrêté, portant sa croix. Le livre, un bel in-folio, est enluminé à la manière des manuscrits médiévaux. Le choix du papier et des caractères, qui évoquent la calligraphie des moines d'abbayes, celui des encres noire et rouge, d'une qualité riche et profonde, sont le fait de l'éditeur lui-même. Louis Rouart ne laisse à personne le soin de concevoir et de mettre en forme les textes qu'il publie et dont il a une vision précise et très exigeante. Il accorde une attention particulière à la typographie, dont la beauté doit être parfaite. *Le Chemin de la Croix* de Claudel, l'un des textes fondateurs de la Librairie de l'Art catholique, restera une de ses fiertés.

L'humour n'est pas absent de l'aventure de L'Art catholique. Paul Valéry, qui n'a pourtant pas la fibre religieuse et qui ne perd jamais de vue les questions pécuniaires – lesquelles empoisonnent sa vie –, adresse ainsi à Louis Rouart ses félicitations à propos de cette publication : « Tu vas gagner beaucoup d'argent avec ton *Chemin de la Croix* ! Intéresse-toi aussi au marché allemand, il y a là-bas beaucoup de catholiques… »

Parallèlement à des éditions luxueuses des *Pensées* de Pascal, des œuvres de saint Thomas d'Aquin ou des sermons de Bossuet, mais aussi de *Fioretti* – *Petites fleurs* de sainte Catherine de Sienne ou de saint François d'Assise, ces derniers admirablement traduits de l'italien par André Pératé, illustrés par Maurice Denis et gravés sur bois par Jacques Beltrand –, la Librairie s'attache à éditer de nombreux inédits. C'est ainsi qu'elle s'apprête à publier des ouvrages d'Henri Massis (notamment une *Vie d'Ernest Psichari*, en 1916) ou de Joris-Karl Huysmans (un dialogue avec dom Jean-Martial Besse, en 1917).

Les années de gloire viendront après la guerre, quand Louis Rouart publiera *Art et scolastique*, tout premier livre d'un professeur de philosophie au collège Stanislas, Jacques Maritain, dont il sera le premier éditeur. « L'œuvre chrétienne veut l'artiste saint en tant qu'homme. » Plaçant très haut son idéal, l'auteur veut ériger une philosophie de l'art sur les principes du thomisme, une scolastique sur une esthétique. Ces pages savantes et ferventes, que la plume de Maritain transforme en poétique ou en mystique de l'art, enthousiasment Louis Rouart : Maritain, en proclamant les noces de l'art et du spirituel, donne à la maison une estampille. Il lui fixe aussi une ligne de conduite des plus exigeantes. « L'art apparaît comme quelque chose d'étranger en lui-même à la ligne du bien humain, presque comme quelque chose d'inhumain, et dont les exigences cependant sont absolues. » La Librairie publiera encore de Maritain *Frontières de la poésie*, en 1926, et *De la vie d'oraison*, un ouvrage écrit à quatre mains par Maritain et son épouse, Raïssa. Les Maritain, dont l'amour et la foi rejoignent la poésie en ses sommets, furent un couple mixte avant l'heure : Jacques Maritain, d'éducation protestante, et Raïssa née Oumanoff, de confession juive, s'étaient convertis ensemble, en 1906, à la religion catholique dont ils allaient devenir les apôtres – ils allaient convertir par la suite de nombreux artistes et intellectuels, dont Jean Cocteau et Maurice Sachs. Eux-mêmes ont voulu être baptisés le même jour. C'est par Robert Vallery-Radot que Louis Rouart a connu Maritain et s'est lié avec lui d'une amitié où domine de sa part un sentiment d'admiration – sentiment qu'il ne galvaude pas et c'est peu dire, tant il est porté si souvent par l'indignation ou la colère. Vis-à-vis de Maritain, comme de Claudel quelques années plus tôt, ce sentiment, sans s'affadir, ne se nourrira pas d'attachement – les deux écrivains prendront leurs distances sans que Louis cherche à les retenir. Il les regardera s'éloigner, comme indifférent, vers la NRF. Fier pourtant de compter à son actif ces pépites que sont *Le Chemin de la Croix* et *Art et scolastique*.

Le combat pour la foi catholique, qui pourrait faire de Louis Rouart un de ces hommes qu'André Germain définit comme des « croisés modernes », le mari de Christine Lerolle le poursuit au quotidien dans une sorte de franc-maçonnerie chrétienne : le tiers ordre dominicain, à la renaissance duquel il est à l'origine. Conçu par saint Dominique pour permettre à des laïcs de prêcher dans son sillage, puis érigé en fraternité, en tant que part officielle de l'ordre des Prêcheurs, obéissant à une règle en vingt-deux points promulguée au XIIIe puis au XVe siècle, le tiers ordre rassemble des laïcs soucieux de se rapprocher de l'idéal de vie monastique et prêts à répandre dans le monde les sévères principes de saint Dominique – lequel fut, rappelons-le au passage, l'un des fondateurs de l'Inquisition. Si, pendant la Révolution, ce tiers ordre permit aux dominicains, chassés de leurs couvents et persécutés, de garder une présence active en France, il était tombé en désuétude. Sa renaissance devait permettre, dans ces années d'opposition passionnée entre l'Etat et l'Eglise, de renforcer la résistance chrétienne. Les laïcs membres du tiers ordre s'engageaient à défendre leur foi contre les mesures antireligieuses de la république qui découlaient de la loi de 1905 – fermeture des églises et des couvents, spoliation des biens du clergé... Cet ordre, endormi depuis la Révolution, c'est Louis Rouart qui a l'idée d'en rallumer la flamme. Il prend lui-même contact avec le père Janvier, un des prédicateurs les plus brillants de l'époque – Léon Daudet dit que sa parole « vous prend et vous enveloppe comme un coup de mistral » – et lui demande d'en être le chef spirituel. Les prêches du père Janvier à Notre-Dame de Paris, pour le temps du carême, qui s'achèvent en apothéose le dimanche de Pâques, attirent alors des foules envoûtées par la véhémence de son verbe. Sa voix chaude et puissante, selon Robert Vallery-Radot, n'avait pas besoin de haut-parleurs pour « emplir les voûtes de la cathédrale, dont les échos sonores la répandaient comme une pluie bienfaisante sur une assemblée captivée, subjuguée ». Ce dominicain, qui fut prieur du couvent de Flavigny en Côte-d'Or, était non seulement un orateur exceptionnel mais un homme de fort tempérament. Il osa, en 1906, tancer du haut de sa chaire de Notre-Dame le gouvernement de la République et appeler ses ouailles à se révolter : « Nous ne sommes pas de ceux qui proclament que la loi, quelle qu'elle soit, est la loi ; nous sommes de ceux qui protestent que, dans certains cas, la loi n'est pas la loi. (...) Il est des circonstances où l'insurrection est le plus sacré des devoirs. » Ce prêche, lors de la première conférence du carême, lui valut d'être convoqué chez le juge d'instruction, lequel lui accorda un non-lieu « motivé sur la loi d'amnistie et non sur notre innocence », selon les propres mots du père Janvier. Le dominicain ne céda pas à la pression judiciaire et, dès sa conférence suivante, traita d'« inique » la loi de séparation.

Un tel homme ne pouvait que susciter l'engouement de Louis Rouart. A l'inverse de son frère Eugène, devenu anticlérical, Louis est et restera toute sa vie un catholique irréductible. Un militant, un chevalier de la foi. C'est le dimanche 19 juin 1910 qu'il est adoubé, pour ainsi dire, par le père Janvier, avec sept autres disciples. Ce jour-là, il prend l'habit (scapulaire et ceinture de cuir) et jure fidélité à la règle de saint Dominique. La cérémonie se déroule rue Mirabeau – une adresse des plus républicaines ! –, dans le petit appartement que le père Janvier partage avec un autre dominicain, le père Chauvin. Outre Maurice de Lestrange, Henri de Jouvencel, Emile Baudonnat, René Lucy et Albert Bertrand-Mistral, le tiers ordre, qui comptera bien des célébrités parmi les écrivains et les artistes, d'Henri Massis à Hubert

Beuve-Méry en passant par Henri Ghéon ou Maurice Denis, accueillait parmi ses huit premiers « tertiaires » trois frères Rouart : Louis, l'instigateur du renouveau de cette fraternité, ainsi qu'Alexis et Ernest. Seul Eugène Rouart se tient prudemment à l'écart – son électorat radical-socialiste et libre penseur, qui compte traditionnellement beaucoup de francs-maçons, n'aurait pas résisté à pareille profession de foi.

Catholique pratiquante, très pieuse et ne manquant pas une messe, Christine Rouart pourrait communier avec ce mari qui porte haut les couleurs de leur religion et, tout comme Raïssa avec Jacques Maritain, former avec lui un couple indissolublement uni sous le regard de Dieu. Mais les dissensions entre Louis et Christine, leurs tempéraments emportés, leur volonté réciproque de ne pas se laisser mutuellement influencer, en quelque domaine que ce soit, les amènent à s'éloigner l'un de l'autre. Après la naissance du dernier enfant, en 1915, ils feront non seulement chambre mais appartement à part.

Louis prend très tôt l'habitude de voyager seul – du moins sans Christine –, chaque année, en Italie. Rien ne le détourne de ce pèlerinage aux sources de l'art, dans ce pays qu'il adore et qui est pour lui un prétexte à d'exquises vacances en célibataire. La Toscane, surtout, l'attire et l'enchante. Même quand sa femme tombe malade, comme par exemple en 1904, lorsqu'elle est alitée pour un grave « rhumatisme au cœur », il part. Il l'abandonne à son lit de douleur. Cela lui vaut les reproches d'une cousine Lerolle, Jeanne, dont le mari – un cousin germain de Christine – accueille cet été-là le couple Rouart et leurs

deux premiers enfants au manoir familial de Villerville, en Normandie. « Son grand fou de Louis ! » :
ainsi ces proches parents voient-ils le flamboyant et
indisciplinable époux de Christine.

Christine est peut-être moins indignée qu'ils ne le
sont. Elle est habituée à son « grand fou », tout feu
tout flammes, et ne le connaît que trop. Il ne l'inti-
mide pas. Il lui arrive parfois de le taquiner sur son
adhésion au tiers ordre dominicain, dont la règle est
si contraignante et que Louis met si peu en pratique,
saint Dominique ayant prescrit aux tertiaires de
l'ordre « esprit de pauvreté et de chasteté »… Son
époux est souvent pris en flagrant délit pour ses
contradictions. D'une part, il aspire à être meilleur,
de l'autre il est sans cesse ramené à sa nature volup-
tueuse et tumultueuse. Il est en fait déchiré entre un
idéal qu'il ne peut pas atteindre, dont la règle domi-
nicaine illustre l'ascèse, et ce qu'il est lui-même : un
homme empêtré dans des appétits qu'il ne peut pas
maîtriser. Ce que son épouse voit clairement.

André Gide, qui n'ignore pas plus les secrets du
couple que forment Louis et Christine que ceux
d'Eugène et d'Yvonne, rapporte dans son *Journal*, à
la date du 6 janvier 1910, ces quelques mots de
Christine à propos de Louis :

« Vous devez être bien contente, lui disait-on, de
le voir devenir si religieux.

— Moi ! mais j'en suis désolée ! s'écriait-elle ; tant
qu'il ne l'était pas, j'ai pu compter sur la religion
pour adoucir son caractère ; à présent, je ne compte
plus sur rien. »

La mort du patriarche

En grand deuil, dans leurs voiles noirs qui les enveloppent tout entières, Yvonne et Christine assistent aux obsèques de leur beau-père, au cimetière du Père-Lachaise : Henri Rouart est mort le 2 janvier 1912, avant d'avoir pu fêter ses quatre-vingts ans. Elles l'ont veillé près de leurs époux, dans son hôtel de la rue de Lisbonne où il vivait depuis plusieurs années sans autre compagnie que ses innombrables tableaux. Aucun de ses fils n'ayant voulu prendre la relève de ses affaires, il avait fini par vendre son entreprise à MM. Grimault, Lesoufaché et Félix, en 1903, et se consacrait depuis à sa passion de la peinture. Yvonne et Christine, sans qu'on puisse voir leurs visages, semblent figées au bord de son tombeau. Elles ne pleurent pas seulement la perte d'un beau-père aimé, respecté, elles pleurent tout ce qu'il a été pour elles : un rempart, une balise. Il s'est toujours montré disponible et bienveillant à leur égard. Il prenait même leur parti contre leurs bouillonnants époux : plus personne de raisonnable ne viendra contrecarrer désormais leurs lubies, qu'il était seul à tempérer. Car il exerçait encore sur ses fils, malgré son grand âge, une autorité morale. Lui vivant, elles pouvaient compter sur son influence. En perdant l'allié qui parlait le langage de la raison, de la modération, elles ont de quoi s'inquiéter. Il ne sera plus là pour apaiser les querelles, tenter de mettre un peu d'ordre dans les vies turbulentes d'Eugène et de Louis.

Henri Rouart va rejoindre dans le caveau son épouse, Hélène, née Jacob-Desmalter, décédée plus de vingt-cinq ans auparavant, et la sœur de celle-ci, Marie, enterrée là avec son époux, Eugène Guillaume, de l'Académie française, l'ancien directeur de la Villa Médicis. Pierre et marbre : c'est devant cette tombe de la soixante-septième division que les deux sœurs prennent conscience d'une perte irréparable. Elles vont devoir vivre sans l'ombre rassurante et protectrice du patriarche. L'avenir en devient angoissant. Les si jolies jeunes filles peintes par Renoir ont cédé la place à deux épouses inquiètes, insatisfaites et, pour l'une d'elles, vivant au bord de la tragédie. En famille, on parle d'elles comme de « deux malheureuses » – ainsi les voit Jeanne Lerolle, leur cousine par alliance, épouse d'André Lerolle, leur cousin germain (un des trois fils de Paul Lerolle), dans ses mémoires restés inédits. « Ces deux malheureuses… » Sans doute se reconnaissent-elles dans cette image. La disparition de leur beau-père aggrave encore leur situation, à côté de ces deux maris difficiles, chacun dans son genre.

Lorsqu'il est question de partager l'héritage, au lendemain de la mort d'Henri Rouart, les désaccords familiaux se font bientôt sentir. On parvient à s'entendre sur les biens immobiliers : l'hôtel de la rue de Lisbonne, le domaine de La Queue-en Brie, près de Melun, avec sa belle orangerie. Mais la collection pose des problèmes insolubles : comment constituer des lots équitables ? Comment répartir ces trésors ? La fille aînée d'Henri Rouart, Hélène, veuve d'Eugène Marin, que son père a peinte si souvent, écrivant, lisant ou rêvant, craint de ne pas savoir choisir à bon escient et d'être lésée par ses frères, plus compétents et plus assurés dans leurs goûts. Aussi va-t-elle leur imposer la vente de tous les objets d'art aux enchères : peintures, sculptures, dessins, gravures. Daniel Halévy le rapporte à la date du 10 décembre 1912, dans ses souvenirs sur Degas : « Degas me parle de ce que Rouart fut pour lui, de ses fils. "Ils ont été touchants, me dit-il, ils m'ont dorloté dans mon célibat." Il me parle de cette vente, si pénible. Et je m'aperçois qu'il ne se doutait pas que les quatre fils ont fait ce qu'ils ont pu pour garder la collection entière, et que s'ils vendent, c'est obligés par la volonté de leur sœur. Du moins on raconte cela. On a si peur de lui qu'on a évité ce sujet avec lui. Je le lui dis, aussi fort que je puis. Ah…, fait-il, avec un air de vague satisfaction. »

Il faudra trois ventes successives, les 9, 10 et 11 décembre 1912 – il y en aura même une quatrième au printemps 1913 –, pour disperser la collection de peinture : plus de cinq cents tableaux anciens et modernes, avec une dominante pour le XIXe siècle. 47 Corot, 14 Millet, 14 Daumier, 12 Delacroix, 8 Courbet, 7 Jongkind, 6 Prud'hon, 5 Cézanne, 4 Monet, 4 Degas, 4 Greco, 4 Puvis de Chavannes, 4 Pissarro,

3 Tiepolo, 3 Manet, 3 Renoir, 2 Philippe de Champaigne, 2 Fragonard, 1 David, 1 Poussin, 1 Goya, 1 Toulouse-Lautrec, 1 Berthe Morisot, etc. : le catalogue des peintures est époustouflant. Préfacé par Arsène Alexandre, l'un des critiques d'art les plus réputés de l'époque, chroniqueur au *Figaro*, au *Voltaire* et à *L'Evénement*, il reflète la passion éclectique de son propriétaire et le coup d'œil avisé du collectionneur. Il compte une majorité de chefs-d'œuvre et pour le reste de très bons tableaux. Du *Portrait du philosophe Trapadoux* de Courbet aux *Effets d'hiver à Argenteuil* de Monet, en passant par l'*Autoportrait* de Delacroix et *La Brune aux seins nus* de Manet, ou par le *Saint François d'Assise en prière* du Greco, sans même parler des paysages italiens et des portraits si bien choisis de Corot, longtemps parmi les plus dédaignés de son œuvre, ni même des Degas et des Renoir franchement exceptionnels, il n'y a là que de la grande qualité.

Les quelque trois cents dessins et pastels (279, précisément) qui forment une collection à part au sein de la collection Rouart seront vendus séparément, lors de trois autres ventes, les 16, 17 et 18 décembre. L'ensemble graphique comprend entre autres merveilles 48 dessins de Millet, des Forain, des Barye, des Daumier là encore – Daumier qui n'était considéré que comme un banal caricaturiste, quand Henri Rouart achetait ses œuvres –, enfin une éblouissante série de pastels de Degas – danseuses et scènes de genre, *Chez la modiste*, *Au café-concert*, *La Chanson du chien*…). Les choix du collectionneur ont été aussi sûrs que, très souvent, visionnaires.

La vente de la collection a lieu à la galerie Manzi-Joyant, 15 rue de la Ville-l'Evêque, près de l'Elysée, et devient le point de mire de ce que Paris et le monde – c'est-à-dire, alors, l'Amérique – concentrent de marchands, de collectionneurs, de directeurs de musées et d'amateurs éclairés. De Hugo von Hofmannsthal à Jacques-Emile Blanche, de nombreux écrivains et artistes sont venus l'admirer. Marcel Proust regrette de ne pouvoir s'y rendre. Il s'en désole dans une lettre à Georges de Lauris, invoquant sa fatigue et son mauvais état de santé. « Depuis un an, je ne désirais que deux choses, écrira-t-il à Louis de Robert au mois de janvier suivant la vente : beaucoup voir l'exposition Manzi, puis Rouart, et entendre les derniers quatuors de Beethoven. J'ai été dans l'impossibilité de le faire. En quinze ans, je crois que je n'ai pu aller que deux fois au Louvre. » La collection Rouart, jusque-là connue et goûtée des seuls initiés, crée l'événement. *Le Figaro* l'annonce en première page, dès le 20 novembre, et elle fait l'objet d'un grand nombre d'articles dans la presse. La caution des experts, Hector Brame pour l'ancien et Paul Durand-Ruel assisté de ses fils pour l'Impressionnisme, y est chaque fois soulignée. Deux commissaires-priseurs, maîtres Lair-Dubreuil et Henri Baudouin, se relaient brillamment pendant six jours pour assurer les enchères. La vente totale des tableaux atteindra le chiffre faramineux de quatre millions et demi de francs-or. La vente de toute la collection, dessins et pastels inclus, 5 650 910 francs-or. Une somme que Solange Thierry, commissaire de l'exposition « La famille Rouart » au musée de la Vie romantique, estime en 2004 à 17 800 000 euros.

Lorsque Henri Rouart, jeune père de famille, achetait des tableaux de Renoir, de Degas ou de Manet grâce au profit de ses inventions et de ses usines, un banquier, conseiller en patrimoine, étonné et même inquiet de le voir dépenser ainsi toutes ses économies, lui avait vivement recommandé de reconsidérer la gestion de sa fortune. Et de choisir, de préférence à tous ces tableaux à haut risque (peu de gens étaient prêts à parier sur les succès futurs de l'Impressionnisme), des placements… de père de famille. Ces 9, 10 et 11 décembre 1912, le gestionnaire était-il dans la salle, parmi le public subjugué, quand le marteau des commissaires-priseurs arrêtait l'un après l'autre le chiffre des toiles, non pas doublé ou triplé, mais parfois multiplié par cent par rapport à son prix d'achat ?

Presque tous les tableaux vont dépasser la valeur avancée par les experts. Le *Crispin et Scapin* de Daumier est adjugé 60 000 francs aux Amis du Louvre, l'*Apôtre* ascétique du Greco 60 000 francs aussi, les deux Fragonard – *Repos pendant la fuite en Egypte* et *Paysage* – à 75 000 et 70 000, *L'Espagnole en châle gris* de Goya, avec sa gorge plantureuse, 142 000 francs. *L'Espérance* de Puvis de Chavannes, à 65 000 francs, rejoint le musée du Luxembourg. L'un des fleurons de la collection, dont la vente est très attendue, l'ensemble des quarante-sept Corot, pulvérise les records. *La Femme en bleu*, achetée par le Louvre, part à 162 000 francs. Et les *Baigneuses aux îles Borromées* atteignent 210 000 francs, dans une atmosphère surchauffée. *La Villa d'Este à Tivoli* provoque des frissons dans la salle en s'envolant à 110 000 francs, alors qu'il n'avait pas dépassé 4 000 francs à la vente de l'atelier du peintre. Corot, que Degas admirait, qui fut le professeur de Berthe Morisot et de Pissarro et qui influença presque tous les impressionnistes, Rouart compris. Il tenait son vieux maître en haute estime et avait pris à son compte son sage conseil : « Je n'ai qu'une petite flûte, mais je tâche de donner la note juste. » Proust évoquera avec admiration « les Corot des frères Rouart », dans sa préface aux souvenirs de Jacques-Emile Blanche : ils font partie de ses nostalgies du temps perdu. « Les Hollandais seuls et les Français du temps des frères Rouart, écrit Proust, ont fait vibrer cette corde-là. C'est une musique à la française, claire, mélodique, mais si discrète, si intime, qu'elle risque de ne pas se faire remarquer. Aussi bien c'est cette "musique de chambre" qui sonnait si juste dans l'hôtel de la rue de Lisbonne. »

Le *Papeete* de Gauguin, des Tahitiens hommes et enfants cueillant des fruits dans un verger au sol rouge, surprend même les experts avec une adjudication de 31 500 francs. Gauguin est encore loin de séduire le public : des collectionneurs aussi avertis que Gertrude et Leo Stein les trouvent longtemps « assez horribles à regarder » avant de pouvoir les aimer et de les acheter. Leur prix de vente dépasse largement la plus haute estimation. Le musée de Lyon se risque à acheter le *Nave, nave mahana* de 1896 : la première œuvre de Gauguin à entrer dans une collection publique française.

Le sort des tableaux impressionnistes est désormais scellé : la vente de la collection Rouart, écrit un reporter de *L'Illustration*, « fera époque ». Elle consacre des artistes hier encore à la marge, contestés par l'Académie et refusés par les musées. Manet et Berthe Morisot sont morts il y a plus de vingt ans, aimés d'une minuscule élite composée surtout d'amis et de quelques collectionneurs assez fous, tels Victor Choquet ou Paul Gallimard, pour s'éprendre de leur style novateur et choquant aux yeux des contemporains. Henri Rouart a fait partie de ceux qui ont soutenu les efforts de Monet et de Clemenceau pour que l'*Olympia* entre au musée du Louvre. Auparavant, au lendemain de la mort de Manet, quand l'atelier a été vendu au profit de sa veuve, il a poussé jusqu'à quatre mille francs *La Leçon de musique*. Cette même *Leçon de musique* qui va être vendue 120 000 francs à la galerie Manzi-Joyant, à côté d'un *Buste de femme nue* (dite « La Brune aux seins nus »), adjugé 97 000 francs, et de *Sur la plage*, 92 000 francs au couturier Jacques Doucet : trois tableaux phares très convoités de la collection. Les Monet – beaucoup de *Bords de Seine* et de paysages d'Argenteuil – qu'on retrouve aujourd'hui dans des musées prestigieux partent entre 13 000 (*Champ de foire*) et 30 000 francs (*Effets d'hiver à Argenteuil*). Les Cézanne s'imposent plus doucement, les Pissarro restent modestes, le Morisot *Sur la terrasse* est adjugé 17 000 francs. Il y a encore beaucoup de disparités parmi les impressionnistes, mais il est désormais fini, le temps des artistes recalés et maudits, dont le public venait railler les toiles. Quant aux collectionneurs dont on se moquait parce que, contre les avis de l'Académie et du grand public, ils croyaient en ces talents neufs, ils tiennent là leur revanche.

Rarement une collection fut cependant plus éloignée de l'esprit de spéculation. Henri Rouart a acheté toutes ces œuvres « uniquement par instinct et opiniâtreté », selon Arsène Alexandre, surtout parce que l'art réjouissait son œil et apportait à sa vie une saveur incomparable. Il aimait vivre dans le chatoiement des couleurs, au milieu de ces visions originales et diverses, choisies avec un soin amoureux, dans l'excitation de la découverte. « Je n'ai jamais eu ici que des choses de passion », disait-il aux visiteurs qu'il accueillait chez lui. Cette collection formée avec amour et qu'il montrait volontiers, ouvrant sa porte à tous ceux qui voulaient communier dans le même enchantement, c'était celle d'un amateur éclairé qui ne s'embarrassait pas plus de préjugés de mode que de considérations spéculatives. Il l'avait tout entière bâtie selon son cœur.

Aussi ses enfants voient-ils avec émotion s'en aller ces tableaux qui font partie de la famille et dont les peintres furent pour la plupart des amis de leur père. Chacun d'eux a une histoire particulière à raconter, mais fait en même temps partie d'un ensemble qui va être démantelé. « Rien en réalité ne se disperse absolument, écrit Arsène Alexandre dans la préface du catalogue ; ce que la passion vraie avait joint demeure idéalement réuni. La graine portée au loin reconstitue la forêt. » Ces bonnes paroles peuvent les réconforter. Ne subsiste pas moins pour eux tous, en ce mois de décembre 1912, le sentiment de déchirement qui accompagne les grandes séparations. La vente des Renoir est un de leurs pires crève-cœur. Surtout *L'Allée cavalière au Bois de Boulogne*, avec son cheval, sa magnifique amazone (la belle Henriette Darras), et son atmosphère heureuse et lumineuse. Cette très grande toile, refusée au Salon de 1873 et l'une des premières acquisitions d'Henri Rouart, fait partie des enchères hautes, à 95 000 francs. Cédée à Eugène Druet, le marchand de la rue Royale, aujourd'hui à la Kunsthalle de Hambourg, elle fut pendant près de quarante ans dans l'atelier de leur père, à la meilleure place, au-dessus du chevalet où il peignait lui-même. Avec elle, c'est tout un monde qui disparaît : leur jeunesse insouciante et heureuse de vivre.

Il en va de même pour les Degas, dont la vente Henri Rouart marque le triomphe. Les chiffres atteints par ses « Danseuses » sont parmi les plus élevés des trois vacations : *Répétition de danse*, 150 000 francs ; *Danseuse dans une salle d'exercice*, 100 000 francs ; et 35 000 francs pour une simple copie par Degas de *L'Enlèvement des Sabines* du Poussin. Ce sont les *Danseuses à la barre*, estimées à 200 000 francs par Durand-Ruel, qui crèvent le plafond des enchères : le marteau d'ivoire tombe pour elles à 435 000 francs ! Henri Rouart les avait acquises pour une centaine de francs (vingt-cinq louis, au juste). Et il avait dû empêcher Degas de le reprendre pour le retoucher – et notamment pour enlever le petit arrosoir qui agaçait son œil à chaque fois qu'il venait dîner rue de Lisbonne. Le 10 décembre, les Amis du Luxembourg ont dû s'effacer devant la fortune de Louise Havemeyer, la veuve du magnat américain du sucre. C'est elle qui emporte ce somptueux Degas, par l'entremise de Durand-Ruel, dont « le sourire malicieux et mélancolique » n'échappe pas au journaliste de *L'Illustration*. Celui qui fut « le pilier de l'église impressionniste » (selon ce même journaliste) et l'un de ses plus grands marchands doit d'autant plus savourer ce succès qu'il s'est ruiné à deux reprises en tentant, trop tôt, de vendre tous ces peintres jadis marginaux. Pour lui aussi, c'est un jour de reconnaissance. Pour en finir avec la saga du Degas au petit arrosoir : quelques années plus tard, Louise Havemeyer cédera ses *Danseuses à la barre* au Metropolitan Museum de New York, où il est encore à ce jour.

Le peintre, vieilli, courbé par le poids de l'âge – il a près de quatre-vingts ans –, assiste depuis une petite salle en contrebas, à gauche, à la vente de cette collection qu'il a vu se constituer au fil des années et qu'il connaît par cœur, aussi bien que son défunt propriétaire. Sa dispersion est pour lui un déchirement. A chaque coup de marteau, c'est le glas qui sonne le rappel des souvenirs et l'annonce de la mort prochaine. A demi aveugle, appuyé sur une canne, il a l'air d'être ailleurs, dans un rêve intérieur. Daniel Halévy qui l'aperçoit, navré, se précipite vers lui. Toute la famille Halévy, sauf lui, est brouillée avec Degas depuis l'affaire Dreyfus. « On venait de lui dire le prix de son tableau, se souvient-il. Il souriait un peu comme s'il eût éprouvé un lointain contentement. "C'est curieux, disait-il, des tableaux que j'ai vendus cinq cents francs…" »

A une femme du monde, venue l'importuner en le

félicitant pour son succès, ce misanthrope également misogyne, du moins avec les gens qui l'embêtent, répondra moins poliment – ce qui prouve au moins qu'il n'était pas atteint par le gâtisme : « Je crois bien que celui qui l'a fait n'est pas un cul ; mais celui qui l'a payé si cher est un con. »

Des Collettes, à Cagnes, où il soigne ses rhumatismes, Renoir s'est tenu au courant des péripéties de la vente. Il a reçu le catalogue que les enfants lui ont fait envoyer et par lettre a obtenu tous les renseignements qu'il désirait avoir. Concerné au premier chef, presque autant que son vieil ami Degas, il livre ces commentaires dans une lettre du 16 décembre 1912, adressée à Paule Gobillard (nièce de Berthe Morisot) : « Vous devez être en pleine fièvre de cette vente sensationnelle qui bouleverse le monde et cela doit être passionnant. C'est le triomphe du goût du papa Rouart. » Il se fait même l'écho des répercussions de cet événement sur son humeur, qui reste au beau fixe, contrairement à celle de Degas. Aucune jalousie de sa part : « Degas doit continuer à grogner par principe, sans cela il ne serait plus Degas. Mais moi je suis dans la joie d'assister de mon vivant à l'apothéose de cet artiste unique, et magnifique. »

Ses enfants n'ont mis en vente aucun des tableaux, aucun des dessins de ce père qui peignit toute sa vie avec passion. Henri Rouart tenait ses propres œuvres dans la plus grande discrétion, « obstinément cachées » chez lui, selon Arsène Alexandre, à l'écart des pièces maîtresses de sa collection. Partagées entre sa fille et ses quatre fils, elles vont rester dans la famille.

« Sa modestie a fait que son œuvre personnelle curieusement précise est demeurée presque inconnue et le bien de ses seuls enfants », note Paul Valéry qui lui portait une affection toute filiale. Henri Rouart avait participé aux expositions du groupe impressionniste, mais il était réticent à se mettre en valeur. Jusqu'avant sa mort, il avait refusé toutes les propositions d'exposer l'ensemble de son œuvre – même son ami Paul Durand-Ruel, l'un de ses principaux fournisseurs avec le père Martin, n'avait pas réussi à le convaincre. Ce sont ses enfants qui, au moment de la vente de la collection et parallèlement à celle-ci, vont confier aux Durand-Ruel, père et fils, le soin d'organiser, dans la célèbre galerie de la rue Laffitte, la première rétrospective de la peinture d'Henri Rouart.

L'un des arrière-petits-fils du peintre, Jean-Dominique Rey, y verra un jour « une variation sur le vert, synthèse d'ombre et de lumière ». Fasciné par l'art de son aïeul, il en analyse finement les nuances : « Si chaque peintre a sa couleur de prédilection, non pas exclusive mais dominante et dont il peut varier d'une époque à l'autre – garance ou rose chair pour Renoir, bleu aquatique pour Monet, brun peut-être pour Degas –, avec Rouart, c'est le vert qui l'emporte. »

Le trait fin du dessin, la douceur nostalgique de la couleur et de l'inspiration évoqueront longtemps chez les siens ce que fut l'univers personnel d'Henri Rouart. Entre Barbizon et l'Impressionnisme, des forêts, des champs, des prairies bordées par de grands arbres qui ferment l'horizon, des silhouettes diffuses de femmes et de cavaliers dans la brume et, ici ou là, le toit, les murs, la légère fumée d'un feu isolé. La nature, belle et secrète, fut le refuge du peintre, sa paix et sa joie. Degas qui ne peignait qu'en atelier ironisait sur son goût du plein air, bon selon lui à attraper froid – « Les Van Dyck et autres que tu as vus à Bruges dessinaient toutes sortes de fleurs, d'arbres, de montagnes, de leur fenêtre », lui écrivait-il, lui qui avait horreur de la campagne. La fille et les quatre fils d'Henri Rouart reçoivent chacun un lot de cette œuvre abondante – encore non répertoriée à ce jour : souvenir de ce que fut leur père, de sa passion de peindre, de ses promenades en France, en Italie, dans les paysages qu'il aimait. Vues d'Anjou et de Bretagne, du Limousin et de la Creuse, des Pyrénées, de la Côte d'Azur, et puis de Toscane, d'Ombrie, de Sienne et de Florence, de Venise surtout... Les palais de Venise, leurs reflets dans l'eau des canaux vont côtoyer sur leurs murs, comme autant d'images d'un passé toujours vivant, les prés et les bois de La Queue-en-Brie, où se sont déroulés leurs jeux d'enfants. Privés de mère, mais non pas de beauté, ils ont grandi les uns et les autres et ont toujours vécu dans l'atmosphère artistique qu'Henri Rouart avait créée autour d'eux : un monde plein de couleurs, de sensations, d'appels au rêve. Monde intime qui jusque-là leur appartenait tout entier.

La collection qu'Henri Rouart a constituée parallèlement à son œuvre personnelle, c'est une part de leur histoire familiale. Mais aussi le témoignage de leur grandeur passée. Le chemin du père ne sera pas facile à suivre, ni son exemple évident à imiter. La vente de la collection est pour eux tous un cap difficile. En décembre 1912, ses fils vont tenter de rache-

ter les tableaux qu'ils préfèrent. Ceux auxquels ils
sont le plus attachés. Ou ceux que les enchères vont
leur permettre de reprendre.

L'aîné des frères, Alexis Rouart, a fondé en 1907
une maison d'éditions de musique qui publie les partitions de Chausson et de Duparc, mais aussi les
œuvres de Satie, Vincent d'Indy, Dukas, Roussel,
Bréville, Turina ou Canteloube – les grands noms de
la musique contemporaine. Alexis s'étant associé dès
1908 à Jacques Lerolle, le frère aîné d'Yvonne et de
Christine, la maison Rouart-Lerolle, qui a son siège
au 40 boulevard Malesherbes, souligne encore, si
besoin en était, l'alliance dans l'art de ces deux
familles. 1920 sera pour la maison Rouart-Lerolle une
année glorieuse, quand l'Opéra ouvrira ses portes à
La Légende de saint Christophe, de Vincent d'Indy.
Lors de la vente de la collection de son père, Alexis
ne rachète ni *Les Instruments de musique* de Chardin
(acquis par Ernest Rouart), ni *La Leçon de musique*
de Manet. Il choisit un Corot, *La Vasque de l'Académie de France*, pour 22 000 francs et un *Chemin mon-
tant* de Gustave Colin (1 700 francs).

Eugène a déjà le *Portrait d'Henri Rouart* par Degas
(aujourd'hui au Carnegie Institute, Pittsburgh) : son
père, un gibus sur la tête, posant devant ses usines.
Le tableau trônera dans son salon du château de
Saint-Caprais, à Bagnols-de-Grenade, jusqu'à ce
qu'ayant besoin d'argent il le revende à son frère
Ernest, en 1930. A peu près en même temps qu'il
cède à Paul Guillaume son Picasso.

Louis achète deux Corot : un paysage italien, *Le
Pont San Bartolomeo* (51 000 francs) et le portrait de

La Dame en rose de Corot (26 000 francs). Ainsi qu'une série de dessins : de Tiepolo, de Lagneau, de Millet – l'un des peintres préférés de son père avec Degas et Corot. Henri Rouart allait souvent peindre, jeune, dans la forêt de Fontainebleau aux côtés du peintre de *L'Angélus*.

Son épouse Christine, qui aime faire cavalier seul, achète de son côté *Aspasie la Mauresque* de Delacroix (5 500 francs) : un buste de femme aux seins découverts, sur un fond de draperies rouges. Est-ce pour le lui offrir ou pour le garder ? Le couple faisait déjà chambre à part, il fera plus tard appartement à part et maintenant il fait enchères séparées.

C'est Ernest Rouart, l'époux de Julie Manet, qui reprend en plus grand nombre une part de cet héritage paternel : cinq Corot dont le fameux *Tivoli, villa d'Este* (110 000 francs) et *La Bohémienne rêveuse*, *Les Instuments de musique* de Chardin, *La Brune aux seins nus* de Manet, *La fuite en Egypte* de Fragonard, un Nicolas Poussin, un Hubert Robert, enfin plusieurs pastels de Degas, dont *Dans les coulisses* et *Au café-concert, La Chanson du chien*, ainsi que celui représentant Henri Rouart vieux, coiffé d'une calotte et appuyé sur sa canne. Son dernier portrait par Degas.

Chaque enfant ayant reçu sa part d'héritage et les fruits des ventes de décembre 1912 puis d'avril 1913, les frères Rouart jouissent tous à la veille de la Grande Guerre d'une fortune très confortable. Chacun va en faire usage selon ses penchants et son caractère. Alexis renforce sa maison d'éditions musicales, édite Koechlin, Ropartz, Manuel de Falla. Il meurt en 1921, trop tôt pour poursuivre l'œuvre entreprise. « Malgré une courte carrière, dira Francis Poulenc, son influence sur l'ensemble du métier reste très sensible et, dans l'esprit de chacun, il reste un grand seigneur de l'édition musicale. »

Ernest, dans la calme union qu'il forme avec Julie Manet, s'adonne sans frein à la peinture. Silencieux, rêveur, il passe ses journées devant son chevalet, même si par modestie, par pudeur, ou par on ne sait trop quel complexe face aux chefs-d'œuvre qui l'entourent, il préfère ne pas exposer ses toiles. Julie, son épouse, peint elle aussi à ses côtés. Elle n'expose pas davantage sa peinture qui, comme celle d'Ernest, restera discrète. Ernest et Julie vivent avec leurs trois fils au milieu d'un véritable musée : treize Manet, des Morisot innombrables, trois portraits de Julie par Renoir, deux portraits d'Henri Rouart par Degas – bientôt trois avec celui qu'ils vont racheter à Eugène – côtoient un splendide Claude Monet (*Les Villas de Bordighera*) que le peintre avait offert à Berthe Morisot, mais aussi les Corot qui viennent de la vente de la collection Rouart, le Chardin, les Odilon Redon et bien d'autres tableaux d'exception. Sans atteindre l'extraordinaire dimension de celle d'Henri Rouart, la collection d'Ernest et de Julie Manet reste jusqu'aux années 1960 un haut lieu de la peinture impressionniste. Rien ne sera vendu de leur vivant. Ils feront quelques dons ou dations à des musées, notamment au Louvre qui recevra le *Portrait des parents* de Manet – « les grands-parents », disait Julie –, si longtemps accroché dans leur chambre à

coucher. Plus tard, les enfants de Julie Manet légue-
ront une partie de cette collection au musée Marmottan et au Louvre.

Eugène, sur ses terres du Sud-Ouest, s'abandonne
sans garde-fou à de frénétiques placements agricoles.
Il achète des terres, investit en plants et en semences,
sans parvenir à obtenir les bénéfices qu'il attend.
Tout au contraire, très vite perclus de dettes, il doit
revendre ses tableaux pour rembourser ses créanciers. Il y aura bientôt beaucoup de traces laissées par
les vides sur les murs de Saint-Caprais.

Louis, quant à lui, dépense pour ses plaisirs. Il
profite de sa fortune sans compter, ne se privant
ni de voyages en Italie avec ses belles dames ni des
meilleurs crus de bourgogne, au point de publier à
L'Art catholique, au lieu d'un guide attendu des vins
de messe, un *Nouveau Manuel de l'amateur de bourgogne* de Maurice des Ombiaux. Sa maison d'éditions, certes ambitieuse et prospère, mais gérée en
esthète par un homme désinvolte, lui coûte plus
qu'elle ne lui rapporte. Il vend lui aussi des tableaux
pour mener ce grand train auquel il tient. Il gardera
cependant jusqu'à sa mort les deux Corot – *La Dame
en rose* (rachetée par le Louvre à la demande de
Malraux) et *Le Pont de San Bartolomeo* (désormais
à la Washington National Gallery). De mauvaises
langues diront que ses chers Corot lui servaient de
« pièges à femmes ».

Guerre et poésie

La guerre de 1914 éclate comme un coup de tonnerre non pas dans un ciel serein, mais dans le ciel
toujours nuageux, bas et lourd des deux sœurs Rouart-
Lerolle. A trente-sept et trente-cinq ans, empêtrées
dans leurs problèmes conjugaux, elles ont perdu la
fraîcheur qui plaisait tant à Renoir, quand il les peignait au piano. Yvonne est amaigrie et aigrie par les
spéculations frénétiques de son mari, et Christine
appesantie par les maternités à répétition. Prématurément vieillies, usées par les déceptions, minées
par les désillusions, elles affrontent quotidiennement
deux « énergumènes », c'est-à-dire deux hommes qui,
quelles que soient leurs qualités, sont dénués de tout
ce qui fait en général les bons époux – l'équanimité
de caractère, la douceur, l'attention à l'autre et une
relative abnégation. Ces deux jouisseurs profitent du
mariage pour le cadre qu'il leur donne mais ne se
gênent pas pour aller chercher leur plaisir, l'un
auprès des jeunes garçons, l'autre auprès des jolies
femmes. Non seulement le bonheur de leur épouse
n'est pas leur préoccupation majeure, mais on se

demande même si cette idée a pu leur passer par la tête. Ce sont deux superbes égoïstes. Ce qu'Eugène trouve dans son mariage et dans la vie de famille, c'est l'apparence d'une vie rangée, nécessaire à sa bonne réputation de notable et propre à lui attirer les voix de ses électeurs. Ses vraies voluptés sont ailleurs. Louis de son côté recherche plutôt la pose : il aime jouer les paterfamilias, lors des fêtes de baptêmes ou d'anniversaires, des déjeuners de Pâques ou de Noël. Mais ce rôle de composition l'ennuie vite et ne saurait rivaliser ni avec un voyage en Italie, ni avec un dîner fin arrosé des meilleurs bourgognes, au Madrigal, sur les Champs-Elysées, en bonne compagnie. Déjà en 1904, plusieurs pastels de Degas montrent le couple antagoniste que forment Louis et Christine : sur l'un d'eux Louis, debout, longue et juvénile silhouette, très élégant, lit un livre qui l'absorbe tout entier ; Christine, assise, le corps lourd et l'allure d'une matrone, porte le menton en avant dans un air de défi. Pas commode, se dit-on à son propos, tandis que son mari garde toute sa séduction... L'un et l'autre regardent dans des directions diamétralement opposées en se tournant le dos. Seul le bras de Louis, accoudé au fauteuil où sa femme a pris place, semble retenir ce vaisseau en partance qu'est devenu leur couple au fil des années. La guerre ne va rien arranger.

Louis, trente-neuf ans en 1914, doit à ses six enfants (Alain, Philippe, Marie, Augustin, Catherine, Eléonore) de n'être pas mobilisé. Un septième – Isabelle – naîtra en 1915. Louis fera partie de ces civils de l'arrière qui ont la chance de pouvoir vivre sans presque rien changer à leurs habitudes, loin du danger et de la souffrance des soldats au front. C'est un soulagement pour Christine, qui va échapper au sort peu enviable des veuves de guerre, mais ne peut cependant s'empêcher de railler ce nationaliste enflammé, barrésien enthousiaste, si peu prompt à prendre les armes pour défendre la patrie en danger, comme son ancêtre à Valmy. Il est vrai que Louis préfère l'étendard fleurdelisé au drapeau tricolore. Et, semble-t-il, la poésie des mots ou des discours à un engagement par trop physique.

Publié par L'Art catholique en 1913, l'admirable *Chemin de la Croix* de Claudel va rencontrer l'écho du martyre :

« En marche ! victime et bourreaux à la fois, tout s'ébranle vers le Calvaire.

Dieu qu'on tire par le cou tout à coup chancelle et tombe à terre.

Qu'en dites-vous, Seigneur, de cette première chute ? (...)

Comment la trouvez-vous, cette terre que vous fîtes ? »

Le poème sera plusieurs fois réédité. Durant ces quatre années, L'Art catholique publie entre autres ouvrages édifiants *Le Mystère de Jésus* de Pascal, *Huit fresques de saints* (dont saint François Xavier, Ignace de Loyola…) par le R.P. Lhande, *Des mœurs divines* de saint Thomas d'Aquin, un dialogue entre J. K. Huysmans et le père dom Jean-Martial Besse, ou encore *Les Noces mystiques de saint François avec madame Pauvreté*. En 1916, sous la plume d'Henri Massis, paraît à la lumière de la tragédie une *Vie d'Ernest Psichari* : le petit-fils d'Ernest Renan eut la triste gloire d'être, avec Péguy et Alain-Fournier, parmi les premiers morts de la guerre. Il fut tué d'une balle dans la tête en août 1914, à la frontière belge. En 1919, L'Art catholique publiera une sorte d'oraison funèbre à tous ces jeunes morts, les *Méditations de Madame Augustin Cochin* (1830-1892), à l'usage des veuves de guerre. Adeline Cochin, dont le mari était mort prématurément lors de la guerre de 1870 et qui dut élever seule ses trois fils, écrivit pour ses descendants, et en particulier pour ses belles-filles, des pensées, des prières, des conseils que lui avait dictés son épreuve. Louis Rouart jugea que ce point de vue féminin sur la guerre méritait une belle édition en ces temps « de ravages, de deuils et de sacrifices ». Sa préface, non signée, mais qui porte la marque de son style – ardeur et conviction –, témoigne d'une volonté d'être utile à sa manière au combat pour le redressement national : « Ces Méditations, écrites par une veuve "qui fut vraiment veuve", seront aussi, nous l'espérons, un aliment pour les veuves si nombreuses laissées par la Guerre. Les plus jeunes y puiseront la force de porter la solitude du cœur. Les plus vieilles apprendront à regarder au-delà de la vie présente ; toute âme souffrante trouvera dans ces pages une raison d'être, un exemple réconfortant de piété vivante et de foi. »

Cruauté de l'histoire : Augustin Cochin, petit-fils de cette grande dame, fils de Denys Cochin, député de Paris, et grand ami de Louis Rouart, trouve la mort au champ d'honneur. Quoique réserviste, à quarante ans, il s'était porté volontaire : « Ma place est au danger, mon nom m'en fait un devoir », écrivait-il à son épouse. Capitaine du 146e régiment d'infanterie, deux fois grièvement blessé en 1914 et en 1915, mais se relevant chaque fois pour aller combattre, il fut tué à Maricourt, dans la Somme, le 8 juillet 1916.

Eugène, quarante-deux ans en 1914, deux enfants, est sur ses terres de Bagnols quand, le dimanche 1er août, retentit, vers cinq heures du soir, le tocsin du village. Affaibli par une récente pneumonie où on a cru déceler les germes d'une primo-infection, il ne sera pas soldat – « J'aurais été un bien piètre porteur de sac avec ma pauvre poitrine étroite et enfoncée. » Mais en tant que maire de Castelnau, c'est à lui que revient l'organisation du transport des jeunes recrues vers leurs casernes. Il entend pleinement assumer ses responsabilités, dans la conscience aiguë du danger : « J'ai mis au train hier Ravon et Iehl (le régisseur et l'un des contremaîtres du domaine) du 133e de ligne, qui m'ont confié femmes et enfants, et ce matin Marcel du 14e – un embrassement viril, un au revoir rapide, mon cœur saigne », écrit-il à Gide qui reste son confident, au quatrième jour de la mobilisation. « La joie de cette jeunesse qui allait mourir avivait mes larmes », ajoute-t-il, sans communier avec la fête qui dans tout le pays lève des chants joyeux, pleins d'un optimisme revanchard. « Je ne pouvais me distraire de mon angoisse que par un labeur acharné en m'efforçant d'être utile » : d'une pièce qu'il a aménagée en bureau provisoire, dans la gare de Castelnaud-d'Estrétefonds, il assiste, impuissant et malheureux, au défilé des trains, bondés de soldats de vingt ans.

Tandis que sa femme accueille dans leur maison sa grand-mère, Mme Escudier, âgée de quatre-vingts ans, que les parents Lerolle (qui sont, rappelons-le, le père et la mère d'Yvonne) ont tenu à mener à l'abri, il propose à Gide et à son épouse de venir eux aussi se réfugier dans le Midi – plus sûr en cas d'invasion allemande que la Normandie ou Paris. L'invasion ennemie et le siège de la capitale, en 1870, restent un cauchemar dans les mémoires. Mais Madeleine Gide refuse de quitter Cuverville et André de quitter Madeleine…

Pour servir son pays, Eugène s'engage dans l'intendance, et se voit employer au service du ravitaillement. C'est sous la direction de l'intendant du 17e logis qu'il expédie blé, avoine et bestiaux réquisitionnés sur le département. « Mes paysans sont admirables de courage soutenu et de calme, beaux dans le sacrifice des enfants, de leur richesse (chevaux et voitures) : ils facilitent grandement ma tâche. » La mission l'occupe les premiers mois mais il tient à poursuivre son effort et se porte alors volontaire, le 2 décembre. Il va être affecté comme officier d'administration de troisième classe au camp d'Avord, dans le Cher, puis comme sous-lieutenant aux subsistances de la 152e division à Nuits-sur-Ravières, dans l'Yonne, où on l'adjoint à la boulangerie de guerre. Il y aura à surveiller les quelque deux cent cinquante hommes qui se répartissent entre grilleurs de café et boulangers proprement dits, ces derniers ayant à fabriquer quotidiennement soixante mille rations de pain. Enfin, en décembre 1915, il sera chargé du service des vins à la sous-intendance de Carcassonne, ce qui a le mérite de le rapprocher de chez lui – il peut regagner Bagnols en profitant des jours de congé qu'on lui donne. Yvonne gère le domaine en son absence, mais le régisseur et les jeunes hommes mobilisés manquent cruellement sur place. Eugène tâche vaille que vaille de maintenir la propriété en bon état. Mais d'autres soucis le taraudent, en songeant à la rude vie des soldats sous le feu.

Ayant gardé des relations haut placées à Paris dans les divers ministères, il s'emploie à faire revenir du front « tels ouvriers qu'il désire revoir et pour qui il obtient une permission de moisson ou de vendange » (Gide) – ceux auxquels il est le plus attaché. Des familles lui en garderont une reconnaissance éternelle. Il a le bras long, comme on dit, jusqu'à pouvoir contacter le ministre de la Guerre en personne. Alexandre Millerand, avec qui Arthur Fontaine entretient des liens d'une ancienne amitié, a été promu en 1914 à ce poste qu'occupa si longtemps un autre vieil ami de la famille, du temps de l'affaire Dreyfus, le général Mercier. Eugène est au mieux aussi avec Albert Sarraut, député de Narbonne, devenu à cette même date ministre de l'Instruction publique.

Gide, quarante-cinq ans, versé dans l'auxiliaire, participe dès octobre 1914 et jusqu'en 1916 à la fondation puis au fonctionnement du Foyer franco-belge, œuvre de bienfaisance destinée à soutenir les réfugiés fuyant les combats. La tâche, qui consiste à

trouver logements et subsides, est lourde et fasti-
dieuse : il se rend chaque jour au siège du Foyer,
avenue de La Motte-Picquet, puis au 63, Champs-
Elysées, à l'angle de la rue Pierre-Charron, au rez-de-
chaussée d'un immeuble qui abritera un jour les
locaux de *Paris-Match*. Il s'astreindra à ce travail
administratif, assez peu dans son tempérament il
faut le reconnaître, jusqu'en mars 1916 – date à
laquelle il se retire de l'association, qui deviendra
bientôt « Foyer américain » sous la présidence d'Edith
Wharton. Il peut alors se consacrer à son œuvre. S'il
publie en 1914 *Les Caves du Vatican*, il songe à *La
Symphonie pastorale*, qu'il commencera d'écrire en
1918, et à *Corydon*, conçu et presque entièrement
écrit à cette même date, qui ne sera publié qu'en
1924. En mai 1915, il prend quelques jours de
vacances pour rejoindre Eugène à Bagnols : les deux
hommes s'échappent « en auto », note Gide dans son
Journal, pour aller dîner au Barcarès et coucher au
mas de l'Ille, la nouvelle propriété d'Eugène, au
milieu des sables et des marais salants. La guerre
n'empêche ni Gide ni Eugène de se livrer à leurs
habituelles escapades parisiennes, en compagnie de
leurs jeunes conquêtes. Leur correspondance garde
ainsi la trace, au 27 février 1916, d'un certain « Armand
C. » qu'Eugène a fait venir à l'hôtel d'Orsay, situé
dans la gare du même nom (transformée aujourd'hui
en musée où sont tant d'œuvres de la famille…).
Eugène fait aussitôt part à Gide de ce rendez-vous,
en l'invitant à les y rejoindre.

Il semble difficile qu'Yvonne puisse ignorer les
aventures extraconjugales d'Eugène, bien qu'il prenne

grand soin de les lui dissimuler. Gide lui-même s'inquiète à ce sujet auprès de ses amis Ghéon et Alibert, qui partagent son goût pour les garçons. Alibert, sur le front de Salonique, lui répond (29 novembre 1917) qu'à son avis « Eugène se maîtrise assez pour tout laisser ignorer à sa femme » et espère seulement que leur ami « reste sur ses gardes ». Il a en effet reçu une lettre d'Yvonne qui a des soupçons et le soumet à la question : « Je n'ai jamais rien lu d'aussi attristant ni d'aussi émouvant que cette lettre, non seulement à cause des imputations trop précises qu'elle contient, mais aussi du divorce d'âme qu'elle implique. » Il la réexpédie à Gide pour qu'il y réfléchisse, en lui recommandant de la détruire pour que Madeleine ne vienne pas à la lire aussi. D'autant qu'il a tout de même des scrupules : « Nous sommes un peu dans la peine d'Yvonne », écrit-il à Gide, ajoutant : « J'ai peur qu'éclate un grand scandale. » Il voudrait que Gide puisse parler à Eugène, l'inviter non seulement à plus de prudence mais à plus de ménagements envers cette « pauvre Yvonne » – l'adjectif vient naturellement sous sa plume. Il se montre très inquiet : « Qui pourrait lui parler [à Eugène…] ? Mais est-il seulement capable de serrer le frein et de s'arrêter ? » Dans sa hâte à faire rentrer à Bagnols, au prétexte de travaux agricoles, les ouvriers les plus jeunes et les plus charmants du domaine, Eugène à son avis découvre trop souvent son jeu.

En 1916, Eugène Rouart tombe gravement malade et doit être hospitalisé à Carcassonne. Son épouse accourt à son chevet. Elle ne le quittera que lorsqu'il sera parfaitement remis. Malgré les soupçons et les rancœurs qui pèsent sur leur vie conjugale, la tendresse demeure de part et d'autre. Eugène continue d'appeler Yvonne « ma chérie » et Yvonne d'écrire, quand il est loin, à son « cher Eugène ». Une forme d'attachement les soude presque malgré eux. Dans ces années terribles, quand ils sont séparés, Yvonne témoigne ainsi de son amour : « Je pense beaucoup à toi avec tendresse. (...) J'espère que tu ne te fatigues pas trop et qu'aussi tu ne m'oublies pas – ni les enfants. Ils sont gentils et se portent bien. » Sa lettre se termine sur ces mots : « Je t'embrasse très tendrement de tout mon cœur. »

Rien n'est jamais noir ni blanc. De retour à Bagnols, fin 1916, Eugène reprend son travail de maire et d'agriculteur, ainsi que son rôle de premier plan au sein de la province – il devient secrétaire de l'Union des associations agricoles du Sud-Ouest. Il prend le temps d'écrire un livre technique, en collaboration avec Louis Rives, bien éloigné de ses préoccupations esthétiques d'avant guerre : *Les Hybrides producteurs directs de la reconstitution du vignoble*. L'ouvrage paraît en 1917 à la Librairie agricole de la Maison rustique. La brève accalmie que la maladie a instaurée dans le paysage intime du couple ne va cependant pas durer plus de quelques mois. Les soucis et les querelles entre les époux Rouart reprennent vite leur cours destructeur. En octobre 1917, Gide écrit à Ruyters, à propos des deux frères, que « la mésentente conjugale de part et d'autre est parfaite ». Il ajoute même que « Louis et Eugène semblent se réconcilier et conclure une sorte de traité d'alliance

sur le dos de leurs épouses ». Pour des raisons différentes, Yvonne et Christine en ont gros sur le cœur.

En ces années de guerre, l'inquiétude domine les
deux sœurs : elle est due aux soupçons informulés,
aux infidélités supposées, à un sentiment partagé
d'abandon et de frustration : elles sont si mal aimées.
Mais elle est due aussi au sort de tous ces hommes,
frères, cousins, amis, engagés sous les drapeaux et
dont nul ne sait s'ils reviendront sains et saufs des
combats.

Côté Rouart, les deux autres frères ont beau ne pas
être enrôlés, ils n'en donnent pas moins des soucis à
leurs belles-sœurs. L'aîné, Alexis, très malade, subit
une grave opération et reste valétudinaire – il mourra
à cinquante-deux ans, en 1921. Ernest, quarante ans
en 1914, est employé aux armées, au service du
camouflage, où sa qualité de peintre l'a tout droit
expédié. Il brosse de grandes toiles de bâche en vert
ou en marron, selon le printemps ou l'automne. Il
n'obtient pas toutes les permissions qu'il demande :
il ne pourra pas se recueillir une dernière fois près du
lit de mort où repose Edgar Degas, son maître
vénéré. Le peintre s'éteint en septembre 1917, tandis
que le canon tonne dans le lointain et que les combats font rage sous Verdun, à l'âge de quatre-vingt-
trois ans : au terme d'une longue vieillesse qui l'a
rendu aveugle et privé dans les derniers temps de
l'intégralité de sa conscience. Degas n'a reconnu ni
Ernest ni Julie quand ils lui ont rendu une dernière
visite, dans le courant de l'été. Ernest ne peut pas
plus assister aux obsèques, en l'église Saint-Jean-

l'Evangéliste, place des Abbesses, qu'accompagner Degas à sa dernière demeure, le caveau familial du cimetière Montmartre. De la famille, Henry Lerolle, Arthur Fontaine et Jeanne Chausson, puis, de la seconde génération, Julie Manet-Rouart (l'épouse d'Ernest), Louis et Christine Rouart, Paul et Jeannie Valéry assistent à l'enterrement. Ainsi que Daniel Halévy, accompagné de sa mère, Louise Halévy née Bréguet (Ludovic Halévy, grand ami de Degas, est mort depuis peu). La veille de l'enterrement, le jeune Halévy a reçu son ordre de mobilisation. Il note dans son journal, à la date du 28 septembre : « Pauvre Degas tant aimé, le voici seul ! Une dépouille, une pauvre chair qui vacille dans la bière quand les croque-morts l'emportent. Nous l'entourons, nous le suivons, nous le déposons dans la terre. »

La vente de l'atelier, à la galerie Georges-Petit, en mai 1918, suit presque immédiatement la mort du peintre. Elle a lieu au pire moment de la guerre, quand les dernières offensives allemandes, avec la violence d'un hallali, font craindre pour la capitale. Les héritiers de Degas, son frère et les enfants de sa sœur, pressés de liquider la succession qui a donné lieu à des convoitises, ne prennent même pas la peine de faire le tri. Ils se séparent de l'ensemble des œuvres, peintures, dessins, eaux-fortes, pastels et sculptures, jusqu'aux moindres brouillons ou esquisses, que Degas avait déménagés de la rue Victor-Massé et entassés pêle-mêle dans son dernier logement du 6 boulevard de Clichy. Ils se séparent aussi de l'ample collection personnelle de Degas – des Manet (dont *Madame Manet sur un canapé bleu*), des

Renoir, des Gauguin, des Cézanne, des Corot, des Delacroix, des Ingres... –, amassée au fil des ans dans une longue et fidèle complicité avec son ami Henri Rouart. Eugène, retenu à Bagnols, représenté par Jean Schlumberger, Ernest qui cette fois obtient une permission, et Louis, libre comme l'air, vont racheter quelques œuvres – des dessins et des pastels. Mais les trois frères ratent le fameux pastel de Degas qu'ils rêvaient chacun de posséder : le *Portrait d'Henri Rouart et son fils Alexis*, enlevé à treize mille francs par le marchand américain Jacques Seligmann, tandis que la grosse Bertha canonne Paris.

L'ami Renoir, qui entretenait avec Degas, au sein de la famille Rouart-Lerolle, des relations complexes d'amitié et de rivalité, vit des moments difficiles. A Cagnes, dans le Midi, quand la guerre éclate, il affronte les souffrances du grand âge, rongé par les rhumatismes et à demi paralysé. Il faut lui attacher les pinceaux à la main pour qu'il puisse continuer à peindre, ce qu'il fait avec plus d'acharnement que jamais. Une jeune femme ravissante qui n'a pas vingt ans, Andrée, vit à ses côtés, c'est son nouveau modèle. Son fils Jean l'épousera après la guerre. Renoir esquisse plus de cent fois ses traits pendant ces années de fer – *Femme faisant sa toilette*, *Blonde à la rose* qui, acheté par Domenica Walter, fera partie de la collection Walter-Guillaume, *Dédé au chapeau fleuri*... –, comme pour se délivrer, dans ces toiles heureuses et sensuelles, aux couleurs toujours fraîches, de l'horreur de la guerre.

Ses deux fils aînés mobilisés, Pierre et Jean, l'un dragon à cheval, l'autre pilote dans une escadrille

de reconnaissance, seront tous deux grièvement blessés. C'est en rentrant de l'hôpital de Gérardmer, en
Lorraine, où Jean a risqué d'être amputé d'une jambe,
que Mme Renoir, souffrant d'un diabète qui mine ses
forces, s'éteint en 1915. Le peintre va la suivre de peu
dans la tombe. Il meurt à Cagnes, dans sa maison des
Collettes, en décembre 1919 – deux ans après Degas.
Avec l'annonce de l'armistice, l'une de ses dernières
joies est de se faire conduire au Louvre. C'est au
Louvre que ses fils offriront *Les Grandes Baigneuses*
(aujourd'hui au musée d'Orsay) – une des toiles les
plus radieuses de cet artiste qui éprouva jusqu'à son
dernier souffle un magnifique amour de la vie. Le
Louvre se fit prier : les conservateurs en jugeaient les
couleurs criardes…

Ce sont paradoxalement les Lerolle, ces catholiques pacifistes, qui vont payer le plus lourd tribut à
la guerre. Alors que les frères Rouart, nationalistes
cocardiers, échappent au champ de bataille, eux sont
aux premières lignes.

Jacques Lerolle, le frère d'Yvonne et de Christine
(né en 1880), cofondateur avec Alexis Rouart des éditions musicales Rouart-Lerolle, est grièvement blessé
au genou dans les premiers jours du conflit. Il évite
de peu l'amputation. Cinq opérations chirurgicales et
une immobilisation de huit mois sont nécessaires
pour sauver sa jambe. Maurice Denis, qui n'est pas
mobilisé, lui rend visite à la caserne de Guingamp,
dans les Côtes-du-Nord, où il le trouve « dans un état
de faiblesse extrême ». Il ne peut cependant s'empêcher, malgré la gravité de la situation, d'avoir un

coup d'œil de peintre en cadrant le portrait : « Il est méconnaissable. Je le vois sur ce mauvais lit sale, avec la fenêtre ouverte sur la grande cour, et soigné par un fidèle moujik, vieux territorial plein de prévenances. » Avec Jean Lerolle, le cousin de Jacques, ils rapatrieront le blessé à Paris, en auto puis en train, pour l'y faire soigner.

Jean, l'aîné des fils de Paul Lerolle, député de la Seine – décédé, comme Henri Rouart, en 1912 –, est lui-même un rescapé de l'enfer. Ancien président de la Jeunesse catholique, l'époux d'Etiennette Chausson est sorti couvert de citations et décoré de la croix de guerre, d'une guerre qu'il a faite depuis le premier jour.

Mais ses deux frères cadets, André et François, ont été tués tous deux en 1914 : François le 29 août, à trente-quatre ans, et André le 28 octobre, à trente-neuf ans. Ces cousins germains avec lesquels Christine et Yvonne ont passé tant de vacances heureuses et qui habitaient tous dans l'hôtel particulier du 10 avenue de Villars, près de chez leurs parents, laissent des orphelins : quatre chez François et huit chez André, dont le dernier fils naît quelques jours avant sa propre mort. Ce sont ces cousins Lerolle, Jean, André et François, qu'Henry Lerolle a représentés à côté de ses propres fils, vingt ans auparavant, pour incarner les vertus de la France sur la grande fresque de la salle des fêtes de l'Hôtel de Ville. Il ne savait pas qu'il les peignait alors dans l'éclat d'une jeunesse sans lendemains.

Côté Fontaine, on compte aussi des héros. Et on déplore des morts. Arthur Fontaine, qui continue d'exercer de lourdes responsabilités au ministère du Travail, voit partir ses quatre fils au front. Les deux aînés, vingt-quatre et vingt-trois ans, sont mobilisés dès les premiers jours : Jean-Arthur sapeur-aérostier et Philippe dragon à cheval. Les deux plus jeunes, Noël et Denys, respectivement dix-neuf et dix-sept ans en 1914, sont appelés l'année suivante, Noël dans l'aviation et Denys dans l'infanterie. A la fin de l'année 1915, les quatre fils servent dans l'aviation. Noël Fontaine apporte la gloire aux siens en recevant la croix de guerre avec palme pour son premier combat aérien au-dessus de Verdun, en 1916. Grièvement blessé en octobre, il y gagne encore une citation à l'armée. Durant quatre ans, Arthur Fontaine, qui vit seul avec sa fille, Jacqueline, lit chaque jour les bulletins militaires et redouble d'activité au travail, pour ne pas sombrer dans le désespoir. Jacqueline, étudiante en médecine, est d'abord affectée à l'hôpital n° 13 de Honfleur, tenu par les franciscaines, qui accueille les innombrables blessés du front belge. Elle y fait la connaissance de deux infirmières qui resteront ses amies, Elisabeth de Gramont et Lucie Delarue-Mardrus. « Energie de fer, cœur immense sous des dehors bourrus, silences crispés (...). Jacqueline eût été laide sans ses magnifiques yeux d'eau claire dans un teint foncé, sans sa denture éblouissante, rarement apparue, car elle ne souriait ni ne riait facilement. » Une bouche « sèche et sévère ». Des cheveux noirs. Un vaste front soucieux. De taille moyenne, « sportive et musclée ». Ainsi la décrit son amie Amande (Lucie Delarue-Mardrus), qui se souvient dans ses mémoires de son « esprit de justice et de sa pitié concentrée », mais aussi de « son courage presque surhumain dans le domaine physique comme dans le domaine moral ». Un portrait admirable. « C'était une force bienfaisante, écrit Lucie Delarue-Mardrus. Je l'appelais "mon petit saint Michel". Elle n'avait peur de rien et secrètement, et toujours, elle était préoccupée d'autrui. » Jacqueline vient tous les matins, au volant de sa voiture – une petite Unic, fabriquée par Rothschild –, depuis Villerville : elle a rejoint dans leur maison de campagne normande sa mère, Marie ex-Fontaine, et son nouveau mari, Abel Desjardins. Le docteur Desjardins – quarante-quatre ans en 1914 – est affecté au front, aux première lignes. Il sera l'un des chirurgiens de Verdun. Tandis que son époux est plongé dans l'enfer, la belle Marie brode à petits points, avec des fils de soie, des ouvrages qui reproduisent les Gauguin, les Renoir, les Degas qui ont illuminé sa jeunesse.

À partir de 1915, Jacqueline Fontaine, qui a regagné Paris, travaille comme externe à l'Hôtel-Dieu en chirurgie. Elle peut rentrer tous les soirs chez son père et tenter de le distraire de ses angoisses, quand ne la retiennent pas l'afflux des blessés. Seul dérivatif à cette vie dédiée aux autres, les soirées à écouter et à lire de la poésie. Elle devient une habituée de la librairie d'Adrienne Monnier, rue de l'Odéon, et du cercle littéraire de Léon-Paul Fargue.

Arthur et Jacqueline Fontaine auront du moins le bonheur de pouvoir serrer dans leurs bras les quatre fils, les quatre frères vivants, en 1918.

Bien des cousins cependant sont tués. Émile Fontaine, le frère aîné d'Arthur, perd ses deux fils, Marcel et Roger, dans les combats de la Somme. Et des deux fils de son plus jeune frère, Lucien Fontaine, l'un, l'aîné, a l'œil arraché par un éclat d'obus, l'autre, Jacques, se tue en avion en 1918.

Quant à Paul Desjardins, le grand ami avec lequel Arthur Fontaine a créé l'Union pour la vérité et combattu pour de mêmes idées généreuses, Desjardins qui, au nom de cette amitié, est brouillé depuis vingt ans avec son frère, Abel, il perd son fils Michel au front, dans les derniers jours du conflit.

Côté Chausson, les deux fils du compositeur, Jean Michel Sébastien (né en 1889) et Laurent (né en 1896), sont épargnés. Ses trois filles et leur mère tâchent de se rendre utiles comme infirmières mais c'est Marianne, la plus jeune, l'ancienne fiancée de Mauriac, qui déploie le plus d'énergie dans le dévouement aux blessés. Elle a trouvé là un dérivatif à sa soif d'absolu.

François Mauriac, réformé dix ans auparavant, nourrit un sentiment de culpabilité et se convainc qu'il faut faire un geste pour servir la patrie. Marié en 1913 et père d'un premier fils, il réussit à se faire enrôler comme brancardier parmi les équipes sanitaires de la Croix-Rouge, comme son ami Jean Cocteau. Dès juillet 1915, il est sur le théâtre des opérations. D'abord en Champagne, où une offensive massive fait des centaines de milliers de morts et de blessés sans pour autant ébranler les positions adverses, puis en Lorraine, à l'hôpital de Toul, où il voit arriver chaque jour « les pauvres corps déchirés » de Verdun et de Douaumont. « Je regardais aujourd'hui une pauvre main déchiquetée, écrit-il à Robert Vallery-Radot, et j'y ai vu soudain rayonner le clou de la Passion. » Devant l'immense douleur des tranchées, il voudrait écrire un livre qui s'appellerait *La Chair et le sang*. Affecté ensuite à l'hôpital de Salonique, l'ambulancier qui vient de fêter ses trente ans sous les bombes, dans le spectacle de la plus grande misère, contracte le paludisme et doit être rapatrié. A partir de mars 1917, il passe la fin de la guerre entre Malagar et Paris : la naissance d'un deuxième enfant, Claire, et les projets d'écriture ne l'empêchent pas de poser pour Jacques-Emile Blanche qui peint son portrait, visage grave et émacié. Quoique repris par la vie mondaine, retrouvant Cocteau, Gide et faisant la connaissance de Marcel Proust, qui n'en a plus pour longtemps à vivre, il s'est résolu à ne se partager qu'entre travail, prière et méditation. Allergique au jazz et au cubisme qui enfièvrent l'immédiat après-guerre, il rêve d'une poésie qui serait « atteinte au plus épais du réel et qui jaillirait de l'humain ».

Marianne Chausson rencontre l'homme de sa vie, Gaston Julia, dans l'hôpital où il a été transporté, grièvement blessé, et où elle sert elle-même comme infirmière. Il est défiguré par un éclat d'obus qui l'a frappé en plein visage, le 25 janvier 1915, au Chemin des Dames. C'était son premier jour au feu. Cette gueule cassée au nez arraché, sous-lieutenant de vingt-deux ans, est un brillant mathématicien, reçu premier aux concours d'entrée de Normale supérieure et de Polytechnique. Normalien (il a préféré la rue d'Ulm à Polytechnique), futur membre de l'Académie des sciences, il subit avec un courage exemplaire plusieurs opérations cruelles, tout en continuant à travailler l'algèbre sur son lit de douleur. Sa thèse de doctorat, *Etude sur les formes binaires non quadratiques à indéterminées réelles ou complexes, ou à indéterminées conjuguées*, est publiée en 1917. Marianne, subjuguée par cette personnalité hors norme, assiste à son combat quotidien contre la souffrance engendrée par l'horrible blessure. Souffrance physique mais aussi morale, car Gaston Julia n'a plus de visage. Les chirurgiens ne parviendront jamais à le réparer tout à fait. Il devra toute sa vie porter un masque de cuir sur le nez. Un jour de découragement, « qui voudrait de moi désormais ? » demande-t-il à son infirmière. « Quelle femme voudrait m'épouser ? » Marianne n'hésite pas un instant pour lui donner la réponse.

Que se passe-t-il dans la tête de cette fiancée de Mauriac qu'il appelait sa « petite divinité farouche » et son « enfant gâtée » ? Quelle quête d'absolu la pousse à choisir un homme qui, malgré ses dons exceptionnels, est un infirme à vie ? D'une famille très modeste – son père était petit agriculteur à Sidi-bel-Abbès –, Gaston Julia ne présente aucune des qualités qui font « un beau mariage » selon les critères de son milieu. Et il n'est pas sûr qu'il soit catholique. Mais son intelligence supérieure et sa force morale ont balayé les obstacles, rencontrant un cœur de chrétienne épris de sacrifice et de charité. Marianne Chausson épouse Gaston Julia en décembre 1917, juste avant qu'il ne publie son chef-d'œuvre sur « l'itération des fonctions rationnelles ». Elle lui donnera six enfants – six fils.

C'est loin du bruit et de la fureur de la guerre que Paul Valéry, leur cousin par alliance, accède à la célébrité quand la NRF publie en 1917, à un tirage de six cents exemplaires qui ne cesseront plus d'être réédités, *La Jeune Parque* : un long et étrange poème que son auteur définit dans une lettre à Maurice Denis comme « un monstre gonflé des loisirs de mon inutilité pendant la guerre ». Il y est question de deuil et d'amour, mais aussi d'une possible renaissance. « Mon obscurité me mit en lumière » – le langage du poète est encore très mallarméen.

> « Qui pleure là, sinon le vent simple à cette heure
> Seule, avec diamants extrêmes ?... Mais qui pleure,
> Si proche de moi-même au moment de pleurer ? »

Le lendemain de sa parution en librairie, le dimanche 29 avril 1917, une lecture en est donnée dans le salon d'Arthur Fontaine, au 2 avenue de Villars. Une quarantaine de personnes assistent à cet événement, qui revêt un caractère familial avec la présence de Jeanne Chausson et de Jacqueline Fontaine, de Julie Manet, de Paule Gobillard et de sa sœur Jeannie – Mme Paul Valéry. Mais Arthur Fontaine a également invité des personnalités du monde et de la ville, telles que Misia Sert, Mme Muhlfeld, Cipa et Ida Godebski ou Mme Gaston Gallimard, ainsi que des amis peintres ou musiciens, de Ravel à Vuillard ou à d'Espagnat. « Heureusement que j'étais dans la coulisse à ne pas me voir sur la figure nue et terrible de l'assemblée, dira Valéry. Entendre son nom, cela sent le tribunal et c'est la certitude de la colique. Je m'en tire avec la migraine. Je l'ai encore, ce soir. »

C'est un autre poète, Léon-Paul Fargue – réformé en 1914, lui non plus n'a pas fait la guerre –, qui va déclamer magistralement *La Jeune Parque* devant ce public choisi. Sa voix grave et solennelle met en valeur chaque mot, chaque image. Valéry le remerciera avec effusion dans une lettre où il confesse à la fois son trouble, sa timidité et son effroi à entendre résonner ces vers longuement mûris et policés.

> « Cette main, sur mes traits qu'elle rêve effleurer,
> Distraitement docile à quelque fin profonde,
> Attend de ma faiblesse une larme qui fonde,
> Et que de mes destins lentement divisé,
> Le plus pur en silence éclaire un cœur brisé. »

La famille, fidèle à elle-même, continue de considérer l'art comme une raison de vivre et d'espérer. A la lumière sombre des morts et de la souffrance, la poésie plus que jamais reprend ses droits.

Un an plus tard, le 13 mars 1918, le tableau des sœurs Lerolle au piano échappe par miracle à la destruction. Mis provisoirement en dépôt chez Durand-Ruel, avec vingt-cinq autres toiles de Renoir, par mesure de sécurité, il manque périr dans un incendie. Dérision de l'histoire : une bombe allemande, tombée rue Laffitte, détruit de fond en comble la maison située juste en face de la galerie.

Reflets du bonheur perdu

Yvonne et Christine demeurent très attachées l'une à l'autre. Ni la guerre, ni l'éloignement géographique, ni les charges de la vie conjugale, leurs tracas et leurs nombreux enfants, rien n'a pu les rendre étrangères ou indifférentes à leur sort réciproque. Elles souffrent d'être séparées, ce dont témoigne Yvonne dès les premières années de son exil à Bagnols : « Ce qui est parfois un peu triste, ce n'est pas de ne voir personne ou la monotonie de ma vie, ou d'être à la campagne, c'est uniquement de rester si longtemps sans voir : papa, maman, Christine, vous, Marthe, Jean, Etiennette, et mes frères aussi – il faut m'écrire pour remplacer un tout petit peu. » Dans l'ordre de l'affection, Christine vient aussitôt après les parents, avant les amis de cœur (Maurice Denis et son épouse Marthe, auxquels Yvonne s'adresse ici), ainsi que son cousin germain préféré, Jean Lerolle, marié à sa cousine germaine préférée, Etiennette (née Chausson). Les frères sont cités en dernier.

La correspondance de Christine ayant été détruite par ses enfants, soucieux de ne pas franchir les limites de sa vie privée, toutes les lettres d'Yvonne à sa sœur ont disparu.

Celle d'Yvonne a été à sa mort dispersée ou perdue, de sorte que les lettres de Christine à Yvonne manquent elles aussi. Le dialogue entre les deux sœurs, le temps l'a englouti. Il faut aller chercher leurs traces dans les lettres échangées avec d'autres correspondants, tels Marthe ou Maurice Denis, auxquels elles écrivent l'une et l'autre avec assiduité au fil des ans.

L'écriture d'Yvonne est fine et nerveuse – presque aussi longiligne que sa silhouette sur son portrait du temps de ses vingt ans, en princesse Mélisande par Maurice Denis. Son style est saccadé, elle ne termine pas toutes ses phrases, et passe d'un sujet à l'autre, sans transition, comme piquée par une mouche : écriture tressautante, par le fond et par la forme. Elle se relâche vers la fin, s'abandonne, mais garde son rythme affolé.

Celle de Christine au contraire, ronde et ferme, traduit une bonne nature. La sœur cadette maîtrise son style : sobre, direct, en phrases courtes et efficaces. Pas de littérature. Elle est pressée de délivrer son message et de retourner à ses occupations. Elle confie peu ses états d'âme. Contrairement à Yvonne, qui étale plus facilement ses tracas, elle est surtout soucieuse de prendre des nouvelles ou d'en donner, toujours rapidement. La plus grande différence avec sa sœur, c'est l'humour. Autant Yvonne est douce mais sombre, autant Christine se montre souvent moqueuse, voire ironique, il y a toujours dans ses lettres, comme chez les grandes épistolières, un trait d'esprit. Ainsi, quand elle écrit à Marthe Denis, à propos d'Henry Lerolle qui est en train de peindre Loïe Fuller à demi nue, dansant avec ses voiles : « La Loïe Fuller fait un singulier contraste avec son Calvaire ! »

Les potins arrivent toujours par elle ; elle leur prête une oreille attentive et n'hésite pas à colporter des ragots, quitte à demander à son correspondant ou à sa correspondante de garder le secret – si peu secret – qu'elle divulgue. Jeanne Mithouard, l'épouse d'Adrien Mithouard, le poète, éditeur, fondateur de *L'Occident* – l'un des meilleurs amis de Louis –, est une de ses cibles préférées : la belle Jeanne Mithouard semble avoir fait tourner la tête à plus d'un. On trouve aussi sous la plume de Christine les rares commentaires familiaux sur Marie Fontaine, au moment de son divorce et de sa liaison avec Abel Desjardins : Christine a été indignée par le comportement de sa tante, qu'elle réprouve, mais ne peut s'empêcher d'y revenir sans cesse, fascinée par le parfum sulfureux du scandale. Tout en se rangeant du côté de la famille Lerolle-Escudier-Chausson, solidaire autour d'Arthur Fontaine, et particulièrement de sa propre mère, « Maman », souvent citée et décidée à ne plus revoir Marie, Christine pense aux enfants, ses jeunes cousins, forcément déchirés, malheureux. C'est en mère qu'elle réagit. En mère indignée qu'elle juge une autre mère, à ses yeux « dénaturée ». L'épouse qu'est Christine a fait le sacrifice du bonheur. Le mariage est pour elle « un serment qu'on ne brise pas ».

Contrairement à sa sœur, plus fragile, elle a un

côté « droit dans ses bottes » quand elle écrit. Autant
Yvonne est subtile et compliquée (et difficile à lire),
autant Christine est claire, directe et même un peu
brutale. Dernière différence entre les deux sœurs :
Christine écrit sur du papier bleu sans en-tête,
Yvonne sur le papier à lettres de son mari, qui porte
en haut à gauche le nom et l'adresse de la propriété
de Grenade. On devine qu'Eugène l'utilise aussi
pour ses affaires : c'est le moins féminin des papiers
à lettres. Christine écrit le plus souvent sans références à Louis. Ou ne se gêne pas pour écrire à son
sujet, à propos d'une broutille – « Mais comment lui
faire confiance ? »… Yvonne au contraire se place
sous la tutelle de ce mari qui la domine pour le
meilleur et pour le pire et dont elle reste, à l'évi-
dence, amoureuse.

L'amitié de Maurice Denis, qu'elles connaissent
depuis leur adolescence, est pour les deux sœurs une
de leurs plus anciennes et de leurs plus solides affections. Presque un fils pour Lerolle, qui l'a adopté
dans le cercle de famille, elles le tiennent pour un de
leurs plus proches – moins de dix années d'écart ne
creusent pas de fossé entre eux. Elles l'appellent
« Maurice » quand la plupart de ses amis lui donnent
du « Denis ». Il semble qu'il les ait également chéries
l'une et l'autre. Yvonne le voit moins souvent que
Christine, à cause de son exil à Bagnols, mais ne
manque pas de lui dire qu'elle ne l'oublie pas, qu'elle
pense à lui. Elle lui parle en confiance, de cœur à
cœur, et le peintre devient le confident de cette âme
esseulée. Christine, elle, invite Maurice Denis à

déjeuner ou à dîner. Son mari publie ses textes à
L'Art catholique, ainsi que les illustrations qu'il lui
commande pour les *Fioretti* ou *Le Chemin de Croix*.
Quelques tensions entre les deux hommes surviennent à cause de leurs relations professionnelles et
compliquent un peu l'amitié. Louis Rouart promet
« beaucoup » à Maurice Denis – « Bonne année, cher
ami, lui écrit-il le 1er janvier 1912, et n'oubliez pas
trop que je vous ai écrit au sujet de vos images de
première communion. Je crois que nous pouvons en
vendre beaucoup. » Mais Maurice Denis se plaint de
ne pas recevoir ses avances de droits – ou de ne pas
les recevoir en temps et heure. Louis Rouart semble
ne pas avoir desserré facilement les cordons de sa
bourse à ses auteurs… Toute une correspondance en
témoigne, les affaires auraient pu gâcher les sentiments. Mais l'amitié survivra. Christine, plus souvent
seule qu'accompagnée de Louis, qui contrairement à
son frère n'aime pas la campagne, rend visite aux
Denis à Saint-Germain-en-Laye. La ville sera toujours le fief du peintre, à différentes adresses, jusqu'à
ce que juste avant la guerre il fasse l'acquisition du
prieuré – un ancien hôpital fondé par Mme de Main-
tenon. Il y a son atelier au fond du parc, où se promener au milieu des grands arbres est un des plaisirs
de ses amis. Quand Yvonne vient à Paris, la visite au
prieuré est une de ses priorités, autrement elle écrit à
« Maurice », sans autre but souvent que de lui redire
son affection.

Les deux sœurs sont très liées aussi à Marthe
Denis, qu'elles appellent « ma chère petite amie ».
Elles la tiennent informée des moindres événements

de leur vie. De son côté, Marthe, qui accompagne son mari dans ses longs séjours en Italie ou en Bretagne, leur donne des nouvelles de sa maisonnée – sept enfants sont nés et vivent en ribambelle autour du couple Denis, dans la chaude atmosphère d'un foyer parfaitement heureux. Heureux du moins jusqu'à la maladie de Marthe, qui finira par l'emporter (peu de temps après la naissance de son dernier fils, en 1919). Yvonne et Christine ne seront pas aussi proches de la seconde épouse, Lisbeth, qui donnera encore deux enfants au peintre : elles lui écriront aussi, mais le ton de leurs lettres, toujours amical, sera moins délié et moins intime.

C'est en 1891 qu'Henry Lerolle a découvert la peinture de Maurice Denis, au Salon des indépendants, et qu'il lui a acheté son premier tableau. A l'époque, Maurice Denis, qui avait vingt et un ans, partageait un atelier, au 28 rue Pigalle, avec Vuillard et Bonnard – deux autres peintres tout aussi débutants, que Lerolle a également remarqués à ce même Salon. D'après Maurice Denis, les amateurs de nouvelle peinture ne se bousculaient pas autour d'eux. Cette rencontre marqua les prémices d'une longue et fidèle amitié. Denis vient régulièrement dîner avenue Duquesne. Lerolle le soutient, le recommande et, bien sûr, collectionne sa peinture. « Découvert et protégé par lui, dira Maurice Denis dans le livre qu'il lui consacrera, le débutant que j'étais pénétrait dans un milieu raffiné, élégant et confortable, qui, sans être ni mondain, ni officiel, était tout de même très différent des brasseries, des crémeries et des cénacles modestes que fréquentait la jeune peinture. (...) Un milieu dominé par la recherche de l'idéal et la passion du sentiment. » Henry Lerolle le pousse parmi son entourage : non seulement auprès de ses beaux-frères, Arthur Fontaine et Ernest Chausson, qui collectionnent avec passion, mais auprès de ses amis amateurs d'art, tel le baron Denys Cochin qui lui passe la commande d'une grande décoration en sept panneaux pour son hôtel de la rue de Babylone : *La Légende de saint Hubert*. Il l'introduit aussi auprès de Paul Durand-Ruel, dont la galerie est le saint des saints pour un peintre, à cette époque. Maurice Denis passe bientôt des vacances avec les Lerolle, les Chausson ou les Fontaine, sinon avec eux tous ensemble : après Degas et Renoir, le jeune nabi devient le peintre de la famille.

Les deux sœurs préfèrent de loin sa compagnie à celle de Vuillard, que leur père a découvert en même temps et qu'il convie lui aussi à dîner, bien qu'il soit surtout devenu la coqueluche de leur oncle Arthur Fontaine – Vuillard s'est fait une spécialité de peindre leur tante Marie, avant son divorce. Elles trouvent l'homme antipathique : « une douche froide ! » selon Christine, qui met peu de nuances dans ses opinions. Elle évite de se trouver assise à table à côté de lui : d'après elle, qui l'écrit à Marthe Denis, Vuillard critique tout et ne s'enflamme pour rien. Aussi esquive-t-elle tant qu'elle peut la conversation de ce célibataire assez sauvage et renfermé, auquel leur père et leur oncle, convaincus qu'il annonce une nouvelle ère de la peinture, vouent leur admiration. Ses portraits de Marie, près du berceau d'un de ses derniers-nés ou brodant dans son salon, arrangeant des fleurs dans un vase, ne sont pas sans ressemblance avec l'univers intimiste de Maurice Denis. Vuillard reste cependant un des seuls artistes familiers de l'avenue Duquesne – sinon le seul – à ne pas trouver grâce aux yeux des deux sœurs. Elles ne l'appelleront jamais Edouard, pas même entre elles. Maurice Denis, au contraire, personnalité chaleureuse qu'accompagne une jeune épouse toujours prête à chanter les mélodies vocales de Chausson ou de Debussy, a aussitôt été adopté. Aussi agréable à Paris qu'en vacances, il est – tout comme l'ont été Degas et Renoir – un ami qu'on aime voir et revoir.

Maurice Denis peint trois plafonds pour l'hôtel des Chausson, boulevard de Courcelles, sur le thème du printemps. Et celui du vestibule de l'avenue Duquesne, avec *Une échelle dans le feuillage*, où trois jeunes femmes en robes orangées, perchées sur une échelle qui monte au ciel et prêtes à s'envoler, accueillent les visiteurs – on ne peut vraiment pas les manquer. Chez Arthur Fontaine, *Les Muses*, un immense tableau aux proportions de fresque, occupe tout un panneau. Sur les murs des trois foyers, les toiles du nabi ont pris place à côté des Degas et des Renoir, qui sont passés du statut de nouveaux peintres à celui d'aînés, désormais très cotés. Les couleurs chaudes et mates de ses toiles, leur mystère inspiré, leurs ombres mouvantes viennent cohabiter avec la lumière des impressionnistes. Lerolle et ses beaux-frères gardent de l'appétit pour la nouveauté. De même qu'ils ont su apprécier Gauguin, quand son style soulevait indignation et colère, ils ouvrent grand leurs portes à l'art de Maurice Denis – proche il est vrai de leur sensibilité, avec sa mystique chrétienne. Avenue Duquesne : *Soir trinitaire*, *Le Verger des vierges sages*, *La Terrasse de Saint-Germain*, *Deux femmes nues* et une *Annonciation*.

De son côté, Maurice Denis fait entrer la famille dans sa mythologie personnelle : les deux sœurs Rouart-Lerolle figurent depuis 1912 sur la coupole du Théâtre des Champs-Elysées, où l'artiste a peint une histoire allégorique de la musique dans des couleurs encore inédites de nuit au clair de lune. Il faut un peu de temps pour les repérer au milieu du pullulement des personnages, exposées là aux yeux du public comme du temps où leur père leur demandait de poser avec leur mère et leurs tantes pour ses grandes fresques officielles.

Mais, d'une manière plus personnelle qui doit leur rappeler le travail de Renoir, Maurice Denis s'est attaché à faire le portrait de chacune d'elles. Les deux tableaux, dont elles sont fières, elles les ont gardés l'une dans sa chambre, à côté du piano, et l'autre dans son salon – il est curieux d'y retrouver pour chacune les couleurs qu'elles ont déjà inspirées à Renoir : blanc bleuté pour Yvonne, rouge pour Christine.

C'est en 1897, l'année de ses fiançailles – elle a vingt ans – que Maurice Denis peint Yvonne : une princesse Mélisande en bleu, sylphide d'une minceur d'anorexique, tenant dans ses mains des fleurs blanches. Selon un procédé fréquent chez Maurice Denis, elle est représentée « en trois aspects », face et double profil, et dans trois degrés d'ombre. Sous le pinceau du « Nabi aux belles icônes », ainsi que ses amis peintres le surnomment, Yvonne ressemble à une apparition, à un lumineux fantôme. Le tableau l'a suivie à Bagnols, où il rayonne de cette vie heureuse qu'elle a connue autrefois chez ses parents, enchantée par la musique de Debussy.

Pour Christine, en 1901, alors qu'elle a demandé à Maurice Denis d'être son témoin de mariage avec Jean Lerolle, il trouve un ton subtil de rouge-rose et peint la jeune fille au milieu d'un champ de fleurs, un œillet rouge dans les cheveux. Ce sera son cadeau de mariage. Un grand pastel de format carré, qui la renvoie elle aussi désormais à la nostalgie du bonheur et de l'insouciance.

Christine : « Je connais une femme coquette à qui je disais dernièrement : Vous, pour vous faire la cour, on vous dit que vous êtes belle. Pour me la faire à moi, on me dit que mes enfants sont beaux. Cela conduit moins loin. » Maurice Denis peint le portrait de son fils Augustin âgé de six mois, qu'elle fait aussitôt encadrer et qu'elle accroche dans son salon, où « il fait l'admiration de tout le monde ». « Je ne saurais vous remercier assez de ce cadeau qui me touche plus qu'aucun autre. »

L'intimité de la vie familiale, Denis en est un maître incontesté. Sa femme et ses enfants sont ses premiers modèles : il ne se lasse pas de les peindre, dans le jardin ou dans la chambre, devant les draps défaits. Au sein ou apprenant à marcher, savourant une confiture ou regardant un oiseau, il montre l'enfant roi. Sous son pinceau, la jeune fille est toujours épanouie et rieuse, la mère comblée. Tout est bonheur chez lui – comme chez son maître Renoir.

Une lumière chaude baigne ses toiles les plus mélan-coliques ou les plus secrètes et, à quelques exceptions près – Yvonne en est une, qui lui inspire des tons de crépuscule –, ce peintre préfère la lumière du jour. On peut puiser dans sa peinture une bouffée d'opti-misme – la douceur, la bonté, la paix qui manquent dans tant de familles, lui les cultive et les préserve des agressions de la vie. Seule son épouse résiste à cette volonté d'embellie : affaiblie par ses nombreuses grossesses, la belle Marthe qui chantait autrefois comme un rossignol sombre dans la neurasthénie et inquiète ses amis. Le beau modèle aux formes géné-reuses et au sourire radieux tombe malade, d'une maladie incurable qui vient attrister le domaine enchanté. Les deux sœurs prennent des nouvelles ou tâchent de venir distraire Marthe de son malheur. Mais c'est en vain. Qu'il est loin le temps où Yvonne pouvait écrire à sa « chère petite amie », au retour de son voyage de noces : « je puis vous dire avec joie que je suis très très heureuse, de plus en plus heureuse », et où elles échangeaient leurs impressions lors de leurs premières maternités.

La vie a viré au gris, puis au noir. « Maurice » reste le meilleur des amis. Avec sa barbe drue et son regard clair, on en oublierait presque que cet homme corpulent et très chaleureux est un grand catholique, membre du tiers ordre dominicain – comme Louis, Alexis et Ernest Rouart –, un homme de convictions et de foi. Il veut peindre et divulguer en apôtre le message d'amour du Christ. En 1919, il fonde avec Georges Desvallières les Ateliers d'art sacré. Plus proche, par sa douceur et son amour de la vie, de

saint François d'Assise que du fondateur de l'Inquisition, maître ascétique et redoutable dont il a pourtant adopté l'habit et l'ardeur de convertir les
mécréants, il vit en témoin de paix. En évangéliste du
bonheur. Quand on regarde ses toiles, on est tenté de
ne voir en lui qu'un païen sensuel, jouisseur, tant les
formes des femmes sont belles et la joie de vivre
sourd de sa palette. Mais il est plus torturé qu'il n'y
paraît et moins simplement heureux qu'on ne le
croit. Trop chrétien pour ne pas souffrir d'un sentiment de culpabilité qui lui semble consubstantiel, il
connaît doute et remords : « S'il y avait un reproche
à faire à Renoir, écrira-t-il dans ses *Nouvelles Théories sur l'art*, c'est de n'avoir pas eu le sens du péché,
de la corruption originelle. » Contrairement au
peintre du *Moulin de la Galette*, qui continue à près
de quatre-vingts ans de porter sur la vie un regard
indulgent et débonnaire, le bonheur est toujours un
peu coupable aux yeux de Maurice Denis.

Avec leurs portraits à la maison qui les ramènent
plus de vingt ans en arrière, les deux sœurs ont sous
les yeux, chaque jour, le souvenir d'une jeunesse heureuse que le temps efface. Elles vont vieillir, inconso-
lables, dans le reflet de ces couleurs si douces.

La nuit tombe

Le temps a donc passé. Déjà la vieillesse. Le malheur a assombri et creusé leurs traits : Yvonne et Christine désormais n'attendent plus rien de la vie. Elles ont atteint l'âge de la résignation.

Si Yvonne souffre d'être mal aimée, elle est de surcroît effarée par les spéculations foncières de son mari. Il lui semble qu'il prend trop de risques, sans les mesurer. Loin de se contenter de sa propriété de Bagnols-de-Grenade et des sept cents hectares qu'il a achetés dans le Languedoc-Roussillon, près de Leucate, Eugène a acquis coup sur coup des vergers à Saumachez, près de Fronton – où il a été élu conseiller général –, ainsi qu'un autre mas dans les Pyrénées-Orientales, près d'Amélie-les-Bains, presque aussi vaste sinon aussi difficilement cultivable que celui de Leucate, et encore un autre, le mas d'Aziz dans l'Ariège (revendu presque aussitôt). Eugène, passionné d'agriculture et animé d'un esprit de conquête quasi napoléonien, n'en finit pas d'investir dans la terre, au risque d'y perdre sa chemise. Yvonne pressent la ruine, tandis que son époux s'enorgueillit

auprès de Gide de ses dernières acquisitions : « Saumachez s'écrase sous les grappes et sous les pêches
– j'y fais fructifier quatre mille pieds de vignes et
neuf mille arbres fruitiers. J'ai l'annonce d'une très
belle récolte et qui va me récompenser de mes
efforts. » La folie des grandeurs le possède. Il se
lance dans des projets pharaoniques, comme d'assécher des marais, de relier des étangs à la mer, de
cultiver les sables ou de faire pousser des agrumes
en pleine garrigue sous le souffle furieux de la tra-
montane. Il donne à Yvonne et à plusieurs de ses
amis, aussi inquiets qu'elle, tel Gide, qui a investi
auparavant dans plusieurs de ses affaires et perdu
pas mal d'argent (notamment dans des mines de
plomb et de zinc à Sentein, dans l'Ariège), l'impression de vouloir courir à sa perte : pour se punir,
mais de quoi ?

Pendant ce temps, avec leurs deux fils, Olivier et
Stanislas dit Stany, son épouse mène une existence
austère, éloignée de ses amis et ne pouvant épancher
sa tristesse que dans des lettres. Les siens lui manquent et se montrent très préoccupés de son sort.
Henry Lerolle n'aime pas l'atmosphère dans laquelle
vit sa fille aînée et ne semble pas dupe d'Eugène,
dont il pense qu'il joue à être agriculteur : « Eugène
s'amuse à faire semblant, écrit-il à son fils Jacques
Lerolle [celui qui a été blessé pendant la guerre de
14]. Mais il s'amuse – et c'est quelque chose ! » Il
dissuade Jacques, avec fermeté, de se rendre à
Bagnols, au prétexte qu'il n'a rien à y apprendre :
« Quant à aller chez Yvonne, je trouve que c'est inutile. D'abord parce que ça ne te fera aucun bien, et

puis ils vont venir à Paris. Et il est inutile de faire ce voyage pour quelques jours. »

Lui-même rend visite à sa fille aussi souvent et longtemps qu'il le peut, avec son épouse, afin de tenter d'apporter un peu de douceur dans son quotidien maussade. Il en profite pour dessiner l'allée de marronniers ou les arbres fruitiers de Bagnols. Mais c'est à la faveur de ces séjours prolongés chez sa fille et son gendre qu'Henry Lerolle renoue avec l'art sacré qu'il a tant pratiqué jadis. La petite église de Saint-Caprais lui inspire la peinture de quatre grands tableaux ronds, d'environ trois mètres de diamètre, représentant des scènes de la vie de la Vierge : l'Annonciation, la Crèche, l'Assomption et la Salutation des anges. Des habitants du village ont posé pour les bergers autour de la crèche. On reconnaît le fin visage d'Yvonne dans celui de Marie. Il a peint sa fille lumineuse, aérienne, s'élevant au ciel parmi les anges, telle sans doute qu'il aurait aimé la voir vivre : en paix, délivrée de sa peine et de ses chaînes. Ces quatre tableaux, peints entre 1920 et 1925, ont une grâce légère qui rappelle celle de Maurice Denis – l'élève a-t-il fini par influencer le maître ? Ils seront décrochés en 1957, quand l'église sera restaurée, et rendus à la famille.

En dehors de ses périodes d'excitation, quand il n'a plus la tête à ses multiples affaires, tant agricoles que financières (Gide, pour se moquer de lui, écrit toujours « phynancières »), ou quand il n'œuvre pas à ses ambitions politiques qui le dévorent, Eugène sombre dans la maladie. Après des accès de grippe qui tournent à la broncho-pneumonie, il se met à souffrir des reins de manière si aiguë et persistante qu'Yvonne peut craindre « quelque chose de grave ». Somatisme flagrant ? D'un caractère difficile quand il est bien portant, il devient insupportable quand son corps le tourmente. « Lorsqu'il a moins d'albumine, écrit Yvonne, il faut n'écouter et ne deviner que son goût, et quand il en a plus il m'accuse de vouloir sa mort si je lui donne autre chose que de l'agneau et du poulet. Il est affreux. » Les tensions et les échecs répétés le minent. Le couple doit faire face continûment à des ennuis d'argent. Si le prestige politique d'Eugène reste entier dans la province, il ne supplée pas aux vertigineux soucis financiers du ménage. Yvonne broie du noir, harcelée par les créanciers, en imaginant le pire. « Nous ne causons plus, explique-t-elle à Alibert. Je l'écoute et si je n'ai pas l'air d'admirer, il prend des dispositions tout à fait hostiles à mon égard, se disant qu'il choisira d'autres confidents ; donc ne causant pas, dans 2 lettres je lui ai dit qu'il m'effrayait par tous ces contrats d'achats puisque pour les 4 cinquièmes et les 9 dixièmes lui et les enfants ne seraient pas solvables, je sais que ça est, je connais les formidables arriérés de Bagnols qui est la première affaire, et les choses courantes ; une autre fois ai écrit pour lui conseiller doucement de ne pas s'engager trop, qu'il allait trop loin, s'aveuglait un peu, que je n'étais contre aucun projet mais que je me permettais de le mettre en garde contre un emballement que je vois, dont on cause tout en souriant. (C'est plus que vrai.) Il est venu, m'a donné 2 coups sur la tête, m'a presque étranglée… »

Les murs du château de Saint-Caprais, témoins de

la gloire et de la chute de la maison Rouart, s'assombrissent peu à peu avec la vente des tableaux, au premier rang desquels le « Clown rouge » de Picasso et, de Degas, le portrait d'Henri Rouart en haut-de-forme devant son usine, que son frère Ernest rachète. Cette disparition est presque un symbole. Eugène, qui a tant voulu rivaliser avec un père représenté par Degas dans la splendeur de sa réussite, ne peut que constater son propre échec. Un échec d'autant plus grave qu'il ne peut l'imputer qu'à lui-même, à son irréalisme, à sa mégalomanie, à sa folle démesure. Pour Yvonne, qui a toujours vécu au milieu des œuvres d'art et baigné dans l'Impressionnisme depuis son âge tendre, la disparition de tous ces trésors sonne le glas.

Ses deux fils choisiront la voie de l'agriculture. L'aîné, Stanislas, suit exactement les traces de son père, en obtenant le diplôme de l'école de Grignon comme ingénieur-agronome – promotion 1922. Olivier étudie à l'Institut agricole de Maison-Carrée, en Algérie, également renommé dans leur spécialité. Stanislas assiste son père dans ses travaux à Bagnols, tandis qu'Olivier se voit confier la gestion du mas de l'Ille. Mais des dissensions surviennent entre le père et ses fils : Stanislas quitte Bagnols pour diriger une exploitation en Algérie. Olivier préférera se consacrer à la gestion du domaine des Jouaninels, qui appartient à la famille de sa femme – née Adrienne Escudier, fille du président de la cour d'appel de Toulouse –, tout en pratiquant la peinture en amateur.

Les liens de la famille avec le monde artistique perdurent comme une fatalité : Stanislas Rouart, le fils aîné, épousera en effet, en septembre 1928, une petite-fille du peintre Eugène Carrière : Laure Delvolvé. Artiste peintre comme son grand-père, mais aussi comme sa mère Lisbeth Delvolvé-Carrière, qui peint surtout des paysages et des fleurs, avec une préférence pour le blanc de la palette – effets de neige, plumages de cygnes, azalées blanches –, son inspiration et son style la distinguent de l'un comme de l'autre. Loin des évanescences maternelles et des couleurs brumeuses de son aïeul, Laure Delvolvé est un peintre animalier, que fascinent les animaux sauvages. La légende familiale dit qu'elle charmait les lions et les gazelles par un don inné qu'elle avait de les apprivoiser. Elle étudie ses modèles au Muséum d'histoire naturelle et au zoo de Vincennes, mais aussi au cours de voyages en Kabylie et au Maroc. Elle exposera ses peintures à partir de 1928 au Salon de la Société nationale des beaux-arts, où expose aussi sa mère, au Salon d'automne et à celui des Tuileries. Elle illustrera de nombreux ouvrages, dont une belle édition de *La Chèvre de Monsieur Seguin*, d'Alphonse Daudet. Son mariage orageux avec Stanislas Rouart, qui, lui, n'aura pas réussi à la charmer ou à la dompter entièrement, aboutira à un divorce en 1941.

Christine, après avoir fait chambre à part avec Louis, fait maintenant appartement à part au 5 boulevard du Montparnasse. Le couple vit sur le même palier dans des logements distincts. Les enfants prennent l'habitude d'aller de chez l'un à chez l'autre et fêtent deux fois Noël, deux fois le Jour de l'An.

L'atmosphère est plus qu'électrique entre leur père et leur mère : la mésentente s'est aggravée, les caractères se sont durcis et aigris avec l'âge. Les rancunes, les rancœurs ont fini par creuser un fossé de reproches mutuels, impossible à combler désormais. Pour tenter d'échapper à un sentiment de solitude et d'échec sentimental, Christine brode et s'occupe des enfants. Ils lui donnent du fil à retordre, ayant tous des caractères difficiles – hérédité oblige. Louis, toujours portant beau, fuit les responsabilités et les corvées familiales dans d'agréables escapades en Italie ou en Espagne, à San Giminiano ou à Tolède, et dans sa maison d'éditions de L'Art catholique qui, selon les méchantes langues, lui sert parfois de garçonnière. Il ne s'est pas assagi. Ni pour autant apaisé : « Après avoir fait l'amour avec une femme, j'ai envie de la jeter par la fenêtre », déclare volontiers ce misogyne, à la fois tendre et misanthrope. Envahi de pensées négatives, cet éruptif de type bouillonnant passe son temps en brouilles et en réconciliations, avec les siens comme avec ses amis. Claudel, Bernanos en font tour à tour l'expérience. Seule son amitié avec Paul Valéry, fidèle d'entre les fidèles, traversera les années sans nuages, en dépit des jugements peu amènes que ce critique impénitent adresse à un poète trop mallarméen à son goût. Henry Lerolle, pourtant si compréhensif, finit lui-même par baisser les bras devant cet énergumène de gendre. « J'ai eu une petite discussion hier avec Louis, écrit-il à son fils Jacques. Il déteste tout. Il déteste son époque, son pays. Tout ce qu'on fait autour de lui. Et cela parce qu'il ne voit jamais que le mauvais côté des choses. Et dire qu'il a peut-être encore soixante ans à vivre comme cela. Je t'en supplie, mon bon Jacques, ne sois pas comme cela. C'est ta vie, c'est ton bonheur, c'est le nôtre, qui en dépendent. » Et il ajoute, pour mieux mettre en garde son fils contre cette mauvaise influence : « Ce n'est pas ce qu'on a fait qui est le plus intéressant, c'est ce qu'on pourrait faire. C'est cela qu'il faut chercher toujours. Et tâcher de le faire. »

Les enfants sont les grandes victimes de ce climat délétère. Tiraillés entre leurs parents, ils ne trouvent de paix que dans l'hôtel de l'avenue Duquesne, auprès de leur grand-père maternel et de leur grand-mère, qui leur donnent l'exemple enviable d'un foyer calme et harmonieux. L'une des dernières joies d'Henry Lerolle est de retrouver dans l'un de ses petits-fils, Augustin Rouart, l'un des trois fils de Louis, d'abord le goût de la musique, puis la passion de la peinture. Augustin a voulu jouer de la flûte avant de se tourner vers les pinceaux. C'est le grand-père Lerolle qui l'accompagne dans ses premiers pas d'artiste. Il va rassurer le jeune homme et le guider de ses conseils. Il lui achète ses premiers tableaux, qui vont rejoindre sur les murs sa collection impressionniste, ses huiles et ses pastels de Degas, de Berthe Morisot, de Renoir, de Gauguin, de Monet, mais aussi ses Jongkind, ses Puvis de Chavannes, ses Fantin-Latour, ses Carrière, ses Maurice Denis, ses Bonnard, ses Vuillard. Et encore ses Delacroix, ses Géricault ou ses Van Dyck.

14 juillet 1928 : « Mon cher petit Augustin,

« Tu es à la campagne ; profites-en pour travailler beaucoup. C'est-à-dire pour tout regarder et tout aimer. Dessine des portraits. Mais dessine aussi tout ce que tu vois et que tu comprends, une feuille morte, un brin d'herbe. On peut faire un chef-d'œuvre d'après n'importe quoi. Et tu sais combien je compte sur toi pour faire des chefs-d'œuvre. (…) Quand Corot était à Barbizon avec un tas de camarades, après le déjeuner où on avait dit beaucoup de bêtises, les camarades disaient : maintenant il faut aller travailler. Mais Corot disait : non ! maintenant allons nous amuser. Et il partait avec sa boîte à couleurs. La vie de peintre comprise ainsi est vraiment la vie la plus heureuse. La vue d'un brin d'herbe est un bonheur. Et Dieu sait combien il y en a. Je t'embrasse tendrement. »

De peintre à peintre, il signe cette lettre « Henry Lerolle ». Il signe « grand-père Henry » d'autres lettres destinées à ne dire que sa tendresse, comme celle qu'il adresse au jeune Augustin, en vacances à Etretat, « villa Cyclamen », en juillet 1924 : « Je sais que tu fais entendre ta flûte aux échos d'alentour. Orphée avec sa flûte apprivoisait les tigres et les panthères. Tu pourrais peut-être apprivoiser les poissons. Ce serait utile le vendredi. » Mais dès qu'au détour de la plume il évoque la peinture, le revoilà qui signe « Henry Lerolle », car il s'adresse alors à l'artiste que va devenir son petit-fils.

14 août 1928 : « Mon bon petit Augustin,

« Tu me dis que c'est Holbein le meilleur portraitiste de tous les temps. (…). Je crois qu'il y en a d'autres aussi, mais je me suis interdit de te parler de peintres qui pourraient te troubler. Il faut choisir comme maître celui qui peut vous apprendre à faire ce que vous voulez faire. Holbein est assurément le maître que tu as choisi et qu'il te faut. Donc étudie-le et ne jure que par lui – et ne t'en éloigne jamais. Je t'ai raconté que Degas, à ton âge, a écrit sur son album, en Italie : O Giotto, fais-moi voir Paris. O Paris, laisse-moi voir Giotto. C'est grâce à cette prière qu'il n'a jamais oubliée que, 50 ans plus tard, il a fait cette petite danseuse en cire, qu'il a traitée comme une déesse égyptienne.

« Eh bien toi, fais la même prière à Holbein et ne l'oublie jamais.

« (…) Adieu mon bon Augustin.. Travaille bien et porte-toi bien.

« Ton grand-père, Henry Lerolle. »

L'un des derniers événements qui réjouissent sa vieillesse est une exposition Degas, au printemps 1924, à la galerie Georges-Petit. Sont réunis rue Godot-de-Mauroy des peintures, des pastels et des dessins, des sculptures, mais aussi des eaux-fortes, des lithographies et des monotypes, qui composent une belle rétrospective de l'œuvre de son vieil ami. Daniel Halévy, dans la préface du catalogue, souligne que « l'heure est venue de reprendre l'œuvre entière, de la mieux connaître, de mieux la faire connaître », et rend hommage aux premiers collectionneurs du peintre, non sans solennité : « L'œuvre reste, la voici. » Lerolle, qui a acquis son premier Degas directement à l'atelier, en 1881, a prêté ses trois chefs-d'œuvre : son tout premier Degas, *Femmes peignant leurs cheveux* (31 × 45 cm), une peinture à l'essence qui représente trois jeunes femmes en chemises peignant leurs longs cheveux dénoués ; ainsi que *La Malade* (65 × 47 cm), peinture à l'huile sur toile, portrait d'une femme en robe de chambre, assise sur son lit avec un air désolé ; et *Avant la course* (27 × 35 cm), peinture à l'huile sur panneau où cinq jockeys aux casaques multicolores se rangent pour le départ. Ce dernier tableau figure au fond à gauche sur la toile des « Jeunes filles Lerolle au piano », peinte par Renoir chez Lerolle en 1897. Lerolle peut être fier de ces choix qu'il a faits il y a maintenant près d'un demi-siècle, quand Edgar Degas n'était encore qu'un inconnu refusé aux Salons, et, ce qu'il est toujours resté, un peintre rebelle, inclassable et indomptable. A son fils Jacques, en souriant, il confie sa satisfaction de voir tous ces gens, qui boudaient jadis la peinture de Degas, soudain l'admirer presque béatement. « Il y a des gens que j'ai menés au Salon qui ne s'arrêtaient que devant les tableaux dont ils pouvaient dire : comme c'est laid. Quelle misère ! Et maintenant chacun s'extasie. Toute la vie est là. » Ses tableaux n'ont rien à envier en qualité à ceux qu'ont prêtés d'autres collectionneurs, parmi lesquels Ernest Rouart et Mme Ernest Chausson, ou des musées, tel le musée du Luxembourg (*Portrait de la famille Bellelli*) ou celui de Pau (*Le Comptoir de cotons à La Nouvelle-Orléans*). La rétrospective Degas est pour Henry Lerolle un voyage dans le passé, quand il était si heureux de découvrir et d'acquérir ces toiles choisies avec amour. Il ne s'est jamais lassé de leur présence à ses côtés. Elles ont accompagné ses joies, consolé ses chagrins, apaisé ses tourments. Vivantes, elles font partie de sa vie. Elles compensent la perte irréparable, le vide que laisse Degas, l'ami disparu.

Assuré que la tradition de l'art se poursuivra dans la famille à la génération suivante, Henry Lerolle, toujours enthousiaste mais attristé par la vie détruite de ses filles, n'a plus dès lors qu'à mourir. Il s'éteint le 22 avril 1929, dans son hôtel de l'avenue Duquesne, entouré des tableaux qu'il a aimés. Obsèques à Saint-François-Xavier, sa paroisse. Enterrement au cimetière du Père-Lachaise. « Nous portons le deuil de Lerolle et le deuil d'une époque », écrira Maurice Denis, rentré trop tard d'un voyage en Orient pour se recueillir près de cet ami de toujours, qui l'a protégé et aidé dans ses débuts et qui resta proche jusqu'à la fin. « J'arrivais trop tard pour le voir une dernière fois ; trop tard pour dessiner ses traits à son lit de mort, pour être le témoin de sa dernière expression, dans ce suprême tête-à-tête où j'ai tant de fois, hélas, à travers la pâleur et l'immobilité d'un visage, surpris le reflet d'une âme, le testament de toute une vie, l'attente de la résurrection. » Il lui reste à se souvenir des bons moments, de la bonté et de l'extraordinaire ouverture d'esprit et de cœur de l'homme, mais aussi des talents de l'artiste, peintre trop modeste qui préféra toujours, selon ses propres mots, l'œuvre des autres à la sienne. Dans le petit livre très chaleureux qu'il lui a consacré, Maurice Denis se plaît à le citer – ce sont pour lui les rappels d'une authentique sagesse. « J'ai eu bien des chagrins dans ma vie, disait Lerolle, mais j'ai eu tant de bonheurs ! Oui, tous les jours, je remercie le ciel d'avoir fait tout ce que je vois, le firmament, la terre, la mer et tout ce qui les peuple… »

A son petit-fils Augustin, peu avant de mourir, il

racontait une anecdote de sa jeunesse. « Je me rappelle qu'un jour je jouais au bouchon avec des amis et un monsieur que je ne connaissais pas me dit : Comme vous faites tout avec ardeur ! Eh bien, ne ris pas de penser que j'ai joué au bouchon avec ardeur. Ma vie n'a peut-être pas été ce qu'elle aurait pu être. Je n'en sais rien et je ne te demande pas de me juger. Mais je ne regrette, dans ma vie, que ce que j'ai fait sans ardeur et sans passion. Je t'assure. »

« Tout vaut la peine », répétait-il souvent.

Son épouse, Madeleine Escudier, quoique menant une vie moins aisée qu'avant guerre, conservera presque tous ses tableaux jusqu'à sa propre mort, qui surviendra six ans plus tard, en 1936. Après quoi, toute la collection sera vendue. Hector Brame, Durand-Ruel, Jacques Seligman, les grands marchands s'y intéressent. Les plus belles pièces vont se retrouver chez des collectionneurs privés en Amérique, avant d'aboutir dans de prestigieux musées. Des deux Degas que Renoir a reproduits au fond de son tableau, *Yvonne et Christine Lerolle au piano*, l'un, *Avant la course*, peinture à l'huile sur panneau, fait aujourd'hui partie de la collection Clark (Sterling and Francine Clark Art Institute, à Williamstown) ; le second, le pastel des *Danseuses sous un arbre*, se trouve au Norton Simon Museum, à Pasadena. Quant aux deux autres Degas que Lerolle avait prêtés à la galerie Georges-Petit, *La Malade* a fait partie de la Loeb Collection, à New York, et *Femmes peignant leurs cheveux*, tout premier Degas acheté par Lerolle, appartient à la Phillips Collection, à Washington. Le prodigieux destin de ces tableaux

témoigne du coup d'œil assuré et même visionnaire du collectionneur, qui les avait acquis bien
avant que les premiers Américains ne montrent de
l'intérêt pour les impressionnistes.

L'hôtel particulier d'Henry Lerolle, à la mort de
Mme Lerolle, est vidé de son contenu : la salle à manger en noyer de style Renaissance, la chambre à coucher en acajou et bronze de style Louis XVI, le
bureau à cylindre, la bibliothèque et ses deux cents
livres, la table à jeu, les sièges, les lustres, les porce-
laines, les faïences, les cuivres, les tapis, les rideaux,
les bijoux – bagues, montres, broches et sautoirs en
or –, le linge et les garde-robes, et même l'aspirateur
Electrolux, dernier cri de la modernité, tout part aux
enchères à Drouot, le 26 novembre 1936, en même
temps que les derniers tableaux restants – des dessins
de Meissonier dont une tête de Napoléon et des cavaliers que Degas admirait, des *Pêcheurs* de Jongkind,
des gravures de Helleu, deux Picabia de 1904 peints
au bord du Loing, un *Lion marchant* de Barye et
deux admirables Monet peints à Argenteuil vers 1872
(*La Grande Rue* et *Bords de Seine*). Tout est minu-
tieusement décrit dans le catalogue publié à l'occasion de la vente et conservé depuis aux Archives
nationales. L'hôtel lui-même, vendu lui aussi, sera
détruit en 1938 par un promoteur qui construira à sa
place un gros immeuble de rapport. Il en sera de
même pour l'hôtel particulier de Paul Lerolle, où
enfants et petits-enfants du député de la Seine, frère
d'Henry Lerolle, vivront jusqu'aux années 1970. Il
laisse lui aussi la place, avenue de Breteuil, à un
immeuble de béton et d'acier. Seule la façade, qui

ouvrait de l'autre côté sur l'avenue de Villars, au numéro 10, garde le charme et le cachet du passé.

La famille a conservé jusqu'à aujourd'hui la plupart des peintures d'Henry Lerolle, celles qui ne sont pas exposées dans des églises et dans des musées, non seulement à Paris mais à Pau, Nantes, Quimper, Angoulême ou Caen et puis à New York (*L'Orgue* est au Metropolitan) et à Budapest (un grand nu de femme). Reste aussi l'hommage que lui rend dans un petit livre, écrit tout entier sous l'emprise de l'émotion et de la reconnaissance, un des peintres qu'il a le plus aimés et soutenus, Maurice Denis : « On découvrira un jour le charme de Lerolle, l'histoire retiendra son rôle et son influence (...) Peut-être alors me saura-t-on gré d'avoir essayé de définir avec sympathie l'inquiétude et la grâce d'un peintre – mon ami, mon aîné – et d'une époque – celle de ma jeunesse – tous deux dominés par la recherche de l'idéal et la passion du sentiment. » Sans *Henry Lerolle et ses amis*, imprimé hors commerce et distribué aux seuls amis, nous ne pourrions pas mesurer à quel point cet homme discret, modeste et foncièrement aimable exerça sur les artistes qui l'entouraient, dont la compagnie lui était une source inépuisable de joie, une formidable aura. Il répandait ses bonnes ondes avec une générosité assez rare, dans ce milieu de compétitions et de rivalités, pour que Maurice Denis la souligne. Il y revient sans cesse, privé de ce dialogue paisible et de cette ombre protectrice dont il veut garder la mémoire. Henry Lerolle lègue aux siens le seul héritage qu'on ne puisse vendre : sa philosophie de la vie. Une alliance de l'art et du spirituel qui est sa marque, illuminée par des qualités humaines – la bonté, la tolérance et cette douceur franciscaine qu'il a dû souffrir de voir si peu mise en pratique par ses gendres tempétueux.

Les dernières années d'Eugène Rouart font apparaître une déchirure de plus en plus flagrante entre sa vie publique, qui est en plein épanouissement, et sa vie privée, qui court à la catastrophe. Depuis 1919, il n'est plus maire de Castelnau-d'Estrétefonds mais, devenu conseiller général de Fronton et vice-président du conseil général de la Haute-Garonne où il préside la commission des questions économiques, de l'agriculture, de l'enseignement technique et du travail, son action politique s'appuie sur des bases solides et s'étend à un large secteur d'influence. Elle repose sur un important labeur de fond, nécessitant réflexion, recherche, contacts. Membre du Conseil supérieur de l'agriculture, élevé à l'Académie d'agriculture en 1927, promu officier de la Légion d'honneur, il est élu sénateur de la Haute-Garonne en 1932. Il occupe ainsi une place de tout premier plan non seulement dans son département mais dans cette vaste région du Sud-Ouest, où il a la stature d'un notable respecté, fort de ses influences. Son rayonnement s'étend jusqu'à Paris, où ses liens avec nombre de députés, de sénateurs et de hauts fonctionnaires sont clairement établis. Il défend une vision démocratique et sociale de la France. C'est en républicain investi de la noblesse de sa tâche qu'il prononce ses discours, en de multiples occasions, car on le sollicite, comme par exemple en Lorraine, pour fêter l'anniversaire de la fondation de la plus ancienne école française d'agriculture à Roville – il en est l'invité d'honneur.

Il lui arrive encore de se souvenir de ses débuts littéraires. Il ne dissimule pas sa joie d'accorder à *L'Archer*, une revue toulousaine, un article sur le peintre René-Jean Clot, qu'il vient de découvrir, un autre sur le sculpteur Medardo Rosso, que prisait déjà son père – Henri Rouart, dont il a fait le buste, l'a financé, hébergé et constamment soutenu depuis les débuts de sa carrière. Il invitera et recevra personnellement Paul Valéry à Toulouse, en 1935, pour une conférence sur « La politique de l'esprit » qui fera sensation dans la ville rose et lui vaudra presque autant de prestige qu'à l'orateur.

Parallèlement à ces responsabilités et à ces honneurs, ce grand propriétaire terrien a bien des soucis. Trop souvent victime du climat qui est l'éternelle chausse-trape des agriculteurs et vient gâcher ses efforts, ainsi que de fléaux redoutables tel le phylloxéra qui affectent sa vigne et ses arbres fruitiers, il peine à rentabiliser ses terres. Il s'est par ailleurs considérablement endetté, ce dont Yvonne s'est inquiétée en vain. Il a poursuivi une politique patrimoniale d'expansion, achetant des hectares et des hectares ici ou là, sans trop se préoccuper de rapport immédiat ni des risques inhérents à toute entreprise. A Bagnols même, il fait travailler cent vingt personnes là où, de l'avis d'experts, soixante suffiraient largement. Les cultures qu'il développe dans un esprit pionnier sont loin d'être rentables, surtout celle du Barcarès, entre mer et étangs, où les marécages et le sable ne sont pas franchement propices. Mais ni les prières d'Yvonne, ni les conseils de prudence de ses amis ou d'autres agriculteurs de la région, qui portent un regard sceptique sur ses méthodes, n'ont pu arrêter cet investisseur. Ses projets faramineux lui coûtent plus qu'ils ne lui rapportent. Sous les yeux d'Yvonne, effrayée et lucide, il s'est mis en quelques années au bord du gouffre. Elle parle à qui veut bien l'entendre de ses « folies ». Il lui reproche son manque d'adhésion et d'enthousiasme. Il n'empêche que le couple est entraîné dans une vertigineuse dégringolade. La dot Lerolle a disparu depuis longtemps et les créanciers deviennent pressants : ils guettent les futures hypothèques, le château, les mas, et ce qui reste de leurs biens personnels.

Des brouilles survenues entre Eugène et ses fils, le départ de Stanislas pour l'Afrique du Nord, renforcent l'isolement d'Yvonne face à l'angoisse de l'avenir.

La vie sentimentale de son mari n'est pas non plus apte à la rassurer. Car Eugène n'a pas mis fin à ses aventures extraconjugales. Gide en est souvent témoin : en août 1927, il fait connaissance avec le nouveau « jeune protégé d'Eugène », en compagnie duquel celui-ci est venu le chercher à la gare de Toulouse ; le trio se rend ensuite en auto jusqu'au Barcarès, où la solitude du mas, isolé entre les étangs et la garrigue, favorise l'intimité. Gide remarque qu'Eugène s'astreint à la discrétion et continue à tenir ses amours secrètes. Il n'a pris en compte aucun des préceptes de vérité et de transparence exposés dans *Corydon*. « Mais, mon cher, le mensonge est une chose absolument sacrée », répète Eugène à Gide, exaspéré. Est-ce pour mieux sauver les apparences d'une vie rangée et bourgeoise, afin de rassurer ses électeurs, qu'il prend l'habitude de se rendre souvent au Maroc, dans les années 1930, au prétexte d'y étudier et d'en rapporter des agrumes ? Fès est son nouveau port d'attache, tandis qu'Yvonne ne sort plus de chez elle que pour se rendre à la messe à l'église du village.

La santé de son mari ne cesse de se dégrader. Il se plaint d'entérite. A Paul Valéry il écrit qu'il voudrait « parcourir le monde » mais ne le peut : « Je pense souvent à vous, moi qui suis cloué à la maison et obligé de me défendre jour après jour contre les malaises. » Le cancer le ronge. On le lui cache sous le diagnostic d'entérite et autres colites, dont les symptômes de plus en plus douloureux et invalidants s'amplifient. La fatigue d'Eugène finit par le contraindre à ne plus quitter Bagnols. L'une de ses dernières visites à Paris, en avril 1933, le conduit rue La Boétie, à la galerie de Paul Rosenberg qui expose des peintures et des aquarelles de son défunt père. Le marchand d'art, plutôt féru de Picasso, avec lequel il a signé un contrat d'exclusivité, de Léger et de Matisse, a organisé une belle rétrospective d'Henri Rouart. Elle éclaire pour la première fois l'ensemble d'une œuvre longtemps gardée au secret de la famille.

Soigné et veillé par sa femme, Eugène s'éteint le 6 juillet 1936, à l'âge de soixante-quatre ans, au terme d'une longue et pénible agonie. Gide, en voyage en URSS, n'adressera pas ses condoléances à sa veuve, trop conscient, dira-t-il, des « sentiments de celle-ci à mon égard ». Madeleine Gide s'en chargera auprès d'Yvonne, comme d'ailleurs auprès de Louis avec qui Gide n'a plus que des rapports distants et froids. Eugène Rouart est enterré à Saint-Caprais, dans le petit cimetière qui jouxte l'église, au bord de la Garonne. Sa pierre tombale, grise et nue, porte cette inscription que l'un de ses fils y a fait graver : « Rouart – Sénateur – Bienfaiteur du Sud-Ouest ».

La mort d'Eugène, loin de délivrer Yvonne, l'abandonne au désastre dont elle hérite et qu'elle est seule désormais à devoir affronter. La vente aux enchères des derniers objets d'art et tableaux qu'elle possède ne solde pas ses dettes, loin s'en faut. Dans la cour du château, tout aura été vendu, les lettres, les photographies, l'écharpe de maire et les décorations. Yvonne plonge dans le cauchemar où l'incurie financière et la mégalomanie de son époux l'ont conduite. Un abîme de soucis, de tracas.

En juillet 1941, elle perd son alliée, sa sœur : Christine meurt à soixante-deux ans, d'un cancer elle aussi. Sur un papier à en-tête de l'Académie française, Danton 02-92, Paul Valéry adresse à Louis Rouart une lettre désolée, très amicale : « Jeannie et moi-même t'adressons nos plus affectueuses pensées dans ce triste moment. La pauvre femme a si longuement et cruellement souffert qu'on est tenté de regarder sa mort comme une délivrance. Mais, délivrance ou non, la mort d'une amie si ancienne et toujours si affectueuse pour nous n'en est pas moins douloureuse à apprendre et émouvante à penser. A toi, de tout cœur. »

La jeune fille au piano en robe rouge, aux pommettes colorées, à la jolie bouche, qui aimait tant lire des romans et réciter par cœur des poèmes, s'en est allée. Il y avait longtemps que sa beauté l'avait fuie, effacée par l'amertume et la tristesse. Degas avait eu le temps de fixer son changement sur une série de pastels, en la peignant en gris et en mauve, aux couleurs de son morne avenir. Elle brodait encore, elle lisait beaucoup. Les querelles de ses enfants avec leur père ont assombri ses derniers jours, tandis qu'elle songeait à la belle dame qui peut-être un jour la remplacerait – l'une des innombrables conquêtes de son mari. Elle ne rejoint pas le caveau des Rouart au Père-Lachaise, ni non plus celui des Lerolle. Elle est enterrée seule, dans une tombe où deux de ses filles, Eléonore et Isabelle, la rejoindront. Entre elle et Louis, la séparation conjugale aura prévalu jusqu'à la fin. Après le lit à part, la chambre à part, l'appartement à part : la tombe à part.

Yvonne lui survit de peu. La femme si belle que Debussy appelait sa princesse Mélisande, la musicienne sensible et inspirée qui se métamorphosait en danseuse, habillée en Loïe Fuller le temps d'une valse dans les champs, meurt désespérée, en 1944, à soixante-sept ans. A la mort d'Eugène, le château, les terres, tout lui ayant été enlevé, il ne lui reste rien pour vivre. Malade d'une solitude incurable, elle trouve refuge à cent cinquante kilomètres de son ancien domaine, chez des religieuses, au couvent de Notre-Dame, à Saint-Geniest-d'Olt. Elle y sera quelque temps, en échange du lit et du couvert, professeur d'allemand. On s'étonne qu'elle n'ait pas plutôt enseigné le piano, mais peut-être, à force de privations et de tristesses, avait-elle perdu, entre autres trésors, cet art de jouer lié pour elle à sa jeunesse. Un jour de printemps, le 30 mai, elle se suicide en se jetant dans le Lot. On retrouve son corps sur le territoire de la commune, au lieu dit « Les Dampres de Lous ». C'est un journalier de Saint-Geniest, Louis Bezamat, qui vient déclarer son décès. Elle sera enterrée pauvrement au cimetière de Saint-Geniest.

Ernest Rouart meurt en 1942, des séquelles du gazage à l'ypérite qu'il a subi en 1917. En 1932, il a organisé l'exposition du centenaire de Manet au musée de l'Orangerie, et, en 1941, celle du centenaire de Berthe Morisot. Dans un petit livre publié par la Librairie Plon, son frère Louis a écrit l'éloge de la belle peintre – « ce délicieux chef-d'œuvre d'une fraîcheur exquise où les sentiments les plus simples et les plus naturels atteignent la haute poésie ». Ernest est enterré au cimetière de Passy, où Julie Manet le rejoindra en 1967. Leur tombe est voisine de celle où reposent Berthe Morisot et Edouard Manet, avec Eugène Manet, l'époux de Berthe, et Suzanne Leenhoff, l'épouse d'Edouard Manet. Julie a pris le soin de la faire classer.

Des amis de la famille s'éteignent à leur tour. Francis Jammes en 1938, Maurice Denis en 1943, renversé par une voiture boulevard Saint-Michel, Paul Valéry en 1945.

Arthur Fontaine est mort en 1931. Il avait refait sa vie avec Germaine de la Seiglière, épousée civilement à la mairie du VIIe arrondissement en 1920, ce qui lui

avait valu la désapprobation de ses amis catholiques
– Jammes et Maurice Denis notamment –, pour lesquels
un divorcé à l'état civil reste marié devant Dieu. Enterré
au cimetière du Montparnasse, sous une montagne
de « couronnes rutilantes, entassées jusqu'à hauteur
d'un premier étage » selon un témoin, il a été conduit
jusqu'à sa dernière demeure par un long cortège
d'officiels – notables, hauts fonctionnaires et
ministres en tête, Millerand, Briand, Tardieu. Paul
Valéry a prononcé l'éloge funèbre : « En la personne
d'Arthur Fontaine, les Lettres, les Arts, la Philosophie viennent de perdre un ami intime. Bonté, délicatesse exquise, tendresse d'Arthur Fontaine, que
d'artistes, de poètes, que d'êtres vous ont éprouvées.
En leur nom, je salue une noble et pure mémoire. »
Le plus émouvant hommage lui a été donné par ceux
qu'il a si ardemment défendus et auxquels il a même,
au prix du sacrifice, voué sa vie : à la sortie de l'église
Saint-François-Xavier, deux délégations ouvrières
ont fait à leur « patron » une haie d'honneur.

Sa belle collection de peintures est vendue aux
enchères l'année suivante à Drouot, au pire moment
des effets de la crise économique et financière de
1929. Les Degas, les Odilon Redon, les Carrière, les
Denis, les Vuillard d'Arthur Fontaine sont dispersés
à faible prix. Quelques mois plus tard, sa fille chérie,
Jacqueline, qui a toujours veillé sur lui, le suit dans la
mort, emportée à l'âge de trente-neuf ans par une
péritonite.

Marie Escudier-Fontaine, la belle tante de naguère,
dont le charmant minois et la silhouette galbée sont
dans de nombreux musées, et notamment au Metro-

politan Museum, à New York, où *L'Orgue* d'Henry Lerolle tient sa place, eut une existence heureuse avec Abel Desjardins. Entre l'appartement du boulevard Saint-Germain et la maison de Villerville, elle continuait de recevoir des artistes, comme Ravel, Matisse ou Van Dongen, qui recomposaient autour d'elle le cercle familier qu'elle avait connu avant son divorce. Les remords sont venus torturer ses dernières années : mariée civilement, elle était hantée par le sentiment de sa faute. Aussi Abel Desjardins accéda-t-il à sa demande d'être son époux devant Dieu. Elle eut cette joie, quelques mois avant de mourir : le mariage fut célébré comme elle en rêvait en l'église de la Madeleine. La brebis égarée rejoignait le troupeau. Marie Desjardins mourra en 1946, un an après sa nièce Yvonne et cinq ans après Christine qui tenait d'elle sa fantaisie et son esprit rebelle – sa nièce préférée. Abel Desjardins, avec lequel Marie n'a pas eu d'enfant, se remariera à soixante-dix ans, avec une jeune femme de trente ans sa cadette, qui lui donnera un fils, Thierry. Il sera journaliste et écrivain.

Le dernier des frères Rouart, Louis, veuf de Christine, vit jusqu'à quatre-vingt-neuf ans. Un vieillard toujours vert, charmeur et irascible. Après la mort de Christine, il déménage avenue Charles-Floquet, en face de chez Paul Morand, dans un appartement au dernier étage d'où l'on a vue sur la tour Eiffel. Il a gardé ses deux Corot, *La Dame en rose* et *Le Pont de San Bartolomeo*, qui sont une de ses fiertés. Des pastels de Berthe Morisot, des dessins de Millet, plusieurs Jongkind, un beau Lagneau complètent le décor. L'Art catholique cependant périclite, entraîné dans le mouvement iconoclaste de Vatican II. Les statues et les peintures religieuses sont rangées dans les placards des églises et des foyers catholiques. Il y emploie encore deux de ses fils, Philippe, le céramiste, et Augustin, le peintre, qui dessinent des christs, des vierges et des figures de saints pour sa maison d'éditions. Un de ses petits-fils, Daniel, le fils aîné d'Augustin, viendra travailler à son tour place Saint-Sulpice, avant que l'affaire ne soit vendue.

Il meurt en 1964, dans son salon-atelier de l'avenue Charles-Floquet où l'on a disposé un lit médical – couche dérisoire, comparée à l'énorme lit Empire aux colonnes de sphinges que ses infirmités l'ont contraint à abandonner. Autour de lui, ses enfants, mais aussi les vestiges de sa passion familiale pour la peinture, les Morisot, les Millet, les Corot ont l'air de le veiller ensemble et assistent à son dernier combat. Agonie longue et furieuse de ce condottiere des arts et des lettres, dont l'œuvre aura été surtout de ferrailler contre les modes trompeuses et les succès tapageurs des vraies et des fausses gloires, et de célébrer les beautés des premiers matins de l'art, avec Giotto, avec le Caravage et Fra Angelico, jusqu'aux mondes « de haute poésie » ressuscités par Berthe Morisot et par Maurice Denis. Sa vie, peinte aux couleurs de son agressivité et de son panache, fut une promenade agitée, conduite avec les moulinets de sa canne à pommeau d'or et des invectives à tous vents. Bien sûr, une mystérieuse dame en noir, telle une veuve de substitution, qu'il a dû emmener en Italie ou en Andalousie, est venue rappeler près du lit de l'agonisant d'autres agitations, d'autres fureurs amoureuses. « Je voyais le vieil homme mourir, écrit son petit-fils dans *Une jeunesse à l'ombre de la lumière*. Autour de lui fusaient des cris et des disputes, cette musique assourdissante de brouilles et d'hystérie familiale qui l'aura accompagné tout au long de son existence. » C'est avec un mélange d'humour et d'émotion que Jean-Marie Rouart se remémore son grand-père : « Je le vois tel qu'il était, tel qu'il restera toujours pour moi : fastueux, arrogant, vaniteux, charmeur et insupportable, généreux, égoïste, prodigue, les qualités et les défauts étaient chez lui non distincts mais inextricablement mêlés. » Il lui doit sans doute son amour de la littérature, mais c'est « à l'ombre » de tous les artistes qui, depuis plusieurs générations, composent le terreau familial qu'il est lui-même devenu écrivain. Près d'un père peintre, Augustin, d'un oncle céramiste, et d'une ribambelle de cousins dont la vie s'écoule au milieu des chefs-d'œuvre familiers, exposés aux risques des bouchons de champagne et des jeux de ballons des enfants, il a préféré l'autre voie, sur les traces de ce grand-père, écrivain inaccompli, qui avait des comptes à régler avec ses contemporains et par-delà avec la Création tout entière.

« Je revoyais Louis, ce grand-père violent, à une rétrospective de Renoir où il m'avait entraîné : bien campé dans sa majesté de grand connaisseur, dans sa vanité d'ex-propriétaire, face à un grand tableau de Renoir intitulé *Le Bois de Boulogne*, qui représentait une amazone à cheval, il s'écriait d'une voix de stentor : "Tu vois, mon petit, ce tableau, il était chez mon père, dans le salon. Il l'avait acheté à Renoir pour cinquante francs." »

A la galerie Charpentier, rue du Faubourg-Saint-Honoré, ses souvenirs s'enflammaient. Renoir, c'était toute son enfance, toute sa jeunesse. Qu'a-t-il éprouvé devant le Renoir représentant son épouse et la sœur de son épouse, *Yvonne et Christine Lerolle au piano*, dans la beauté intacte de leurs vingt ans ? Son petit-fils, gêné par ses déclamations théâtrales « à la Mounet-Sully », avait préféré s'éclipser. Les deux Degas, au fond, qui étaient jadis sur les murs de l'hôtel particulier de son beau-père, Henry Lerolle, ont dû raviver sa nostalgie.

Avec ce tableau de Renoir, c'est un monde de ferveur, épanoui dans le cercle magique de l'art, qui disparaît, emportant avec lui une harmonie miraculeuse. Il y aura encore des artistes dans cette famille, à la troisième, à la quatrième génération, des peintres tel Augustin Rouart, des écrivains, mais il n'y aura plus d'union sacrée autour d'eux. La société heureuse et fortunée qui avait rassemblé tant de talents divers et communié avec eux à la fois dans l'art et dans l'amitié bascule dans le passé. Elle entre au musée de la mémoire, en même temps que les peintures, les livres et la musique qui ont fait partie de sa vie, de son histoire. Elle leur est indissolublement liée : au cœur de l'Impressionnisme.

Meurtre au musée

Quand Renoir meurt en 1919, le portrait des sœurs
Lerolle au piano passe de marchands en marchands
avant d'aboutir, en 1947, entre les mains de Domenica Walter. Elle lui réserve une place de choix au
sein de la fabuleuse collection qu'elle tient de son
premier mari, Paul Guillaume, et qui compte déjà
plusieurs Renoir, parmi les Picasso, les Soutine, les
Modigliani, les Matisse, les Derain et les Cézanne. Ce
tableau-là, elle n'en a pas hérité, contrairement à la
plupart des autres : c'est un cadeau qu'elle s'est fait.
« La perle qui manquait à mon collier », dira-t-elle à
un ami commissaire-priseur – Maurice Rheims.

Voici donc les sœurs Lerolle au 3 rue du Cirque,
à une adresse proche du palais présidentiel de
l'Elysée. Un appartement-musée, décoré de meubles
Louis XIV et Louis XV aux marqueteries rutilantes,
de lourdes tentures de soie, de lustres en cristal de
Baccarat, de fauteuils en velours damassés et, sur du
parquet Versailles, de tapis de la Savonnerie. Chez
Mme Jean Walter, tout brille, tout a l'air neuf,
même les commodes signées des meilleurs ébénistes

du Grand Siècle. Elle fait accrocher son tableau préféré au-dessus d'une console Boulle, surmontée de deux chandeliers en argent massif. Son cadre en bois brut d'origine, dont la sobriété plaisait au peintre, est aussitôt remplacé par un cadre doré à la feuille qui étincelle – l'estampille Domenica. Aucun des chefs-d'œuvre en sa possession n'y échappe.

Domenica Walter s'est très tôt forgé une réputation de mante religieuse. Comme cet insecte redoutable, aux pattes ravisseuses, qui dévore voluptueusement ses proies, elle a le génie de se débarrasser de ses maris lorsqu'ils deviennent encombrants. En 1934, quand Paul Guillaume – quarante-quatre ans – souffre d'une crise d'appendicite aiguë, elle refuse que les médecins l'emmènent à l'hôpital. Elle préfère le garder « à la maison », dans le somptueux appartement de son amant, Jean Walter, avenue du Maréchal-Maunoury, où ils habitent ensemble depuis leur retour d'un voyage aux USA deux ans auparavant. Un arrangement confortable à tous points de vue : le couple Guillaume fait l'économie de sa résidence avenue de Messine et garde l'appartement de six cents mètres carrés, avenue du Bois – actuelle avenue Foch –, comme vitrine et entrepôt pour la collection. Les tableaux qui s'y entassent par centaines pourront y être conservés grâce à l'aide généreuse de Jean Walter, qui pourvoit aux besoins financiers du couple. Sans lui, Paul Guillaume, qui a été quasiment ruiné par la crise de 1929, aurait été acculé à les vendre. Avenue du Maréchal-Maunoury, face au Bois de Boulogne où Renoir a peint jadis l'*Amazone* qui trônait dans l'atelier d'Henri Rouart, Domenica soigne son malheureux époux au pendule.

Un peu sorcière, elle croit aux forces occultes et à la magie noire. Ses yeux verts hypnotisent. Sa bouche sensuelle profère on ne sait quelles incantations. Paul Guillaume, trop faible ou trop craintif pour la contrarier, la laisse faire. Il succombera à une septicémie. Quand il décède, il lègue à son épouse, son unique héritière, une collection inestimable qui est l'œuvre et la passion de sa vie. Il souhaitait depuis longtemps en faire don à l'Etat, afin que les tableaux recueillis depuis 1910 et assemblés dans un éblouissant bouquet puissent s'épanouir dans un musée, y être vus et admirés par un large public. Il en a fixé les conditions dans une lettre testament. Plein d'égards pour sa légataire, il a eu le souci de lui en octroyer la jouissance sa vie durant. Domenica sera libre de vendre ce que bon lui plaira, quand il lui conviendra. Mais la collection, à la mort de son épouse, ira au Louvre selon ses vœux. Ainsi l'a-t-il stipulé.

Domenica l'entend autrement, aimant avant tout agir à sa guise. Sitôt après la mort de son mari, elle simule une grossesse. La venue d'un enfant pourrait changer le sort de la collection, qui échapperait aux musées. Domenica place des coussins de plus en plus gros sous ses robes noires, feint des malaises, des caprices qui signalent son état, amasse une layette, au vu et au su de l'entourage. La femme de chambre, la cuisinière, le chauffeur, les couturiers semblent avoir été dupes de ce manège. Mais Jean Walter ? Un beau jour, en 1935, un bébé apparaît avenue du Maréchal-

Maunoury : c'est un petit Jean-Pierre. Jean, comme
Walter. Mais Pierre ? On pouvait imaginer qu'elle
l'appellerait Jean-Paul, Paul comme Guillaume. Il
sera néanmoins surnommé « Paulo ». Entre ses deux
pères, l'un posthume, l'autre de substitution, il ne lui
serait pas facile de tracer sa route. C'est Jean Walter,
bien décidé à donner à l'enfant l'affection d'un véritable père, qui exigera et obtiendra de Domenica une
adoption en bonne et due forme. Comme une condition à leur mariage, puisqu'il épousera seulement
alors cette mère réticente, la même année, en 1941.

Jean-Pierre Guillaume garde à son père d'adoption
un amour filial : « J'étais toujours avec Jean Walter
chaque fois que je pouvais, sinon j'étais dans mon
coin à lire. En tout cas, je n'étais jamais avec elle »,
dira-t-il à Yvon Gérault et Jérémie Cuvillier, les
cinéastes venus l'interroger à l'occasion d'un film sur
Domenica. Il n'a pas oublié que Jean Walter l'emme-
nait en vacances chaque année, seul à seul, sur les
routes de France pour lui faire découvrir les paysages
et les cathédrales, qu'il allait pêcher la truite avec lui
au bord des rivières, lui racontait des histoires, le
soir, pour l'endormir, et l'aimait, dira-t-il, « à l'égal
de ses enfants ». Peut-être même un peu plus, pour
compenser le si peu d'amour maternel. A l'égard de
sa mère, Jean-Pierre Guillaume nourrit surtout de la
rancune. Froide et égoïste, elle avait à tout prix voulu
un fils : était-ce pour déjouer les plans de succession
de Paul Guillaume ? Pour s'accomplir en tant que
femme, sans déformer son admirable corps ? Ses
intentions restent mystérieuses. Elle l'a en tout cas
élevé comme s'il était le sien et celui du défunt Paul

Guillaume. Et puis, un beau matin, vers l'âge de douze ou treize ans, elle lui a brutalement asséné sa vérité : il n'était qu'un enfant adopté. « Ce fut une sacrée surprise », dit simplement Jean-Pierre Guillaume.

Avec Jean Walter, dont la fortune se chiffre en millions, Domenica mène un train de vie fastueux. Rien n'est trop beau pour elle, ni les bijoux, les fourrures, les robes de haute couture, ni les restaurants étoilés, ni les voyages en première classe en transatlantique. Comme avant lui Paul Guillaume, Jean Walter la gâte, sans freiner aucun de ses appétits. Ni même sa gourmandise sexuelle – elle a des amants qui remplacent de plus en plus souvent à ses côtés le mari trop occupé par son travail ou ses responsabilités, qu'elle délaisse. Propriétaire d'un important gisement de minerai à Zellidja, au Maroc, Jean Walter est un entrepreneur prospère : aux lendemains de la guerre, le cours des matières premières connaît des augmentations vertigineuses. Mais il est aussi – surtout – un architecte de renom, avec à son actif des bâtiments publics tels que l'hôpital Beaujon ou l'Ecole de médecine à Paris. Les commandes ne lui manquent pas. Les projets s'accumulent sur son bureau. L'appartement de l'avenue du Maréchal-Maunoury fait d'ailleurs partie d'un ensemble qu'il a lui-même construit, trois hauts bâtiments divisés en appartements de luxe, très prisés des grandes fortunes internationales et baptisés « les immeubles Walter ».

Domenica, elle, laisse libre cours à son instinct de collectionneuse. La fortune de Jean Walter lui permet d'y apporter tous les changements qu'elle désire.

Elle se débarrasse sans états d'âme des sculptures africaines – qu'elle déteste – et des peintres pour lesquels Paul Guillaume avait eu le coup d'œil avisé du découvreur, mais qu'elle n'aime pas : les De Chirico, les Goerg et les Fautrier, les Picasso nègres et cubistes. Elle achète des Renoir en veux-tu en voilà, et des Cézanne, qui n'en sont pas moins des chefs-d'œuvre, *Le Rocher rouge* ou *Pommes et biscuits*, à des prix faramineux qui lui permettent d'emporter les enchères sur des rivaux non moins fortunés qu'elle – l'armateur grec Niarchos, par exemple, l'un de ses rivaux dans leur razzia des impressionnistes. Elle mise sur les valeurs sûres : dans les années 1950, il y a longtemps que Renoir et Cézanne ne sont plus des artistes à découvrir, comme du temps d'Henry Lerolle ou d'Henri Rouart. Mais la passion demeure : toujours au cœur d'une collection dont Domenica est maintenant la reine incontestée.

Côté sentimental, elle se partage entre Jean Walter et ses nombreux chevaliers servants. Mais depuis le début des années 1950, elle a imposé dans son couple un jeune homéopathe qui traite ses rhumatismes et prend soin de son corps, le docteur Lacour. Comme jadis elle avait su imposer Jean Walter auprès de Paul Guillaume, c'est ce jeune médecin qui lui permet de se réinstaller dans le scénario conjugal qu'elle préfère : le trio. En juin 1957, déjeunant dans une auberge au bord de la nationale 7, en compagnie de son mari et de son jeune amant, elle apparaît encore très belle. En public comme en privé, elle continue de jouer les séductrices. Ses yeux verts, sa silhouette longiligne, son élégance racée attirent les regards. Elle le sait et ne se prive pas du plaisir de briller. Ce jour-là, un 10 juin, Jean Walter se lève de table pour aller acheter un journal de l'autre côté de la rue. Le trio se rend à Dordives, dans le Loiret, où se trouve la maison de campagne des Walter. Il traverse la nationale. Une deux-chevaux qui double en troisième position le renverse. Il ne meurt pas sur le coup, mais il est grièvement blessé. Domenica et le docteur Lacour préfèrent ne pas attendre l'ambulance pour le conduire à l'hôpital de Montargis. Les amants chargent Jean Walter dans leur voiture. A son arrivée à l'hôpital, les médecins ne peuvent que constater sa mort. Les commentaires vont bon train. La rumeur se déchaîne. Mais aucune preuve ne corrobore une tentative d'assassinat.

Deux ans plus tard, une accusation tout aussi grave mais beaucoup plus fondée amène Domenica devant la justice. On la soupçonne d'avoir tenté de faire assassiner son fils, Jean-Pierre Guillaume, avec la complicité du docteur Lacour. Domenica a-t-elle commandité le crime ? Et voulu faire disparaître le fils gênant, qui est son seul héritier légal ? Ou bien le docteur Lacour, impliqué au premier chef dans cette histoire, veut-il éliminer cet héritier à son profit ? Un certain commandant Rayon aborde un jour, à Nice, Jean-Pierre Guillaume, jeune sous-lieutenant tout juste revenu d'Algérie, et lui annonce qu'il a reçu d'un mystérieux commanditaire « l'ordre de le faire disparaître », contre une importante somme d'argent. Les deux hommes sympathisent et tombent d'accord pour aller raconter leur histoire à la police – une fois le paiement perçu pour un crime qu'ils ont fait semblant d'exécuter.

Ce sera un des procès retentissants de la Vᵉ République. Il met en cause le docteur Lacour mais aussi le frère de Domenica, Jean Lacaze, auquel Jean Walter a confié la présidence de la société de la fructueuse exploitation de Zellidja et qui est également compromis dans l'affaire. Le docteur Lacour est, lui, président des bourses Zellidja que Jean Walter a créées pour financer les voyages d'étudiants méritants. Les affaires se font en famille. Après un feuilleton judiciaire dont les journaux de l'époque renvoient l'écho, le procès aboutit à un bien étrange non-lieu. Des tractations seraient survenues dans les hautes sphères du pouvoir.

Quelques mois plus tard, Jean-Pierre Guillaume, qui doit de plus en plus se sentir de trop dans la vie de sa mère, est l'objet d'un chantage de la part d'une call-girl qu'il a rencontrée au bar de la Belle Ferronnière – une adresse assez connue près des Champs-Elysées. Dépêchée par Jean Lacaze et le docteur Lacour, qui vont se voir accuser de subornation de témoin, elle l'accuse de proxénétisme – un des motifs prévus par la loi pour révoquer une adoption et tous les droits qui en découlent, comme la succession... Nouvelle bataille d'avocats. Nouveau procès.

C'est dans ce climat menaçant et chargé de miasmes que Domenica négocie avec l'Etat la cession de sa collection au Louvre. Pas de legs ni de dation, mais un achat en espèces sonnantes. Après de longues palabres, elle cède sa collection au musée, à condition que celle-ci reste entière et soit exposée dans son intégralité, pour une somme jugée par tous les spécialistes comme une bonne affaire pour l'Etat : inférieure de beaucoup à son prix réel. De là à soupçonner de la part de Domenica une négociation en contrepartie du non-lieu qui sauve son amant et son frère, et peut-être elle-même, de la prison, il n'y a qu'un pas. Bien des commentateurs l'ont franchi. André Malraux, qui est un expert en art et en sentiments dostoïevskiens, a pesé de tout son poids pour que cette affaire soit réglée à l'amiable, c'est-à-dire au mieux des intérêts de l'Etat.

La reine que Domenica demeure jusque dans l'adversité impose ses exigences : d'une part, elle conserve la jouissance de la collection jusqu'à sa mort. D'autre part, la collection sera livrée au public sous le nom double qu'elle a choisi : ce sera la collection Walter-Guillaume. De ses deux maris associés, le second seul mérite le nom de collectionneur – c'est lui qui en fut l'origine et le cœur. Jean Walter, ce richissime industriel, selon le mot d'un journaliste « ne collectionnait que les millions ». Mais pour Domenica, qui lui doit son train de vie et la sauvegarde de sa collection, qu'elle aurait dû vendre pour survivre, elle lui revient tout autant. Elle va même jusqu'à inventer un sceau où les initiales de ses deux maris sont entrelacées, en lettres d'or – comment en douter ? – et, sans doute pour donner à l'événement la solennité d'un sacrement, en latin. « *Dedicaverunt* » : le pluriel parle pour elle. Le sceau devra être incrusté dans le sol de marbre du musée.

Elle accepte, en 1966, de prêter ses trésors pour une exposition inaugurale, au musée de l'Orangerie.

Après quoi, ils devront retourner rue du Cirque. C'est André Malraux qui préside à cet événement, pour lequel la vénérable Société des amis du Louvre a donné son aval. Des photos de *Paris-Match* le montrent, mains dans le dos comme Napoléon, passant en revue au pas de charge à l'Orangerie ces chefs-d'œuvre qu'il a sauvés de la dispersion et contribué à garder en France : 24 Renoir, 12 Cézanne, 12 Picasso, 28 Soutine... Il devait quand même regretter les Fautrier, dont la belle collectionneuse s'était débarrassée – lui qui était un adepte de cette figure majeure de l'art informel.

La collection, pourtant, malgré la présence imposante de l'auteur de *La Condition humaine*, ministre de la Culture et maître en matière d'esthétique, ne fait pas l'unanimité. Louis Rouart, membre de la Société des amis du Louvre, sollicitée pour en favoriser le rachat, proteste dès 1961 contre ce projet. Il s'offusque de la manière dont l'acquisition lui semble être imposée par la plus haute autorité de l'Etat, sans que les membres du conseil dont il fait partie aient été consultés. C'est à peine en effet s'ils ont été mis au courant. Il écrit son indignation à son président, Jacques Dupont, le 28 mai 1963 : « Je trouve étrange qu'on nous propose d'acheter une collection qu'on n'a jamais daigné nous montrer et dont pour ma part je ne connais rien. » Réfutant l'idée que la grande renommée des artistes la composant est une garantie de sa qualité, il donne en exemple ce qu'il appelle « le cas Renoir » : « J'ai été élevé dès ma plus tendre enfance dans l'admiration de ce très grand artiste dont mon père possédait plusieurs toiles célèbres et je continue à l'admirer ; mais je dois reconnaître, avec tout le monde, que sa surproduction intensive n'a pas toujours eu de bons résultats et que trop d'œuvres de lui sont ou médiocres ou mauvaises. » Pas de langue de bois : « J'estime donc qu'avant de prendre aucune décision au sujet d'achats des tableaux de la Collection Walter, on devrait faire visiter aux membres du Conseil cette Collection. Ce n'est qu'après l'avoir vue qu'ils pourraient juger en connaissance de cause. » Il épingle au passage Apollinaire, « ce mystificateur de génie », rencontré autrefois aux dîners des *Marges*, la revue à laquelle il a donné tant d'articles impertinents. Dans l'intimité de la fin des dîners, Apollinaire, dont il relève l'influence déterminante sur les choix de Paul Guillaume, n'en finissait pas d'ironiser sur « les Grands Peintres au brillant succès desquels il avait si généreusement et si plaisamment contribué ».

La fin de sa lettre, au bas de laquelle sa signature tremblée marque son âge, témoigne de son esprit toujours rebelle, toujours iconoclaste : « D'autre part, je ne vois pas quel intérêt il y aurait à faire entrer au Louvre, avant le temps fixé par la Loi, des Picasso, des Marie Laurencin, des Soutine, des Modigliani... Dans 50 ans, parlera-t-on encore de cette Dame et de ces Messieurs ? »

On peut faire beaucoup de reproches à Louis Rouart, mais pas celui d'être opportuniste. Il est resté fidèle à ses jugements à l'emporte-pièce publiés dans les *Marges* en 1908 : ses détestations sont les mêmes à quatre-vingt-huit ans.

L'inauguration a lieu deux ans après sa mort. S'il

avait pu y assister, la présence de Malraux ne l'aurait pas rasséréné. Louis Rouart n'apprécie pas plus le ministre que l'écrivain critique d'art. Dans ce dernier domaine, il lui reproche surtout son approche intellectuelle, qui l'agaçait déjà chez Paul Valéry. Quant aux goûts artistiques de Malraux, au nombre desquels le plafond de l'Opéra peint par Chagall, ils lui donnent de l'urticaire. Il a transmis son allergie à tous ses enfants : aucun d'eux ne voudra aller déjeuner rue de Valois quand, au lendemain de la mort de Louis Rouart, en 1964, *La Dame en rose* de Corot sera opportunément rachetée par le Louvre sur une intervention du ministre – qui laissera toutefois l'autre Corot de la succession, *Le Pont de San Bartolomeo*, partir pour l'étranger. Les trois fils de Louis Rouart, Alain, Philippe et Augustin, unanimes, déclinent alors l'invitation de Malraux, auquel ils préfèrent ne pas serrer la main ! Alain par esprit anarchiste (il signe ses lettres « ex-Rouart » !), Philippe à cause de la politique gaulliste d'abandon de l'Algérie, et Augustin, pour une fois d'accord avec son père, parce qu'il ne supporte pas la vision intellectualiste de l'art. Malraux déjeunera tête à tête avec Isabelle, le seul des enfants de Louis Rouart à se montrer conciliant.

Domenica Walter, aimée et luxueuse jusqu'à la fin, s'éteint à l'hôpital américain, en 1977, à l'âge de soixante-dix-neuf ans. Elle a voulu déshériter son fils, qui ne lui a jamais pardonné de lui avoir proposé un dédommagement financier pour que sa fortune profite pleinement à son dernier amant. Diabolique et amorale avec superbe, ayant conduit sa vie d'une main de fer, elle reste dans la lumière radieuse de sa collection, surtout associée à ces tableaux impressionnistes qu'elle a sans nul doute beaucoup plus choyés – ce n'était pas difficile – que son propre enfant.

Les sœurs Lerolle au piano, peintes par Renoir, sont présentes à cette apothéose. Leur jeunesse est éclatante, presque palpable au musée de l'Orangerie. Oublié leur destin tragique, elles sont immortalisées heureuses.

Galerie des personnages

Yvonne Rouart-Lerolle (1877-1944) : fille aînée d'Henry Lerolle. Sœur de Christine. Très musicienne. Debussy la surnomme « ma petite Mélisande ». Degas s'entremet pour qu'elle épouse un des « énergumènes » de la famille Rouart, **Eugène** (1872-1936). Partira vivre à la campagne, dans le département de la Haute-Garonne. Ses deux fils, Stanislas et Olivier, naissent à Bagnols-de-Grenade.
Peinte par Renoir, Maurice Denis et Eugène Carrière. Photographiée par Degas.

Christine Rouart-Lerolle (1879-1941) : seconde fille d'Henry Lerolle. Caractère malicieux et indomptable. Renoir l'appelle « mon petit diable ». Elle épouse, toujours sur une idée de Degas, l'autre « énergumène » de la famille Rouart, **Louis** (1875-1964). Le couple habite Paris, rue de Chanaleilles puis boulevard du Montparnasse (VIIe arr.). Ils ont sept enfants, dont Augustin (1907-1997), le peintre.

Elle est la grand-mère de l'écrivain Jean-Marie Rouart.

Peinte par Renoir, Degas, Maurice Denis et Eugène Carrière. Photographiée par Degas.

LE CLAN LEROLLE

Henry Lerolle (1848-1929) : père d'Yvonne et de Christine. Peintre, élève de Lamothe qui fut le professeur de Degas, auteur de fresques pour l'Hôtel de Ville et pour la Sorbonne. Violoniste, ami de Debussy qui lui demande des conseils pour *Pelléas et Mélisande*. Son hôtel particulier de l'avenue Duquesne, construit par son père, Timothée, est le rendez-vous des artistes : peintres, écrivains et musiciens. Cet ami de Degas, d'Odilon Redon, de Maurice Denis, collectionne les chefs-d'œuvre : impressionnistes, symbolistes et nabis. Il est un des premiers amateurs de Camille Claudel, à laquelle il achète plusieurs sculptures. Renoir a peint son portrait.

Madeleine Lerolle-Escudier (1856-1937) : épouse d'Henry Lerolle, née Escudier, mère d'Yvonne et de Christine. Sœur de Jeanne Chausson et de Marie Fontaine. Maurice Denis dit qu'elle mène son petit monde à la baguette, mais elle forme avec son mari et ses enfants un foyer très uni – un des rares de la famille.

Paul Lerolle (1846-1912) : frère aîné d'Henry Lerolle, oncle d'Yvonne et de Christine. Député de la Seine, engagé dans le combat pour les lois sociales. Obtient à l'Assemblée nationale le vote du congé hebdomadaire. Epouse **Marie de la Commune**, dont il a trois fils : Jean (1873-1962), futur député de la Seine, André (1875-1914) et François (1880-1914) – cousins germains et camarades de jeux d'Yvonne et de Christine. Les Paul-Lerolle vivent tout près de l'avenue Duquesne : 10 avenue de Villars, juste en face de l'immeuble où habitent Vincent d'Indy et Henri Duparc, deux musiciens amis de la famille.

Jean Lerolle (1873-1962) : le cousin germain préféré. Président de la Jeunesse catholique et député de la Seine, est aussi engagé que son père dans le débat social de la IIIe République. Il épouse sa cousine par alliance, **Etiennette Chausson** (1884-1963) – fille du compositeur Ernest Chausson et de son épouse Jeanne née Escudier.
A Paris, la « rue Paul-et-Jean-Lerolle » (VIIe arr.), qui conduit à la gare des Invalides, porte aujourd'hui les noms associés du père et du fils : une rue bien modeste pour ces philanthropes qui ont beaucoup contribué au progrès social. Son seul prestige : elle a été inaugurée par Jean d'Ormesson.

Ernest Chausson (1855-1899) : oncle d'Yvonne et de Christine, par son mariage avec **Jeanne Escudier**, l'une des sœurs de leur mère. Compositeur ami, mécène et concurrent de Claude Debussy, avec lequel il finit par se brouiller. Avec Debussy, c'est l'autre musicien de l'Impressionnisme : Yvonne et Christine ont beaucoup aimé jouer ses mélodies. Très lié aussi à Degas, à Odilon Redon et aux nabis. Réunit une collection de tableaux avec la même passion que son beau-frère, Henry Lerolle : ils se disputent les Degas. On en arrive à confondre leurs chefs-d'œuvre. Les soirées musicales de l'hôtel du 22 boulevard de Courcelles (XVIIᵉ arr.) reproduisent l'atmosphère familiale de l'avenue Duquesne.

A sa mort, qui survient accidentellement, Henry Lerolle, qui l'aimait comme un frère, met un terme à sa carrière de peintre.

Jeanne Chausson-Escudier (1862-1936) : tante d'Yvonne et de Christine, née Escudier. Un modèle difficile à égaler de beauté, de charme et de fidélité. Surtout proche d'Yvonne, qui a hérité de ses dons de musicienne. Epouse très amoureuse d'Ernest Chausson, dont elle a cinq enfants. A la mort de son mari, elle est une veuve exemplaire, mais continue de recevoir des artistes et de sortir dans le monde au bras de son beau-frère, divorcé de sa sœur Marie, Arthur Fontaine.

Odilon Redon a peint son salon de musique du boulevard de Courcelles, Maurice Denis ses plafonds.

Marianne Chausson (1893-1971) : troisième fille d'Ernest et de Jeanne Chausson, jeune cousine germaine d'Yvonne et de Christine, avec lesquelles elle a une quinzaine d'années d'écart. Rompt des fiançailles hasardeuses avec **François Mauriac** (1885-1970). Epouse **Gaston Julia** (1893-1978), reçu premier à Normale supérieure et à Polytechnique, génie des mathématiques, membre de l'Institut. Une gueule cassée de la Grande Guerre, qu'elle a soignée comme infirmière.

Arthur Fontaine (1860-1931) : l'oncle haut fonctionnaire, ami de tous les ministres de la IIIe République,
Millerand, Tardieu, Briand. Il a épousé l'autre tante
d'Yvonne et de Christine, **Marie Escudier**, avec laquelle
il a cinq enfants. Bourreau de travail, c'est le seul de tous
les membres de la famille à ne jamais prendre de
vacances. Engagé à fond dans le combat social : institu-
tion du jour férié et du congé hebdomadaire, réduction
de la journée de travail. Habite un appartement proche
de son ministère, 2 avenue de Villars (VIIe arr.), avec
vue sur les Invalides. Collectionne aussi, bien sûr, les
mêmes peintres que ses beaux-frères, Lerolle et Chausson : les Degas, les Renoir, etc.
Mécène, il aime faire travailler les peintres qu'il
admire : Carrière, Redon, Bonnard, Vuillard, Maurice
Denis le peignent, lui, sa femme et leurs enfants, en
groupe ou en détail.

Marie Fontaine-Escudier (1865-1947) : tante préférée
d'Yvonne et de Christine, c'est la plus jeune sœur de
leur mère. Henry Lerolle l'a peinte « à l'orgue » sur un
tableau qui est aujourd'hui au Metropolitan, à New
York. Elle chante à ravir. Elle est aussi très jolie : une
muse qui a beaucoup inspiré Henry Lerolle. On
connaît son visage et sa silhouette par Odilon Redon,
Eugène Carrière, Maurice Denis, Bonnard et surtout
Vuillard, qui a fait d'elle une bonne quinzaine de portraits.
Quitte son mari, Arthur Fontaine, après quinze ans de
mariage, pour aller vivre avec **Abel Desjardins** (1870-
1952), frère du meilleur ami d'Arthur Fontaine, Paul

Desjardins (1859-1940), fondateur des célèbres décades de Pontigny. Elle poursuivra sa vie près de ce second mari, au 205 boulevard Saint-Germain.

Le poète Francis Jammes, grand ami d'Arthur Fontaine, a écrit une pièce de théâtre inspirée par ce drame familial : *La Brebis égarée.*

LE CLAN ROUART

Henri Rouart (1833-1912) : fils d'un passementier de la Grande Armée qui a fait fortune sous l'Empire. Industriel, inventeur doté de divers brevets – le « petit bleu », le froid industriel, le moteur à quatre temps –, il est lui-même peintre. Et grand collectionneur avec son ami Degas. Veuf d'**Hélène Jacob-Desmalter** (1842-1886), fille de l'ébéniste, il a élevé seul leurs cinq enfants. Son hôtel particulier, 34 rue de Lisbonne (XVIIe arr.), soulève l'admiration des visiteurs de marque, parmi lesquels Marcel Proust, qui rêvera longtemps de « la douce lumière » de ses Corot. Sa collection, dispersée à sa mort aux enchères, consacre l'apothéose de Degas et de l'Impressionnisme. Plusieurs portraits de lui par Degas.

Eugène Rouart (1872-1936) : le deuxième des quatre fils d'Henri Rouart. Peint par Jacques-Emile Blanche. Epouse Yvonne Lerolle. Ingénieur agronome, diplômé de l'école de Grignon, s'est longtemps rêvé écrivain : *La Villa sans maître* (Mercure de France) reste son unique roman. Devenu propriétaire terrien dans la région de Toulouse, il fera une belle carrière politique locale : maire de Castelnau-d'Estrétefonds, conseiller régional de Fronton, il finira sénateur de la Haute-Garonne. Ses investissements agricoles pharaoniques provoqueront sa ruine. André Gide, son meilleur ami, lui dédie *Paludes* et lui présente Picasso auquel il achète un *Arlequin* en 1907.

Louis Rouart (1875-1964) : le benjamin des fils d'Henri Rouart. Epoux de **Christine Lerolle**. Surnommé « le Rouquin » par Léon-Paul Fargue. Peint au pastel par Degas, qu'il amuse. Aurait pu devenir archéologue en Egypte, mais a préféré la littérature, comme critique aux *Marges* et à *L'Occident*. Se fait remarquer par son esprit de polémiste très enflammé. Il rate magistralement l'aventure de la *NRF*, dans laquelle son amitié avec Gide aurait pu l'entraîner. Fonde les éditions de L'Art catholique, où il publie Claudel et Maritain. Emile Zola est sa bête noire. Il a deux passions en dehors de la peinture : les voyages en Italie avec de jolies femmes et le vin de Bourgogne.

Ernest Rouart (1874-1942) : le troisième des fils d'Henri Rouart est un doux, un pacifique, dont le caractère rappelle celui de son père. Seul élève de Degas, il peint dans la discrétion et la modestie : il n'expose pas ses œuvres dans les galeries. C'est par l'entremise de Degas qu'il épouse **Julie Manet**, la fille de Berthe Morisot : un mariage heureux (le seul de ceux arrangés par Degas) d'où naissent trois fils. Le couple habite rue de Villejust (rebaptisée aujourd'hui rue Paul-Valéry, XVIᵉ arr.) où Berthe occupait le rez-de-chaussée. Paul Valéry et sa femme (une cousine germaine de Julie) sont leurs locataires. Les deux couples se sont mariés le même jour, en 1900, en l'église Saint-Honoré-d'Eylau.

Julie Manet (1878-1966) : fille unique de Berthe Morisot et d'Eugène Manet. Nièce d'Edouard Manet. Amie très proche d'Yvonne et de Christine. Peint toute sa vie, d'abord aux côtés de sa mère, puis aux côtés de son époux. N'expose pas plus que celui-ci. Se consacre au souvenir de sa mère et à ses enfants. Prend grand soin de la mémoire de Berthe et du destin de son œuvre. A tenu son journal de 1893 jusqu'à son mariage : une mine de renseignements sur la famille impressionniste.
Peinte par Berthe Morisot, Renoir et Degas. Photographiée par Degas.

Alexis Rouart (1869-1921) : fils aîné d'Henri Rouart et Hélène Jacob-Desmalter. Fondera les éditions de musique « Rouart-Lerolle » avec Jacques Lerolle, frère d'Yvonne et de Christine. Epouse Valentine Lamour. Leur fils, **Paul Rouart** (1906-1972), épousera **Agathe Valéry** (1906-2002), fille de Paul Valéry et de Jeannie Gobillard.

Les amis de la famille

Berthe Morisot (1841-1895) : morte trop tôt pour assister au déroulement de cette histoire, « la belle peintre », épouse d'Eugène Manet – frère d'Edouard Manet (1833-1883) – et mère de Julie Manet, a été l'amie de tous. Elle a choisi Renoir et Mallarmé comme « subrogés tuteurs » pour veiller sur sa fille Julie, qui a dix-sept ans quand elle meurt. C'est à Houlgate qu'elle a rencontré Henry Lerolle : ils ont peint ensemble en 1881 devant les mêmes paysages normands. C'est la figure tutélaire et lumineuse de toute la famille.

Auguste Renoir (1841-1919) : le peintre du bonheur a une affection particulière pour Yvonne et Christine, mais c'est Christine qu'il préfère. Il a peint d'elle trois portraits, dont celui avec sa sœur Yvonne, au piano. Sous son pinceau, elle est en concurrence avec Julie Manet, dont « Monsieur Renoir » est – avec Mallarmé – le subrogé tuteur : trois portraits aussi de Julie. Il envie Degas, dont les tableaux tapissent les murs des Lerolle et de Rouart. Il gardera le tableau des sœurs Lerolle au piano jusqu'à sa mort, dans son atelier.

Edgar Degas (1834-1917) : on l'appelle « Monsieur Degas » en prononçant de-gaz. C'est le peintre, le photographe et le marieur de la famille : avec de bons et de moins bons résultats (excellents pour Ernest et Julie, catastrophiques pour Yvonne et Eugène et pour Christine et Louis). Plutôt ronchon, mais lié à tous par de vrais liens d'affection. Il photographie les réunions familiales – Yvonne et Christine s'amusent beaucoup en sa compagnie. C'est d'Henri Rouart qu'il est le plus proche : les deux hommes ont bâti ensemble leurs collections de peinture. Il assistera à la vente aux enchères de celle de son vieux compagnon et jugera inepte le prix atteint par ses toiles.

Claude Debussy (1862-1918) : c'est l'ami de leur père qu'Yvonne et Christine préfèrent. Il vient avenue Duquesne sans ses petites amies, mais fait tourner la tête de toutes les jeunes filles. « Le Faune », ainsi surnommé par son ami Pierre Louÿs, est un compositeur controversé : les Lerolle, Chausson et Fontaine font partie de son comité de soutien. Il joue du piano en virtuose, souvent à quatre mains avec Jeanne Chausson ou avec Yvonne Lerolle. Il a un petit béguin pour cette jeune fille à laquelle il dédie des mélodies.

Stéphane Mallarmé (1842-1898) : grand ami de Berthe Morisot, qui lui a confié sa fille avant de mourir. Ami très admiré des Lerolle, des Chausson, des Fontaine, qu'il fréquente et qu'il reçoit chez lui, tantôt rue de Rome (réunions entre hommes), tantôt dans sa maison de campagne, à Valvins. Envoie des mots sibyllins à des adresses bizarres, rédigées en vers. Nul ne le critique jamais : le poète est la référence absolue de la famille, comme Degas en peinture. Sa fille, Geneviève, est une amie proche d'Yvonne et de Christine, ainsi que de Julie Manet.

André Gide (1869-1951) : une amitié de quarante ans avec Eugène Rouart, auquel il dédie *Paludes*, et qui lui fera perdre des sommes importantes dans des investissements hasardeux. Les deux hommes ont en commun le goût de la littérature – ils se conseillent mutuellement. Mais aussi celui des jeunes garçons – Gide rencontre « le Ramier » chez Eugène, à Bagnols-de-Grenade. Leurs mariages avec deux jeunes filles qui ne se doutent de rien les conduit à les rendre l'une et l'autre très malheureuses. Le roman d'Eugène, *La Villa sans maître*, inspire à Gide son *Immoraliste*. L'affaire Dreyfus manque de les brouiller, mais ils resteront amis malgré leurs différends. C'est Gide qui emmène Eugène dans l'atelier de Picasso, au Bateau-Lavoir.

Maurice Denis (1870-1943) : peintre de Pont-Aven et nabi, mais aussi peintre religieux, c'est une figure angélique. Découvert par Henry Lerolle auquel il consacre un livre (*Henry Lerolle et ses amis*), il peint le portrait de Christine et de ses enfants, ainsi qu'un portrait d'Yvonne « en trois aspects ». Il est également très lié aux Chausson, avec lesquels il passe des vacances en Toscane, et aux Fontaine : il peint bien sûr leurs familles. Il a illustré la partition de *La Damoiselle élue* de Claude Debussy et de nombreux ouvrages pour les éditions de L'Art catholique.

Paul Valéry (1871-1945) : épouse la nièce de Berthe Morisot, cousine germaine de Julie Manet, Jeannie Gobillard. Leur mariage est célébré le même jour que celui de Julie avec Ernest Rouart. Très lié aux frères Rouart, d'une amitié que rien ne pourra brouiller, c'est par eux qu'il rencontre Degas auquel il veut dédier *Monsieur Teste*. Sa fille, Agathe Valéry, épousera un Rouart : Paul, fils d'Alexis. La boucle est bouclée.

LES ROUART

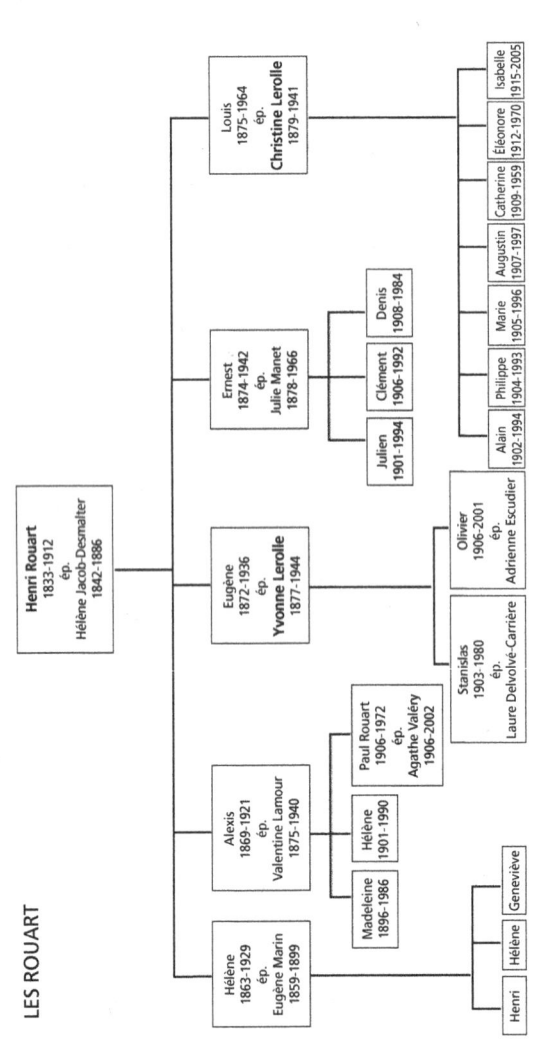

Henri Rouart
1833-1912
ép.
Hélène Jacob-Desmalter
1842-1886

Hélène
1863-1929
ép.
Eugène Marin
1859-1899

Alexis
1869-1921
ép.
Valentine Lamour
1875-1940

Eugène
1872-1936
ép.
Yvonne Lerolle
1877-1944

Ernest
1874-1942
ép.
Julie Manet
1878-1966

Louis
1875-1964
ép.
Christine Lerolle
1879-1941

Madeleine
1896-1986

Hélène
1901-1990

Paul Rouart
1906-1972
ép.
Agathe Valéry
1906-2002

Stanislas
1903-1980
ép.
Laure Delvolvé-Carrière

Olivier
1906-2001
ép.
Adrienne Escudier

Julien
1901-1994

Clément
1906-1992

Denis
1908-1984

Alain
1902-1994

Philippe
1904-1993

Marie
1905-1996

Augustin
1907-1997

Catherine
1909-1959

Éléonore
1912-1970

Isabelle
1915-2005

Henri

Hélène

Geneviève

LES LEROLLE

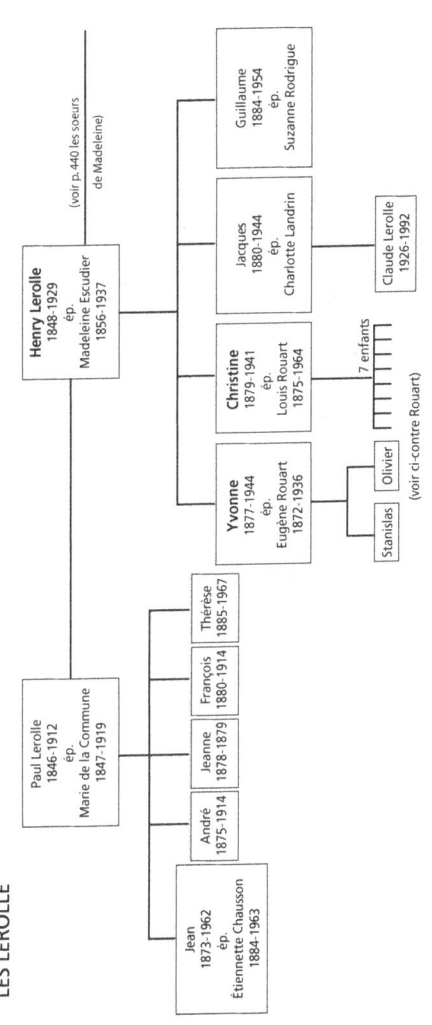

Henry Lerolle
1848-1929
ép.
Madeleine Escudier
1856-1937

(voir p. 440 les sœurs
de Madeleine)

Paul Lerolle
1846-1912
ép.
Marie de la Commune
1847-1919

Jean
1873-1962
ép.
Étiennette Chausson
1884-1963

André
1875-1914

Jeanne
1878-1879

François
1880-1914

Thérèse
1885-1967

Yvonne
1877-1944
ép.
Eugène Rouart
1872-1936

Christine
1879-1941
ép.
Louis Rouart
1875-1964

Jacques
1880-1944
ép.
Charlotte Landrin

Guillaume
1884-1954
ép.
Suzanne Rodrigue

Stanislas

Olivier

(voir ci-contre Rouart)

7 enfants

Claude Lerolle
1926-1992

LES SŒURS ESCUDIER

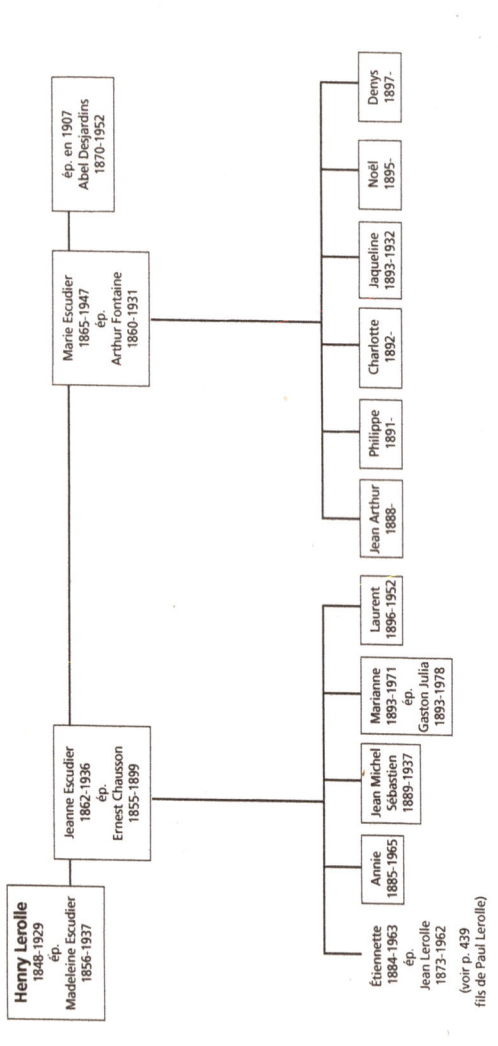

Henry Lerolle
1848-1929
ép.
Madeleine Escudier
1856-1937

Jeanne Escudier
1862-1936
ép.
Ernest Chausson
1855-1899

Marie Escudier
1865-1947
ép.
Arthur Fontaine
1860-1931

ép. en 1907
Abel Desjardins
1870-1952

Étiennette
1884-1963
ép.
Jean Lerolle
1873-1962
(voir p. 439
fils de Paul Lerolle)

Annie
1885-1965

Jean Michel
Sébastien
1889-1937

Marianne
1893-1971
ép.
Gaston Julia
1893-1978

Laurent
1896-1952

Jean Arthur
1888-

Philippe
1891-

Charlotte
1892-

Jaqueline
1893-1932

Noël
1895-

Denys
1897-

REMERCIEMENTS

Je remercie les familles Lerolle et Rouart, qui m'ont ouvert leurs archives et permis d'accéder à de nombreux documents inédits, tout particulièrement Mme Sylvestre Julia, Christian Lerolle, Stéphane Lerolle, Jean-Marie Rouart, Xavier et Odile Thiéblin.

Je remercie pour leurs conseils Emmanuel Bréon, directeur du musée de l'Orangerie, François Chapon, directeur honoraire de la bibliothèque Jacques-Doucet, Thierry Desjardins, Jean Gallois, Marie el-Kaïdi, responsable des archives du musée Maurice-Denis, Sylvie Patry, conservateur en chef au musée d'Orsay, André Rocacher, adjoint au maire de Saint-Caprais, président de l'Association d'histoire de Grenade, Mme François Serrand, ainsi que le professeur David H. Walker, de l'université de Sheffield, les archives du Sterling and Francine Clark Institute, à Williamstown, et de la Phillips Collection à Washington.

J'ai pu consulter de nombreuses correspondances, parmi lesquelles ces ouvrages essentiels :
— les *Lettres* de Degas, recueillies et annotées par Marcel Guérin, préface de Daniel Halévy, Grasset, 1945, Cahiers rouges, 1997 ;

— les *Ecrits intimes* d'Ernest Chausson, choix et présentation de Jean Gallois, éditions du Rocher, 1999 ;

— l'édition en deux volumes de la *Correspondance d'Eugène Rouart et André Gide* (1893-1901 et 1902-1936), établie, annotée et présentée par David H. Walker, Presses universitaires de Lyon, 2006.

David H. Walker a également préfacé la nouvelle édition de *La Villa sans maître*, roman d'Eugène Rouart, au Mercure de France en 2007.

Ainsi que des témoignages de contemporains. Parmi les principaux cités :

— Jacques-Emile Blanche, *La Pêche aux souvenirs*, Flammarion, 1949.

— Maurice Denis, *Henry Lerolle et ses amis*, Imprimerie Duranton, 1932.

— Lucie Delarue-Mardrus, *Mes mémoires*, Gallimard, 1938.

— André Gide, *Journal*, Gallimard, 1996.

. — Daniel Halévy, *Degas parle*, éditions de Fallois, 1995.

— Julie Manet, le *Journal*, dans sa version intégrale, Klincksieck, 1979.

— Jean Renoir, *Pierre Auguste Renoir, mon père*, Gallimard, 1981.

— Paul Valéry, *Degas danse dessin*, dans *Œuvres* II, Gallimard, Bibliothèque de la Pléiade, 1960.

Au nombre des ouvrages qui m'ont aidée dans mon travail, voici les plus importants, par ordre alphabétique :

— Auguste Anglès, *André Gide et le premier groupe de la NRF (1890-1910)*, Gallimard, 1978.

— Jean-Luc Barré, *François Mauriac, biographie intime*, Fayard, 2009.

— Pierre Cabanne, *Degas*, J.-C-Lattès, 1989.

— Pierre Cardin, *Le R.P. Marie-Albert Janvier*, Bulletin et mémoires de la Société archéologique du département d'Ille-et-Vilaine, 1994.

— François Chaubet, *Paul Desjardins et les décades de Pontigny*, Presses Universitaires du Septentrion, 2000.

— Guy Cogeval, *Bonnard*, Hazan, 1993.

— Guy Cogeval, *Vuillard, le temps détourné*, Gallimard-RMN, 1993.

— et avec Antoine Salomon, *Catalogue critique des peintures et pastels*, Skira/Wildenstein Institute, 2004.

— Michel Cointepas, *Arthur Fontaine, un réformateur pacifiste et mécène au sommet de la IIIe République*, Presses universitaires de Rennes, 2008.

— Anne Distel, *Renoir*, Citadelles et Mazenod, 2009.

— Ann Dumas and John Collins, *Renoir's Women*, Merrell Publishers, 2005.

— Barbara Ehrlich White, *Renoir*, traduit par Anne Krief, Flammarion, 1985.

— Jean Gallois, *Ernest Chausson*, Fayard, 1994.

— Pierre Georgel, *La Collection Jean Walter et Paul Guillaume*, Gallimard, 2006.

— Jean-Paul Goujon, *Léon-Paul Fargue*, Gallimard, 1997.

— Michel Jarrety, *Paul Valéry*, Fayard, 2008.

— Jean Lacouture, *François Mauriac*, Seuil, 1980.

— P.A. Lemoisne, *Degas et son œuvre*, 4 vol., Garland Publishing, 1984.

— Jean-Jacques Lévêque, *Maurice Denis*, ACR Edition, 2006.

— Edward Lockspeiser et Harry Halbreich, *Debussy*, Fayard, 1980.

— Henri Loyrette, *Degas*, Fayard, 1990.

— Jean-Michel Nectoux, *Debussy, la musique et les arts*, Fayard, 2005.

— Jean-Marie Rouart, de l'Académie française, *Une jeunesse à l'ombre de la lumière*, Gallimard, 2000, et *Une Famille dans l'impressionnisme*, Gallimard, 2001.

— Florence Trystram, *La Dame au grand chapeau, l'histoire vraie de Domenica Walter-Guillaume*, Flammarion, 1996.

Je suis également redevable :

— au Catalogue de l'exposition « Au cœur de l'impressionnisme, la famille Rouart », Musée de la Vie romantique, 2004,

— au Catalogue de la collection Jean Walter et Paul Guillaume, Musée de l'Orangerie, 1984,

— enfin, au film de Yvon Gérault et Jérémie Cuvillier, *Domenica ou la Diabolique de l'art*, RMN, 2010.

Table

Dominique Bona
dans Le Livre de Poche

Berthe Morisot   n° 15347

Berthe Morisot, née dans la province française en 1841, fille de préfet, peint et expose parmi ceux qui sont encore des réprouvés sans public, des réfractaires à l'art officiel : Manet, Degas, Monet, Renoir. Ardente mais ténébreuse, douce mais passionnée, aimant la vie de famille mais modèle et amie d'Edouard Manet dont elle épouse le frère : il y a une énigme dans les silences et les ombres de Berthe Morisot. Dominique Bona, puisant aux archives inédites, fait tournoyer la fresque de l'impressionnisme de Giverny aux plages normandes, de Mallarmé aux lavandières qui posent pour Renoir, de la Commune de Paris au règne de la bourgeoisie corsetée, des salles du Louvre aux ateliers de la bohème.

Camille et Paul   n° 31159

Fièvre, passion, génie. C'est sous les signes de feu de la création et de la destruction qu'ont vécu les Claudel : Camille le sculpteur, Paul le poète. Cette biographie évoque, pour la première fois, leurs rapports fusionnels. Camille, intransigeante, affronte les incertitudes de l'art et de la vie de bohème ; Paul trompe son mal de vivre dans les voyages et l'exotisme, en Chine, au Brésil, au Japon. Ces destins, séparés en apparence, se sont nourris l'un de l'autre. La sœur et le frère vont connaître les mêmes amours funestes. Paul s'éprend de Rosalie Vetch, une femme mariée qui l'abandonnera ; Camille subit l'envoûtement de Rodin jusqu'à la folie. Dominique Bona retrace les épisodes de leurs vies tourmentées. Elle révèle les liens profonds entre ces deux artistes lumineux et déchirés : unis, au-delà de l'adversité, par une fraternité indestructible.

Clara Malraux   nº 32347

Malraux, ce n'est pas seulement André. C'est aussi Clara : sans elle, sa vie, sa légende auraient sans doute été différentes. Entre eux a existé un lien fait de complicité et de passion. Ils se sont aimés, déchirés, trompés. Ils ont tout connu ensemble, sauf l'ennui. Vivant éperdument et en communion les fêtes des années 1920, à la confluence des débats intellectuels, politiques et artistiques, ils ont trouvé dans les voyages, l'exotisme, la révolution chinoise, la drogue qui convenait à leurs tempéraments survoltés. [...] Destin magnifique et cruel. Ce livre montre comment une femme moderne, libre, tente d'exister à l'ombre d'un grand homme. Non pas par lui mais avec lui. Et même, sans lui.

Du même auteur :

Romans

LES HEURES VOLÉES, Mercure de France, 1981.

ARGENTINA, Mercure de France, 1984.

MALIKA, Mercure de France, 1992. (Prix Interallié.)

LE MANUSCRIT DE PORT-ÉBÈNE, Grasset, 1998. (Prix Renaudot.)

LA VILLE D'HIVER, Grasset, 2005.

Biographies

ROMAIN GARY, Mercure de France, 1987. (Grand Prix de la biographie de l'Académie française.)

LES YEUX NOIRS OU LES VIES EXTRAORDINAIRES DES SŒURS HEREDIA, J.-C. Lattès, 1990. (Prix de la Femme Alain Boucheron, prix des Poètes français.)

GALA, Flammarion, 1995.

STEFAN ZWEIG, L'AMI BLESSÉ, Plon, 1996 ; Grasset, 2010.

BERTHE MORISOT, LE SECRET DE LA FEMME EN NOIR, Grasset, 2000. (Bourse Goncourt de la biographie.)

IL N'Y A QU'UN AMOUR, Grasset, 2003. (Prix du Nouveau Cercle de l'Union.)

CAMILLE ET PAUL. LA PASSION CLAUDEL, Grasset, 2006. (Grand Prix des lectrices de Elle, prix de l'Héroïne Madame Figaro.)

CLARA MALRAUX, « Nous avons été deux », Grasset, 2009.

CAMILLE CLAUDEL, LA FEMME BLESSÉE, Les éditions du Huitième Jour, 2010.

JE SUIS FOU DE TOI, LE GRAND AMOUR DE PAUL VALÉRY, Grasset, 2014.

Le Livre de Poche s'engage pour
l'environnement en réduisant
l'empreinte carbone de ses livres.
Celle de cet exemplaire est de :
750g éq. CO_2
Rendez-vous sur
www.livredepoche-durable.fr

PAPIER À BASE DE
FIBRES CERTIFIÉES

Composition réalisée par Nord Compo

Achevé d'imprimer en septembre 2019 en France par
LABALLERY
N° d'impression : 909301
Dépôt légal 1re publication : juin 2013
Édition 09 – septembre 2019
LIBRAIRIE GÉNÉRALE FRANÇAISE
21, rue du Montparnasse – 75298 Paris Cedex 06

31/7353/1